U0956549

译文纪实

THE LAST PANDA

George B. Schaller

[美] 乔治·夏勒　著　张定绮　译　胡锦矗　校

最后的熊猫

上海译文出版社

>>珍珍在营地附近的拐棍竹林中漫步

>> 五一棚研究营地坐落在山坡上，四围森林生长着竹子、杜鹃、桦木

>> 枫红十月雪，宣告冬季的来临

>>唐家河保护区一株松树上，唐唐从梦中醒来，看到我在一旁，吓一大跳

>> 山崖壁立，云雾缭绕，林木虬曲——卧龙保护区的风景活脱脱就是中国水墨画中的山水

>> 保护熊猫也给血雉等其他数以千计的物种带去更光明的未来

>> 五一棚圣诞宴。左起：凯·夏勒、毕凤洲、邱明江

>> 霍华德·奎格利为身中麻醉枪的珍珍测量，我做记录

>> 我们的木制捕笼捉住一头雄性亚成体，他耳朵上带好了新标牌“86号”，刚刚从麻醉剂的药力下苏醒过来

>> 唐家河工作小组组长邓启涛（中）帮忙抽出运输笼的栅门，将戴上无线电颈圈的唐唐放归山野

>> 邓启涛（手持天线者）和谌利民在唐家河保护区，监听佩戴无线电颈圈的熊猫和熊

>> 六月，唐家河青苔密布的巨砾上，独蒜兰正在盛开

>> 这头羚牛常在我们唐家河营地附近徘徊，我们叫他“老朋友”

>> 四五月间，拐棍竹鲜美多汁的新笋常吸引熊猫从山脊上跑到山谷里来

>> 熊猫吃笋时，先剥掉外面的硬壳，只吃里面的笋心。我调查了许多这样的进食点

>> 卧龙的箭竹于一九八三年大批死亡，高处山坡上满是掉光的枯竹

>> 不少熊猫幼体毫无必要地遭人捕捉，送入养殖场

>> 一八六九年，谭卫道神父在这座古老的天主教传教站附近扎营，当地一名猎人带给他一张熊猫皮，他成了首次见到此物的西方人。自谭卫道神父到访以来，大量熊猫栖息地已开垦为农田

>> 一头经过麻醉的熊猫被推入卧龙研究中心的手术室，准备进行人工授精

>> 卧龙保护区工作人员把我在盗猎套中发现的雌体熊猫尸首抬下山

>> 胡锦矗测量珍珍选作育婴巢的一株空心冷杉

>> 珍珍巡视我们的公用木屋，找东西吃

>> 珍珍在我们的研究帐篷小窗处张望

>> 濒危的金丝猴与熊猫共享栖息地

>> 珍珍蹲在地上缩着头，一头雄体（可能是貔貔）正在跟她交配

>> 浓雾笼罩的山坡上，貔貔在树下逡巡，一头发情的雌体为躲开他的火热追求逃上了树

>> 要确保野外生存，熊猫必须享有在山林中的自由与安全

中译本修订序

夏勒（G. B. Schaller）博士曾任纽约动物协会保护部主任，是国际著名的保护生物学家。他一生涉猎广泛，先后研究过非洲大猩猩、狮、印度虎以及喜马拉雅野山羊等物种。在中国，夏勒与我合作研究卧龙的大熊猫更达五年之久。在此期间，我与他在中国西部大熊猫栖居的遥远山区中同住、同吃、同工作，留下了诸多美好回忆。夏勒挚爱野生动物，研究细致严谨，善于记录分析，并有乐观积极的工作作风，令我很是钦佩。

《最后的熊猫》是继《卧龙的大熊猫》之后的一部叙述性著作，忠实地记录了作者进入中国寻踪大熊猫家族的来龙去脉与酸甜苦辣，披露了许多不为人知的细节，书中作者对大熊猫这一独特物种悲天悯人的人文情怀尤引人注目。该书语言流畅，叙事生动，在带领读者步入大熊猫家族神秘生活的同时，也能唤起关爱自然、保护大熊猫的社会责任感。

在当代中国，生态文明建设已成基本国策，天然林保护和退耕还林等生态工程的实施为大熊猫生存环境的改善创造了良好条件，野生大熊猫栖息地面积已达两万多平方公里。在个体数量方面，野生大熊猫种群在经历了二十世纪八十年代的衰退之后，到二十一世纪初已达约一千六百只，目前估计已近两千只。在遗传多样性方面，中国科学院动物研究所魏辅文研究员等通过微卫星分子标记、宏基因组学等研究手段发现当代野生大熊猫仍保留着较高的遗传多样性和进化潜力。因此，当代大熊猫的未来仍颇为乐观。

我和夏勒博士都已是耄耋之年，今乐见他所著的《最后的熊猫》中文译本重新审定出版，欣慰之余，特为之序。

 教授

二〇一四年十二月四日

于西华师范大学生命科学学院

纪念

彼得·斯科特爵士

一年又一年过去，总听见刀斧砍伐最美丽的树木的声音。中国本已残缺不全的原始森林，遭破坏的速度快得令人遗憾。树砍了就再也不能恢复原貌。大批的灌木和其他必须在大树树荫下生存的植物，都会随着大树一块儿消失；还有所有大大小小需要森林才能生存并延续物种生命的动物……

凡是有眼睛的人都看得到的宇宙神妙，因以自我为中心的盲目追逐物欲而变得单调无聊。不久，马和猪，还有小麦和土豆，就要取代林中成千上万的生命——上帝造来跟我们共同生活的动植物。它们也有生存的权利，我们却消灭它们，残暴地剥夺它们生存的希望……难道说造物主在地上创造那么多样化的生命体，每个都有独特的优点而本身都那么完美，却只不过是为了让它的杰作——人类——将它们永远毁灭？

谭卫道神父①

一八七五年

① 谭卫道（1826—1900），又译“谭微道”，本名让·皮埃尔·阿尔芒·戴维（Jean Père Armand David），是法国遣使会教士。清同治元年来华，后为法国政府研究中国博物学，走遍全中国，搜集各种标本。在中国动物、植物方面有诸多发现，最大贡献是1866年在北京皇家猎苑发现麋鹿，以及1869年在四川宝兴县邓池沟发现大熊猫，令西方世界为之轰动。——译者

目录

作者序

我最后一次在野外看到大熊猫，已经事隔多年，但它们[①]的形象仍然冲击着我的生活。熊猫是一种禀性温和且自足的生物，它们的独特和神秘，至今令我深为感动。虽然我们的熊猫研究只触及它们遗世独立生活方式的皮毛，但如今在动物园或照片上与熊猫重逢，回忆还会源源涌现：雪封的树林，我们翻越笼在雾海中的山岭去追踪动物，一头名叫珍珍的雌体熊猫在竹荫下有条不紊地嚼竹子。然而，昔时的心情不能重现，我的经验也无从完全表达。如果剔除感情色彩，我跟熊猫相处的那几年，恐怕几句话就说完了。

一九八〇年五月十五日，我第一次踏入大熊猫居住的森林。虽然当天我没有看到熊猫，却发现了它们的粪便，也观察了它们吃竹子的地方。四年半后，一九八五年一月十日，是我在熊猫故乡盘桓的最后一天。这期间，头两年我都在卧龙自然保护区做研究——这是中国最大的熊猫保护区，面积达七百八十五平方英里。从一九八〇年十二月到一九八二年六月，我和妻子凯以及我们的中国同事在区内的五一棚营地做研究。接下来的八个月，我待在美国，为我任职超过四分之一个世纪的纽约动物学会②，撰写一篇关于熊猫的科学报告。一九八三年初，我回到中国，继续卧龙的研究，并调查四川省其他熊猫活动区，四川是熊猫出没的主要地区，也是我们研究项目的根据地。这项研究使我们得知熊猫求生的不同生态条件，并帮助我们挑选第二个研究地点——唐家河自然保护区。一九八四年，我主要在唐家河研究熊猫和亚洲黑熊。由于这两个物种的体积和外形接近，我希望把它们的生态与行为稍做比较，并确定唐家河熊猫跟卧龙熊猫有无明显的差异。

研究熊猫四年多以后，我把这一项目留给我同事——来自田纳西大学（University of Tennessee）的熊类专家肯尼思·约翰逊（Kenneth Johnson）和在科罗拉多大学（University of Colorado）研究植物学的阿兰·泰勒（Alan Taylor），都在一九八四年加入了这一项目。肯③负责监看卧龙的熊猫，我把注意力放在唐家河，阿兰则研究竹子。一九八五年，唐纳德·里德（Donald Reid）从卡尔加里大学（University of Calgary）来到中国，继续两个保护区的研究工作，约翰逊则参加一项熊猫数量统计，以确定此一物种的实际状态。

我们这群所谓“外国专家”的作用，是从旁协助推动工作，并

---

① 本书对于动物的代称，性别确定时用“他”及“她”，性别未定或作虚指时用“它”，但并非绝对。译文尽可能保留原文用法，不另标注。——译者

② 纽约动物学会成立于 1895 年，现为“国际野生生物保护协会”（WCS）——译者。

③ “肯”是肯尼思的昵称。——译者

且把新的科技、观念、技巧介绍给中国同事，而非做长期性的研究。我已经恪尽义务。我们详细记录了熊猫在不同季节所食用的竹子部位，在实验室分析竹子的营养成分，从中得知很多有关熊猫适应竹子生态的复杂细节。我们用无线电遥感勘测法，监视熊猫的动作与日常生活周期，这套方法是给熊猫戴一个内有无线电发射器的颈圈，个别监听它们的信号。我们也厘清了保护熊猫所面临的问题，以及为缓和这些问题应该采取的步骤。获得基本资料以后，待办的工作就很清楚，其他人会填补必要的细节，执行我们所建议的保护熊猫策略。我必须承认，一旦完成基本观察，我的研究热忱就退烧了。我的心思转移到对我而言更迫切的新目标上，也就是研究青藏高原特有的野生生物。

熊猫项目仍在继续，以中国人为主，偶尔有外国人来插手，我跟这些中国人多半并不相识。我读过他们的报告，看过新闻报道，也从我的同事那里听到一些消息。但我故意不回到我曾投注大量心力的地方。这本不难做到。离开熊猫以后，我仍在中国境内，忙于研究藏羚羊、野生牦牛、雪豹及其他面临生存威胁的高海拔地区动物。为了减弱我和熊猫以及人类相互接触的经验，我觉得有疏离熊猫的必要。身为外国人，而且是唯一的外国人，连续好几个月都只跟中国人接触，我觉得要在这一项目上达到真正的突破非常困难。我自然对中国和熊猫都抱着两种看法：一种是我本来的观念；一种是我在当地的所见所闻。我的观察不见得一直都可靠；我知道其局限，也尽可能随时调整，真相有时会随我的心情一起改变。我希望本书对中国人和熊猫的了解都是基于相互的体谅，这绝非易事，因为中国人和熊猫都体现了兼具斯多葛主义与温暖热情这一令人迷惑的混合特质。

熊猫项目是我所有研究中最困难的一项，不仅因为研究本身观念简单但执行困难，更因为它有两个赞助单位：一个是从北京乃至我们的管区，叠床架屋的政府机构；另一个是远在瑞士，跟熊猫隔着万水千山，却坚持要遥控所有状况的世界野生生物基金会（WWF，过去叫作“World Wildlife Fund International”，现在更名为“World Wide Fund for Nature”［世界自然基金会］）。两个机构都对我们的工作缺乏完整的了解，彼此间又经常发生误会。

我长年在不同国家（巴基斯坦、印度、坦桑尼亚、扎伊尔、巴西）研究野生动物，必须跟不同层面的政府官员打交道。生物学家不仅要研究自然，也要促成保护行动，这肯定会为项目惹来麻烦，因为行动一定会涉及政治层面，保护毋宁是社会问题，跟科技或科学的关系反而淡。有时是因为缺乏共同的目标与前瞻而产生问题，有时则因为沟通不良，我都已经习惯。但 WWF 方面和中国方面，在目的与方法上根本不能沟通的困境，却是我前所未遇的。就我个人而言，我也从未经历过如此诚挚却又说不出个所以然的人际关系，在处理最简单的任务甚或略微偏离严格规定的路线时，都会遭到重重障碍。我所有的行动都受到巨细靡遗的监视和呈报，只要我在场，就会引起百般戒慎。

当然，一部分问题是因为一九六六年发起的“文化大革命”，这期间中国社会从自我批评到自我毁灭，处于非人所能忍受的压力下，十年动乱的惨痛教训记忆犹新。“文革”打压所有外国事物，跟国外的关系一律被打成反革命，会遭批斗或下狱。一九七八年开始实施“开放”政策，社会发生重大变化。一九八〇年我抵达时的中国，跟一九九一年本书所叙告一段落时的中国，大不相同。最重要的是，八十年代中期出现一股新希望。但五千年文明塑造的中国人特性，里里外外还是没有什么改变；在哲学旨趣上维护尊严，慎终追远，人际关系（尤其跟外国人相处）上保持距离。不过，自从老百姓获得新自由，“多年来极‘左’思想加诸的心理镣铐”渐渐解除，他们谦卑的渴望更有实现的可能，我接触到的中国人不再步步为营，对我这个硬塞到他们中间的外国人，也格外和善。

一九八九年的八月，我回到中国，城市生活已恢复正常的外表。但气氛也再度恢复到十多年前，人们不敢随便跟外国人交谈；一种郁积在心里的隐忧使他们变得沮丧而苦恼。

熊猫项目紧接在中国历史上一个动荡不安的阶段之后开始。我觉得能在这期间置身中国是一种荣幸。它给我一个机会，深入半世纪不曾见过外国人足迹的偏远山区，研究一种国宝级动物。我逐渐能欣赏同事的幽默、圆滑，以及对艰苦环境的任劳任怨。我学着去了解他们，对于那些西方人眼中的冷漠、傲慢、诡诈和应得心理，虽然还未必能消极接受，但也还可以同情。记忆为我过滤掉项目的黑暗面，以及某些令我极为丧气的事。人的记忆在怀旧的情绪中，为何变得如此宽容而理想化？同时，独特的研究环境和迫切的保护问题，都是我喜欢在中国工作的原因，我在中国所花的时间，是我在任何其他国家从事野生动植物研究的三倍。

我并不想把自己说得太宽大为怀或富于同情心；我再怎么仰慕中国，也不至于为执政者辩护。我的友谊不盲目，我对 WWF 的钦佩，也不足以使我对它处理整个项目的高压态度释怀。如果这本书只谈舍己为人和崇高的启示，只描写大自然的美与绝对的真，到最后又是一头熊猫得救，一场动机高尚的冒险以大团圆告终，一定更容易下笔，也更令人愉快。本来我对熊猫项目的期望也是如此，可惜最后充满幻灭的现实不能尽如人意。

为了忠实呈现整个研究经过，我谈论熊猫政治的篇幅势必跟谈论熊猫本身一样多。保护项目永远逃不掉政治与科学的分歧，所有谈这类项目的书都应该反映两者之间的互动。但是在为了抢救鲸鱼、犀牛及其他命运受公众关注的物种而奋斗的记录中，往往对保护的真正矛盾避而不谈，人类的贪婪与冷漠才是最根本的问题。熊猫已经成为一种高利润产品，本质上跟大象没什么区别，因此也暴露出某些个人与组织不可告人的本质。确实，无论是在科学研究或保护工作中，政治阴影都会对熊猫项目构成干扰，隐瞒这一点，对熊猫就极不公平。我知道任何记录都难免失真，这使我不愿下笔。批评难免惹来不愉快，不被人接受，甚或造成误会。只以观光客身份或短期出差到过中国的读者，对这个国家的印象，可能跟我大不相同。然而，那些从事教师、记者或其他职业的人，要是在中国居住或工作超过一年，或许能认同熊猫项目面临的困境。但不论读者的背景为何，我都希望能使大家更关心熊猫的命运。

有关濒危物种的书籍不断出版。我对于是否要在这一汗牛充栋的图书分类下再增加一本——更何况写的又是已有详尽文献的熊猫——感到非常迟疑。还有什么其他动物被人类抓到后，都要取个美美、丽丽之类的名字（叠字代表对它们的钟爱）呢？还有什么其他动物不论出生、患病、勉为其难谈个恋爱、死亡，都要经报章媒体大肆宣扬呢？凡是想阅读熊猫资料的人，已经有很多文章和好几本书了。内容最丰富的两本畅销书，一本是莫里斯夫妇（Ramona and Desmond Morris）所著，一九六六年出版的《人与熊猫》（*Men and Pandas*），这本书对于西方探险队杀戮和捕捉熊猫的部分所述尤其出色；另一本是克里斯·卡顿（Chris Catton）所著，一九九〇年出版的《熊猫》（*Pandas*）。此外，近年出了几本圈养熊猫多在自然背景下拍摄的写真集，都很受欢迎。这些书的文字内容有的拉杂琐碎，如拜伦·普赖斯（Byron Preiss）和郭雪岳（Guo Xueyue）[①]合编的《熊猫的秘密世界》（*The Secret World of Pandas*）；有的值得一读，如克莱夫·鲁茨（Clive Roots）的《竹熊》（*The Bamboo Bear*）。我和我的中国同事在一九八五年出版的《卧龙的大熊猫》，是一本科学专著，对本书只大略提及的细节有详尽的描述。

谈已灭绝或濒临灭绝物种的书这么多，似乎冲淡了灭绝观念在大众心目中的严重性：一再重复会使重大事件变得稀松平常。不论我们如何谴责毁灭其他物种的行为，多数人似乎仍然对大自然不以为意。然则购买这些书是否就代表重视大自然？有关濒危物种的论文往往沦为回忆，书中记载的物种真的已从世界舞台谢幕：渡渡鸟（dodo）、旅鸽（passenger pigeon）、大海雀（great auk）以及大海牛（Steller's sea cow）等。我个人对濒临灭绝动物的名单一再扩大是很无奈的；我关心的能力有限。

但这些书有它们的价值。一再重述有一种道德上的必要；忘怀是一种超乎我们所能负担的奢侈；忽略可视为一种虐待。有人以为，只要能把目前数百万种动植物的物种多样化状态保持到下个世纪，破坏就会终止——但没有任何迹象可以证明这一点。我们至少要把我们的经验做成记录，希望我们的作品能唤醒全人类的慈悲心，鼓励保护物种的行动。即使在道德至上的世界里，破坏也不会终止，但至少人类精神经过一番洗心革面，我们可以用更高尚的情操看待自然。我们可以调整价值观，更动优先秩序，建立一套谴责

---

① 对书中出现的中文名字，已尽可能恢复原貌，实在无法确定的则附原文，以供读者参考。——编校

废弃物并制止无必要破坏的大地伦理。激情和雄辩都无法造成这样的改变，一定要先更新对自我的观念、重新设计人类的求生策略才行。

或许在某些细微的方面，熊猫能帮助我们改变观念。它表面上的单纯让我们观察到它吸引人的特质。熊猫跳脱出它高山上的家园，成为世界公民，它是我们为保护环境所付出努力的象征。它虽然体格肥硕似熊，却独具创作的天分、艺术的完美，仿佛专门为了这项崇高的目标而演化成这种模样。圆圆的扁脸、大大的黑眼圈、圆滚滚逗人想抱的体形，赋予熊猫一种天真、孩子气的特质，赢得所有人的怜爱，令人想要拥抱它、保护它，而且它又很罕见。更何况幸存者往往比受害者更能打动心弦。这些特质，造成了一个集传奇与现实于一身的物种，一个日常生活中的神兽。

我们能跟熊猫生活在同一个世界，演化历程发生交错，是我们的运气。我认为，万物皆值得我们欣赏与尊重，我们不能硬给不知价值为何物的动物定一个价格。但失去熊猫的意义，似乎还是超过失去樱草花（primrose）或水虎鱼（piranha），因为它是坚忍不拔、反抗命运的象征，能激起我们怜悯或佩服的共鸣。如果失去熊猫，我们就再也看不见它黑白相间的面孔，它的演化将宣告中断，它独特的基因密码将毁灭；它的名字很快就跟博物馆里尘封的档案中其他数千种灭绝物种一样，没有什么意义，只留下一个佶屈聱牙的学名"*Ailuropoda melanoleuca*"，意为"黑白相间的熊猫脚"。再经过几个世纪的疏离，我们就只剩几件纪念品、几根大骨头、几块褪色的毛皮。熊猫的生命完全被遗忘，跟恐鸟（moa）或猛犸（mammoth）一般，被剔除在人类的集体记忆之外。对如此不寻常的动物而言，这是多么可悲啊！当然，生命都是倏忽无常的，盛世终会没落。但数百万年前，人类的演化尚未完成时，熊猫就生存在地球上，它们是生存竞争中的成功者，比起很多其他在冰河时代大变动中消失的大型哺乳类都生存得久。这一物种灭亡的时间不应来得那样快。

二十世纪八十年代在熊猫漫长的演化史上极为重要，也是文献最详尽的时期。这期间的事件若不逐一记载，难免会被遗忘。我以科学使者的身份前往中国，去了解和记录，为一种不能言语的生命充当翻译，把熊猫的生存状况留诸后人。这本书就是那笔遗产的一小部分。

各机关单位和个人的奉献与合作，使熊猫项目得以实现。大部分帮过忙的人或机构，书中都有提及，我要在此对他们全体表达感激。我还要特别感谢若干人或机构所提供持续而无私的重大贡献。

我要感谢世界自然基金会邀请我研究熊猫，并把这个杰出的项目交给我负责。马克·哈勒（Mark Halle）与克里斯托弗·埃利奥特（Christopher Elliott）引导了整个规划，并提供了很多协助。

纽约动物学会慷慨地准许我怠忽国际野生生物保护部主任的职责，让我把全副精神投注在熊猫身上。虽然这一项目是由 WWF 和中华人民共和国政府签署协议、正式资助的，但纽约动物学会也提供了大量财务上的协助。它负担我大部分的开销、野外调查的设备与补给、实验室分析等，提供若干职员的劳务，并给予唐纳德·里德一年的薪俸，总额接近五十万美元。对这份金钱和道德上的支持，我特别要感谢纽约动物学会的会长威廉·康韦（William Conway），他也到过中国，协助设计卧龙繁殖场。我非常感激为学会工作的两位兽医，已故的埃米尔·杜伦赛克（Emil Dolensek），还有珍妮特·斯托弗（Janet Stover），放下他们繁重的业务，分别来过两趟，帮助进行繁殖工作和照顾圈养的熊猫。

田纳西大学林业、野生动物及渔业系的迈克尔·佩尔顿（Michael Pelton）不仅提供他系里的计算机和图书资料，还给我们的项目派了三位助理。霍华德·奎格利（Howard Quigley）跟我一起把第一套无线电颈圈戴到熊猫身上，帕特里克·卡尔（Patrick Carr）负责用计算机分析无线电监测资料，肯尼思·约翰逊后来成为熊猫项目的主要研究员，这些在书中都有提到。

目前任教于宾州州立大学（Pennsylvania State University）的阿兰·泰勒、不列颠哥伦比亚大学（University of British Columbia）的唐纳德·里德、田纳西大学的肯尼思·约翰逊，执行熊猫项目都表现出高超的技巧与奉献热情。我离开这一项目以后，他们都不断向我提供有关卧龙和唐家河的熊猫与人的消息，这份情谊我深为感激。

原本在康奈尔大学，现在任职于纽约动物学会的埃伦·迪伦费尔德（Ellen Dierenfeld），最初在一九八〇年跟我联络，说明她在华盛顿国家动物园对熊猫营养所做的研究，并志愿协助我们的工程，尤其是在竹子的化学分析方面。她与詹姆斯·罗伯逊（James Robertson）后来在康奈尔大学动物系的实验室里，分析了数百个竹子的样本。他们的贡献对于了解熊猫的生活方式有不可或缺的重要性。埃伦也很有耐心地给我上了一堂动物营养学课。我对这方面所知甚少，说来惭愧。她的洞察有助于说明熊猫的能量来源。我从她那里获益良多。

美国驻港记者南希·纳什（Nancy Nash）是熊猫项目得以成立的主要推动者，多年来，她在很多方面给我们帮助。她不断以她对中国人的敏锐判断，给予我们极有价值的忠告，接待与这一项目有关、路经香港的中外人士，寄送亟需的设备，并担任卧龙研究人员与北京之间的桥梁，这还只是其中的一小部分。她很多友谊的表现，例如寄杂志和美食到我们孤寂的营地，总令我们感激万分。她为推动熊猫保护不遗余力，在中国人那里赢得了“熊猫小姐”的封号。

我从一九八〇年开始，就跟林业部王梦虎有联络。他在负责协调熊猫项目和我后来的一些工作时，总是对保护事业十分投入。问题不论大小，到他手上，他总会尽力使外国人和各个中国人派系的要求都能得到满足和平衡。我很佩服他克服困难的毅力和技巧，他真正代表中国人所谓的“老朋友”。

四川南充师范学院的生物系教授胡锦矗是中国方面跟我对接的主要人员，我回顾我们密切的合作过程，感觉很愉快。胡锦矗是一位优秀的博物学家，教我很多有关鸟类及其他森林生物的知识。跟他做野外工作是一件乐事，因为不论天气多么恶劣，地形多么崎岖，他都乐在其中。他永远怀着冒险的心情，对自然界充满好奇。

熊猫项目用过几位翻译员，邱明江是其中之一。他非常聪明，能说流利的英语，总怀着一颗赤子之心，永不磨灭的热情、活力、理想主义。他热心学习，后来已不仅是翻译而已，他参与野外工作，并把两本有关熊猫的书从英文译为中文，他对研究和保护伦理极为投入，除了不眠不休地为我们的项目工作，还回大学进修生物方面的知识。

还有其他应该特别提出来致谢的人；伊恩·奥尔（Iain Orr）寄了一连串的论文来，让我知道中国环保现况。容思（Millicent Se Yung）和卢容飞（Fay Loo）为这一计划担任翻译，提供很多有用的建议。道格拉斯·克里格（Dauglas Kreeger）捐赠冬天的靴子、睡袋及其他设备。林恩·桑德斯（Lynn Saunders）和已故的艾琳·桑德斯（Irene Saunders），以及奥地利大使沃尔夫冈·沃特（Wolfgang Wolte）和他的妻子厄休拉（Ursula），在他们北京的寓所给我以亲切款待。唐纳德·布鲁宁（Donald Bruning）和安德鲁·劳里（Andrew Laurie）提供了很多有关熊猫的资讯。

我感谢康韦阅读我的手稿，并给予指正，芝加哥大学出版社的编辑苏珊·艾布拉姆斯（Susan Abrams）运用她作为编辑的技巧和洞习力，大力润饰我的手稿。

最重要的是，我要感谢我的妻子凯。她一如在我其他的项目中一样，深入参与每一层面的工作，甚至可以说，工作成果属于我们两个人共有。她守在帐篷中彻夜不眠，追踪装有无线电颈圈的熊猫，她分析熊猫的粪便，负责所有报告、论文、书籍的编辑和录入，包括本书在内。她永远在荒凉的野外为我们布置一个家，在艰苦的环境中提供一个充满人性温暖的地方。我可以跟她谈我的烦恼，她是我失望时的避风港。偶尔我们必须分开几个月，我的工作乐趣就会大为减少，这使我明白她在我生活中占有多么核心的地位。

序曲

嵯峨的山峦像虬龙的背脊，长满了枞树和桦树。云幕低垂，在山间翻腾似浪。树枝和圆木上还积着上个冬季的风暴带来的雪。微风吹动树梢，雪就簌簌而下，像一片水晶帘栊，为林中幽光更添几分鬼气。林下密生翠竹，那竹幕在山脚处一派铺天盖地，似碧海深处的潋滟青光。暗处不见天日的苔藓和木头发霉的气味阵阵扑鼻，竹林经霜而愈发挺拔，山顶笼罩在沉默当中；此处没有动静，好像也没有生命。

万籁俱寂之中，竹叶忽然开始摇晃，一根竹茎像玻璃脆裂作响。竹丛中出现一头大熊猫，雌体，斜倚在雪堆里，背靠着一丛灌木。她微侧身躯，伸出前爪，用象牙色的爪尖抓住一根竹茎，非常灵活地在基部将它咬断。她把竹茎紧紧握在掌中，从头到尾嗅了一遍，确定可食，就像啃芹菜一般，从基部嚼起。她用有力的臼齿把竹茎咬开、嚼碎。吃完后她游目四顾，找寻新目标，动作从容自若，熊猫和竹子在生态上结合为完美的一体。她进食的范围是个直径三英尺的圆，挪动几步，再吃一些，只吃最粗硬的茎部，把多叶的上段丢弃；最后她拱背坐着，前爪放在腿上，一副昏昏欲睡、十分满足的样子。方圆三千英尺就是她的宇宙，她只需要这么多：竹子、伴侣、一个养育幼儿的温暖树巢。

几分钟后，她踏着摇摇摆摆的步伐，爬上附近的山峰，停在长有节瘤的杜鹃树前面。这儿不生竹子。一线阳光穿过云缝，照亮迷离世界。熊猫的形状和颜色在竹丛中，显得模糊而难以分辨；现在到了阳光下，她变得轮廓分明。她的身旁有一棵硕大无比的冷杉。她认得这棵树：它是路标，是她最爱活动的区域的边界，也是一个嗅味站（scent-post）。树的多重作用赋予她认同感。树底的积雪上没有脚印，但她嗅嗅树皮就知道，有一头雄体熊猫，几天前才用肛腺在这儿做过记号。虽然她把他的气味牢记在心，却没有用她自己的气味盖过他的。

她转往最近的竹林，再次开始摄食，竹子的回复利用就是她生命的重心。她活得很悠闲。独居在这么高的海拔，熊猫予人一种绝对的孤独感，遗世而独立，几乎是神话。一群雀鹛（tit-babbler）穿过竹林，越过她头顶，像一群会飞的老鼠，她小小的黑眼珠却宛似一无所觉。餐罢，她翻个身就睡了，躺在雪里，倚着一根木头，厚重的毛皮使她不畏风寒。

下方，接近农田侵犯森林的地方，传来斧头的声音。她周围的竹丛像防御侵略者的甲胄，她听了一会儿，就走开了，避免任何冲突。她取道山坡上一条秘密小径，靠沿路的树丛掩护自己，动如一片云影，精确地在树海中航行，只有足迹写下她无声通过的记录。

第一章

初访熊猫之乡

一九八〇年五月至六月

小径一路向上，通往一座山脊，俯瞰可见春天的土豆地和玉米地，渐渐地皮条河只剩一缕淙淙水声，四周全是耸入灰蒙蒙天空的山峰。小径两旁是密生的杂草。我们不时停步欣赏银莲花（anemone）、酢浆草（wood sorrel）或其他野花，记录盛开的淡紫色杜鹃花，检视阴影中冒出来的拇指般粗细的竹笋。去年的青杠①果壳散落地上，满布尖刺的外形活像一群小刺猬。头上的桦树和枞树间，传来四声杜鹃（Himalayan cuckoo）甜美的咕咕叫声。

翻译刘延英指着山谷说："看啊，那就是卧着的龙了。"我们叫她小刘。小刘是我们和同行上山的二十一个中国人沟通的桥梁。龙首倚着一片有零星村舍的山脚，龙尾则迤逦直上云间。山里到处都是龙——蜿蜒的河流、茅屋里升起的炊烟、曲折的山峦——这座山峰还真像一头冻结在时间里的巨兽。相传，很久以前，一条龙飞经这座山脉，爱上了这儿的美景，决定停下来休息一会儿。它到现在还没走，卧龙一地也因此得名。龙是祥瑞之物，象征福气和长寿。卧龙似乎是个吉祥的地方。

山顶上有块跟一个房间差不多大的平地。杜鹃树上钉着一块牌子，写着“迎宾路”。我们在这儿会合，爬了一大段陡峭的山路，在松竹荫下喘口气，风里透着早春的凉意。公安、官员、记者、生物学家加上一位医生等人，齐齐出来迎接四个外国人。我们到了林子的边缘，是数十年来第一批来到大熊猫国度的西方人。更重要的是，我们是有史以来第一批应中华人民共和国之邀前来的外国人。二十世纪二十年代和三十年代的熊猫探险队，都趁着时局动乱、战争和贪污之便，捕杀了大量动物。我们这个小小的代表团的领队是彼得·斯科特（Peter Scott）爵士，这位集作家、艺术家及 WWF 主席于一身的二十世纪环境保护运动巨人，已经在一九八九年去世。彼得爵士能到场可说再恰当不过了，因为二十年前，他挑选熊猫作 WWF 的象征，而且亲手设计了引人注目的熊猫标志。他的夫人菲莉珀（Phillippa Scott）陪他前来，还有一位是以香港为根据地的记者南希·纳什，她热心保护工作，中华人民共和国与 WWF 的第一次接触就是她促成的。

我们沿着林木葱茏的山坡走进臭水沟（本地方言里“沟”就是山谷），一座包围在崇山峻岭中的小河谷。我看看四周的地形，虽然崎岖，倒也不难走，不禁松了一口气。昨天，刚进入卧龙时，道

---

① 本书屡次出现的榛树（hazelnut）、橡树（oak）和山毛榉（beech）均非四川本土物种，据胡锦矗教授分析应为山毛榉科植物“青杠树”。下文统一处理，不再一一标明。——编校

路在峡谷之上盘旋好几英里，清碧的激流冲刷着河中巨石，云雾盘绕在巉岩上。一片片森林有时在山坡，有时在山顶：高山流水，正是中国式理想风景。景致固然壮丽，但也令人却步，这种地方几乎不可能开展野外工作。我们排成一列纵队行进，软土上听不见脚步声，大家都压低声音，仿佛到了一个神圣的地方。路旁有两个浅绿色的锥形物体，大约六英寸长，两英寸宽。熊猫粪便！我跪下，把其中一团捧在手中，里面有未消化的竹屑，排列得整整齐齐，被黏液胶合在一起；闻起来有新修剪青草的甜美香气。我小心地把这脆弱的宝贝交给彼得爵士，所有其他人都聚拢来看我们这么如获至宝的是在干什么。我们相顾微笑，高兴得完全没想到主人家看我们以玩弄粪便为乐，会作何感想。这是值得回忆的一天，彼得爵士用英国人那种轻描淡写的口吻说："今天是个好日子，对吧？"

现在，中国顶呱呱的熊猫专家胡锦矗教授成了我们的向导。他从二十世纪七十年代中期就开始研究熊猫，两年前在臭水沟成立了五一棚研究基地。他年纪比我略长，中等身材、圆脸、一头根根竖立的短发。我们默默地评估对方的工作精神和对工作投入的程度，因为我们即将分担熊猫研究的责任。但我除了他态度和气、出于紧张而一直微笑之外，看不出什么名堂。他指给我们看一棵松树，被熊猫抓过，并啃掉一块树皮，留下一个淌着树汁的伤口。再向前，竹丛中一小片空地上有一堆笋壳。曾有只熊猫坐在这儿，剥掉壳，享用美味多汁的笋肉；附近有湿答答的浅色粪便和嚼剩的笋渣。下山往左，草木折断处显示动物经过的痕迹。胡锦矗说："大熊猫！"用的是中文。他笑一声，沿着那条小径往前走，用手臂拨开挡路的竹枝，我们对熊猫留下的踪迹这么感兴趣，显然令他很高兴。他很快就发现一个地方，有熊猫在这儿咬断两根竹茎，吃了几口，就把多叶的上段扔了。我不懂，为什么熊猫不喜欢吃叶子，宁可吃坚硬的竹茎？

我们检视剩下的竹子时，王梦虎问：“这是研究熊猫最好的地点吗？”他曾告诉我们，他觉得他的名字注定他这辈子要跟野生生物打交道。他负责林业部自然保护处，兼管熊猫保护。这个四十多岁的小个子，眼睛总是笑眯眯的，发量略薄，有发号施令的天才，他热切地等我们回答。

我说：“我不知道。到目前为止，我们只来过这儿。必须多调查几个地方，才能决定哪儿是最好的研究地点。”虽然王梦虎显然懂一点英文，还是由小刘翻译给他听。

王梦虎神秘一笑，说：“我国有句老话，‘千里之行，始于足下’。”

后来我们循原路下山时，开心得差一点忍不住狂奔下去。通过皮条河上摇摇晃晃的吊桥，就回到等在村子里的车上。保护区总部设在几英里外，山谷中一个宽阔的转弯处。这堆盖得毫无章法的水泥大房子，在一九七五年成立保护区之前，本是几千名伐木工人的宿舍。最近才把其中一幢房子的一层楼改装成客房和一间大会议室。

中国所有的会议室都一模一样；墙边排满一大堆椅子和沙发，伸手可及处一定有小茶几，放好了热水瓶和喝绿茶用的瓷盖杯。官员花大量的时间开会，检讨职责；政府已经认为这是一种“不健康的倾向”，有碍生产力。我对各式各样的会议一向尽力容忍，但自从五月二日抵达中国开始，纳什和我（彼得爵士夫妇到成都才跟我们会合）都已经开会开伤了。

讨论中国的自然保护就开了一整天的会。王梦虎告诉我们，第一个保护区在一九五八年成立，第一个熊猫保护区在一九六三年成立；目前有超过六十个保护区，到一九八五年会发展成二百五十

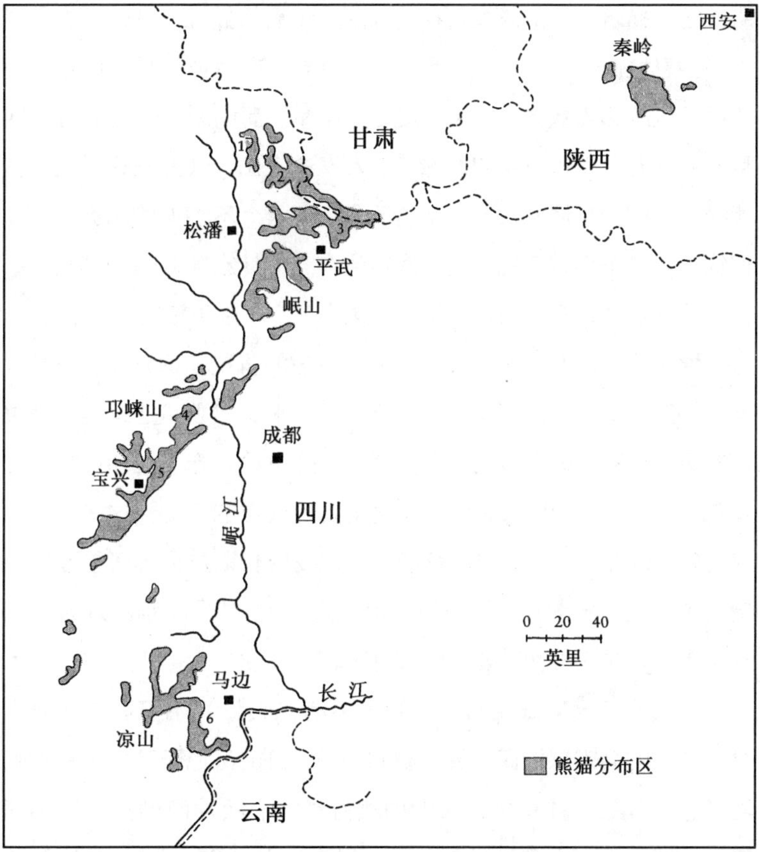

图一　大熊猫分布图。本图系根据肯·约翰逊及其同事在一九八五至一九八八年所做的熊猫数量统计数据绘制。图中数字标示了我曾做过野外调查的保护区：(1) 九寨沟，(2) 王朗，(3) 唐家河，(4) 卧龙，(5) 蜂桶寨，(6) 马边。

个，可占全中国土地约百分之一。大多数熊猫保护区都由各省自行管理，但有三个例外，由中央政府直辖，卧龙是其中之一。熊猫保护区一共已花了一千四百二十七万人民币（合九百五十万美元），王梦虎强调，这数字到一九八五年会增为三倍。

还有一天，我们听科学院的哺乳动物学家朱靖检讨中国人过去所做的熊猫研究。彭鸿绶曾在一九四〇年沿熊猫分布区的北缘做过一项栖息地调查。一九六八和一九六九年，有两位科学家调查过王朗保护区的熊猫数量，但因“文化大革命”而中断。一九七五年四月底和一九七六年五月初，约三千人奉命上山，以三天的时间调查熊猫数量和分布情况。①结果显示，只有六个不相连的山区，总面积约一万二千平方英里，还有熊猫生存。估计在陕西有一两百头、甘肃约一百头、四川约八百头，总共约一千一百头熊猫存活。

植物研究所有一场会议介绍竹子生态的背景知识。会后王梦虎向我们简报前一年跟 WWF 初步会谈的情形。接着是连续两天有关“为保护大熊猫成立研究中心协议书”的讨论。穿插在会议之间则是观光长城、紫禁城、北京动物园及其他景点的活动。这些活动都很悠闲，以互相熟悉、建立感情、评估发展长期友谊的可能性为宗旨。那天在臭水沟，王梦虎很轻松地对我说：“你在别的地方过了半辈子，现在下半辈子要在中国过了。”

卧龙的云层又低又密，我们入山第二天就开始下雨。又要开会。这次的会跟保护区有关。我们听说，目前已记录了九十六种哺乳类、两百三十种鸟类、二十种爬行类、十四种两栖类。其中熊猫、金丝猴（golden monkey）、白唇鹿（white-lipped deer）以及羚牛（takin）都名列中国一级重点保护物种名录，直属中央政府管辖。卧龙总部海拔六千五百英尺，每年平均降雨量四十英寸，平均湿度百分之八十；一年只有一百八十天无霜期。据说当地人对熊猫很友善：一九七八年十月，有一头患病的熊猫跑到一个公社去，人们喂了它三天糖和稀饭，直到它康复回森林去为止。

---

① 据考这一调查应自 1975 年 4 月起，至 1978 年 8 月止。——编校

接二连三的会议，源源不断的资讯，最大的作用无非是强调过去已做了很多研究，正如王梦虎所指出的，他们主要是希望 WWF 履行前一年的协议，成立一个研究中心。换言之，看在研究中心分上，中国人可以容忍一两个外国生物学家。但我私下的结论却非如此：详尽的野外工作几乎不存在，研究中心也没有必要。我记得前几天拜访五一棚时，我要求看上一个月的全套熊猫研究记录。我想知道工作小组记录了什么样的资料。他们翻了半天，最后有人拿出一张薄得像卫生纸的文件。我说："不对，不对，我要看整个月的资料，不只是今天的。"出现了一阵令人尴尬的沉默：那张纸就是一个月的工作成果。

那天下午，我们参观了从总部大约再向谷底走五英里的核桃坪。这是预定建立研究中心的地点。河流贴着山阴，一侧是林木茂密的山坡；一侧是倾斜的峭壁。既然所有的化学分析都可以就近送到成都的大学和实验室去做，为什么还要在一个偏远阴冷的山谷里，利用河岸上狭小的空间，挤下一两个研究中心？为什么不把总部空下的房舍，改建一幢当作办公室、图书馆、植物标本室等？我还以为西方逻辑跟中国逻辑相通，未免有些天真了。

雨又下了一夜，直到早晨。但在我们翻上峡谷进入臭水沟隔壁的英雄沟后，天色渐渐开朗。原本用来运木材的小径，穿过三个山洞。不久峡谷展开，进入山谷，我们来到了还没有成功繁殖记录的熊猫繁殖场。熊猫被关在四面通风的棚屋里，用铁栏隔成许多空荡荡的小间。在沿着山坡灌入峡谷的冷风中，七头熊猫瑟缩成一团。户外的园子里种了一些植物，也包括竹子，但显然不是给熊猫享用的。

这景象使我很不愉快。连日来我们一直听说熊猫是多么珍贵，中国人多么以它们为荣。虽然七十年代政府曾经把熊猫当作外交礼物，一对对送给日本、美国、英国、法国、西班牙、墨西哥和朝鲜示好。全世界的动物园都抢着要熊猫；一家美国动物园甚至愿意用一千头霍斯坦（Holstein）母牛换一对熊猫。我想，我的一大任务就是整顿这个地方，使熊猫生活得舒适，引进新的管理办法。我心里只想到熊猫，全然不知西方一厢情愿、凡事求进步求改变的态度，会跟当地根深蒂固的惯性发生冲突，在他们看来努力工作也不会有什么作用。

不过，当管理员领出两头七八个月大的熊猫宝宝时，我对繁殖场的坏印象一扫而空。它们体重约三十磅，只要对那猫爪般锋利的玛瑙色小钩爪当心一点，还可以抱在怀里玩。大多数哺乳类都不引人注目；但熊猫不然。这两个小家伙不但具备这一物种与生俱来的魅力，更多了一分惹人怜爱的柔弱。那双充满渴望的眼睛周围的黑圈，尤其带有一种令人无法抗拒的人性特质。我尝试对它们持客观的态度，我告诉自己，要是它们全身漆黑，像黑熊一样，就不会有人把它们当一回事了。但它们仍然是我所见过最讨人喜欢的动物。

第二天，我们开车上山顶，云雾后的景致美得令人喘不过气。那是我们在卧龙的最后一天，当天晚上有一场饯别宴。传统大菜川流不息，先冷盘，再热炒，很多菜都加了红辣椒提味：豆腐、炒肉、虾仁、蒸鱼，早在上最后一道汤之前，大家就已经吃撑了。我们照礼俗一对一敬酒，喝了啤酒、甜津津的红酒、白酒。吃了又喝，喝了又吃。干杯是一种仪式，主人在敬酒时要引用一大串的成语，称颂我们的友谊与合作。“有朋自远方来不亦乐乎”、“新朋将成旧友”、“合作共事”，每个人都要说几句。我在笔记中记道：“过去的西方探险队来这儿射杀熊猫，把它们带出中国。WWF 不同。它来此提供协助，确保熊猫能留在它们的故乡。”

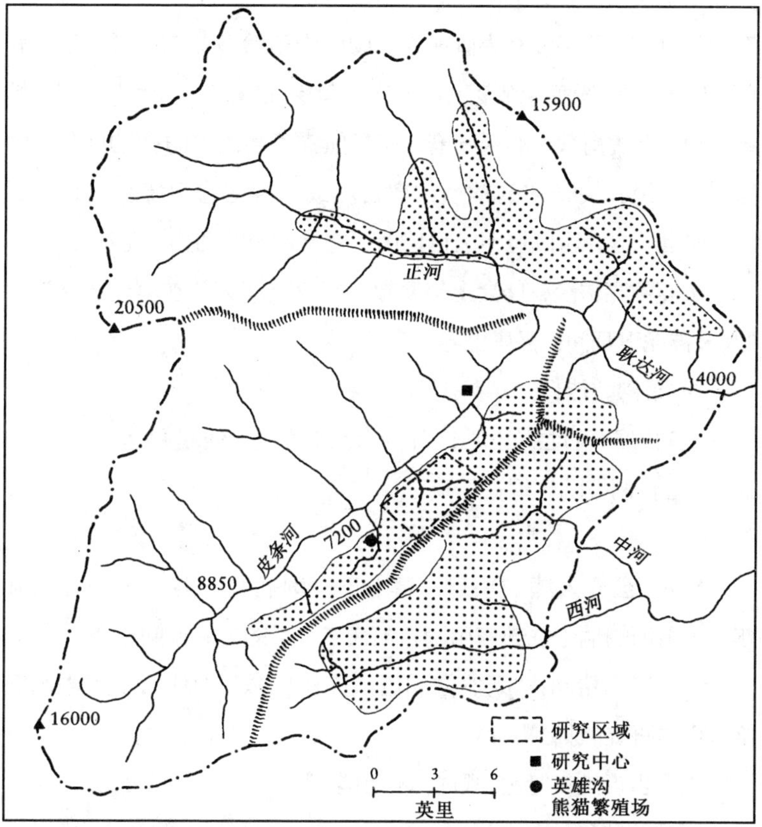

图二　卧龙保护区熊猫分布情况。图中数字代表各地海拔高度(单位英尺)。

四川的知名画家邱笑秋也参加了这次宴会。中国画家往往以擅长画一种题材甚至一种动物见称。身材矮小、戴着厚镜片、仿佛经常在做白日梦的邱笑秋，专长是画熊猫。那天下午，他当众挥毫，不消几笔，熊猫就在宣纸上活灵活现，腿、耳、眼与拱背俱全，心满意足地靠着一丛竹子休息。邱笑秋把这幅画题字送给我，盖上私章，庄严地交到我手上。我们每个人都收到了一幅画。熊猫在艺术中和在现实中一样，鲜明、单纯而赏心悦目，我想不通为什么一九五〇年以前，几乎没有人画熊猫。国画中虽然多花鸟虫鱼、珍禽异兽，但古画和壁画中都没见过熊猫。龟象征智慧、鹤代表长寿、蝙蝠是福、老虎勇武、鹿禄同音，可是熊猫不给人这方面的联想；中国历史上没有关于它的神话或寓言。或许因为它习惯躲在竹子后面，遗世独立，所以登不上百兽图。它是幻想的动物，尤甚于龙。

按照中国传统，盛会上都要做诗纪念。邱笑秋在宴会上吟道：“九天神龙下凡间，极乐世界爱自然。”

“他是佛教徒！”南希夸张地惊呼。

小刘很严肃地纠正她：“他不是佛教徒，他是马列主义的信徒。”把我们拉回到现在。

WWF会介入熊猫项目，是出于一场偶发的意外。一九七九年，该组织的瑞士总部雇用南希担任三个月的公关顾问。

有一天南希问：“既然你们用熊猫作标志，为什么不跟中国联络，合作研究熊猫？”

人家告诉她：“我们试过，不可能。”

“我试试好吗？”

“好啊。”他们答。

她以一贯的进取精神，拟了一份计划书，建议WWF和有关中方机构会面，讨论在中国境内联手推动保护工作的最佳策略。这份计划书通过新华社香港分社送抵北京。也算因缘际会，中华人民共和国前一年刚宣布农业、工业、国防、科学四个现代化的任务。务实打倒了国内的封闭倾向。中国人向以天朝数世纪的荣光为豪，对围伺的粗鄙文化视若无睹；但如今他们需要技术。中国人同意

WWF 来访。

一九七九年九月十九日至二十九日，WWF 的代表，包括彼得·斯科特爵士、李·塔尔博特（Lee Talbot）、公关主任戴维·米切尔（David Mitchell）、南希、秘书长夏尔·德黑斯（Charles de Haes）一行访问中国。他们提到很多保护问题。成立了一个联合委员会，由双方各派三个代表，每年聚会一次。还签署一份备忘录，协议建立一个“大熊猫保护项目，并兴建熊猫研究中心，对熊猫生态做有系统的研究”。这是一次历史性的会议，也埋下了日后严重误会的种子，差一点导致熊猫项目胎死腹中。WWF 签署备忘录，等于同意成立研究中心，却没有深究其中的意义。中方指派林业部、中国科学院以及国家环保局的前身国务院环保办公室共同负责这一项目，这实在是有欠考虑。中国人主要依赖个人和家庭，对工作和单位并不那么热忱，所有事务更是靠关系而不是靠责任感推动。结果各个单位若没有领导下令，就各自为政，互相竞争而不合作。中国人称之为“婆婆太多”，这正是熊猫项目面临的困境。

快乐的背后都有阴影。经过三个星期愉快的宴饮和旅游，我们享受了无微不至的款待。回到北京，在北京饭店一个房间里，我们开始就这一项目展开严肃的谈判。王梦虎花了好几个小时，巨细靡遗地介绍他的最高优先考虑——研究中心。

“研究实验室占地八百平方米，有二十个房间。建筑费大约是每平方米二百五十元人民币……宿舍占地一千六百平方米，副教授宿舍是七十平方米，技术员三十平方米，一共大约三十名科学家和技术员……户外围场十公顷，容纳二十头熊猫。需要长五公里、高三米的围篱；需要二千五百根柱子，每根柱子十元……研究实验室设在河的一边，熊猫围场在另一边。桥梁建筑费三十万元……还需要建一座二百五十千瓦的水力发电厂。”

他滔滔不绝，我们大吃一惊。全部建筑费用高达二百万美元。把熊猫抓来圈养有其好处，至少可以关闭英雄沟那个不人道的监牢。但是大型实验室跟熊猫保护有什么关系？更何况，我觉得这个计划本末倒置：中国人还没有谈要做什么样的研究，就已经决定要多大的楼板空间和多少名技术人员。我当时还不了解，在中国，建筑物的大小无论有多不合时宜，都代表了一个项目的重要性。

彼得爵士最终答复说：“主要的长期目标是防范熊猫数量因栖息地遭到破坏而继续减少，并通过野外调查与圈养繁殖，增加它们的数量。人工圈养的目标是释放熊猫回到大自然，或送往动物园，使人不需要再捕捉野生熊猫。”他指出保护区的重要性，建议通过缩小户外围场等方式，减少该项目的花费。圈养繁殖值得考虑，但实验室几乎没有必要。彼得爵士的结论是：“重点应放在野外工作上。”

一心为中国着想的王梦虎，重述了他刚才说过的话。他忽而口若悬河，忽而谦逊，忽而机智，忽而充满攻击性，忽而态度平和，他既表演给我们看，也表演给他的同事看。“我们需要研究中心协调所有与熊猫有关的工作……第一步就是成立研究中心。”他的意思很清楚：没有研究中心，就没有熊猫项目。

彼得爵士说：“WWF 向公众募款。我们不是银行。公众不喜欢花钱买设备。就目前的状况，我们无法同意支付重大建设工程。”

会谈在紧张的局面下告一段落。

WWF 满怀浪漫天真幻想，展开这一项目。外国商人到中国，追求的是市场；传教士到中国，追求的是灵魂。与此相较，WWF

自命是为了全然无私的目标前来。难道保护熊猫的共同理想还不够？其他国家都感激涕零地接受了基金会提供的任何经费与设备。中国人却向来认定，外国人不论送来礼物或夺取东西，都没怀着好意。中国人不会把实际利害跟其他目的混为一谈。总而言之，WWF 必须准备迎接艰苦的谈判。

WWF 没有自己的翻译员，没有人来解释立场上的微妙细节，捕捉弦外之音，制造好印象。相反，它一切倚赖环保办公室的马焕琴。马小姐个性乐观，经常面带笑容，她有促成合作的诚意，但她当然站在中国那一边。为了推动我们的工作，她甚至放弃了休息时间，长达两小时的午休是一项不无价值却罕见成效的中式习惯；在深夜会谈期间，她还帮忙翻译我们写的文档。但翻译的工作繁重，她翻出来的东西，有时引起困扰和令人头疼的误会。事后看来，WWF 一直犯的错误，就是派高层人员去谈判微不足道的事。中方出面协商的却都是中级官员。那段日子里，王梦虎的直属上司从未在会谈中露过面，多年来，我不曾接触到林业部的高层领导。高层人员参与谈判，万一要打退堂鼓，不免丢面子，也不方便诿过或延迟决策。WWF 派出不带个人色彩的执行委员，效果显然不佳。

彼得爵士离开中国前，只剩两天来讨论和安排研究中心这个复杂的问题。中国人很巧妙地利用时间压力来影响 WWF，这是谈判的高招。他们知道，WWF 迫切希望把这个计划放在一九八一年的二十周年纪念活动里；他们知道，一九七九年十一月，副总理方毅原则上同意史密森学会（Smithsonian Institution）的一个熊猫研究计划后，WWF 就很担心，第一个研究其象征物的机会将被别的机构捷足先登；他们也知道，彼得爵士若不能当下谈妥协议，这一项目就必须搁置，同时取消募捐活动，其他计划也会受干扰。形势所迫，WWF 唯有硬着头皮向前冲，没法子停下来衡量目标。匆匆决定，慢慢后悔。正好王梦虎在另一个场合引了一句成语“骑虎难下”，我们就是被他逼到这样的处境。

下一次会谈全部用来讨论财务。王梦虎说：“中国方面要知道，基金会能提供全部建设经费的几成，因为所有项目都必须交一份书面计划给国家基本建设委员会。计划中要包括目标、规模、费用、建设进度表……我们必须先知道基金会的捐款数字，才能提交计划。”

他要知道金额，就在今天。

会上有一个苍白而沉默的官员，他的主要作用似乎就是在旁喃喃抱怨：“我们不需要外国人帮忙，我们可以自己来。”对我们造成无形的压力。他好像很了解南希听得懂中文。

彼得爵士答复：“基金会现在没有钱可以提供给这一工程。我们为熊猫募得的款项，或许有一成，最多不超过四分之一，可以用在建设方面。”

如此含糊的数字当然不能令中国人满意。王梦虎建议 WWF 负担一半的建设费。彼得爵士则要求把研究中心的费用削减到一百万美元。中国人对他们要的东西了若指掌；WWF 根本没有设下底线，这在谈判中是一大败笔。

那天晚上，彼得爵士打电话到瑞士给德黑斯。不知何故，听筒里传来的声音经过放大，房里每个人都听得见。

德黑斯说：“一百万美元吓不倒我，两百万也无所谓。”

现在熊猫项目可以顺利达成协议，我们都很高兴。德黑斯代表 WWF 做出承诺，研究中心可以实现了。

第二天早晨，彼得爵士在会中首先发言：“我们承认为了保护大熊猫，有必要成立研究中心……基金会准备向中华人民共和国提供一百万美元……这笔款项还不包括设备、野外调查的开销、海外出差及其他费用。”

我预期看到愉快的笑容，或至少明显松了一口气的表情。但王梦虎、胡锦矗、马焕琴还有其他人都只是无动于衷地坐着。只有小麻雀似的小于有明显的反应：她的笔停在笔记本上，没有像往常那样忙着记录别人的话。

王梦虎简短地回答：“一百万美元是很好，可是什么时候送到呢？”就事论事，在商言商。

财务问题大致谈妥，现在中国人要一个行动计划，一套建设进度表，以及未来五年对野生及圈养熊猫的研究进度表。第二天早晨之前，彼得爵士、南希和我边谈边写，忙到夜深。南希还为计划的各项草稿做了录入。

彼得爵士离开北京后，南希和我又花了四天，敲定所有的细节。中国人把我们的英文稿拿去，粗略地翻成中文，再把它译回英文，这么一来，很多句子都变得不忍卒读。我们逐字逐句地对照草稿，每个人都在为文字隐含的意义争执。我们还以为在做定稿，但政府机构中更核心的人还要做进一步的修改，有时令人不解，有时暗藏心机。例如，WWF 已经同意提供一百万美元的建设经费；有人把句子改为“至少一百万美元”。这些花样使我提高警觉。

其他问题也需要考虑。我们亟须一位管理圈养动物的专家，并与本地建筑师合作，设计研究中心，WWF 特别要求，在签署行动计划前，这项设计一定要先经其核准。建筑物是传统中国式，有相传可避邪的弧形飞檐（因为鬼魅只会走直线）。纽约动物学会会长威廉·康韦很乐意帮忙，但他需要签证。中国人碰到有必要时，行动都很快，这次是新华社记者王金鹤（Wang Jinhe）帮了大忙，他曾经来开过几次会。签证很快下来。我到成都接比尔[①]。我们一块儿在卧龙待了几天。最后决定繁殖场要附设检疫处、育婴房、维修处以及数个供熊猫个别居住的围场。每个围场里有一间遮风挡雨的小屋，给熊猫隐私，还有一个户外活动的院子，通过一个长条围场跟其他院子相连。如此，雌体发情时就可以跟每一头跃跃欲试的雄体接触，反之亦然，让熊猫自行挑选中意的伴侣。

我的行事历上还有一件事。行动计划中列出，我在卧龙的工作始于一九八〇年十一月。顶着一头稀疏白发、态度保守而谨慎的张树忠曾暗示，卧龙的生活对外国妇女可能太过艰苦。中国人总避免直接谈不愉快的事，但他的意思很清楚：我太太凯不受欢迎。我已经知道，在正式会议中花大量时间谈这类问题不会有什么结果，即使最单纯的事，放在十多种不同观点下检视，也会变得复杂到不可开交。所以我只私下告诉王梦虎，没有凯，我就不会在中国工作。他了解我的坚持之后，传话给我说，这个问题很快就会解决。

行动计划完成，会也开完了。康韦在致德黑斯的信中，对这项协议的广泛影响做了评估说："显然 WWF 做了一笔好交易。投资在大熊猫研究以及相关计划上的钱，即使增加到数百万（我希望会朝这个方向发展），比起这项计划对唤醒全球保护意识的效果，简直不值一提，太划得来了……WWF 到目前为止所做的一切，若论在野生动物保护上的价值，都不及这次的计划那么具有国际性。"

协议书及行动计划由环保办公室主任李朝波和 WWF 总裁约翰·劳登（John Loudon）于一九八〇年六月三十日在荷兰签署。开

① "比尔"是威廉的昵称。——译者

宗明义就写道：

> 中华人民共和国中国环境科学协会与世界野生生物基金会公认，大熊猫不仅是中国人民的国宝，也是一项与全世界人类息息相关的珍贵自然遗产。它具有无与伦比的科学、经济与文化价值。

我们不久就发现，签署协议并不意味着协商的结束，而只是个开始——严重的问题还在后头。尽管如此，半年后，一九八〇年十二月，我还是回到卧龙，跟胡锦矗一起开始对熊猫做深入的研究。

第二章

卧龙的冬季

一九八〇年十二月至一九八一年二月

早晨七点，虽然天还黑着，我已经听见炊事员唐祥瑞在厨房里乒乒乓乓地忙。我把衬衫扯进睡袋好焐暖，然后直挺挺躺着，等寒意消退。胡锦矗在帐篷的另一头轻声打鼾，还有一头，睡的是跟我们从北京来此的临时翻译员小黄，他头上永远戴着一顶毛皮帽子。天色透光时，我就穿好衣服准备起床，我的日耳曼式工作伦理使我觉得，天亮后还赖在床上是一种罪恶。五一棚营地另外两个帐篷里的人都还在呼呼大睡，又一个寒冷的十二月天，在灰蒙蒙的曙色中开始了。挂在杜鹃树干上的温度计，指向十八华氏度。

我钻进公用的棚屋。这建筑简单到极点，由一堆摇摇欲坠的粗木板搭成，板缝勉强用草席挡着，油毛毡做屋顶。门口挂着帆布，免得风雪刮进来。里头也很冷，除此之外没什么好说的。唐祥瑞穿着厚重的鸭绒外套和裤子，活像一头枣红色的大熊，正埋头用炒锅和压力锅弄早餐。梁上吊着一只猪的后半段，角落里堆着几袋面粉和米、食用油桶以及其他补给品。我抓了一个馒头，走到隔壁房间，泥地上生了一堆火，我把馒头放在热炭上，在一个充作凳子的树桩上坐下，一边烤馒头，一边就着火烘手。屋子很简陋，勉强可以住人罢了。角落里有个桶，四周溅出的水都结了冰。唐祥瑞每天要到数百英尺外的小溪，用扁担挑水来把桶加满。另一个角落里有张摇摇晃晃的桌子，上头放一架晶体管收音机，还有几排架子，供大家放置漱口杯、毛巾、肥皂、牙膏、牙刷等。木材堆在跟屋里所有其他东西一样被煤灰熏得墨黑的椽下。没有窗户，但一面墙上有个挺大的开口，方便从外面把木头直接推到火上。

周守德走进来，拿起水桶附近地上的一个搪瓷脸盆，取下火上的开水吊子，倒了一些热水洗脸。他是五一棚棚长，一个瘦削的青年，很有礼貌，但态度疏远，不易亲近。张贤堤过来，把火搅一搅，弄得火星四散。他的头发又短又密，根根直竖，像一只触电的鼹鼠，他脸宽，笑容也宽。他总能在需要帮忙时出手，是个有条不紊的工作者。接着，田致祥也加入我们，他是个讨人喜欢的零余者，脾气很好，待人和善，足以弥补他那种连走路都会伸错腿、带点滑稽的不协调。他本来管理五一棚的粮食补给，出了问题后，主管改派他做研究。更多人来了，潘文石、小王（王连科）、大王（王学全），十一个人都到齐就开饭。我们排队把稀饭打到搪瓷碗里，搭配油炸花生米和酱菜。围火进食，每个人都吃得很快，不聊闲话。

胡锦矗问我：“我们今天去哪里？”

到目前为止，我们每天都到臭水沟一个不同的地方去，帮助我熟悉小径和地形。这片盆地很小，总共约十平方英里，主要的河谷分成三岔，盆地上又交错着山岭，造成狭窄的山峰和陡峭的山坡，地势很崎岖。只有五一棚对面有一片还算缓和的高原，叫作方子棚。

我说：“由你决定。”

我很佩服胡锦矗对野外工作的投入。我在中国遇到的生物学家，大多年满五十岁就在心理上宣告退休，一心一意保护既得的地位，避免被年轻人夺走，尽量保持低调，等着领退休金。胡锦矗是个令人惊喜的例外。

他在一九七八年选中这片营地，对这个地区十分熟悉。五一棚海拔八千三百英尺，接近谷口，高踞半山坡，位于两种不同种类竹子生长区中间的缓冲地带。往下走是伞竹，或中国人口中的拐棍竹，①往上就是箭竹。胡锦矗挑中彭加干陪我们前往山谷的北岔，另一组人则采集竹子标本——以一平方米为单位，对枯枝、老枝与新枝计数与称量。这么做可让我们了解今年竹枝的密度与产量，熊猫可以有多少食料即生物量（biomass）。中国人打了厚实的羊毛绑腿，用来防水和防寒，脚上却只穿单薄的球鞋。我在心里记下，要设法替队友争取到靴子。

小径横过山坡，老彭照例反穿着他的羊皮背心，一马当先。他在高低不平的山路上行动灵活，显然惯于山中生活，事实上，他一度在这儿打猎为生，卧龙一九六五年列为保护区以后，他当过守林员。虽然山阴有积雪，但林木仍显得青翠欲滴。杜鹃长在分散的冷杉和云杉下，叶子冻得紧缩在一起。大丛竹子碧绿得令人怀疑是否

① 研究者认为中国并无伞竹，故后文统一称“拐棍竹”，不再一一标明。——编校

夏季也凝固在这儿。我们经过白岩（ái），从小小的悬崖上，可以望见臭水沟北方一座接一座的小山丘，近处的清晰得宛在眼前，远处的山勾勒成灰色水墨，横陈天空下。

过了白岩，山径急转直下，我们攀着竹丛和树枝，跌跌撞撞下到谷底，有条小溪载着碎冰在岩石间穿过。过了两根细树干搭成的木桥，小径又沿着斜坡向上。我们停顿一会儿，喘口气。山脊另一头有一汪泉水，散发出硫黄味，地面被一头羚牛的蹄子踩得一片狼藉，这种北极麝牛的远亲体型非常笨重。老彭告诉我们，夏天羚牛会从西方的山谷跑到这儿来，吃浸了盐的泥土。前方有瀑布挡路，我们必须沿着瀑布边缘挪步，接近一条结冰的斜坡道，冰的上空斜架着一根细细的树干。一手扶树干，一边小心翼翼踩着老彭用斧头

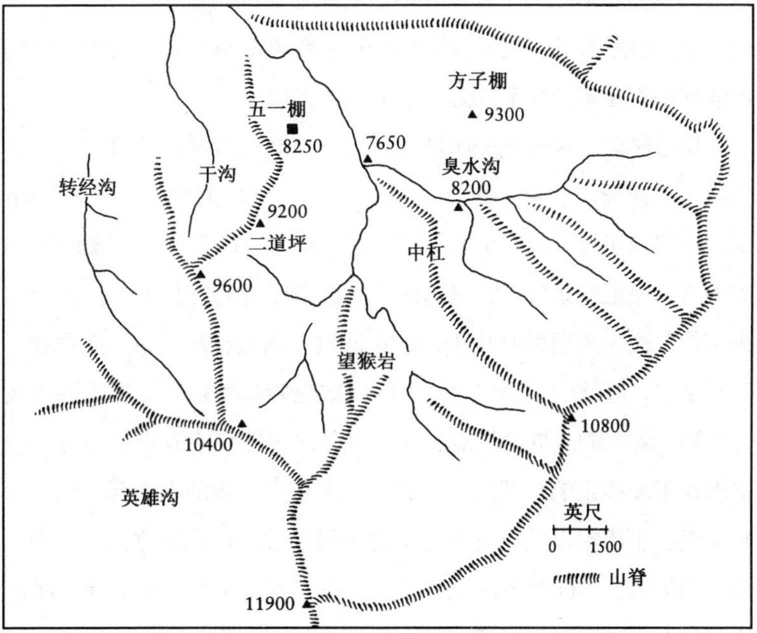

图三　臭水沟流域

在冰上砍出的阶梯，我们通过了这个障碍，回头只见冰冷的水在下面的小池里冒泡。

溪边柳树成行，一只白胸河乌掠过水面，向上游飞。老彭突然停下脚步，有大约一小时前才留下的新鲜熊猫足迹。我的想象立刻发挥作用，使周遭的山岭换了一副面貌，似乎随时会看见魂牵梦萦的熊猫身影，悄悄出现在竹丛里。但四下一片寂静，没什么黑白相间的东西。我们追踪那头熊猫时，森林似乎变得十分警觉。足迹弯弯曲曲向前，趾尖向内，很离奇的有点模糊，好像穿了粗麻布靴子，这是因为它脚底也长着毛。有时熊猫会涉过溪水，足印里就结了一层薄冰。雪地里有两团粪便，像鸟巢里的两颗蛋，是昨晚留下的，因为已经冻透了。我把它们装入塑胶袋，带回去分析。我们每个月至少要搜集三十个粪便，把它们晒干，叶与茎分开——这工作很容易，因为熊猫进食不大咀嚼——然后秤每个部分的重量，以确定熊猫是否在不同季节偏好竹子的不同部位。

足迹转向一片陡峭的山坡，熊猫一直躲在茂密的竹林里，不曾露面。更何况，老彭一路扯大嗓门说话，我们的脚步声也嘈杂不堪。但研究足迹，我们也至少知道了一点熊猫的秘密。它矮胖如桶的身材，天生就适合在断倒的树木或被雪压弯的竹丛下行走。我们则不然，往往需要拨开枝干，才能通过。高五英尺左右，箭竹就会障碍视线，湿叶子会刮到脸，雪片会钻进领口和袖子。手扶的树枝会脆裂，脚踩的木桩会打滑。我一直想测出熊猫究竟走了多远。压实的积雪和残余的竹茎显示它曾停下来进食。我的手指都冻僵了，几乎没法子用铅笔记录它所食用竹茎的年龄。这是嫩竹，上一个春天才抽的笋，不像老茎已生竹枝。计算各种类型竹茎的数量，测量残留竹桩和被丢弃枝叶的长度，就可以大致确定有多少竹茎被吃掉。这工作很无聊，但只有靠系统化搜集诸如此类的单调资讯，我们才能从新的角度了解熊猫的生活。

我们停在山顶上，吃了简朴的馒头午餐。熊猫沿着山脊，一直前进，没有停步进食，不久进入没有积雪的地区，我们就把它跟丢了。下午已过了一半，该循原路回五一棚了。

回到营地，我检查了捕鼠笼。营地周遭的地形非常适合小动物生存，覆满青苔的岩石和树根之间有很多缝隙可以藏身。笼里有一只毛皮光滑的棕色老鼠，看起来很像鹿鼠；还有一只地鼠，奇怪的长鼻子如象鼻一般长有皱褶和刚毛。胡锦矗鉴定老鼠属于姬鼠属（*Apodemus*），地鼠则为长尾鼩属（*Soriculus*）。我把两具冻僵的鼠尸都交给他，制作博物馆标本。过去做项目时，我从植物到头盖骨无所不收；我酷爱搜集小纪念品。但随着年龄渐长，这种东西对我逐渐失去吸引力，只在笔记里记一笔或画个素描就算了。此外，中国人认为外国人搜集东西是一种科学帝国主义。西方博物馆的收藏家一度掠夺中国考古学的宝藏，恣意采集动植物标本，为中国境内的物种滥取学名。组织规定，我除了跟熊猫直接有关的物品，不许搜集任何东西。

小屋里挤满了人，我找个位子坐下，试着跟大家打成一片。我把中国当作一项挑战，五一棚的中国人对我的到来也持类似看法，虽然出发点不尽相同。我很多同事在一九八〇年以前不曾见过外国人，跟外国人密切接触过的，更是一个都没有。除了潘文石来自北京大学，我们叫作“大王”的王学全来自哈尔滨东北林学院，以及胡锦矗，工作人员主要都是四川本地人，只受过起码的教育，他们觉得我很稀奇，甚至有点古怪；我的野蛮习惯显然得改掉。凡是有人帮我忙或对我表示友善，我一定说：“谢谢你。”这种随口一声的道谢方式太廉价；感激不用口说，而要看日后的行动。我早晨见人就问好，晚上道“晚安”，有人说，这种作风“莫名其妙”。我干吗总那么正经八百？经过好几个月，我才知道这些都是错误，但在其他方面，我犯的错很快就受到纠正。比方说，晚上回到营地，应该先打一盆热水洗洗脚，我做到了。

接着吃晚饭——一碗米饭，上头浇有包菜炒肥肉丁。食物很简单，不过满好吃，比一般中国人家吃得好，因为我们每天都可以吃到一点猪肉。在中国，像大米和食用油之类的主要食品还要配给，用粮油票才买得到。我们吃饭时，筷子敲着金属碗，像雨滴打在铁皮屋顶上。大王是个高大而精力充沛的汉子，在我两次拒绝加饭后，还硬把一勺饭堆在我的碗里。我实在吃不下，但到海外工作，就有责任适应当地生活，只有乖乖咽下。但愿随着时间过去，友谊不再那么有侵略性，笑容里也不再带有那么多焦虑。

晚上七点，茅屋里又暗下来，只剩火堆的亮光。我们总共只有一盏小煤油灯，归炊事员使用。我走回帐篷，胡锦矗生了火。炉子四处冒烟，木材也不知点着了没有；烟囱该清了。但我趴在床上，还可以利用烟幕下方的一片清净地呼吸，并借着手电筒的光，抄写前一天的笔记。我们需要一个研究帐篷，一个清洁、干燥的地方放置设备、标本和公共笔记。我们准备了一些记录资料的表格，胡锦矗把它们都收在枕头下面，还有书、信件、其他文件。他睡在这些东西上面，够安全，但不够方便。

又是一天。营地周围的桦树上结了霜，我和大王出发到营地上方的山岭中找寻熊猫踪迹时，树枝映着早晨的天空晶莹发亮，像一大片坠落的星星。我很喜欢大王。他充满活力，人也聪明，为我们这个严肃的团体增添不少欢笑。有人偷偷告诉我，他负有监视我的任务。我不知道这是造谣或事实，但我比较在意所有的来往信件都被人拆阅。

小径沿着山坡直直向上。开始那段岩石路非常陡峭，我们必须攀着树枝往上爬，然后路沿着山脊顶向前，两大步外是一片平坦的大冷杉林，有一些直径达两三英尺。一小段路程后，来到一块叫作二道坪的小平原，山坡上长满箭竹，密集的竹林下除了苔藓什么也长不出来。只有在树木倒下，把浓密的竹幕打破的地方，新生的灌木或树苗才见得到阳光，可以在被竹林吞噬前苟延残喘。小径是用柴刀辟出的，围了很多尖头竹桩，像一根根随时准备刺穿过路客的长矛，为我们增添一个无论混着雪和冰的烂泥路多么滑溜难走都尽可能不要跌跤的理由。我逐渐熟悉沿路每一个扶手和踏脚的地方，每一块不稳的垫脚木和浮动的土块；我甚至把某几种树的树皮触感牢记在心。

攀登将近一小时后，我们到了山顶。这儿海拔一万英尺，非常冷，可是我们高高在众谷之上，地平线豁然开阔。群山在清净无比的天空下闪闪生光。我好像能托起岩石，掷进下面的皮条河。这座山峰俯瞰小小的转经沟和繁殖场所在的英雄沟。皮条河谷另一头是个草坡，只剩坡顶的一排树，纪念过去的大森林。再过去，海拔两万多英尺的四姑娘山傲视群峰。相传有一天，四个年轻姑娘欢欢喜喜来爬山，就此决心永远不下山，现在山间还听得到她们的笑语，看得到她们的身影。她们的母亲呼唤她们，求她们回家，可是她们宁愿与云朵、白玉似的山峰、山麓草原上的牦牛和野花为伍。我们沿着山岭不断往上爬，森林沉寂，但又充满声音，结冰的树枝被风吹得叮当作响，宛如寺庙檐角的风铃。

我们左方的臭水沟，有一片冷杉林；右边的转经沟草坡上只剩几株东歪西倒的桦树，这是一九七二年伐木工人的杰作。它提醒我们，不论卧龙地位多么偏远，还是逃不脱人类的毒手。野外生物学家最不幸的就是看待事物的观点与众不同。臭水沟有很多景观令我不忍卒睹，因为原来的森林被摧毁了。五一棚附近的云雾里，灌木多、耸立的云杉少；五一棚对面有一片落叶松栽培林，据说这块地从前是种鸦片的；方子棚的桦树林里，高大的冷杉都被砍光了，高可参天的古木曾经多么雄伟，只留下树桩为证。

现在有四千多人住在卧龙，大多聚居在保护区入口附近，亦即皮条河下游，与另一条河汇流成耿达河的地方。这儿的居民大多属于羌族。他们在唐朝灭亡以前，本是一支力量强大、分布广泛的农业民族，居住在西北部甘肃、陕西、青海等地。战败后，很多人就往西南山区迁徙，于是遇见了另一个部族戈基人（Ko-jen）。他们在梦中得到神谕，应该用棍棒和白石跟戈基人作战。后来为了纪念这次胜利，他们就奉白石（通常是石英）为保护神，在神林里设了祭坛。直到最近数十年，村民还在屋顶上压白石。一百年来，很多汉族人移民到卧龙，两族混居和通婚，冲淡了羌族的传统。

耿达河流经一条很长的峡谷，河道险阻，来往商旅都宁可绕道东方的山岭。有条路由牛头山通往研究中心所在的核桃坪，另一条路位于臭水沟北缘，小径虽已被竹丛掩蔽，仍看得出痕迹。从前寥寥可数的几名来到卧龙的外国人，走的都是这条路。最早是一九〇四年的霍西（A. Hosie），据他统计，从核桃坪到皮条河谷口，有四十六户人家和五间客栈。到中国探险的西方植物学家中最伟大的威尔荪（Ernest Wilson）一九〇八年前来。他对卧龙的植物欣喜欲狂，因为这是“中国西部木本植物最丰富的地方”，却对那些“可恨的”小径感到非常不满。他指出，村民会把木材运到村外，即使当时，木材也不仅用在村内做房屋的梁柱、墙板、屋瓦。二十世纪六十年代早期，谷里建了对外的公路，外销到低地去的木材数量激增。

那天，大王和我没找到新鲜的熊猫足迹，这是常事。它们都到哪儿去了？有的躲在离我们的山谷很远的深山里，有的或许是静息不动，不出来跟我们打照面。不论为什么缘故，熊猫就是难得一见，比我预期的更难得。毕竟，它们食物不虞匮乏，四周有满满的竹子。我镇日在外搜索，往往傍晚回到营地，衣服湿透，全身发冷，膝盖疼痛，笔记本却是空白一片。显然我适应寒冷和丛林的能力远不及熊猫。有一件事很快就再清楚不过了：追踪熊猫的活儿苦不堪言。

电视和杂志报道总让人以为，野外生物学家的生活充满刺激，与鲸嬉戏，与猿为友。完全没提到很多动物习惯独处，难得一见的事实。我们自甘寂寞的生活，缺乏生活上的种种便利或文化的慰藉，在尘土、燠热、风霜、雨雪中，过苦行僧的生活。野外工作没有浪漫的成分。一天晚上，我缩在睡袋里思索，野外生物学家最大的考验，不在遇见凶猛的野兽或崎岖的地形，而是受舒适生活的诱惑。我在冰天雪地住这顶煤烟熏得漆黑的帐篷，倒是安全得很，想着想着我就沉入了梦乡。

尽管不见熊猫的芳踪，我们的日常生活还是穿插着小小的冒险。山径上有豹子逡巡，我们发现了它们的粪便和整齐的圆爪印。胡锦矗告诉我，豹子有时会杀死幼小的熊猫，所以我们小心检视每一堆豹粪，研究它们究竟吃了些什么。大部分含有小毛冠鹿（tufted deer）棕灰色的毛。少数含有麝（musk deer）、金丝猴及其他猎物的毛。有一天潘文石独自在小径上行走，突然发现阳光下有一头豹子。双方转身就逃。他兴奋地告诉我："我好怕！"潘文石过去曾蜻蜓点水式地做过各式各样的研究，但都是在实验室里。他主要的兴趣似乎是用高压液体层析法确定竹子氨基酸成分之类的工作，而非在严冬的山坡上数竹子。但我低估了他对熊猫的兴趣。他后来启动并主持了中国最好的熊猫研究计划，不是在卧龙，而是在陕西的秦岭山脉。再过几天他就要离开我们，或许开春又会回来，我会想念这位投缘的同伴。

又有一天，我和大王追一头熊猫追丢以后，有点漫不经心地向回营的方向走。经过一座小悬崖，我在崖下检查是否有鬣羚（serow）——一种角长得像匕首的粗毛羚羊——在这儿休息过；这种地方是野兽活动的中心。真有一大堆椭圆形的粪便，证明有一头鬣羚固定来此。但更引人注意的是，岩石上有一个裂洞，我侧身进去，走了约二十英尺，来到一个平坦的洞穴，里面有个用针叶、杜鹃及多刺的小檗（*Berberis*）树枝搭成的巢。巢里还铺着从两根木头上咬下来的碎木屑。我们找到了一个干燥而安全的熊猫育婴房，多年前，曾有一头雌体在这儿抚育她的宝宝，度过生命最初、最重要的那几个星期。我兴趣盎然地记下熊猫也会筑巢。我们追踪时，发现很多熊猫休息的地方，雪地上的压痕和四周的粪便，很容易辨识。它们只躺在潮湿的泥土、积雪或冻硬的地面上，体热有时会使雪融化，结成冰。但熊猫显然也需要一点舒适，因为它们会选有东西可依靠（例如树干）的地方休息。大冷杉底下的泥土干燥松软，就很受欢迎。所以筑巢又有何不可？除了大猩猩会筑巢，我还意外地发现，亚洲的黑熊也会做这样的事。这种熊跟美洲黑熊很像，但体型比较矮胖，毛比较长，前胸有大块三角形的白毛。熊猫巢在五一棚很少见，我只找到过三个，都用竹枝弯曲交叠，形成柔软的床。或许熊猫的毛皮本身就厚实温暖，又有弹性，所以不大需要额外的舒适。

在一座大多数大型哺乳类都刻意藏匿行踪的森林里，别名仰鼻猴的金丝猴，就特别显眼。法国生物学家阿方斯·米尔内-爱德华兹（Alphonse Milne-Edwards）一八七〇年初次记录这一物种时，发挥高卢式的幽默，把它们命名为“*Rhinopithecus roxellanae*”，这名字的后半部，是跟着土耳其苏丹一个长着朝天鼻的美丽夫人萝西拉娜（Roxellana）取的。金丝猴跟熊猫的命运相同，因为它们的分布区域几乎完全相同。这一带山区约有两三百只金丝猴，它们只偶尔出现在臭水沟。有时好几个星期都不见踪影，然后突然之间，满山满谷金光闪动。猴子在林间跳跃，踩得枯死的桦树枝噼啪作响，并发出像孩子哭闹声的鼻音，跟星散四处的同伴保持联系。

金丝猴很胆怯，因为它们一度遭到大量捕杀，现在成都的商店里仍有它们的毛皮出售。清朝时只有高官才有资格穿金丝猴毛皮做的服饰。二十世纪三十年代，当地市场上，一张金丝猴毛皮的价值就高达二百美元，极为可观。羌族人往往把物品或动物当作个人的守护神灵，尤其偏好金丝猴。祭师会随身携带金丝猴的头颅、肝、爪尖和身体其他部分，用白纸包好，以纪念部落的圣书。相传很久以前有一次，羌族因战祸被迫迁徙，族人坐一艘有漏洞的皮筏渡河时，圣书弄湿了，在河岸上晾晒时，又被一头山羊误吞下肚。这时一头睿智的金丝猴现身，教他们把羊吃了，把它的皮做成一面鼓。击鼓就可以让每个人记得圣书的文字。

我们经常尝试观察猴子，但很快就会被发现，通常一头处于边缘地带的公猴会专注地盯住我们，接着发出像乌鸦焦躁时的咯咯叫声。如果我们站住不动，它会等待一会儿，天蓝色的脸上充满狐疑，上唇两边嘴角各长一粒作用不明的瘤状物。但一眨眼工夫，它就会纵身跃下树枝，如一溜金光，飞逃而去。其他猴子受此一惊，也一转眼逃得无影无踪。

营中规定，无论何时，一定至少有一个中国人跟我在一起，理由是怕外宾出事。再说，中国人的社会性很强，能一起做的事绝不单独做。但对我而言，人群是一种诅咒；我喜欢周围有足够的空间。这个项目中，我想做的事、该做的事和获准做的事之间的冲突，比任何其他项目都严重。我趁傍晚这种没有人出去的时间要求独自做短程散步，才解决了陪伴的问题，很快就没有人再干预我这种独自漫步的行为。这段时间里，有一次我发现了一群金丝猴，大约六七十只，大多安静地坐在云杉枝头，沐浴在刚落山的斜阳光辉里。我也背倚着一棵树干，享受温暖的落日余晖。我一边有四只公金丝猴，坐在桦树上，正大嚼挂在树枝上的地衣，他们或是用手摘取地衣，或是扳断树枝，像吃冰棒似的进食。七只小猴在大猴中间爬来爬去嬉戏，距我较近处，还有几只带小猴的母猴。一只大公猴神气活现地朝他们走去，他的尾巴高高翘成弯钩状，展示他的霸权。他凑到一只怀抱幼猴、身边还有一只小猴的母猴面前，温柔地梳梳小猴的毛。接着，他又走向另一只母猴，试图爱抚她的幼猴，但是母猴抱紧幼猴，拒绝他亲近。他就硬把幼猴夺走，给小家伙温柔地梳梳毛，证明自己的地位后，才又同样温柔地还给母亲。

观察和记录这些金色生物的行为，是相当难得的乐趣。有一次，我在猴群中流连，周守德提醒我；“你来是研究熊猫的，不是猴子。”我们的工作局限于官方行动计划规定的范畴。

又有一天，我们几个人通过方子棚山谷，在高原边缘通往另一个较低的山谷处，我注意到有人用枯枝围成一道粗糙的篱笆。我在其他国家看过类似的篱笆，知道是盗猎者搞的把戏。沿着篱笆，我们很快就找到了猎套；绳索一端绑在一株倾斜的小树上；另一端做成一个套环。动物要等到套环套上脖子，才会察觉危险。它在惊慌之下，会往前冲而不是向后退，激烈的挣扎中，套环会在它的脖子上愈扣愈紧，卡入肉中，直到它慢慢窒息死亡为止。胡锦矗告诉我，盗猎者的目标以麝为主，因为雄麝腹部的麝香腺，是一味昂贵而重要的中药材，价如黄金。有一百多种药方用到麝香，据说它可以用于气喘、伤寒、阳痿、妊娠、中风、肺炎及其他疾病。我曾患过喉炎，有人给我一盒分装在数个小瓶里的黑药丸，总共约有三百粒，在成都制造，列出的成分包括“犀角10％、珍珠7％、熊胆7％、牛黄5％、麝香3％、蟾酥10％、黄连28％、硼砂30％”。他们叫我一天服食三十粒，病很快就好了，但不知是药效或自然痊愈。那天我们没收了八组猎套，一头熊猫闯过篱笆，距一个猎套仅数英尺之遥，胡锦矗把猎套送到总部，我本来希望他会对保护区存在这种东西提出严重抗议。可是我已发现，岁月教会他一套重要的求生技巧，在沉默屈服中受苦，宁可视若无睹，不要擅自抗议。我在下一次会议中，提议加强巡逻，保护野生生物，但一点效果也没有。人家告诉我，卧龙的警力忙于处理其他事务，不过在我印象中，他们的例行工作似乎就是看报喝茶。

我到五一棚不过一个月，但我每天的野外工作并非平静地追求知识，而是承受沉重的心理压力，焦虑地渴望在最短时间内搜集最多资讯。我们在采集竹子样本、研究熊猫进食习惯方面，工作还算顺利。至于行为细节，必须等无线电监测配合。我们必须在四月前活捉一批熊猫，为它们配戴无线电项圈，以免打扰它们的交配活动。已是一月中旬，田纳西大学的霍华德·奎格利预定月底到达，他会把无线电发射器带来，但是到目前为止，我们只造好了一个捕笼。霍华德和凯能获准前来吗？项目会继续吗？

我们知道，WWF和中方十一月开会时，未能就新研究中心的器材问题达成协议。张树忠在信中表示：“如果这个问题不先解决，野外调查即便已开始，也应该从一九八一年二月十六日起暂时中止。”二月中旬还要开一个会，决定器材——还有我们的研究——的命运。

我的中国同事对这件事似乎无动于衷。对他们而言，项目垮台等于如释重负，而非什么损失。我来了以后，所有的事都乱了套：发号施令的程式、工作方式，以及若干人的例行任务。大王很快就可以回家，他说：“我想我儿子。”胡锦矗可以继续研究四川的植物。营地里除了我，没有一个人是因为要研究熊猫而来的。他们都是奉党或公家的命令，前来出任务；他们之所以会到卧龙，是因为他们没有可以到别处去的关系。受迫的压力下，有兴趣也变得没兴趣了。这里的气候和工作条件这么糟，如果每个人一到卧龙，就开始申请调离，研究中心又怎么可能吸引到胜任的工作人员呢？不管项目的承诺和实际之间有多大距离，我的心境又是多么沮丧不快，我都试着记住一个事实：热爱这项研究是我唯一的出发点。想通了这一点，我不但工作更热忱，待人也更宽容，至少我尽量朝这方向努力。

消息传来，霍华德·奎格利与凯二月初可到。至少中国方面还认为这个项目有可能继续，这使我大为放心。我热心地计划到成都去接他们，跟凯团圆，跟霍华德见面，都令我高兴。霍华德约在一年前写信给我，表示有兴趣加入熊猫项目。他刚完成用无线电追踪黑熊的论文，他还强调，他是个公认很能干、勤奋、容易相处的人——后来，我才发现这些评价都完全正确。很多申请者都以为，搞野外工作只要喜爱动物就合格，霍华德不然，他有经验。我从来没有给熊猫打过镇静剂，只用无线电追踪过狮子、美洲狮和美洲豹，我觉得最好有个对熊有经验的人在旁，教我们相关的技术。霍华德预定加入我们两个月，然后到巴西去接管一个原本由我主持的美洲豹计划。

我们前往五一棚途中，在卧龙总部过夜。没有暖气的房间里，水泥墙透出阵阵寒气。我们可以要一个小炭盆或一个小电炉，至少够烘烘手。因为水箱里的水没人去放掉，去年夏季才装的新式马桶被冰撑破了。房里唯一的电灯泡只有五瓦，闪烁不定，因为冬季水位低，水力发电厂几乎没有作用。研究中心精密的仪器设备在这种情形下，能正常运作吗？只有睡袋里还算舒服；我不禁想念五一棚茅舍里烟雾弥漫的营火了。

这儿前一天发生了一件很刺激的事。四只豺——一种惯于集体出猎的红棕色犬科动物——追赶一头熊猫，这家伙为了逃命居然不按常理去爬树，反而涉过皮条河。当地人目击了这场追逐，他们把熊猫收留进羊圈，后来又送到总部。毕凤洲问我们要不要去看一眼。毕凤洲身材瘦小，外表衰弱，但他有足够的精力和毅力实践很多事。当时他是我们在成都林业厅的主要联络人，大家都感谢他的好意，仰赖他的助力。我们隔着栅栏看熊猫，是头雌体，又老又瘦，宽阔的头颅上，毛皮绷得很紧；下颚两颗犬齿都磨平了。我们六个人围着她，距离仅三英尺，但她若无其事地从我们手中接甘蔗过去吃，一点也不像昨天还自由自在地生活在野外的样子。她的情绪之窗仿佛已经关闭，眼睛像没有光线的隧道，耳朵像没有生命的装饰品，脸孔冷淡而没有表情。她的生命已接近终点，年老无力，她就要死了。我建议尽快把她放回森林。他们说，不，她会被送往英雄沟繁殖场。这样的命运使我既怜悯又关心。

一个多月前，我曾重访英雄沟，看看他们有没有实践康韦的建议，改善管理熊猫的方式。他建议他们用舒适的木制箱巢；现在有了空荡荡的木箱，铺了一层铁皮。他曾建议做些防风措施；现在装了铁卷门，一拉下来，熊猫就处于一片永恒的黑暗中。又黑、又冷，结冰的尿和屎在笼子里结了一层壳，熊猫默默地受苦，把身子缩成一团，几乎不吃东西。有一头幼崽生病，已经送到成都去了。另外还有一头幼崽呢？他们告诉我，它去年夏天死于饥饿。一个专门看病鸡的兽医，获准研究这些熊猫。我下面就称这位老兄“病鸡”，他在本地大学做官，权力很大，可以爱怎么做就怎么做。他显然觉得拿熊猫宝宝做喂食实验很有趣，结果却是悲剧。英雄沟的工作人员对我勃然大怒、要求非改革不可的态度，完全无法理解。他们倒不是麻木不仁，而是对熊猫的需要无知。他们从没有想到，被囚禁的动物不快乐到极点。我发现中国人对动物几乎没有同理心。值得注意的是，中文“动物”一词，意思不过就是“会动的东西”。

到五一棚要爬一小时山，穿深色土布斗篷、戴白头巾的村中妇女帮我们扛行李。凯和我现在有自己的帐篷，位于距茅舍约一百英尺的下坡处，一片拐棍竹和桦树包围的空地，独门独院。帐篷里有具绝缘效果的豪华红毡衬里，一端放一张双人床，旁边有个充作脸盆架的木箱；对面摆一张书桌和一把椅子，正中央地上有个小火炉。全部都塞在十英尺乘十三英尺的空间里，拥挤到我们只要有一个人想动，另一个人就非坐下不可。我们在帐篷支架上钉了一些钉子，以便挂仪器和拉几条绳子晾衣服。杨天忠在门口堆了一堆木柴，他是个沉默寡言的人，宽阔的臂膀连举重选手看了都会自叹弗如，成天苦干不歇，效率极高，他每天锯木头、扛木头、劈成柴薪，为炊煮和营火供应源源不绝的燃料。我们的帐篷不久就成了一个温暖的家。终于有人可以倾听我的烦恼，分享无足轻重的念头、沟通和接触。我可以把所有的感觉和情绪告诉一个人，不必再勉强跟营地其他人寒暄，否则我每说一句话都会担心："他们对我的话会有什么反应？"

黄昏时分，凯和我喜欢散步到白岩，在暮色中静静前行，巴望能惊起什么夜行生物，甚至在小径转弯处或溪谷暗处，撞见一头熊猫。通常是什么也没有，至少除了从山顶向山谷流泻的白云，还有薄如蛇蜕在风中颤抖的桦树皮，我们没看见任何动静。我们察看鼯鼠（flying squirrels）留下的残渣。一截被金丝猴啃咬过的绣球花树枝。偶尔有一只红腹角雉（Temminck's tragopan）——一种蓝脸红羽的雉——窸窸窣窣地飞走，一路低头寻觅树丛中可以藏身的地方。或是一头麝站在灌木丛后面，像雾一般沉默，小小的獠牙闪闪发光，它在等待，观察我们是否会发现它。我们回到帐篷时，身上还有苔藓和云杉的气味，头发上沾着晶莹的霜粒。

霍华德抵达后，我们的工作日程改变了。老彭负责建造活捉动物的木制捕笼。每个捕笼约九英尺长、四英尺宽、四英尺深，一头有扇活门，用竹竿架住，另一头有根绳子，连接一个简单的机关。熊猫若拉扯食饵，就会把固定绳子用的一根小棍子拉松，活门就会掉下来。同时霍华德和我集中全力，搞了几个在北美洲用以捕捉活熊而不致造成伤害的特制脚套。绳索一头绑在树上，另一头做成套环，平放在地上，中央有一根小金属棒插在一个小洞里。动物踩到金属棒，就会使一根弹簧跳起来，脚就被套环套住。我们很小心地用枯叶把缆绳和弹簧都掩盖起来。为了诱使动物走入特制脚套，我们用树枝和木材搭了一个V形的隔间，使它们只能从一个方向接近诱饵。最后，我们把诱饵绑在树干上。老彭和胡锦矗一致同意熊猫最爱吃肉，所以我们使用羊头和猪骨头。老彭还在木制捕笼旁边烧了一些骨头，希望烤肉的香味能把动物引来。

我们不久就完成了十个脚套，四个捕笼。现在只等熊猫经过，接受诱惑了。逻辑无懈可击，不论设在山顶或谷底，每一个捕笼都位于熊猫的必经之地。但人类的逻辑未必等同熊猫的逻辑。捕笼一直空着，令人失望。但偶尔我会发现活门关上了；我小心地接近，从木缝里窥视，不知会不会看见一头默不出声的熊猫，不过我早已知道答案。沉默有很多种。寂静的雪夜和紧张的动物有不一样的沉默方式。最常见的是黄鼠狼（weasel）或黄喉貂（yellow-throated marten）来吃饵，有时星鸦（nutcracker）——一种松鸦大小的鸟——来啄饵，也会导致活门掉下。脚套必须每天早晚各检查一遍，木制捕笼每天检查一次，这些都是很辛苦、很累人的工作。

中午检查完脚套后，我们经常在茅舍共进午餐，一碗用酱油、大蒜、辣椒调味的面。吃饭不是什么高雅的社交活动。我们围火坐成半圆形，稀里呼噜把面条吸进嘴里。面条代表长寿，咬断就会短命。天冷加上辣，每个人都吃得涕泪直流，有人就直接擤在地上。吃面的呼噜声、吸鼻子、擤鼻涕，这就是我们的三餐交响乐。

吃罢午餐，凯和我有时会上一堂中文课。中国字基本上是图画，有时直接画出物体，有时是物体、观念、行动的抽象呈现。中文口语中，字的发音可以决定它的意义。我不但是个音盲，学习能力也很差，在四声上麻烦不断。每次我尝试说中文，不是让人瞠目以对，就是引起哄堂大笑。

“糖、汤、烫、倘……”大家唱给我听，“毛、猫、茂、卯……”

如果我问一件东西的名称，往往立刻引起一场发音上的争论。他们会愤怒地用食指在手掌上写出正确的中国字。吵了半天，最后的结论总是：有人说四川话，有人说的则是普通话。大王会用英文考我：“杯！手！雪！信！”我就努力发出正确的音，直到得到一声勉强的认可为止。

北京外国语学院的学生何瑾（He Jin），跟凯和霍华德一道来此，逗留两周。霍华德借助他绝佳的英语能力，开班教大家如何使用电子通信设备——装有发射器的颈圈、导向天线、有防水外壳的接收器、耳机等。他解释说，无线电波跟视线一样，隔着山就收不到。搜索戴颈圈的熊猫，最好是沿山脊走。每个人都学着听“哔哔哔”的信号，分辨活动与静止的动物。发射器里有一个行动感应装置，会发出两种不同速度的脉冲，一种是每分钟七十五下，代表动物静止不动，一种是每分钟一百下，代表动物正在进食、走动或做其他活动。霍华德慢慢挪动手中的天线，示范如何判断信号何时最大声，找出熊猫所在的方向。熊猫的实际位置可以用三角法测知，也就是从两三个不同地点测读方向。他强调，信号可能受山坡反弹，观察者必须非常小心，才不会上当。他还教了很多，这些课程都要靠实际经验才能吸收。我们有没有机会获得经验，全看 WWF 与中方即将召开的会议。

一九八一年三月初，我们还没有接到二月份北京会议的消息，不过我们的工作还在继续，这是个好现象。

到目前为止，熊猫只是个影子，没有实体。好几个月来，它一直盘踞我的脑海；我在森林里找它找了好几个星期。有时它的存在似乎在空气中脉动着，却不曾现身让我看上一眼。现在我们似乎要转运了。胡锦矗曾惊鸿一瞥，看见一头熊猫，这是两个多月的野外工作中，我们营地第一次有人看见熊猫。我跟熊猫打照面的日子也不远了。

第三章

熊猫政治

五一棚最初那几个月，我一直很紧张，有点心不在焉，担心中国人会突如其来终止熊猫项目。一九八〇年六月联合协定签署，似乎可喜可贺。但是那时双方误会已深，加以外交程序处理一再失误，而WWF反应又迟钝，已经使参与其中的三个中方机构对这一项目产生怀疑。他们之间有激烈的争辩，有人要取消，有人要继续。妥协之下，他们决定邀请WWF开会，讨论他们的忧虑和疑问。这次会议于一九八〇年十一月召开，就在我展开野外工作之前不久。

我原本计划在十一月二日离开我位于康涅狄格的家，前往中国，因为行动计划中规定，卧龙的野外工作必须在十一月的某一天展开，但十月二十八日，我接到WWF一通电话，说是因某些问题，中方要求把项目延后。然而，到了十一月一日，我又接获通知，叫我照原定计划赴北京开会。可说项目从一开始就问题重重。

第一次会议只有 WWF 和中华人民共和国环境保护办公室（EPO）参加。WWF 代表团包括德黑斯、马克・哈勒、南希・纳什和我。马克负责 WWF 的中国事务。中方以环保办公室的高级官员曲格平为主，还有两名翻译，六月以前为这件事出了不少力的马焕琴却不见了。会议很拘束。中国人在自己人中间可能会表现出强烈的情绪，但跟外国人打交道时，双方都很克制。总之，会议气氛极为冷淡，曲格平详细说明各种问题，有的微不足道，纯属误会。例如，外国人提出要求时，中国人若直截了当答“不行”，就是失礼，所以他们可能会微笑点头说“好的”，意思是“好的，我们会考虑”，或“好的，我们原则上同意”。如果双方都不了解这种文化上的微妙差异，就注定要搞砸。

重大问题之一在于宣传。曲格平指出，WWF 对这件事的漠视“伤了中国人的感情”。一九七九年，WWF 宣布熊猫项目时，没有知会新华社。报纸上的报道给人的印象，好像是 WWF 独力在“救援熊猫”。这未免太过自吹自擂。最近，熊猫项目虽然还没有开始，WWF 又一再坚持，要求拍摄一部熊猫影片，这也令中国人更加提高警觉。他们不仅认为这样的要求言之过早，而且开始怀疑 WWF 的动机。这项目是不是 WWF 用来谋利的商业与宣传行为？我想其中可能还涉及儒家传统不邀功、先做后说的习惯。我可以了解 WWF 对这个项目大肆宣扬的意愿。至少有三个机构在熊猫研究上竞争。一个由基辛格（Henry Kissinger）在后面推动；邓小平也已答应美国前总统福特（Gerald Ford）的提议，由他的儿子跟美国广播公司（ABC）合作拍摄一部熊猫电影。但每次会议讨论筹募资金的活动时，WWF 始终没有说清楚，中国会得到什么好处。足证他们的“马虎”——中国人很喜欢用的一个说法。

德黑斯就趁这次会议，介绍了 WWF 的几个募款计划。WWF 积极追求它本身的利益，在合作计划中又不愿分享公众的赞誉，已造成其他地区的保护组织对于联手有所疑虑，我感觉到中国人也开始产生不信任。德黑斯说，要铸造印有熊猫及其他中国境内濒临灭绝物种图案的金币。另外还要印制有这些动物的邮票，他取出几套邮票样本。中国人厌烦的面孔板得更紧。一名翻译指着邮票上的中国字，惊呼道：“这儿写的是台湾！”这就是马虎。

虽然当年六月，四位环保办公室官员曾应 WWF 之邀，赴欧洲参加其年度大会，并出席行动计划协议书的签署典礼，但是另两个合作机构，林业部和中国科学院的官员都没有被邀请。这一轻忽造成了严重的后果。还是马虎。在欧洲时，中国代表团领队李超伯被要求不仅签署我们合力研究完成的协议，还要签署新的附录以便“厘清已同意的承诺”和“厘清程序”。这一文件是律师为了避免出现漏洞，确保根本没把握的事也能十拿九稳而拟定的。彼得爵士、南希和我，都曾反对提出附录，但是无效。支持附录的人如果读一读奥斯汀·科茨（Austin Coates）一九六八年初版的《我是满大人》（*Myself a Mandarin*）一书，或许可以得到一点启示：

> 西方人坚持取得确凿的事实，凡事要求精密的定义，归纳出绝对的结论，在中国只能保留百分之九十五到百分之九十八。要求精确度超过百分之九十五的西方人使人厌烦，要求到百分之九十八以上，就是粗鲁无礼。西方人认为不可或缺的合同、宣誓、赌咒之类的形式，在中国——即使被接受——所受的重视也不超过百分之九十五，因为它们都要求绝对；对中国思维而言，

绝对基本上是荒谬的，它并不存在。

李超伯省略了标准的中国程序，签署了附录，或许是为了替WWF和中华人民共和国双方留面子。但这么一来，他自己和他的代表团就受到了羞辱。北京仔细分析附录后，认为包括“发票、收据”的半年期财务报告，对中国的尊严是一大污辱，也是不信任的表现。李超伯签署前未获领导批准。代表团回到中国后，WWF赠送的手表、照片及其他礼物全被没收，负责翻译附录的马焕琴被降级了。中方拒绝批准已签署的协议。

德黑斯为使李超伯陷于“尴尬处境”而道歉，并撤回附录。轮到WWF没面子了。

在十一月的北京之会上，曲格平对我们透露：“其他人主张大熊猫的合作就此结束，但李先生和我再三游说他们跟你们合作。”涉及熊猫项目的中方机构之间，显然有不同看法，WWF的马虎，成了内部冲突的借口。

第二天的会议，三个机关的人都到齐了，林业部、中科院和环保办公室，包括张树忠、金鉴明、王梦虎、朱靖等。曲格平提过的问题又重述一遍。然后中科院的朱靖让WWF大吃一惊，他要求，所有未来研究中心可能需要的仪器设备，必须当下确定，并达成协议。中国人似乎担心WWF收回承诺。他说：“我的初步清单是根据过去的工作经验拟定的。这份清单是临时性的，而且不完整。”

我看着清单，心中震惊，就像突然发现拿在手中玩的温和的蛇竟然有毒一样。它看起来就像一份高科技设备目录：原子吸收光谱仪（atomic absorption spectrophotometer）、隔热热量计（adiabatic bomb calorimeter）、电泳（electrophoresis）、冷冻离心机

（refrigerated centrifuge）、声音摄谱仪（sound spectrograph）、可见双光束光谱紫外线光度计（visible double-beam spectro ultraviolet photometer）等。更有甚者，清单上还包括夜间电影摄像机、环境控制室以及热气球。我甚至不知道某些设备是做什么用的，但至少看得出两个热气球是荒谬的要求，它们在崎岖多雾的山岭里，根本派不上用场。这份清单是急就章，有人划掉原来的数字，任意改成两倍或三倍。两个环境控制室？北美洲很多大学连一个都没有。但若干必备的器材却付之阙如。

十一月要讨论器材，我们完全没接到预告。我五月离开的时候，他们还要我提供研究中心设计上任何物件需要修改的细节。我把这方面的资料带来了，指出化验过程会产生毒性烟雾，需要准备面罩和排废气的管道，我已经给过一个中国人一份相关的书面资料，但后来我才知道，资料被他扣下了。由于中国人长期缺乏器材，我可以理解他们的欲望，但现在已远超出实际需要。我们的行动计划并无不当，而我们希望在野外完成的目标，就我所知，也并无不当，但合作精神中某种无法界定的东西已完全崩溃，双方都难辞其咎。

这一天，以及后来几天的会议中，中国人提的要求几乎没有谈判的余地。他们一意孤行，穷追猛打，用的几乎是西方的线性逻辑。

张树忠说："原则和细节应该列在同一计划里，不可分割。原则就是研究中心需要必备的器材。细节就是器材什么时候可以交货？"

王梦虎说："器材会根据需要购买。需要的意思就是，我们的合作研究计划需要器材。"

有一次，我把研究中心称作野外工作站——脱口道出我心目中认为真正需要的是什么。但效果当然适得其反，我们又浪费了好几个小时向中国人保证，基金会不会取消建设研究中心的承诺。

有一次朱靖用中文跟他身旁的人说："或许我们该延后跟外国人合作的事。"其他人强作客套，挂起牵强的笑容，朱靖眉头深锁，嘴角下撇，活像一尊奥尔梅克①石雕。

相互之间的不满持续滋长，项目有半途而废的危险。

德黑斯重申："再讨论器材也不会有结果的。乔治·夏勒建议过，未来几年添购器材应该咨询外国专家。协议书或行动计划里都没有规定现在就要详细讨论器材问题。我们还没有准备好现在做这件事……我们认为没有必要现在就去了解未来几年实验室所需的每一件器材。"

WWF必须采取保守的立场："延后有关器材的决定，直到有机会咨询实验室生物学家，确认各种生化、放射免疫测定以及其他工作可能需要什么为止。"我的知识不足以在这种事上帮忙，我也不鼓励购置我认为没有必要、不适合卧龙状况的器材。最后同意二月中旬再开一次会，讨论器材问题。

会开到第九天，也就是最后一天。会前，马焕琴象征性地露面了。她不大开心，见到我时，眼睛还泪汪汪的。几天来工作很努力的翻译员沈建国，是个活泼讨喜的人，那天却显得特别严肃，还没来由拉起我的手拍拍。究竟怎么回事?

会议开到中途，我问："十一月到五月的项目是否照预定计划

---

① 奥尔梅克（Olmec）是古代生活于墨西哥湾海岸的印第安人，擅石雕，具有强烈而独特的艺术风格，其人头石雕以神情凝重著称。——译者

进行？”我关心的是这个冬天的野外工作。行动计划标明，第一期研究应该在十一月开始，持续到五月。现在已经十一月二十四日了，大家要遵守协议吗？

王梦虎说：“行动计划里写的都算数。”这答复对我们原来的进度有利。

朱靖反对：“乔治·夏勒应该回去跟专家讨论器材的问题。”

张树忠有第三种意见，他递给我们一封信，提出了他们那些政治派系之间的折中条件；野外调查可以开始，但如果 WWF 不能在一月提出一份器材建议清单，就必须停止。

德黑斯答道：“我要你们保证，从现在到五月，工作会一直持续……如果你们不保证能做到五月，倒不如根本不要开始。”

德黑斯的最后通牒使一直处于守势的我们士气大振。我们一直受操纵，被对方耍得团团转，中国人玩他们的官僚游戏，我们只落得在谈判中苦苦哀求。现在下一步怎么走，全看中国人出招了。

十一月三十日，小沈和我获准离开北京，坐火车赴成都，我们像逃犯一样，大清早出城。这虽不尽符合行动计划原定进度，总算精神未失；至少在目前，张树忠的意见占了上风。

成都位于四川盆地的一座冲积平原上，因土质呈红色，也称作“红盆地”。这儿是全中国最肥沃的农业区，也是省内一亿一千万人口中大部分人的家乡。德国地理学家李希霍芬（von Richthofen）一八七〇年来到成都时，它已是“中国最大的都市，文风鼎盛，气质典雅，无出其右者……所有茶馆、客栈、商店、民宅，墙上挂满字画……碑刻精美，令来往商旅赞叹不止……但最能呈现这座城市文明修养的，是当地居民彬彬有礼的态度，在这方面，成都府遥遥领先于中国其他地区”。

一百年造成不少变化。成都现在是一个四面发展、饱受污染的城市，笼罩在永远灰沉沉的天空下，以至于当地有“蜀犬吠日”一说。虽有两千年历史，但市内除了几座寺庙，没什么足以吸引观光客之处，主要是因为旧城在十七世纪的农民起义[①]中烧掉了。我每次到成都的固定住所锦江宾馆，是一幢斯大林式的庞然巨厦。虽然四川菜世界驰名，但这家旅馆的一大特色就是供应全城最难吃的食物。想吃得简单又价廉物美，街上有摊贩和很多家精致的小餐馆，以担担面或麻婆豆腐见长。唐朝大诗人李白曾写过：“蜀道之难，难于上青天。”一千多年后，他的话在我身上还像预言般适用，不过，能来到这儿，我已经谢天谢地了。

因为我还没有获准开始卧龙的工作，到成都的第二天，我去成都动物园看熊猫。一共有九头，关在一幢合格的建筑物里，还有户外活动空间。园中四头雌体，有一头自然受孕，还有两头四月接受了人工授精。人工授精后，名叫美美的那头，经过一百五十六至一百五十九天的怀胎期，于九月二十日产下两只熊猫幼儿（死了一只）。熊猫一胎可以生产一到两只幼儿，但它们通常只照顾老大，任凭另一个幼儿死亡。一九八〇年，一共有二十三只熊猫幼儿在人工饲养的环境下诞生。除了墨西哥城查普特佩克（Chapultepec）动物园的迎迎，其他全都生在中国动物园里。我迫不及待要看看熊猫宝宝的模样。我被带到用草席遮挡着不给游客看的笼子前面，特准瞄一眼美美和她的孩子，一头名叫蓉生的幼年雄体。她坐在角落稻草铺的床上，摆出熊猫典型的懒洋洋姿势，跷着后腿。蓉生躺在她

① 指明代崇祯末年爆发的农民起义，领袖代表有李自成、张献忠等人。——译者

面前的干草上，体积和外形都很像一只大胖猫，他才两个半月，勉强会爬，看起来就是一件会动的玩具，惹人想抱。

我请求每天来观察一会儿蓉生的情形。动物园负责人不许我进入中国研究者工作的温暖建筑，但至少让我站在寒冷的参观区。我观察到很多不可思议的事，美美时常替蓉生梳毛，舔舐他尤其是他的肛门，把他的尿与粪都吃下去，借此保持巢内清洁；我也注意到，蓉生白天只吃一到两次奶，每次大约十到十五分钟。这些细节有助于分析我们之后在野外的观察所得。我人在寒风中，美美与蓉生之间的母子亲情却令我倍感温暖，有一天的笔记①可以为证：

> 10:42　她站起，用嘴叼住蓉生的前足，将他衔到自己的怀中，接着坐下，怀抱着他，轻轻地咬他的腿，仿佛在嬉戏。她舔过幼崽的臀部后便将他放开，他就从她那倾斜的肚皮滑到干草上。
>
> 14:06　美美仍躺着，把蓉生拉到身边，用鼻子碰擦他的头和胸部；他张开嘴，用掌搔她的面部；她又用鼻垫蹭擦他的前足、颈项和头，用嘴咬他，用掌搔他，看上去并非在为他修饰，而是在刺激他，为时十一分钟。

同时，北京的中方领导人之间，有关熊猫项目前途的论争仍在继续。我在成都等了三个星期，终于获准前往卧龙，开始我们的合作研究。

---

① 此处译文参考了胡锦矗、夏勒等：《卧龙的大熊猫》，四川科学技术出版社，1985 年，第 151 页。——编校

第四章

猎杀历史纪事

我一直为熊猫深深着迷。高中时，我曾到圣路易斯动物园，隔着壕沟看围场中的熊猫在令人窒息的酷热下蹒跚走动。我读过罗斯福（Roosevelt）兄弟所著的《追踪大熊猫》（*Trailing the Giant Panda*）一书，他们在一九二九年四月十三日成为第一批射杀熊猫的西方人。虽然他们的追寻让我读得津津有味，但即使在青少年时代，我对他们的成就也不敢恭维：

> 我们的追寻显然可以从容不迫。他先沿着岩石密布的河床前进，然后攀上一个陡峭的斜坡，在风吹倒的树木中间曲折前进。木头上满是积雪和冰，滑溜难行。我们一会儿要从横木下钻过去，一会儿又得辛苦地从上面爬过去。竹林的障碍特别难以穿越，许多轻软的竹枝被雪压弯，很快就冻结在地面上。我们

浑身被雨雪打得透湿，只要停下脚步，就一边发抖，一边喘气……

有个罗罗[①]猎人距我和莫赫塔·伦(Mokhta Lone)很近。他悄无声息地一跃向前，冲了大约四十码，才回头拼命示意我们赶快跟上。

我跑到他身旁，他指向三十码外一株赤松树。树干是空心的，探出一头白熊[熊猫]的头部和上半身。他睡眼惺忪地左右张望一番，便优哉游哉地走出来。他体型巨大，仿佛来自一个梦境，因为我们早就不敢奢望真的看到他了……

泰德赶上以后，我们同时对渐行渐远的熊猫背影开枪。两枪都命中。他不知敌人来自何方，转身面向我们，跌跌撞撞跑过我们左方积雪的洼地。他距莫赫塔·伦只有五六英尺时，我们再次开枪。他应声而倒，但又爬起身，跑进浓密的竹林。我们知道他逃不出我们的手掌心……

我也熟读露丝·哈克尼斯（Ruth Harkness）[②]所著的《淑女与熊猫》（*The Lady and the Panda*），讲的是一九三六年，第一头活着到达西方的熊猫宝宝苏琳[③]造成大轰动的故事。我曾在地图上寻找成都的位置，因为在二十世纪四十年代初以前，这里是所有猎捕熊猫的探险队的大本营。

多年之后，我完成了威斯康星大学生物学的研究，那是一九六

---

① 罗罗（Lolo）为彝族旧称，又称“倮倮”或“啰啰”，中华人民共和国成立后已弃用。——编校

② 旧译“哈罗斯”。——编校

③ 其名来自下文所述杨帝泽之妻杨苏琳，均为美籍华裔探险家。——编校

三年，我还记得从报章上看到北京动物园有了第一头人工饲养环境下诞生的熊猫。身为动物学家，我对这种动物的矛盾与不合逻辑之处更加着迷。凡事讲究分门别类、条线清晰的科学，碰到熊猫却没了辙，它既像熊又像浣熊。研究它的行为是否有助于解开谜团？熊猫与众不同的生活习惯，进一步激发了捉摸不定的科学热情。这种外貌像熊的动物竟然只爱吃竹子，简直就像爱吃肉的牛一般，匪夷所思。它如何适应这么特殊的伙食？

不过，我的兴趣不局限于解答生物学之谜。能成为西方研究熊猫边缘生活的第一人，机会难得，当然有其吸引力。身为一个满怀使命感的科学旅人，我也一直希望能为熊猫的生存尽一份力量。一种动物除了带来知性的启发之外，若不能使我喜欢与它们为伍，研究工作就没什么魅力或乐趣可言。根据我过去研究过高山大猩猩、老虎、狮子及其他物种的经历，动物必须能提供一种情感体验，才能使我经年累月沉浸在它们的世界里；在陌生文化中扮演一个永远与众不同的迁入者，无论天气如何，日以继夜地投入野外工作，渐进而审慎地，尽量不让自己局限在研究的层面，而是去了解这些动物们，像折纸一样将它们慢慢展开。熊猫的真正内涵隐藏在讨人喜欢的外表之下，被人低估。简单而言，我认为熊猫是一种值得深入了解的动物。

一九四九年之前，政局动荡、内战、日本侵华，战祸连连。熊猫之乡对外人封闭，后来也似乎没有开放的可能。但一九七一年四月，中华人民共和国当局邀请美国乒乓球队访问大陆，隐约暗示政策改变在即。我认为那是个推动熊猫计划的好时机。一九七一年七月开始，纽约动物协会主任康韦就为我写信到北京动物园、中国科学院、中华人民共和国驻加拿大大使馆（当时中华人民共和国和美国还没有外交关系），提议合作研究。他还联络彼得·斯科特爵士，把我们的意愿告诉 WWF。我在巴基斯坦接到康韦的信说：“彼得表示，WWF 很乐意支持你研究熊猫的努力。彼得……告诉我，目前 WWF 和国际自然及自然资源保护联盟（IUCN）都还没有专门研究熊猫的项目。”

可想而知，中国人从来没有回过我们的信，因为“文化大革命”正在进行，消息全面对外封锁。这可能是二十世纪西方媒体报道最贫乏的一件大事。我在喜马拉雅、喀喇昆仑山脉等地研究野生动物，熊猫在我心头逐渐淡去。完成那个项目后，我接着又到巴西马托格罗索（Mato Grosso）研究美洲豹和它们的猎物。一九七九年秋季，对保护问题极为关注的佛罗里达州立博物馆馆长韦恩·金（Wayne King）打电话给凯，要我尽速回电。几天后，我回了电话。

“乔治，WWF 刚跟中华人民共和国协议合作熊猫研究。你有兴趣去做野外工作吗？”

我当然有兴趣。但另一个项目还没有结束，我必须先确定如何能两者兼顾。我需要几天时间考虑这个问题。

我于一九七九年十月十二日写信给 WWF 的保护部门主管李·塔尔博特，做了答复：“我十分盼望能参加这一项目，而且深感兴奋。”

十四个月后，我加入五一棚的中国同事，开始野外工作。除了研究，我当然也急于到熊猫野外的家中拜访它，已数十年没有外国人做到这一点了。经过两个月的艰苦奋斗，仍未等到那激动人心的第一面，熊猫似乎有规避我的超感应力。不过，至少我的失败并非史无前例。

植物学家威尔荪在熊猫之乡花了好几个月，还在一九〇八年到过卧龙，可是除了熊猫粪便，什么也没有看到：

熊猫是一种离群索居的动物，在森林中有惯行的小径，会长期在同一个地带出没，我们在竹林里经常看见的大团粪便可以为证。

其他访客的运气不见得比威尔荪好，虽然有人见过圈养或死亡的熊猫。

一九〇八年，布鲁克（J. W. Brooke）在卧龙附近的汶川地区行猎。一九〇九年的《地理杂志》（*Geographical Jouranl*）有篇文章引用他的野外笔记说："我们射杀羚牛、鬣羚、斑羚（goral）以及花熊。"后者是大熊猫的别名。这番陈述以漫不经心的态度，看待难得一见的猎物，令人怀疑射杀熊猫的是当地的猎户，而非布鲁克本人。布鲁克同一年死于彝族部落之手，无法亲口把详细经过告诉我们。

德国动物学家雨果·魏戈尔德（Hugo Weigold）在一九一六年看过一头被擒的熊猫，他向本地人买了这头年轻的熊猫，但它不久就死了。

公认第一个真正在野外看见熊猫的西方人是埃德加（J. H. Edgar），他扬言在一九一六年观察过熊猫。但这项记录颇有可疑之处，布鲁克·多兰（Brooke Dolan）一九四一年二月十三日致哈佛大学哺乳动物学家格洛弗·艾伦（Glover Allen）的信中说：

埃德加牧师叙述在巴塘和德格之间看见一头白熊在树上，

如果属实，恐怕在那条路上也看得到印度犀牛。埃德加基本上是个爱开玩笑的人，他的博物学知识尚不足以分辨小鼠(mouse)与大鼠(rat)。距巴塘最近的竹林，至少也有好几天路程，在东方数百英里外，北方和西方的竹林更是只有老天爷才知道有多远。巴塘到德格的公路，沿边都是白杨树、刺橡、小檗、柳树等。听信这个故事的索尔比(Sowerby)，自己根本没到过四川。

第一批确实见过森林里活生生熊猫的西方人，是亲手射杀它们的探险队员，亦即一九二九年的罗斯福兄弟、一九三一年的多兰探险队、一九三四年的塞奇（Sage）探险队以及一九三五年孤身深入的英国猎人布罗克赫斯特（C. H. Brocklehurst）上尉。可惜德国博物学家恩斯特·舍费尔（Ernst Schäfer）太过冲动，把一头六个月大的熊猫从树上打下来而未能将它活捉，否则多兰探险队就有希望创下第一个把活熊猫带回西方的纪录，也可使熊猫横死名单上少一条冤魂。结果便宜了露丝·哈克尼斯，她一九三六年在野外发现一头熊猫幼崽，带回去向全世界展示，因此名声大噪。

露丝·哈克尼斯是纽约市居民；从来没有野外探险的经验，她能活捉熊猫，不但靠运气，也靠决心。她的丈夫威廉·哈克尼斯家境富裕，性喜冒险。一九三四年，他把首次捕获的科莫多龙（Komodo dragon）①送给纽约动物学会。那年年底，他离开新婚才两周的妻子露丝，出发到中国去捕捉大熊猫。威廉在上海跟做过银行职员的奇禽异兽搜集家弗洛伊德·丹吉尔·史密斯（Floyd

① 科莫多龙是产于印度尼西亚科莫罗岛的一种巨蜥，是举世闻名的珍稀动物。——译者

Tangier Smith）组队。红军和各种繁文缛节使他们迟迟不能前往熊猫之乡。一九三六年二月，威廉·哈克尼斯罹患癌症死亡。过了不到两个月，露丝到上海去收丈夫的骨灰，并且——用她自己的话说——“继承了他的探险”。

她在上海碰到杨帝泽、杨坤廷两兄弟（Jack and Quentin Young），他们的父亲在美国出生，是美国公民。同样出生在美国的杨帝泽曾以博物学家和博物馆采集员的身份，参加过一九二九年的罗斯福探险队。一九三二年，他又与特里斯·穆尔（Terris Moore）、理查德·伯索尔（Richard Burdsall）、阿瑟·埃蒙斯（Arthur Emmons）等人结伴，创下首次攀登海拔二万四千八百英尺的四川贡嘎山的纪录。杨氏兄弟也自组探险队，替博物馆搜集雉鸡、金丝猴、羚牛及其他稀有动物。虽然他们年纪轻轻（露丝·哈克尼斯初抵上海时，杨坤廷才二十二岁），却已经跻身于在中国境内做研究的博物学家中最有成就的一批。杨坤廷同意陪露丝·哈克尼斯去四川，一方面也为南京的中央研究院寻觅熊猫皮。迈克尔·基弗（Michael Kiefer）在一九九〇年十一月二十九日的《圣迭戈周刊》（*San Diego Weekly*），有一篇精彩故事记述这次探险：“他希望猎到一头熊猫，为中国人争光，证明中国人跟西方人一样强。”

到了接近今日卧龙保护区的熊猫之乡，露丝·哈克尼斯与杨坤廷在很短的时间里就发现了一头熊猫幼崽。

露丝·哈克尼斯在《淑女与熊猫》一书中描写当时的情形说：

> 坤廷突然停住脚步，我差一点撞上他跌倒。他专注聆听了一阵，就快步往前冲，我简直跟不上。透过拂动的潮湿枝叶，我隐约看见他接近一株枯死的大树。我盲目地蹒跚前行，不断擦

拭脸上和眼里的水滴。然后我也停住了，不能动弹。枯树干里传来婴儿的哭声。

我一定有短暂的失神，因为等我清醒过来，坤廷已经伸出双臂，向我走来。他手掌中捧着一头正在挣扎的熊猫宝宝。

我不由自主地伸手接过这个小东西。手中毛茸茸的触感，使片刻前的梦想成为真实。

露丝·哈克尼斯试图带珍贵的熊猫幼崽离开中国时，遭到海关阻挠。她终于以一纸“小狗一只，价值二十美元”的证明书，搭船离开上海。她与这头名叫苏琳的熊猫幼崽，于一九三六年十二月十八日抵达旧金山，国际间对熊猫的迷恋于焉开始。杨坤廷则留在山区，最后他为南京中央研究院猎杀了两头熊猫。

苏琳原定前往纽约动物学会，但动物园拒绝出钱买它。主管官员认为，它与生俱来的弓形腿和内翻的脚趾是佝偻病造成。因此，苏琳的旅程终点在一九三七年一月变成芝加哥布鲁克菲尔德（Brookfield）动物园，一九三八年四月一日，她死于肺炎。

但那只幼崽真的是露丝·哈克尼斯发现的吗？有人公开指控那是她向当地猎户或传教士买的。史密斯还说她抢了他的猎物，那原本是他雇的猎人发现并准备留给他的幼崽。我向胡锦矗打听这件事，他说他曾见过露丝·哈克尼斯的向导黄大新（Huang Daxin），谈过这问题，黄大新说，幼崽是她从村民手里得来的。

有关这次意外发现的猜测流传了好多年。在相关人士当中史密斯死于一九三九年，露丝·哈克尼斯也在一九四七年去世，但杨坤廷还在世，他一直保持缄默，直到二十世纪八十年代晚期，基弗在加州详细采访他。杨坤廷告诉基弗的故事版本，跟露丝·哈克尼斯所述相仿：

十一月十九日，他们在海拔一万二千英尺、积雪掩映的竹林里，往上攀爬，忽然听见枪声和“白熊”的叫声。杨坤廷曾严令猎户，看见大熊猫时，不许开枪。他急忙向前冲，紧跟着他们跑上山，但当他发现哈克尼斯远远落在后面，就在一片空地上停步，回头叫她。这时他听见空心树干里传出婴儿的哭声。露丝赶到空地上，就看见他从三角形的熊猫巢里，捧出一只黑白相间的小毛球。小家伙体重不到三磅，还没有睁开眼睛……猎户看到的是成年熊猫，应该是那只幼崽的母亲，他们说大熊猫逃脱了，但是杨坤廷认为他们杀了它，把肉吃掉，把皮卖了。

杨坤廷会不会在回忆中添油加醋？

对这个问题他答道：“我撒谎有什么好处？”

杨帝泽在一九三七年射杀一头熊猫，这可能是外国人最后一次在野外看到熊猫。我真希望接下来会轮到我。

不过，五一棚的熊猫实在难得一见，从一九八〇年底到一九八一年初，这么多个星期以来，在雪封的林子里，我连一头都没有见到。有一天傍晚，一头熊猫从我们的帐篷旁边通过，却没有任何人看见，它那天夜里又经过一次，好像故意戏耍我们似的。

一九八一年三月二日。我黎明出发去白岩。前一天傍晚，小王查看过捕笼，回五一棚途中，遇见一头熊猫在小径上漫步。夜间下了一层薄雪，离开营地才几分钟，我就看见新鲜的脚印往山上走。我慢慢跟踪，脚步尽量放轻，以免踩到积雪下的树枝，所有感官都发挥最大功能，不放过任何动静或声息。三堆粪便，摸起来犹有余温。前方有根树枝断裂，接着是一片寂静。我走了几步。竹丛沙沙响了几声，又是寂静。熊猫显然也在试着找我。我们看不见对方，相互对峙，空气里紧张的情绪几乎摸得到。但有危险预感的熊猫遁走了，我失望地走回原路。

附近还有一道新鲜的脚印，是一头较小的动物，可能是一头熊猫亚成体，跟我追踪的那头一起行动。霍华德决定去察看小的那头是哪儿来的，我负责调查稍大那头的来处。黎明时分，稍大那头熊猫接近到距帐篷不到一百英尺的地方，看到什么令它不安的东西，退开一点，解过大便，然后上山。我向山下走，在浓密的拐棍竹林里，找到它的足迹，纠缠的竹枝被积雪压弯，形成一道无法穿越的障碍。我无法分开结实的枝干，只好从底下爬过去，面朝山下，不时要用冻僵的赤手拨开枯枝。快到山脚时，我看到了枫树底下的熊猫巢。

我在回营途中遇见霍华德，他的衣服跟我一样湿透了，枯干的竹叶挂在头发和胡子上。他那头熊猫也是谷底来的。这两头熊猫同行是巧合吗？我想追踪它们上山，但臭水沟的上半截已掩蔽在浓雾中，可能很快就会再下雪，盖掉所有的足迹。因为熊猫折向山顶，它们很可能在白岩跟我们的路线交错，我要试着在那儿拦截它们。不过，我先回到帐篷，凯正在我们顽固的火炉前面，伺候那股火苗。我偎在火旁，直到衣服开始冒水蒸气，啜饮着她一进来就端给我的热茶。

白岩上的小径沿着山谷的边缘开辟。我攀上去，听见一声哀吟逐走了寂静，声音虽低，却回音袅袅。我看见胡锦矗一动不动站在前面，他见到我，就指向前方下坡处一株高大孤立的云杉。接近树梢的一根枝干上，瑟缩着一头小小的熊猫。我心里暗道："终于。"

五点十五分，它又呻吟了一声，悲伤的声音传遍了整个山谷。几分钟后，它又叫了一声，声音消散后，我们看见另一头熊猫，那是一头粗壮的成年体，出现在同一棵树下方较浓密的枝叶里。它笨重地爬下来，后腿先着地，最后一只脚滑下来，扯下一大片树皮屑，然后消失在竹林里。我们猜测那是一头雄体，因为某种只有他自己明白的理由，对另一头熊猫有强烈的反感。小家伙摆脱欺负它的大块头后，就不再颤巍巍地缩在树梢，转而紧靠着树干，一副决心无视寒冷和暮色渐浓的模样，静静留在原处。灿烂的一小点生命，是理想的化身，却又千真万确。雾填满山谷，把山坡连成一片，来得如此悄无声息，若非熊猫渐渐看不见了，我们简直毫无察觉。胡锦矗和我相顾微笑。这一天可说是双喜临门。

第五章
追踪大熊猫

一九八一年三月至六月

三月初雪融了，春光乍放，雪线就一路向山顶撤退。虽然我们一天比一天加紧查看捕笼，殷切盼望在季末前至少抓到一头熊猫，它们却始终空空如也。好几天，熊猫曾忍不住走到距捕笼非常近的地方。有一次，一头熊猫亚成体一直往脚套走去，它的脚印使我满心都是快乐的期待，但是，不久脚印就转而远去，下了陡坡。在林中空旷、雪够深、竹枝也不甚茂密的地方，熊猫喜欢用胸部和腹部贴地，从山坡上滑下去，留下深陷的沟痕，我多么希望亲眼看见它们做这种寂寞的冬季运动啊！又有一次，一头熊猫在木制捕笼旁边绕圈子，受里头的肉饵吸引，但因为一只黄鼠狼触动了机关，门先关上，使它不得其门而入。

到了三月九日，霍华德再一个月就得离开，他哀叹道：“这是我第一次觉得沮丧。”

三月十日。早晨我正在查看捕笼时，看见小王沿小径急急跑来。小王身材矮小，高颧骨，朝天鼻，长得像充满青春活力的林中精灵，以青苔处处的山谷为家。他是我们最好的野外工作人员，非常牢靠。他眼中闪耀着兴奋的光芒，正在找霍华德或我。白岩附近抓到一头熊猫。他用一只手圈住另一只手腕，表示脚套。

我们很快就找到霍华德，我问：“你有空给一头熊猫装颈圈吗？”

“好呀！”他懒洋洋地答应，咧开大嘴微笑。

营地每个人都急忙赶来，排成一列沿小径前行，我又兴奋又担心，胃紧张得打结。要给熊猫戴颈圈，必须先用镇静剂使它不能动弹。这过程一向危险，因为动物对药物的反应难以预测。过敏或其他意外可能使它送命。没有错，纽约动物学会的兽医曾给我上过一课，我们使用的舒泰合剂（Telazol）又名 CI 744，特别适合肉食动物。但是我们面对的不是普通动物，而是非常珍奇罕见的国宝，是一个象征，万一意外死亡，我们会终生难辞其咎。

熊猫蹲坐在一棵树下，一只前掌困在脚套里。它曾拼命扒抓树皮，试图脱身而徒劳无功，如今这只温驯的动物在杜鹃树下的曦光中，露出困惑的眼神，等待未知的前途。我们沉默地围拢在距它约三十英尺的地方，这是一头小家伙。

我悄声问霍华德：“你看它有多重？”施用剂量得视动物的体重而定。

他答道：“照黑熊的标准，顶多八十磅。”

霍华德准备好注射筒，把它装在一根六英尺长的刺竿上，这是为在安全距离外给野生动物施打镇静剂而专门设计的。他慢慢接近默不作声也没有摆出防御姿势的熊猫。霍华德接近时，它转到树的另一侧，甚至在针头刺进肩头肌肉时，它仍不作一声。

霍华德欢呼道：“得手了！”但他检查针筒，发现针尖弯了，针剂只注射了一点。他说：“皮可真硬。”再试一次，终于成功了。

但熊猫打完第三针才真正陷入熟睡。我们趁它安静下来、侧身睡倒、呼吸规律时尽快动手，因为不知道它什么时候会恢复清醒。我检查它的脚掌，没有被脚套弄伤，我松了一口气；脚套坚牢而不致磨损踝关节。测量：鼻尖到尾尖一百三十八厘米、肩高七十一厘米、尾长八厘米。胡锦矗检查性别。雄体。睾丸很容易就可在下腹摸到，还不像成体那样已降到阴囊里。这头熊猫大约两岁半。说不定我们月初碰过面，就在我第一次跟熊猫打照面的那个起雾的黄昏。如果真是这样，这头熊猫真是命途多舛，才不过两星期工夫，他被另一头熊猫追上云杉，又中了我们的脚套。我们把一个弹簧秤绑在扁担上，测他的体重，两个人把扁担抬高，把他四脚缚住，悬空抬起：一百二十磅，难怪还需要补打一针，才能使他昏迷，我们把他的体重估得太轻了。我们为他装上无线电颈圈，不能太紧，因为他还会长大，但也不能太松，以防他自己从头上脱下来。不久，他呼吸变得沉重，开始动弹。我们用一面网把他罩住，免得他在半昏迷状态中到处乱跑，滚下悬崖，不小心被树枝刺到眼睛，或受到其他伤害。

“你们要什么时候开始追踪他？”凯随口问，想知道我们什么时候开始监测无线电信号。

霍华德和我对望一眼。我问：“你有没有拿掉磁铁？我没有。”霍华德赶紧伸手到网里摸了一阵，把磁铁拿掉。这块磁铁拿掉后，无线电发射器才能启动。我们兴奋之下，差一点让这头熊猫戴着没有用的无线电颈圈跑了。

霍华德苦笑道："可别声张啊！"

我们看着熊猫挣脱网子，匆匆奔下山坡。我看了表一眼：十一点十五分。这是神奇的一刻，第一头装上颈圈的熊猫消失在竹丛后面。我现在才觉得天气又冷又湿，我衣服太单薄，微弱的阳光昭示着冬天还在。但是山坡上一枝紫色的樱草花已灿然盛开，在积雪中格外鲜明，这是春天最早的花朵，中国人称之为报春花。我们脚步轻快地回到营地。同时，熊猫坚定地向上翻过山岭，进入转经沟。现在我知道，那片广漠的竹林里，至少有一头熊猫在过它孤单的生活。

我们不久就发现，现代化科技使得工作量不减反增。靠着这个能连续两年发出信号直到电池耗光的发射器，我们可以不分日夜监听熊猫的位置和活动。我们决定每天查看一次熊猫的动向，每个月用五整天记录它的活动情形，以了解是否存在季节性的模式。

三月十二日。配戴颈圈两天后，霍华德跟我在营地上方的山脊处，根据我们编好的一套三角点——4X、11X等——找到熊猫所在的位置。我们决定要连续二十四小时监视这头动物的动静，霍华德值白天班，我先回营。

下午过了一半，凯正在帮我把林中过夜用的食物和仪器打包，我听见喊叫声，只见周守德一路手舞足蹈地从外跑来，喊着："大熊猫！熊猫！"老彭刚回来报告，布置在转经沟边缘的一个捕笼抓到一头熊猫。老彭、周守德、小王和我急忙带着镇静剂器材、睡袋及其他装备上山，我们走得极快，虽然天气很冷，不久就满身汗水了。

熊猫几乎塞满整个捕笼——这是一个运送动物的传统式铝制笼

子，用木柱加强。她看着我们，鼻间发出极为悲伤而绝望的低吼声。我们再接近，她就发出轻柔的鼓鼻声，表示温和的威胁，接着还有一种快速开合嘴巴、击牙碰唇的咂嘴声，显示她的不安。见这一招阻挡不了我们，她又发出像大猩猩的咆哮声，那么突如其来而响亮，使我们差点掉头逃跑。大伙紧张地微笑着看她，是头雌体，后来我们叫她珍珍，她在许多方面都可视为这一项目的象征，并成为我们最难忘的一头熊猫。

白天已来不及替她装颈圈。我让小王去叫霍华德过来，我们两个会整晚守在这儿，确保熊猫的安全，并监听另一头熊猫。这片树从里，没有一个可以好好睡一晚的地方，但我们还是找了个地方躺下。霍华德值第一班，他每十五分钟监听一次熊猫的信号。我时睡时醒，竹子令我窒息，一块石头顶着我的睡袋，焦虑使我紧张。这雌体拼命在咬啮捕笼中的木柱，万一她被木头哽住怎么办？我听见她在重重喘气，用手电筒照见她眼睛白色的闪光。她没事。夜间露水沾湿了我的脸，我沉沉睡去，直到换班，轮到我站岗等天明。

我们黎明即起，等其他人赶来。戴好颈圈的那头熊猫已经几个小时没有移动，七点半、七点三刻、八点、八点一刻、八点半都过了，还没有动静，我们开始担心。熊猫不可能睡到这么晚，难道他把颈圈弄掉了吗？

包括从营地赶来的九个中国人，我们十二个人围在捕笼旁边的空地上，非常拥挤而嘈杂，熊猫咆哮声不断，空气中回荡着愤怒。我叫大家噤声退下，并再一次说明，注射镇静剂的动物需要安静，尤其是在刚昏迷和醒来时，以免因动作不能协调而受伤。但霍华德施打药剂后，几乎所有的中国人都立刻挤到捕笼旁边，一边大声说话，一边拍照或旁观，熊猫愈加狂乱。没有人把我的请托当一回事，直到我大吼：“退后！”翻译小谢还是学生，英文只有初级程度，竟将其翻成：“滚蛋！”搞得很伤感情（这件事立刻上报到北京，又由北京通知了 WWF）。

上午九点三十七分。熊猫的脑袋低垂，鼻子几乎碰到地面。我伸手到笼里轻轻推她，没有反应。我们把门打开，把她拖出来，放在笼顶上，像一队外科医生在急诊室动手术，每个人专心做一件事。我在她静止的眼球上涂软膏，以免干涸。刚出差一个月才回来的潘文石，在浓密的体毛中间找跳蚤或血蜱，一无所获。胡锦矗挤压熊猫柔软的乳头，发现没有乳汁：她现在没有带崽，但可能在年初失掉了一个。霍华德量她的脉搏——每分钟六十八下——然后量她的身高，边量边大声报给我记录：身长一百六十六厘米、肩高八十一厘米。尾长十三厘米。我们打开她嘴巴，泛黄的犬齿显示她已入中年，可惜我们无法判断她的实际年龄。左下方的第四前臼齿和第一、第二臼齿都不见了，还有几颗牙齿上结着厚厚一层像石灰石一般坚硬发灰的牙垢。这是否妨碍她摄食？是否导致她那么瘦，一摸就摸到毛皮下面骨盆的骨头顶了出来？为她称体重需要大家协力：一百九十磅。把无线电颈圈固定在她脖子上以后，我们就静待她恢复神志。

上午十点三十五分。她眼皮跳了几下，忽然开始吠叫，一只掌在空中乱抓。我们小心翼翼地把她推回笼中，不久，她就抬起头，用渴望的眼神看着我们。

上午十一点四十五分。她坐在笼中，行动已恢复正常，在我们开门时，发出咆哮声。我指望她一跃而出，争取自由。但没有反应。她对着没有门的笼口，足足坐了二十五分钟，才试探性地探出头来；然后，好像突然来了精力，飞快地冲入竹丛，行动间枝叶卷起一阵波浪。

我觉得筋疲力尽，全身无力。就连霍华德告诉我，另一头熊猫在十点十五分有了动静，可见无线电没有问题，我也只能很节制地表示内心的欣喜。

次日晚餐后，我们开会讨论为两头配戴颈圈的熊猫取名的问题。用个别的无线电频率称呼它们，雄体叫一八八，雌体叫一九四，不能予人一种美感。为熊猫取名是一件大事，不可掉以轻心，因为有了名字以后，动物就不只是林中随便一头动物，而变成了我们社区中的一员，它的一举一动，我们都会当做自己人一般，细心观察、辩论、判断。名字一定要恰如其分。胡锦矗提议把那头幼年雄体取名为“龙龙”，立刻通过。这是个好名字，龙不仅跟卧龙保护区有关，而且龙生九子，各有所好——好烟、好水、好险、好食、好斗等；其中一个龙子就像熊猫，是个隐士，被人画在紧闭的大门上。①雌体熊猫的名字比较难达成一致，各式各样的名字都有人认为不恰当，最后潘文石提议用珍珍，有珍贵、珍宝、珍珠等含意，全都适合，于是珍珍的新生命就此开始了。

以后几天，龙龙一直待在转经沟，珍珍则在山上跑来跑去，远至二道坪，我们在那儿也设有一个木制捕笼。戴上颈圈一周后，她闯进了那个捕笼；放出来以后，她曲曲折折回到山上，又进了我们第一次抓到她的那个捕笼。她在笼子里紧张而不快地瞪着我，一开门，她就立刻怒气冲冲地跑掉了。第二天，她又坐在二道坪的捕笼

---

① 作者举例“好烟、好水、好险、好食、好斗”的龙子应分别指喜静好坐爱烟火的狻猊，曾助力治水、好负重的赑屃，好险好望的嘲风，贪食的饕餮，好斗喜杀的睚眦。隐士龙子应指形似螺蚌好闭口的椒图。——译者

里。她显然凭嗅觉就知道什么是好东西，而且决心做这笔买卖：用些许紧张和不适，交换一顿好饭。我虽然佩服她适应新环境的速度，但无法接受她的务实作风，因为这会妨碍我们用捕笼捉其他熊猫。

三月十七日。我在中午上山，带着寝具和设备，准备彻夜监听龙龙和珍珍的行动。今天的天气有点拿不准该是冬天或春天，太阳每次从云层后露脸都坚持不过一分钟。地面有一层薄雾，洋溢着青苔和腐叶的气味，狼蛛在融化的积雪濡湿的岩缝里跑来跑去。杜鹃已抽了叶芽，桦树上一只鳾（nuthatch）唱着悠长的颤音，婉转而下，像一个姑娘用轻巧愉快的步伐走下山。我慢慢攀爬，回到雪还积得很深、树木还没有绽芽的冬季。在三角定位11X的小山坡上，我坐在一棵大冷杉树下，开始监听熊猫。下方有一片箭竹丛，延伸到针叶林边缘。冬季枯死了大约三分之一的树叶，但仍挂在枝上，竹林像深秋的草原般泛黄。我吃着花生酱和饼干。一只很像金花鼠的花松鼠在林间奔跑。我扔了一片饼干给它，它急急逃上树，倒吊在树干上，用亮晶晶的眼睛盯着我。两只褐冠山雀（brown-crested tit）①飞掠而过，似乎是一对，它们在冬天总是跟雀鹛、煤山雀（coal tit）、绣眼鸟（white-eye）混成一大群，一起飞行。

山坡上吹下来的风愈来愈冷，竹叶和我都在发抖。我吹起充气睡垫，打开睡袋，在四周的竹子和一棵荚蒾（viburnum）上，拉开一张防水布，遮蔽睡袋和我的行囊。开始下雪了，雪片大如樱花。我裹在睡袋里，看着四月黑色的冷杉逐渐变白；雾飘过来，树干变

---

① 亦名“grey-crested tit”，又译“棕头山雀”。——编校

成模糊的灰影，逐渐隐没，失去色泽，终于随着暮色转暗，消失无踪。风助雪势，纷飞的雪落在我脸上。我独自在狭窄的山脊上，设法跟熊猫取得联络。我把接收器调到龙龙的频道；他在我下方的溪谷里，无视严寒，正在找东西吃。我把频率转到珍珍；她在经常出没的山坡另一头，信号静止而稳定。我可以想象她在那儿，蜷缩着身体忍受坏天气，雪花落在她黑白相间的毛上，直到她跟雪与树影都无法分辨。

我躺在那儿打瞌睡，有时瞪着万籁俱静的世界，有时望着闪闪发光的月牙儿，等时间一分一秒过去，直到下一个跟熊猫取得联络的时刻。山坡和树木逐渐脱离黑夜，我置身于银白世界，云与雪几乎无法区分。但太阳一露脸，冷杉枝上的雪水就像暴雨般滴落，云层下降，填满整个山谷，像冰川一样寒冷，像一条光之河，如此平整，似可滑雪。上方的山脊映着粉红色朝霞，轮廓分明。

早晨九点半，胡锦矗和潘文石来接我的班，我对于下山有种矛盾的感觉。独处不见得安静，但独自一人长时间把心神集中在熊猫身上，摆脱日常事务与难题，自有一番吸引力。在这儿的静夜中，思绪脱离了枷锁，人好像更完整。山下的我变得四分五裂，身为主管，要担心四月的成都会议、三月底英雄沟的人工授精计划、安排好的一连串摄影师和其他人络绎打扰五一棚；我是与陌生人为伍，迷失在陌生文化中间的一个流放者；我是一个饱受成果压力的生物学家，必须让两个官僚机构确信，这个项目的经费花得值；我是一个对熊猫所面临各种威胁持有警觉的保护主义者。但我现在又很想回到帐篷，回到我和凯的家，任何地方只要我们打算久留，都会变成一个家。我要告诉凯我晚上的经历，也听听她的冒险。我下了山，凯告诉我，有一只棕色黄鼠狼跑进帐篷来抓老鼠；有一个给营地厨房送包菜、洋葱及其他补给品的羌族妇人，过来参观、聊天，凯还用我们的拍立得相机为她拍了一张照片。然后我们办了很多家庭例行的琐事，像是搬柴、扫灰。今天跟往常一样，要写回信和报告；还有竹子标本和熊猫粪便等着晒干。

我们的生活是一个世界，中国人生活在另一个世界里，两种世界只在吃饭时间或山径上才会重叠。这并非出于我们的选择。尝试全面适应另一种文化，一举一动完全模仿本地人，这种行为本身的意义就不明确，我从未这么做过，我只会基于礼貌调整自己的思想与态度。我并不会心怀浪漫地以为，我可以有朝一日摆脱边缘陌生人的身份，成为另一种文化的圈内人。但我曾经希望，五一棚的工作开始以后，我们可以逐渐熟悉，成为真正的伙伴，像在其他国家一样分享观念、思想、感情。当然我一直都知道，中国人比较沉默寡言，他们周遭有一道社交的樊篱。我更进一步发现，五一棚的同事开始时，可能基于他们对外来文化的成见，不把我当作一个“人”，而是一个外国人或美国人看待。但我认为，在互相尊重、寻求了解的气氛下，信赖可以培养。我错了。

中国正在实施对外开放政策，但其他因素姑且不论，“文化大革命”的阴影还笼罩人心，影响到大部分的行为。不仅四人帮，社会上大部分人都陷入了“破四旧”——思想、文化、风俗、习惯——的疯狂魔障。但没有旧，所有新东西就没有意义。其间，阶级斗争的逻辑发展到荒谬的极限。无数人被打成反动派，“被逼着吃苦”。知识分子都自动归为“臭老九”，排在地主、敌特、走资派、坏分子等之后，这套分类无所不包，甚至海外有亲戚都成为受迫害的理由。因为告发有赏，知情不报者有罪，人与人互相监视，唯恐自己成为下一个目标。人性最黑暗的一面暴露无遗，到最后，目标已不是查究罪行，而是攻击所有被告发的人。“文化大革命”建立在纯粹的恐惧之上，这种恐惧又成为所有聚会游行的借口。过去称为异端、现在叫作反革命的人，被迫公开承认他们没有犯的罪过，并受到积极参与或袖手旁观的群众批评、嘲弄、迫害。不计其数的希望幻灭、生活破碎，整个国家对这段“失控年代”的集体恐惧，甚或罪恶与耻辱感，将成为这片土地上不能愈合的伤口，直到二十一世纪下半叶最后一个幸存者长眠不醒。

我们的营地里，受害者和行刑者或许正笑眯眯地生活在一起，互相监视，即使不做笔录，也在心里编列一套档案，为不知何时会重演的历史做准备。每个机关或单位都保留公共安全机构，监视每个人的行动，批准结婚、旅行、换工作、生育、邀请外国人回家……每一件事。没有人敢单独来我们帐篷，没有人愿意表现得对外国人太过友善；营地弥漫着对清算的恐惧。每个人都是他邻居的员警。有个中国人告诉我：“我一言一行都要戒慎恐惧。”无怪所有的人都尽可能逃离营地的社交幽闭氛围。与我共事的中国人，虽然大多又能干又聪明，但想象力和主动性都极受压抑，他们唯有像柳枝一般逆来顺受、怕冒险、不出众，才能生存；他们信奉古老的格言：“木秀于林，风必摧之。”在他们所生活的社会里，柔顺是优点，反抗或坚毅是罪恶。没错，现在中国人日子过得比历史上任何时期都好，健康与教育水准大幅提升，人人大致可算平等。但他们应得的远远不止于此。凯和我能体会他们的处境，令我们遗憾的是，除了有节制的友谊，我们无法流露更多，以免为他们招来无妄之灾，遭受批评，或更坏的下场。

傍晚时分，我有时会为工作人员做非正式的演讲，说明我们所搜集资料的意义，并介绍领域、保护等方面的整体观念。我希望引发众人反应，解答某位研究者令人丧气的疑问："熊猫有啥特别？"但我最喜欢在傍晚听胡锦矗谈古时候熊猫的典故，或谈论四川人及他们的风俗习惯。他是典型的儒士，谦逊自处，喜怒不形于色，经常用一笑掩饰感情。我们听说他在"文革"期间受了很多折磨，却从未得知详情，我们也不探问。他在奉命研究熊猫之前，研究的是长江鲟。每天早晨他要在帐篷后面打太极拳。我很喜欢他，但情势所限，我们只能在工作上合作，不能做朋友。我学会对他察言观色后，发现他的笑声中并无快乐成分，眼神中也少有笑意，但一谈起他最喜欢的历史，眼中却是兴趣盎然。

我知道，在中国，虎骨、熊胆乃至鼯鼠粪[①]都可以入药，我问他，当地部落有没有这么用熊猫。他告诉我们，传说只有熊猫尿液有药效，而且只有一种用途：溶解误吞的针。至少需要量不是很高。他又说，一九四九年解放以前，猎熊猫主要是为了它们的皮。睡熊猫皮有两大好处——避邪和预知未来，如果一夜安睡到天明，就代表诸事顺利。但早在公元前二二〇年的秦朝，中国最古老的字典《尔雅》已提及另一种医药用途：熊猫皮有助于调理月经。书中说，貘（熊猫古名）以铜铁为食。其他古籍也提到食用金属这一习惯，例如著作年代可远溯到公元前七七〇年至前二五六年的地理文本《山海经》，提到貘"似熊，黑白兽，食铜铁"。公元一〇〇年左右完成的字典《说文解字》，已收有"貘"字，后代注解中也提到：

① 中医称为"五灵脂"。——译者

“貘兽，毛黑白，臆似熊而小，以舌舐铁，须臾便数十斤。”此外白居易《貘屏赞·序》中，还有“寝其皮辟瘟”。①胡锦矗认为，所谓貘食金属，可能是因为熊猫有时会闯入村落、舔舐或咬嚼煮饭的锅子而起。以熊猫有力的下颚，咬烂今天的铝锅都不成问题。英雄沟就有头熊猫把盛水的盆子咬得稀烂，数小时后，还排出好些铝球。

胡锦矗说，中国古代已经把熊猫视为珍贵的异兽。西汉文帝之母薄太后于公元前一七〇年左右去世，葬在西安附近的南陵，用熊猫头骨陪葬。唐太宗可能曾赐两头活熊猫及熊猫皮给日本，以示亲善，这一政治手法直到近年才被重新拾起。

司马相如记载，西汉长安御苑豢养四十余种珍禽异兽，其中熊猫备受珍视。之后要等到二十世纪五十年代，熊猫才再度出现在中国的动物园里。

一八六九年三月十一日，一个猎人送了一张熊猫皮给法国籍耶稣会士谭卫道神父，由他把熊猫介绍给西方科学界。我对熊猫的认识就局限于那以后的一百一十年。跟胡锦矗交谈，使我的眼界扩大了不止两千五百年。

熊猫项目除野外工作外，还包括一套改善人工圈养环境下繁殖能力的计划。纽约动物学会的主任兽医埃米尔·杜伦赛克和美国国立卫生研究院（National Institutes of Health）的生殖生理学家斯蒂芬·西格（Stephen Seager）不久就要前来，用一个月的时间，与英雄沟及成都动物园合作人工授精。他们几天之内就会抵达，我先到

① 貘字在中国古籍中一共有四种写法：貊、貘、狛、獏，最早的文字记载包括《周礼·地官·草人》《诗经·魏风·伐檀》等，详尽解释则散见于历代学者对这些古籍的注释，年代十分驳杂，并非如作者所写的那么单纯。另作者所引出处疑有误，恕不一一标明。——译者

英雄沟察看工作条件。还没走到工作站，就听见动物的惨叫声。有个人抓着一只被电击得全身僵硬的山羊，兽医“病鸡”把一根看起来好像通了电的玉米穗的东西，插进它的直肠。这是人工授精使用的直肠探测器，“病鸡”正在练习将来要用在熊猫身上的电击射精技巧。不久山羊就死了。有人告诉我，“病鸡”给一头熊猫注射促进发情的荷尔蒙，用了正常所需三倍的分量。他很可能在我们正要开始合作时，扰乱熊猫的生殖周期。他用的参考书是美国二十世纪三十年代的一本内分泌学教科书；至少他的知识在五十年前不算错。“病鸡”从头到脚都令人不敢信任，我担心我们的合作不会顺利。我最担心的是他伤害熊猫之后，又把责任推到 WWF 和纽约动物学会头上。我们不得不提起十二万分的小心，对他的每个动作都密切关注，我们的监视工作即使还不够天衣无缝，但相信送到任何安全部门考核，都有资格得个嘉奖。

人工授精工作始于三月二十八日。被捕获才一年的中年雄体熊猫山山第一个施打镇静剂。

“我们用这支吹箭筒……针筒是德国制的……药剂是 CI 744……熊猫昏迷后，我们就将其抬进室内开始取精。”埃米尔·杜伦赛克慢条斯理，在每个步骤之前，详细说明每一个程序。他身材高大魁梧，蓄须，是个好老师。有个翻译员为两个中国兽医和其他工作人员翻译，斯蒂芬·西格随即把电击刺激棒插入山山的直肠，拿一个杯子凑在熊猫的阴茎旁边，他的阴茎个头极小，泛紫色，形状像海葵。只收集到 0.9 毫升的精液。斯蒂芬立刻用显微镜察看精子。

他叹道：“精子都是死的，死光了。”加入一点温的生理盐水后，他发现一些生命迹象：“或许有 5%的活动力。必须到 80%才行。”

精子数低到这种程度，人工授精不可能成功。今天只能当作练习了。雌体丽丽是两年前在野外抓到的。埃米尔和斯蒂芬到达前，她的发情期刚结束；不知何故，她发情期间没有安排任何雄体接近她。她被麻醉昏迷后，斯蒂芬插入腹腔镜——带灯源的套管，用来检查子宫——确认组织不红，没有肿胀，没有发情迹象。他仍然把腹腔镜接上塑胶管，注入精子，完成人工授精的步骤。（我要替山山澄清一下，两天后，他制造了 9 毫升的精液，有 75％的活动力。这批精液再次用于给丽丽及另一头雌体人工授精，但都未成功。不过，大家在饯别宴上给斯蒂芬敬酒，感谢他给山山和其他雄体带来了快乐。）

动物园里大多数熊猫宝宝都是经过人工授精诞生，并非出于熊猫的选择，这是因为囚禁的动物很少能自然繁殖。尽管动物园饲养熊猫已超过半个世纪，对于照顾这种动物的正确方法，我们所知仍有限。熊猫是否该分别饲养，等到雌体发情时，才关在一起？这一招在同样爱独处、一度在动物园无法繁殖的猎豹（cheetah）身上很管用。或者该成对饲养、成群饲养？各种方法都用过，但都不保证成功。我们现在知道，雌体熊猫每年三月中旬到五月中旬会发情一次，不过偶尔在其他季节也会发情。她们的受孕期持续约十二到二十五天，最高峰只维持二到五天。其间雌体熊猫的行为会改变：变得食欲不振而好动，会阴胀大，会用别的东西摩擦阴部。我观察的一头雌体，会跟雄体搔首弄姿，勾引对方：她在雄体面前四脚朝天，扭动身躯；用前掌温柔地摸他，要求他接近，她的邀请很直接，欲念显而易见。可是雄体熊猫只是消极地瞪着她看。一头从伦敦动物园前往华盛顿国家动物园招亲的雄体熊猫，攻击发情的雌体，造成相当严重的伤害。看来雄体熊猫也需要先发情，才会对异性有兴趣；事实上，睾丸大小会随季节改变，春天最大。无分雌雄，求爱的步伐都需要先协调，但不知何故，人工饲养下的熊猫通常做不到这一点。

埃米尔一向关怀动物，他跟英雄沟的人员合作，草拟一份详尽的管理计划，包括喂食、打扫笼子等细节。他运来一批昂贵的兽医用品，耐心解释每一种的用法，确认剂量、用药技巧及其他注意事项都被完整地记录下来。斯蒂芬设计了一份记录雌体熊猫发情时行为与生理变化的表格，以便下一年可以选择最佳时机进行人工授精。埃米尔与斯蒂芬都尽了力。埃米尔在一份交给中国人的报告里，措辞很温和地指出：

> 对饲养方式观察两周后……发现管理人员必须对熊猫的需求提高注意……管理人员有必要跟被管理的动物产生互信、互动……英雄沟的熊猫因受忽视而野性难驯，对管理人员没有反应。

我在五月去查看埃米尔之行对熊猫有什么帮助。他的管理计划无人理会，兽医用品则束之高阁（今后也不会派上用场），甚至连地板都没有消毒。大多数熊猫都有蛔虫——这个品种学名叫作“*Ascaris schoroederi*”，只出现在熊猫身上——而那里圈养的熊猫无一幸免；一头雌体刚打下一把大约一百余条蠕动不已的大蛔虫。工作人员不用我们提供的比较有效的药品，只用草药；熊猫在肮脏的笼子里，不断因沾到自己粪便中的虫卵而再度感染。一年后，埃米尔不屈不挠地再度尝试改善这儿的情况。但轻忽很快就恢复，不是他们故意不当一回事，而是因循陋规，积重难返。那儿有个人告诉我："只要熊猫不死，不给我惹麻烦，我才不管英雄沟怎么样。"

又有一次，我到英雄沟去接待来卧龙评估开辟观光旅游潜力的拉尔斯·埃里克·林德布拉德（Lars Eric Lindblad）和奈杰尔·西特韦尔（Nigel Sitwell）。唯一存活的幼体熊猫当时两岁大，因为我们在场而获准进入户外围场。从黑暗的囚室放出来，小家伙高兴得跟什么似的。先是蹦蹦跳跳爬上一个阶梯很高的斜坡，活泼地跑来跑去，把挡路的竹子全部打倒在地，然后回过头来，翻着筋斗，像个欣喜欲狂的黑白球一路滚下来；然后又爬上去，重来一遍，再一遍。这让我看见熊猫沉静外表下的另一面，证明人们对熊猫的幻想，绝对是有根据的。

我出于义愤，而非乐观，跟当时也在卧龙的王梦虎热烈讨论英雄沟的状况，我指出中国境内某些动物园把熊猫照顾得很好，英雄沟不该比它们差才对。雇用对熊猫漠不关心的管理员全无帮助。他也同意；但他说，他寻求改变的努力都无效，北京在这件事和其他方面，都约束不了当地的工作人员，俗话说得好，"强龙不压地头蛇"。

四月十二日。从四月十日开始，二十四小时监听珍珍和龙龙的行踪，今天轮到凯和我值夜。我们在三角定位点4X的山头上，搭了一座橘红色的小帐篷。珍珍在二道坪附近的溪谷里，龙龙照常待在转经沟。下午非常潮湿寒冷，我们不久就钻进睡袋，天线架在一根竿子上，接收器放在我俩中间，做好守夜的准备。下午五点四十五分，我们听到数百码外有熊猫叫声，从二道坪方向传来，混合了呻吟、鸣叫、尖嘶和警告的吼声，百音混杂。我立刻穿好衣服，跑下山坡，赶到声音的来源处，在寒冷的寂静中，等了大约一小时，直到一阵低柔的呻吟声渐渐透出竹林，一头熊猫突然气喘吁吁地爬上附近一株冷杉，把树皮挠得哗哗响。他背部宽阔强壮，动作有力，背上的白毛在阴暗的森林里闪闪发光，极为醒目。他令人望而生畏，使我想起二十年前在非洲中部终年迷雾的山峰上研究的雄性山地大猩猩。他爬到离地二十英尺的最低枝，坐在那儿，似乎打算再度把叫声传遍整个山谷。但十五秒钟后，他又爬了下来，可能是因为看见我的关系。珍珍距此不过四分之一英里，当然听见他不断在叫她，间歇的叫唤一直持续到午夜，可惜情歌没有打动珍珍，她不曾移动位置。

四月十三日。小王到 4X 接班，凯与我回到营地。不过，我又爬上山坡，希望能录下熊猫的叫声。我还没到前一晚的地点，就听见一阵震撼整座森林的咆哮声。接着是一连串尖嘶、呻吟和怪吼，来自两头动物。珍珍跟那头雄体会合了。透过密密竹林，可以看见他们在一座小小的浅谷中。下午三点五十五分，我看见那头雄体的头及背影，他折向一条小溪，停下喝水。下坡方向，有第三头熊猫在低声鸣叫，那头雄体呼呼呼地回应，双方唱和了大约一分钟，声音充满不安。然后那头雄体忽然回到在旁耐心等待的珍珍身旁，珍珍像一头紧张的山羊般嘶叫：表示友善。另一头熊猫跟在那头雄体身后约三十英尺处，也是雄体，但体型较小。稍大的雄体转动身躯，扑上去攻击，撞倒好几根竹子；小雄体识相逃走。大雄体回到珍珍身边，骑上她，珍珍蹲下，大雄体凑着她的后臀，也半蹲下身躯，前掌扶着珍珍腰下。但珍珍忽然从他身下溜出去。小雄体又接近了，低哼着准备再次出击，不过我只听见嗥叫、咆哮和哀鸣，像一群狗在打架，还看见竹林剧烈摇晃。大雄体又回到空地上，再次跨上珍珍，小雄体仍不放弃，又一次逼上前来。但这次他显然认清，满足性冲动的概率虽然不见得等于零，但也高不到哪儿去，所以他站在一旁等着。我一直在专心观察和录音，对朱靖和周守德的到来，竟一无所觉。现在活动已告一段落，他们上山去接班，继续晚上的监听。

珍珍忽然爬上一棵距我约五十英尺的铁杉，悠闲地坐在低枝上，一条腿悬空晃动，漠然地望着我。大雄体不久就回来，绕树嘶叫；珍珍低头看他，回应几声，却不打算让他接近。大雄体觉得地位稳固，志得意满，摇摇摆摆走到距我不到二十五英尺的地方，扑通躺倒在一片青苔上，粗重地喘着气，他全身松弛，看起来就像一个动物靠枕。我寻思该怎么办。雄体的社交接触一向稀少而不友善，他在守护珍珍期间，更是浑身散发一股暴戾之气。他会不会把我当作另一头雄体熊猫？他起身走过来，圆圆的白脑袋穿过竹林，愈走愈近，几乎有一种催眠的魔力。我站着，动也不动地等待。他走到距我八英尺远，停下看看，脸孔像一张面具。又走回珍珍那儿，人立而起，抱着树干，好像要爬上去。珍珍则低头叫唤。这时小王正好从山脊下来，及时赶上，跟我一块儿看到珍珍下地。

我有很多次在不寻常状况下与动物遭遇的经验，每次都独特而令我满意。一只好奇的雌性山地大猩猩爬到树上，跟我坐同一根树枝；兴都库什山一头雪豹在刮大风的夜晚看守着杀死的猎物，无视我在旁边休息；印度中部的密林里，一头雌虎与我不期而遇，我在伸手可触的距离，直视她金色的眼睛。接下来的一个小时，珍珍和她的伴侣提供了一个独一无二的机会，让我们一窥熊猫的私生活。珍珍走到冷杉另一边，在距我们仅六英尺的地方停步，我们只看见她的头，在林中闪闪发光，像寒夜里一轮满月。小王闪到我身后。我伸出一只手招呼珍珍，轻声“啧啧”，希望引起她的注意，但她着魔似的神情依然不变。她好像看不见我和小王，把我们当成透明的。她像一袋面粉，撞上了我们面前的树。我们生怕挡了那头雄体的路，溜到树的另一侧，坐在距珍珍约十五英尺的地方。我相机里的胶卷照完了，我必须去登山背包取一卷新的，但背包在珍珍身旁。我小心翼翼地爬过去，没有惊动她，拿到了胶卷。所有动物都自有一扇通向现实的窗户，过去我跟熊猫的遭遇都太短暂，看不到数百万年演化的深邃之处。但我还不曾遇见一对哺乳类如此完整地呈现过去、未来和现在，竟只剩下一个焦点、一种现实。

雄体熊猫走出竹林，珍珍走到他身边，蹲在地上，头弯得极低，几乎把头顶在地上。他骑上她，又下来，慢慢环绕她纹风不动的身躯走了两圈，又骑上去，接着又骑了两遍。事毕，他们走了几步，由珍珍带头，两头熊猫都发出呜呜的鸣叫。雄体做爱时全神贯注，每次从十秒钟到六十秒不等，由珍珍决定停止；有时他会轻轻用掌抓珍珍，或整个倚在她身上，保持接触。有一次，他试图用前掌抓住珍珍的后腿，让她不要乱动，珍珍立刻翻过身，凶猛地吼叫。又有一次，他实在需索过度，珍珍就爬上一棵云杉，逃避他的狂热。有一次，雄体小心地绕过我放在地上的录音机，似乎把它当作一块石头，并且在距我们只有十英尺的地方跟珍珍交配，仿佛我们只是两根无关紧要的木头。

下午七点十五分，天差不多黑了。过去七十分钟里，雄体熊猫一共骑上珍珍四十二次，珍珍对他无厌的性欲愈来愈不肯顺从，他们一边争执，一边慢慢退入竹林深处，另一头雄体则徒劳无功地在旁监视。

四月十四日。珍珍懒洋洋地在她昨天谈恋爱的那片洼地上流连。凯和我在旁守候，巴望看见她或任一头雄体。这是五一棚难得的一个灿烂明媚的春日。杜鹃叶片闪闪发亮，饱满的粉红花苞即将吐蕊。桦树赤色的树干，在斜射入林中的阳光下，幻化成一根根火柱，枝上挂着的地衣如串串绿晶。珍珍把整个下午都睡过去了。雄体则无影无踪。显然他们都只是应发情的冲动而来，对社交不感兴趣。珍珍发情的高潮持续不到一天。

他们的求爱行为有一些圈养熊猫不做或做不到的成分。雄体会大声叫唤，有时趴在高高的树上叫，他的情歌昭示他存在，以及他已准备好交配。有兴趣的雌体可以循声去找他。珍珍一直在雄体身边逗留，但直到一切准备好才跟他在一起，这样的行为可确保良好的关系，跟把圈养熊猫突如其来地拉郎配是截然不同的。

接下来几周忙乱不堪，五一棚的工作穿插了两趟英雄沟之行、一个星期到成都参加筹备会议，四月十六日我们又接到通知，埃米尔与斯蒂芬要再到成都做短期停留。凯和我到总部去跟他们见面。村中妇女背着堆肥送到田里去，男人在陡峭的山脚下，推着木做的犁耙，赶着牦牛与家牛生的混血后代耕田；住家周围盛开苹果花和杏花。我在总部给我们的房间里，用电炉烘干竹子标本，把床垫烧着了。回到房间，我发现床垫一片火海，我丢在床上的相机包也在火中。一桶水就浇灭火势，但竹子标本、床垫和一台相机连同两只镜头都完了——好在一分钟前，我已经把熊猫求爱的照片、野外观察的笔记，都从背包里拿出来了。（安全起见，我的野外笔记都做两份，收藏在不同的地方。）

第二天，我们开会讨论工作，接着那天，埃米尔与斯蒂芬到英雄沟，为两头雄体做电击取精，把精液保存在液态氮里备用。回到总部，我听说五一棚的捕笼抓到一头熊猫——我大感意外，因为我不知道捕笼又重新启用并设了饵。

我们第二天中午去看被捕的熊猫，就在珍珍第一次被抓到那座山顶上。这是一头年幼的雌体，年纪和身材都跟龙龙差不多。她出人意表地驯顺，会从我们手中接竹子去吃，埃米尔挠她的脑袋，她会向他依偎过去，还会伸出前掌给我们握或抚摸。但她或任何熊猫，都不喜欢别人碰他们的后脚。埃米尔给她注射镇静剂。不到一小时，她就戴着无线电颈圈，摇摇摆摆走回森林去了。因为她是如此温驯善良，我们给她取名宁宁。

四月底，林中变得生气勃勃；春天迎来了最盛期。我们帐篷周围的杜鹃丛已开满紫花，林子里还有一株开淡粉色花的杜鹃树在摇曳生姿。树干粗大多结又往往空心的水青树（*Tetracentron*）是土地公的理想寓所，现在树上长满琥珀色的心形叶片，打从太阳自东方山脊升起，它们就像成串的金色星座，在晨空中熠耀。水青树属于中国西部山区古生态系统，一亿年前，现在的西藏还埋在特提斯海（Tethys Sea）下面，与世界其他地区隔绝。后来地壳在垂直与水平方向的挤压，使特提斯海的海底上升，形成青藏高原以及后来的喜马拉雅山系。候鸟的新迁徙路线带来新的植物。也有些植物——杜鹃、青杠、竹子——移植到远方的其他地区，但水青树仍是五一棚亘古不变的遗迹。

枫树和落叶松抽了新叶，较低的山坡上一片绿光滟滟，羊齿蕨从厚厚的枯叶下钻出头来。有几种候鸟回来了，包括毛羽鲜明、红黄相间的蓝喉太阳鸟（Gould's Sunbird）。金丝猴冬季分散四处，搜索地衣与桦树嫩叶果腹，现在成群结队，大嚼营养丰富的新叶。有一天，两百多头猴子经过我面前，有公猴、幼猴和带崽的母猴，空中一片它们的叫声，猴群在树上翻来滚去，宛如一场风暴。天气暖，连几种蚂蟥也出来了。它们倒是很喜欢我，我却实在没有法子对它们产生好感。胡锦矗告诉我，三个人一块儿在林子里走路，最好的位置是中间，因为前面的人容易被血蜱咬，后面的人容易被蚂蟥咬。四月二十日，我发现拐棍竹抽了新笋，大约一英寸粗，外面包着铁锈色的长髯。

珍珍四月底撤下山脊，离开箭竹林，进入拐棍竹林，享用多汁的竹笋。竹子每年靠地下茎长出新芽繁殖，不靠种子。为这低地上的季节性大餐，珍珍和其他几头熊猫调整了它们的生活日程。冬季熊猫通常以竹叶为主食，不吃箭竹笋，但从四月开始，它们忽然对竹叶兴趣全失，专心吃又干又硬的竹茎，到六月才恢复只吃竹叶的习惯，然后直到十一月，它们几乎完全不吃竹茎。老竹茎既硬又缺乏营养，我想不通为什么这三个月熊猫会认为叶子不堪入口。化学分析不能提供答案，这个谜一直解不开。不过，我很欣赏珍珍为下一季多保留一些新笋的作风。

我们不再用捕笼诱捕熊猫，五一棚的工作人员陆续离开。短期来此的同事纷纷回到原单位，或开会、请假、调职，只剩下小王、凯和我。凯和我专心研究竹子，小王负责用无线电追踪龙龙、珍珍和宁宁。为判断竹子的生长速度，我们每天傍晚会量某几株竹子的长度。最初大约是每天长一英寸，但到了五月中旬，天气变得温暖潮湿，生长速度增为每天三英寸，有时多达七英寸，在四十天至五十天内完全长成。我们常经过熊猫的摄食点，到处丢着从笋上剥下来的白色笋壳。我们量熊猫吃过的笋和未吃的笋的直径，发现它们喜欢较粗的笋，直径都在三分之一英寸以上，无疑是因为剥细笋的壳比剥粗笋的壳麻烦，但得到的食物反而少。熊猫经常在竹林边缘或小竹丛觅食，很少深入浓密的竹林。为什么？边缘的竹笋较密集，而粗笋的比率较高。我们在几个摄食点统计熊猫吃过和未吃的笋，发现熊猫一次会吃掉百分之五十至百分之七十可吃的笋。每吃一根笋，就代表少一根竹子，熊猫对竹子的影响不可谓不大。我们愈研究竹子，问题愈多。竹子那么多，熊猫待在同一个地点，起码连吃三四天都不必搬家。但珍珍究竟每天吃多少根竹笋、多少磅竹笋呢？

直接在野外观察熊猫不易，所以我到英雄沟，研究圈养熊猫吃笋的情形。那儿有一头名叫平平的雄体，之所以叫平平，是取“平安”的意思，但身不由己的命运，却跟这名字不相配。捕获的时候，狗把他的耳朵撕掉了。他很不能适应吃稀饭，一方面不爱吃，一方面消化系统也调整不过来。由于竹子不够，他长期罹患营养不良的症状。这些问题搞得他暴躁易怒，管理员又特别爱逗他，导致他攻击性很强。我试着争取把他释放到卧龙的偏远地区，但未能成功。按照我的构想，这样不仅可以让平平活得快乐一点儿，我们也可以了解熊猫适应新地形的速度与程度。而我得到的答复却是：“他是做解剖的好标本。”后来平平让一名粗心大意的摄影师受了重伤。熊猫予人可爱而脆弱的印象，一般人往往只看见这一印象，而不是熊猫本身——熊猫孔武有力，具有潜在的危险，其情绪状态往往不受关注。芝加哥、伦敦和华盛顿动物园的管理员，都曾受过严重伤害。一九三七年至二十世纪八十年代初期，中国境外只有三十八头熊猫，都生活在动物园里，它们造成的重伤害，以比例而言，在所有圈养动物当中，仅次于大象。

我那一整天只喂竹笋给平平吃，坐在铁栏前面，让他从我手里一根一根接过竹笋去吃。平平接连不断大吃竹笋，快活得不得了。扔掉的笋壳不久就堆到他膝盖那么高。吃饱以后，他侧身翻倒，开始睡午觉。动作非常突然，好像他脑袋里有个开关，从“吃”一下子拨到“睡”似的。他休息的时候，我到附近山坡搜集了更多竹笋，称过重量，又扒出他的粪便，也称了重。不久，平平的胃又空了，他要吃更多笋。熊猫从吃下竹笋到排泄，只需要五小时。平平从剥开笋壳到把笋吃下肚，平均只需要三十七秒，一天之内，他吞下三十六磅笋。两天后，我离开时，他还满心期待，等着我送更多好东西去喂他。想到他的快乐时光这么短暂，我不由得难过起来。

如果平平每天三十六磅的食量代表健康的食欲，那珍珍可就是个大胃王了。有一次珍珍在一片竹丛里待了十个小时，吃掉二百八十一根笋，拉了五十七堆大便。根据平平的食笋量和粪便重量之比，我可以计算珍珍那天二十四小时内，大约吃了七十六磅竹子。有些时候她吃得更多，平均大约八十四磅（三十八公斤）一天，将近她体重的一半。因为笋的水分占百分之九十，她必须吃这么多，才能满足每日摄取营养所需。简直就像一个光吃西瓜维生的人。纽约动物学会的营养学家埃伦·迪伦费尔德说，竹笋可能还有一项重要功能，它含有一种化学成分，简称“6-methoxybenzoxazolanone”，已证实可以触发啮齿动物的生殖作用。它是否同样能刺激熊猫?

熊猫每天花在摄食竹笋以及茎叶上的时间，分别是多少？珍珍离营地近时，我们从帐篷监听她很方便。凯通常轮第一班值夜，我先睡，然后接班看守到天明。我静静坐在桌前，五月的夜还很冷，炉子里生着火，屋顶上雨声滴答。人家说雨季要六月底才开始，可是我们山谷里已经乌云密布，到处水花四溅滴落。煤油灯投下柔和的光线，一只灰林鸮（tawny owl）在暗处呼呼啼叫。我面前的书桌上，摆着无线电接收器，定在珍珍的频率，纷乱的信号告诉我，她在深夜里不停移动，就跟初春时一样。漫长的夜被阅读、写作、喝茶填满，可是并不寂寞，因为凯就在我身旁，还有大胆的姬鼠

（*Apodemus*）成群结队在我脚边跑来跑去，数量多到令我确信我们家一定是公认的上等住宅区。黎明时分，我出去看看天气，雾里没有风，紫色的杜鹃花泛着冷冷的光，像是冰块做的。

凯继续白天的监听，我到林子里去，树枝和竹子都在滴水，我跪在地上，仔细观察一个熊猫的摄食点，这儿密生着蕨、蛇根草（snakeroot）、野樱草（cowslip）、荨麻（nettle）、舞鹤草（false Solomon's seal）以及其他我在新英格兰的树林中熟见的植物。我检查并测量熊猫吃剩的残余物，搜集任何可能解答我满脸疑问的资讯。或许在大多数人眼中，我对竹子的着迷，跟学屠龙之技一样无用，跟看树苗长大一样刺激。虽然资料本身往往没什么意义，但它们可以成为推理和新观念的出发点，提供新角度，在此则有助于了解熊猫及其自然世界。

我常希望有个可以讨论研究方法、分享知识与理念的中国同事。这也是我来中国的一个目的。但营地里五位编制内的研究员，几乎都只是例行公事，例如用无线电确定熊猫的位置，他们从来不提问题。营地里毫无“格物致知”的做学问气氛。有一种有趣的周期性现象，固定每月出现一次，每当二十四小时监听熊猫无线电信号的工作即将开始时，工作人员就纷纷发作肠胃不适、脚瘸、头痛、牙痛及其他毛病。我理解他们宁可喝喝茶、听广播连续剧的心境；毕竟他们生活在这么恶劣的环境里，只有一点点津贴，搜集的资讯对他们一点好处也没有。我知道，强迫不感兴趣的人工作很容易，却不会做出好科学。有次我告诉王梦虎：“美国有句俗话说，你可以牵马到水边，但不能逼马喝水。”我需要有创造力、能随机应变的同事，但中国的制度倾向于压制这种人。有本一九七四年出版的大熊猫研究论文集，开宗明义就是一篇题为“深入开展批林批孔，坚持社会主义革命”的社论，这种口号对提升科学研究的水准，恐怕没什么作用。总而言之，始终被当作客人，没有资格分派工作，我觉得是件很沮丧的事。发号施令、指出别人搜集资料方法上的错误、发表知识时表现得不够谦逊，都会被认为傲慢——这是个很严重的罪名。我已经被冠上“骄傲”、“颐指气使”等形容词。例如有一次，我发一通电报给霍华德·奎格利，说他不应该给巴西的大水獭配戴无线电颈圈，卧龙总部不知怎的，将其解释为我不准霍华德结婚！这类事件表面上好像无关紧要，甚或很好笑，却塑造着众人对你的印象。

有一天，胡锦矗休假，我列了若干条问题给从中科院来此访问的朱靖，这些问题有的极具挑战性，有的会激怒人。我指出我们的设备使用不善，照相机和遥感勘测仪器丢在雨里、灰里。有必要指派专人看管这些仪器，否则每个人都不当一回事。我指出，大部分研究都是胡锦矗和我在做，其他人应该分担更多职责。更有甚者，工作常做得很粗心，有时候资料根本不能用。我把这些事都写下，熟知科学新发展、英语流利的朱靖仔细聆听；他以同样的小心、避重就轻地告诉我： 他爱莫能助。后来我把同样一番话告诉胡锦矗。他温和地回答：“我也看得出，工作士气有很多问题。可是我也无能为力，我跟你一样，来卧龙只是做客。我挂主管的头衔，却无权下令。我没法子控制别人不离开或强迫他们工作；我只能建议，他们决定要不要听。我们的制度就是这样，不过已经有所改变了。”

我逐渐了解，胡锦矗的立场比我更尴尬、更令人沮丧，别的不说，他还受中国爱面子的传统所限。我不断向他请教博物学方面的问题，我的文化不以表现无知为耻，他毫不吝惜地把多年在四川山区漂泊采集的知识与我分享，可是他不能自在地向我求取资讯。身为教授，他要顾及面子与尊严，他只能传授知识，而不能让人发现他缺乏知识，尤其不能当着我们沟通时不可或缺的翻译员做这种事。不过，这是我个人的解释，不见得正确。科茨在《我是满大人》一书中，替我说出心中的困惑：

> 对有意了解世上其他种族的人，中国人绝对是最大的挑战；不过他们要了解我们这些异族，也有他们的难处。以我自己而言，我发现在设法了解他们的游戏里，我永远是输家。

所有项目都会出现意气风发和垂头丧气的时刻。五月中旬，因摆脱不了从十一月开始不断累积的困扰，例如帐篷里的老鼠，我变得十分消沉。我发过毫无作用的脾气，陷入“文化大革命”塑造的充满阴谋紧张的社会里。“文革”号称已死，却还没有埋葬。这是个由谎言和逃避组成的阴暗世界。这计划里没有开放的科学立场。有关熊猫的中文出版品、利用我们搜集的竹子标本做出来的实验室分析报告，都刻意不给我看。我要求把竹子送到海外，做一些中国境内无法完成的分析，他们极不愿意。资料是否成了抵押，除非WWF提供研究中心的所有设备？中国人是否怀疑我会拐带资料逃走？愚蠢的行径比不信任更令我光火。但正如很多其他事，臆想比实际行动更伤人，我察觉自己的工作乐趣逐渐死亡。我觉得无所适从，无法处理这个项目。过去的研究中，我总知道自己要做什么，为什么做；我能控制。但这儿不同。各种限制投下重重阴影。我工作时面临强大的紧迫感。“试着”解救熊猫是不够的：非成功不可。但项目会不会像去年十一月中国人威胁的那样戛然而止呢？

还有力求良好表现的压力，每个科学家不仅跟自己竞争，也跟过去所有的优秀纪录竞争。我无怨无悔的好奇心和一往直前的追求，在这讲究认命、随大流的文化里，只招来猜忌。我觉得人格萎缩，天气也无益于我的情绪。浓密的乌云遮蔽了山峰。营地是一个肮脏的泥淖，中国人员也觉得沮丧。人事不断变动，破坏团结，现在大家吃饭都各处一隅，匆匆对付。再过几天，凯就要回美国，陪我们两个从大学回家的儿子过暑假，她把给了我那么多慰藉的温柔话语和关怀笑容都带走，留我一个人在这沉默紧张、令人窒息的地方。

晚上躺在床上，凯和我无限怀念地谈起过去的项目。一个说："记不记得……"然后我们又回到翻山越岭搜寻山地大猩猩的日子，在那些多雾、多青苔、陡峭的火山中，山脚有跟卧龙类似的竹林。

凯说："这儿真美。要是我们能独力完成这个项目多好啊？就我们两个人。像过去一样，只要做到自己满意就好，那再完美不过了。"

我们谈到住在塞伦盖蒂（Serengeti）那几年，开车驶向金色的黎明，在伞状的刺槐树下发现一群黄褐色的狮子。我们谈到印度的老虎，还有巴西和巴基斯坦的老虎。"记不记得……"我们习惯从自由的角度思考，自由规划每天的生活，自由来去并公开发表意见，自由做梦和实现梦想。我们被宠坏了，这使得我们有时候难以适应儒家社会强调的等级与大同理念而不是个体需求和自由灵魂。而且我们不要忘记，中国有隔离和控制境内外国人的传统策略。举个例子，康熙皇帝一六八五年对外开放门户，准许所有口岸对外贸易，但不久就出现一大堆法规，外来客的行动受限，索贿猖獗，商业很快就发展不下去了。

还好我们通常是轮流感到沮丧，所以总有一个人在旁打气。

“真正令人难受的是缺少自由。如果能趁进度慢的时候，放下工作，到别的地方玩几天就好了。可是等我们拿到通行证就太迟了。能抽一天去野餐也会很开心的。”

“我知道。不过你觉得不信任和冷漠到了难以忍受的时候，别忘了中国人对自己人也是同样态度。我们来这儿是自己的选择；我们喜欢这样的生活。”

“而且我们有个他们没有的选择。我们可以走。”

于是，靠着幽默感和超现实思维，我克服了倦怠。营地生活本该自由自在，我却觉得置身牢笼，在一个把懒惰当美德的环境里辛勤工作，表面上受邀请来做研究却遭到不动声色的重重阻挠，只为挽救一种这儿没有人当一回事的世界瑰宝。

我该压抑自己的个性，接受限制——可我不愿意让步。

山顶上的桦树，五月底、六月初才抽芽，细细的箭竹笋从青苔下钻出来。但五一棚的春天已结束。我每天上山找熊猫，四围的森林在雨中蓊翠碧绿。野樱的花瓣飘在风中，像迟到的雪花。野花并不显眼，延龄草（trillium）、点地梅（*Androsace*）、鹿蹄草（pyrola）等，一片旺盛生机中，尽是含蓄的白色。角雉（tragopan）已孵出雏鸟，咯咯叫的鸟妈妈领着一个个毛茸茸的小球儿在竹丛中穿梭。山径旁不时有缀满极漂亮黄、褐、绿斑点的毒蛇菜花烙铁头（*Trimeresurus*）出没；还有中国人称为石龙子的蜥蜴（skink）急急跑过。

五月二十七日。我整天沿着山坡边上走，踩在海绵一般的地上，没有脚步声。我的接收器调到一九四，珍珍的频道。信号大声而持续，我估计她就在附近的竹丛里。我试着看透竹林，但只看见青苔密布的岩石、树干和中间的迷离阴影。我坐在一小块空地上等待。云垂在谷中动也不动，铁杉树枝浸透雨水、沉沉下坠，连静止的空气都弥漫着悲伤。几分钟过去了。我试着想象熊猫在竹林深处的生活，总在竹叶密密围成的圆拱之下，云雾之外。竹茎碰一下，就是一阵骤雨；熊猫如果有主题曲，一定是那首《雨滴不断打在我头上》(*Raindrops keep falling on my head*)。

山下传来的声音忽然改变了林子里的气氛——折断竹笋的咔嚓声，接着是剥壳的窸窣声、嘶嘶声，最后是珍珍大嚼笋心的响亮声音。她进食已好几分钟了。熊猫的嗅觉很敏锐，她是否会察觉我的存在，瞬间消失呢？可是不，她悄无声息地转往山顶。我先以为她已溜走，然后又欣喜欲狂地发现，她坐在一道薄薄的竹幕后面。她侧身用前掌的钩爪把竹笋扳过来，利落地在基部将它折断。然后坐正，斜捧着笋，咬住笋壳，嘴往旁边拉，前爪一边转、一边往下扯，就把笋壳剥了下米，往旁边一丢。她先咬几口，笋心放在嘴角，像高速削铅笔机似的，一会儿就愈变愈短，不见了。她四下张望，又看见一根笋：从剥壳到咀嚼，一分钟不到又吃完了。接着第三根，她的动作冷静而井然有序，跟周遭环境和谐一致，但又非常流畅迅速，好像时间不多似的。

我看着她吃，对她的敏捷留下深刻的印象，前掌与嘴巴配合得天衣无缝，不浪费一个动作。演化使熊猫充分适应以竹子为食的生活。它们有第六根手指，一根强劲有力的加长腕骨，亦即桡侧籽骨，具有大拇指的作用，处理竹笋或竹茎都极为理想，直径仅零点几英寸的箭竹也难不倒它。食指与“伪拇指”的肉垫上有个不长毛的凹槽，竹茎就用这部位钳住。熊猫典型肉食动物的齿列，已调整到适合压碎与研磨坚硬的食物；不只臼齿，连部分前臼齿也是又宽又平坦。头颅超乎寻常地宽阔，头盖骨上有一块突起的骨头，支撑有力的下颚肌肉。熊猫是演化上的大成功，但成为食竹专家，也减少了它在其他方面的选择。乍看之下，无须做选择或许使它比大多数动物更自由，但演化也剥夺了它的创新力，把它囚禁在生态环节上的一个定点，无法改变。珍珍术业有专攻，固然使我赞叹不止，但我也为整个熊猫物种的悲剧历史和她的无助而感慨。她已落入无情命运的掌握。

珍珍抬起鼻子，似乎在品尝空气，显然她已发现了我。她灵活地站起身，绕过竹荫，走到一条通往我所在空地的小径上。她又羞怯又勇敢地走向前。黑色的腿隐入暗影中，带来一种幻觉，像一盏明晃晃的灯笼飘向我。她走到距我三十五英尺的地方，停步，头点了几下，发出警觉的鼓鼻声，她的不安与我的不安形成一种共鸣。我在她脸上找寻下一步行动的预兆，可是她面无表情，没有热情或温顺。这头熊猫并不引起亲切感，只给人一种像冷杉或山峦般的永恒感，自成一个整体，句点。

珍珍不擅长自我表达，她内心的情绪都不形于色。她已经做了一件出人意料的事。我不知道她接下来要干什么。她专心朝我这方向望了一会儿，就退回竹林边缘，靠着竹茎坐下，发出不安的低吼，这么大的动物发出这么软弱畏怯的声音，实在奇怪。她半坐半卧，前掌放在圆滚滚的肚皮上，好像在沉思，有佛陀的神韵。她的吼声逐渐变得低柔，头垂到胸前。从她身体有节奏的起伏，可知她已泰然自若地睡着了。

虽然珍珍刚吃饱，陷入消化的昏睡状态很正常，但我完全没想到，她会在我面前入睡。那颗硬邦邦的阔脑袋里，究竟抱着什么样的直觉和推理？熊猫对世界有其看法，我也有我的看法。熊猫眼中的世界是什么样子？遇见猩猩或老虎，我可以借着它们表露的情绪，把我与它们的关系做一定位，因为好奇、友善、厌烦、不安、愤怒、害怕都会经由脸孔和身体传达。而珍珍和我纵使近在咫尺，却又似远隔天涯。她的情绪无法看透，她的行为令人不解。智慧的洞察力可以使感情经验变得更丰富。可是在珍珍面前，我极可能落得入宝山空手而还。我要了解她，唯有把自己也变成一头熊猫，忘了我自己，全神贯注在她身上许多年，直到获得全新的观照为止。但我很少遇见珍珍和她的同类，虽然我对这类生物能获得一点科学研究的心得，却掌握不住她的存在。我甚至不知该从何着手。熊猫是答案，但问题是什么？

珍珍不久就醒了，也不看我一眼，毫不犹豫就往山上爬，忽然没入阴影中，消失得跟来时一样快。我仍坐着，不愿惊动她，不论她在何处，希望能使这一刻更持久。雨水在叶间低语，树顶传来一阵遥远的浪涛声。我在这块空地上待了多久？时间不止一种计量方法。我完全受珍珍吸引，脱离了过去与未来，直到她解除我们相遇的魔咒，留下一份比任何回忆都更强烈的情绪。

六月中旬，大多数竹笋都已长成高大坚硬的竹茎，珍珍又回到箭竹林里。她会留在那儿，直到第二年竹笋旺季诱惑她下山为止。

我突然获准把竹子标本送出国分析。接到这个消息时，心头油然涌起的感激之情，连我自己都大吃一惊。无论如何，我猜想这项许可代表我再入境中国不会有问题。我迫切需要重燃对工作的热忱与兴趣，也很想见见儿子，处理一下办公室的工作，所以我安排回家两个月。珍珍四月中旬交配，她的宝宝预计九月诞生。这是件大事，我要到场。

第六章

空心冷杉的秘密

一九八一年九月至十二月

九月初我回来时，卧龙的农田里，玉米穗垂着长须，豆子正要收成。但五一棚似乎没有改变。停滞的云层散发着阴郁之气，树在滴水，泥泞小径像冰一样滑溜，溪流像银色的卷轴泻下山坡。然而六月以来，季节已发生微妙的变化。山径旁野花不多，只有一株黄色的冷水花（*Pilea*）和一株蓝色的紫菀（aster），倒是有许多色彩鲜艳的野蕈——紫、猩红、粉红、白、杏黄——点亮了幽暗的森林。角雉雏鸟已长成肥满的雉鸡，个头跟它们的母亲一般大。岩松鼠饱餐一肚子青杠果，准备冬眠。有三只这种褐毛尖鼻的松鼠住在营地上。我们伸出手里的花生，它们就会谨慎地接近，尾巴紧张地摇动，攀上我们的裤腿，抓了食物就急忙跑回安全地带。所有诸如此类的信号，都暗示秋天近了。

我到营地第一件事，就是询问珍珍的近况。他们告诉我，八月中旬，她翻过转经沟对面的山岭，进入二道坪上方广大茂密的竹林，那儿有两个适合筑巢的地点，都在冷杉上。雌体必须为孩子布置一个安全的家，但适合的地点不多，在经过砍伐的地区更是罕有。以冷杉为例，至少要有三英尺直径——长到这么大需要两百年——基部空心，入口大到能容纳一头成年熊猫。没有人去查看珍珍，说是怕打扰她，也不知道她是否已经生产，或她究竟怀孕了没有。

我们希望能根据无线电信号显示的珍珍活动周期，判断她是否当了母亲，所以开始全天候监听她的动静，从九月四日到二十四日，每隔十五分钟收听一次信号，这是耐力的考验，没什么乐趣可言。过去几个月，珍珍和其他熊猫每天大约活动十四小时，通常都忙着进食，不动的时候则多半在休息或睡眠。熊猫一天有一两次较长的休息，每次持续二到四小时，偶尔会长达六小时。它们活动的时间不一定，但通常以一天为周期：很可能在清晨四点到六点、下午四点到七点到处走动；上午八点到九点和黄昏七点左右，是它们最可能休息的时间。它们不在乎坏天气，不过如果遇到倾盆大雨，它们可能会在大树下或空心树干里避一避。熊猫夏季休息较久，因为靠吃叶子很快就可以吃饱，不像其他季节，吃竹茎居多，需要先加以挑选，又得一根一根细嚼慢咽。每天监听工作告一段落，我们都兴趣盎然地细看珍珍的活动时间表。跟她过去的日程果然大不相同。她远不及过去活跃，每天只活动九小时，而且没有黎明与黄昏时分的活动高峰期，但从信号速度不断改变的情形来看，她也始终静不下来。更有甚者，她的活动不出她筑巢的树方圆六百英尺范围，显然只是为喝水或进食才离开一下。我们现在可以确定，珍珍生下小宝宝了，可能是九月二日或三日，也就是她在树巢安顿下来后一两天的事。妊娠期大约一百四十二天。

圈养熊猫的妊娠期从九十七天到一百六十五天不等，平均大约一百三十五天。时间长短的变化显示，熊猫有延迟着床的现象，受精卵分裂数次后，到达胚泡（blastocyst）阶段，就在子宫里自由漂浮一段时间，然后才着床，开始进一步发育。这样的系统已在多种食肉动物身上发现，也包括熊。熊猫的延迟着床期从一个半月到四个月不等，所以幼崽实际发育的时间只有一个半月到两个月，出生时生理上尚未发育完全——目盲、几乎遍体不生毛发、十分无助。它体重仅三到四盎司，跟一只大鼠或金花鼠差不多，只及母亲体重的九百分之一。如果用人类的体积来比拟，等于一个体重一百三十磅的女人，生下的孩子只有两到两点五盎司。我很想观察体积庞大的珍珍照顾她家小不点的行为，而且我相信她会容许我安静地在一旁待着，保持一段距离。但营地还有十几个人也希望去拜访她，这样的骚扰可能会对熊猫宝宝造成始料未及的伤害。墨西哥第一头熊猫宝宝诞生时，围了一大群摄影师，母体紧张之余，竟挤坏了她的新生儿。有一天，预想中的珍珍的宝宝差不多满了三周，根据动物园熊猫的经验判断，体重已达两磅，外表也接近成年体了，胡锦矗提议由他和我去找找有无熊猫幼体存在，好确认我们的无线电监听并非白忙一场。我同意了。中科院来的临时研究员龙志却说：“母体受到干扰，说不定会把她的孩子吃掉。”可是他强调，去不去由我决定，并完全由我决定。我不想负这种责任，我知道如果在某一阶段幼体失踪，就会变成我的罪过。我们可以再等。

现在我的生活日程跟珍珍一样乏味，我的日记没什么灵感，写得很简短。

九月十四日。晚上大半在下雨。花了一早上修理帐篷的东西——挖排水沟、在滑溜的斜坡上做石头台阶。轮到我守夜。下午两点一刻交班。途中看见金丝猴。很冷;约四十几华氏度。有雾有雨。

九月十五日。早晨七点半交班,定方位。谷顶来的强风把雾吹散,下坡视线开朗,但山顶仍浓云密布。草木开始显得稀疏——叶子上都是虫洞,有的边缘泛黄,快死了。十点到家。睡三小时……下午四点走到白岩找猴子。运气不好。

九月十六日。天气仍然阴湿。我在总结笔记,明年可以省点时间。下午四点走路到白岩。除了偶尔有角雉带着幼鸟,几乎看不到野生动物。

九月十七日。上午十点后不久走到望猴岩,绕过竹林,找寻新的熊猫足迹。这一区有三棵筑巢树,都搜过。什么也没有。

九月十八日。晴朗的早晨!轮到我上山做白昼监听。树林闪闪发光,我没有钻进睡袋保暖,站在阳光下,只听到苍蝇嗡嗡叫。天不断阴下来,到下午四点已是满天乌云,但只要能看见山顶就可以提升士气……成都来的消息,动物园有熊猫宝宝出生了。我一定要去看看,也看看珍妮特·斯托弗。

珍妮特是纽约动物学会来的兽医,她八月底抵达,协助以人工养育英雄沟和成都的熊猫新生儿,以防母体无法照顾她的孩子。生育双胞胎时,母体通常会抛弃其中的一个。人工养育弱小的新生熊猫是一件细活儿,需要投入与知识——例如,幼体若非腹部受到舔舐或类似动作的刺激,就不会大小便——为其哺乳需要特殊配方,脂肪与糖的含量必须正确。可惜珍妮特没有机会一显身手,因为英雄沟没有幼体出生，而成都的美美只生了一胎。

美美在九月十八日凌晨两点生下一头雄性幼体，名叫锦锦。我在九月二十二日加入珍妮特，做了三天观察。美美坐在一堆干草上，用一只前掌把锦锦抱在胸前。她的掌又宽又大，完全看不见幼崽，事实上，若非他发出尖锐刺耳的哭声，我根本不会知道有他存在。美美用颌轻轻钳住锦锦，嘴衔着他的背，把他叼起，用体操选手的柔软度前倾，把头靠在后腿上，用腿当枕头。在锦锦再度消失前，我瞥见他的模样，粉红色的身体上有稀稀疏疏的白毛，一根光秃秃的细尾巴，四条细腿，像煞一件设计上出了问题的橡皮玩具，但很快他就被母亲的颏和掌遮住了。

美美一移动，锦锦就会尖叫，美美就会调整前臂。在母亲比你重那么多的时候，有一副不成比例的响亮喉咙，宣告你的存在，真是好处多多。锦锦一有不适就叫，这种事经常发生：当他的母亲头上脚下抱他、让他的腿在空中摆荡或用牙齿叼起他时用力太重。大约每隔一小时，美美就会热切地舔舐他的胸部、背部、腹部和臀部几分钟。我们听说锦锦每天约吃十次奶。美美有四个乳头，他吸其中一个或数个，但他被美美的掌藏得那么严密，我们在笼子外面看不出他在做什么。美美像珍珍一样，经常换姿势，或坐或站或翻身，但从不放下锦锦。即使下床排泄，也用嘴叼着他一块儿去。开头二十六天当中，锦锦没有片刻离开母亲的臂弯。过完这阶段，他的毛大致长齐，不再那么需要母亲的温暖和保护，但仍然很无助。他要到一个半月才完全张开眼睛，两个半月才会摇摇摆摆地走路。目睹美美几乎像袋鼠般专心哺育，用自己的掌做成一个包裹孩子的口袋，我可以理解熊猫为什么没法抚育双胞胎。直到一九九〇年，才有成都动物园的一头母体产下双胞胎。同一年，卧龙一处山洞里，发现一对约三周大的熊猫双胞胎。

我跟所有野外生物学家一样，因为热爱工作，热爱一切项目本身蕴含的冒险感受，经常在野外孤单生活。历尽困苦、克服阻难、风餐露宿，自有乐趣无穷。但是在艳阳高照时跟在真正的坏天气下自讨苦吃，是两码事。时至十月，山谷中的晨昏，仍弥漫令人沮丧的乌云，潮湿而寒冷。忧伤中不见得全无快乐可言，即使秋末，还可看见枫叶转红，纷纷飘落。但我在这重灰雾里找不到这样的转机。只有小插曲来调剂令人厌倦的例行公事。十月四日，一大堆信送到，我读信、看杂志直到夜深。至少以今天交通的便捷，寄到美国的信，六周就能接到回音；相形之下，一六〇〇年，意大利耶稣会会士利玛窦来中国传教，寄了一封家书，根本不指望六年内有回信。灰蒙蒙的日子持续下去，十月八日早晨我醒来，帐篷和树林都被厚达三英寸、湿答答的积雪压弯了。

十月十五日，云层终于开了，露出几小方蓝天。我有一股强烈的冲动想离开，随便到哪儿都可以；我想念不受拘束的自由。匆匆吃罢早餐，我前往臭水沟的东界，那是个我没去过的地方。我翻过一段很长的山岭，来到一个斜坡，坡上没有竹林或冷杉林，长满水藓和枝干虬结的杜鹃，在此行走，好像膝盖以下都埋在吸饱水的大海绵里。离开营地四小时后，我终于抵达山谷的东缘，海拔约一万一千英尺。一片浮云闲闲徜徉在南方一座山峰上，臭水沟被另一片云罩住。山谷边缘有条动物出没的小径，我找到羚牛和豺的足迹；多日前的粪便也显示熊猫曾经路过。这儿是竹林生长的上限，竹茎只有二十英寸高，东一片、西一片长在草甸上，在青草和白色常春花中间。我脚边是一道很深的溪谷，几乎垂直向下。西北方峥嵘的山岭像冰山漂浮在云海上，圆滚滚的山峰则令人联想到鲸鱼。云、天空、杜鹃树叶在阳光下闪成一片刺眼欲盲的波浪。山峰上有两只老鹰御风滑翔，在风中长鸣，它们的叫声在无限的空间中如此薄弱。我在这儿感到了解放；我想向老鹰喊出心中的讯息。

几年前，我跟几名亚诺马密（Yanamamo）印第安人一起穿过亚马孙雨林，向北方巴西与委内瑞拉边界上的内布利纳（Neblina）高原走。数日后，地势笔直上升，林木无法生长，灌木和草甸占了优势，视野豁然开朗；我们下方是一片树海，向地平线汹涌翻腾。印第安人没来过这地方：他们一辈子都生活在阴暗的森林里，最远的地平线只到围绕他们田地的树墙为止。每个人都爬到岩石上，跳上跳下，挥舞双臂，大声呼啸。我现在明白他们的心情了。我回头走下山谷，回营地去。山顶上的奇妙时刻逐渐淡去，但我从中获得了新的活力。那天晚上，我在日记中写道："今夜我看见星星。"

十月十九日，我们完成连续监听珍珍五天的工作，胡锦矗也刚销假回来，我拿结果给他看。她的活动模式不再是密度低且不停息，而是恢复了正常。更有甚者，她今天越过了山脊另一边，距她的巢有四分之一英里。她把孩子搬走了吗？她失去孩子了吗？幼崽要到五个月大才有可能跟着母亲走，至少要六个月大才会吃竹子，届时它会长出二十六到二十八颗牙齿。因此把它独自留下，极易受小型掠食者的侵害：貂（marten）或金猫（golden cat）可以轻易进入巢内，杀死落单的幼体熊猫。我提议我们第二天到筑巢点去看看，胡锦矗同意了。

十月二十日。中午过后不久，浓雾散了，胡锦矗与我向珍珍的巢前进，我们穿过一人高的竹林，来到一个浅浅的溪谷。无线电信号显示，珍珍就在附近，但是并不在巢里。胡锦矗打头阵。我们忽然看见前方三十英尺外竹林在晃动，珍珍出现在一株倒下的树旁。

她转身要走，又突然改变心意，咆哮两声、哼了几下，就向我们奔来。在这种情形下，测验熊猫是否虚张声势，绝对是不智之举。我急忙绕过竹丛，奔到一棵树下，树不大，直径仅六英寸，可能是花楸（*Sorbus*），我往树上爬。直到坐上一根较低的枝桠，离地八英尺远，才回头张望。胡锦矗已经手忙脚乱地跑回原来的小路。珍珍被搞晕了，迟疑片刻，先追胡锦矗，后来又转向我的树。她停在我的脚下，一边喘气、一边鼓鼻，聆听了好长一会儿。四下寂静一片。她又回到胡锦矗逃跑的路上，好像打算去追他。但最后还是转向了坡下一百二十英尺左右的巢树。她在半路上停步，又等了一会儿，不动也不出声，那股蓄势待发、稍有挑衅就会再度发动攻击的暴戾之气，跟她往常的温和、知足的态度截然不同。我可以看见她树巢的三角形入口，但看不见黑黝黝的内部。我听见嘹亮的啼哭声阵阵传来。她的孩子在那儿——显然被暴躁的母亲保护得很好。我尽可能无声无息爬下花楸撤退。我走到较远的地方，爬上另一棵树；珍珍无视我制造的杂音，没有移动。不久，胡锦矗和我就在主道上会合了。

十月二十三日傍晚，我们上床时是深秋；第二天早晨醒来，就入冬了。下了四英寸厚的雪，山坡闪耀着熊猫背部似的银白。近中午时，雪开始融化，从树枝上坠下，发出嘶嘶的声音。大部分树叶跟着落下，地面不久就铺上一幅图案变化多端而棕、黄、红交织的地毯。冬天一到，诱捕熊猫的季节又要开始。我们不能在珍珍所在的山岭设捕笼，以免造成他们母子分离，珍珍在笼子里，她惊慌失措的宝宝在笼外；但我们希望在山谷其他地区，再捕一头成年雌体和一头成年雄体。不过，我们没有做布置捕笼的准备；小径上有些地方长出了新竹子，还没有清除，捕笼需要修理，也缺乏诱饵。我询问何时开始设捕笼，答复都暧昧不明。这个冬季到底要不要设捕笼？倒不是我对麻醉熊猫那么热心；对这个项目，我一向提心吊胆，现在更觉得忐忑不安，因为中华人民共和国最近正在跟史密森学会接洽。

一九七八年十二月，史密森学会曾秘密提出一份熊猫研究的计划书给中华人民共和国。直到一九七九年九月，史密森学会与中华人民共和国签署研究协定后，WWF 才得知该学会也对研究熊猫有兴趣。一九八〇年五月，WWF 与中华人民共和国商妥合作计划的细节，并由 WWF 捐赠一百万美元兴建研究中心，当时担任史密森学会秘书长的里普利（S. Dillon Ripley）仍继续通过他的中国关系，讨论一项不同的熊猫项目。史密森学会派出的代表团，于一九八一年四月参观了三个熊猫保护区，并挑选唐家河为深入研究的地点。同月，史密森学会与中国科学技术协会签署的备忘录指出："除长期研究外，在某些保护区做若干短期研究，有助于加速对大熊猫在野外环境中群体结构的全盘了解，以便采取适当的保护与管理策略。"

这些目标与 WWF 版协议所提出的目标大同小异。不同的中国机关跟不同的外国组织，各推各的熊猫项目，根本不考虑整合。中方声称，研究中心是协调各方面熊猫研究的关键，WWF 基于这一辩证，捐出大笔金钱赞助研究中心。现在，过去的努力有可能白白浪费，不同项目互相竞争，这令我不快。事态如此发展，对熊猫绝无好处。美国国家动物园园长西奥多·里德（Theodore Reed）跟史密森项目关系很密切，为推动合作起见，慷慨地把有关史密森项目的进展告知了 WWF 及纽约动物学会。史密森的小组业已成军，随时可以开始野外工作，队上包括曾在巴基斯坦跟我打过交道的梅尔文·桑逵斯特（Melvin Sunquist），另外还有约翰·赛登施蒂克（John Seidensticker）和约翰·艾森伯格（John Eisenberg）等人。史密森学会与中华人民共和国会谈期间，有一个问题逐渐变得非常严重。史密森学会方面的代表提起麻醉过程中意外杀死熊猫该如何处分的问题，立刻得到答复：罚款五十万美元。

根据中国法律，杀死熊猫必须坐牢，但不罚款。这个数字显然是根据一头借给香港作商业用途的熊猫给出的身价（不过，港币的币值只有美元的七分之一）。这样的要求不消说会引起惊慌。史密森代表以书面温和地回复中方："在没有适用法规的前提下，对熊猫的伤亡附加金钱义务，有违合作协议的精神与初衷。"

他们也考虑到其他可能性。中国人提议给熊猫买保险，但史密森学会不愿负担全部赔偿责任，他们建议，干脆麻醉手续全由中方兽医执行。中国人却表示，这样只能把责任减少到百分之五十，因为这本来就是一个合作计划。会议破裂，问题也没有解决。史密森方面打电话给北京，讨论豁免赔偿责任的可能——豁免条款必须列在书面协议里——我听说，谈判对话如下。

中方："林业部不希望造成先例。"

史密森："我们不能等到出了事情，才来讨论这问题。"

中方："WWF的协议里都没有这一条款。史密森凭什么有？"

中国人提出一个令人无法接受的要求，又因为这要求是在正式会议中提出，所以他们不愿意收回。史密森学会坚持以书面宣布放弃权利，中方不肯照办，项目就胎死腹中。我怀疑中国方面其实已经不想要这个项目了。

我曾经在两个会议上跟中国人讨论过麻醉的危险，但万一造成死亡的责任归属问题，我没想到过，中国人也不曾提起。WWF 该不该要求豁免权？或根本不理会这件事？十月底，WWF 与中国人在成都举行年会，到时我可以提出我的忧虑。但不论结果如何，从现在开始，我都必须当心中国方面态度转变，翻脸无情。

后来在十月，我在成都见到来跟中国人开年会的 WWF 代表。中国人非正式地告诉我，不要在会中提及史密森学会的问题，这不关 WWF 的事。算是少了一个问题。我们在会中讨论一九八二年的计划。我们指出，行动计划明确规定“在所有保护区及其他熊猫栖息区的采样地区，都要对熊猫数量做详尽的调查”，但是到目前为止，臭水沟以外地区的工作，都还没有获得批准。他们告诉我们，调查早晚会做，但不是明年。我们提议让史密森学会派一组人马来，配合 WWF 工作。中国人说，这样可以，不过并不方便，而且还有种种限制和问题。不过，他们最后同意让一位史密森学会的动物学家德芙拉・克莱曼（Devra Kleiman），在交配季节到英雄沟和成都动物园，观察熊猫的圈养行为。

十一月五日，我回到五一棚，这次带着凯，她两天前抵达成都。

珍珍十月二十四日离开她的筑巢区，现在我们要去察看那个地方，人称小邱的邱明江和我爬上山坡。小邱才十九岁，身材矮小，戴眼镜，他刚从学校毕业，要当英文教师，九月底被派到五一棚来做翻译员。他的英文好极了，但更值得一提的是，他对我们的研究兴趣浓厚，而且热心参与。但优秀人才会对别人构成威胁，小邱尝试跨足两个世界，一个世界不欣赏他的长处，却是他的归属，另一个世界不允许他加入，因此他的处境格外艰难。

虽然在筑巢区的附近，新雪上并没有熊猫的足迹，我们仍小心翼翼地接近，上次珍珍凶猛地保护孩子的表现，我们记忆犹新。巢的入口处，粪便堆得像小山那么高，可是巢里很干净，大部分是从洞壁上扒下来的木屑。地面直径约三十五英寸，足够珍珍舒适地坐下。她咬断附近几株桦树和冷杉的树苗，把它们拖到门口，树梢向内；另外她还拖了几根树枝和一段木头过来。巢里还竖着一棵五英尺高的小冷杉。看不出珍珍为何要搜集这么多木头。

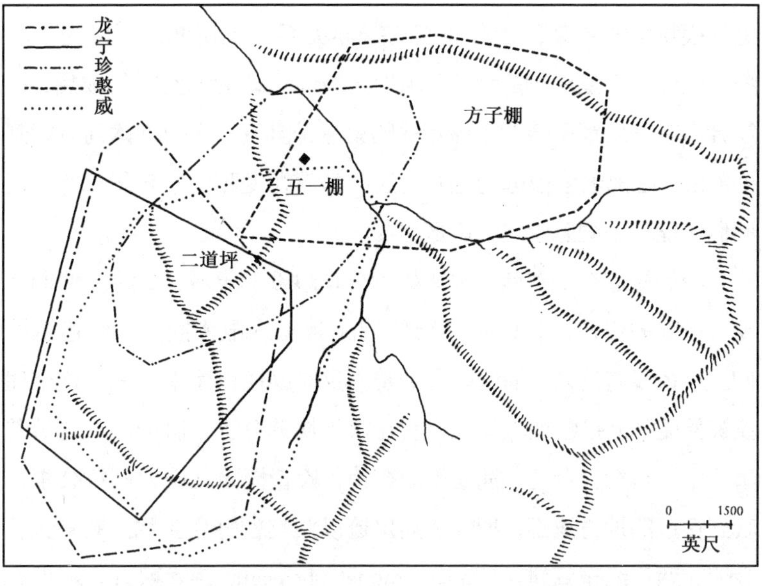

图四　五头配戴无线电颈圈熊猫的巢域(home range)

十一月已届寒冬，我们继续每天判读三头戴颈圈的熊猫的位置，每个月连着五天全天候监听他们的行动。五月以来首度连续放晴，工作愉快多了。我们每天记录各头熊猫行踪的地图，已经满是圈点，清楚地显示出巢域面积。珍珍占有大约一点五平方英里的范围。春季她有两个月出行到拐棍竹林里，其他时间她就待在分隔臭水沟和英雄沟的山岭上。好几个月，她生活在一块占地约七十五英亩的区域里，所有她需要的东西，大量竹子、水、筑巢点，都供应无缺。虽然龙龙和宁宁在转经沟分享一个巢域，但他们偶尔也会到臭水沟来。龙龙的巢域大约二又三分之一平方英里，宁宁大约一点五平方英里。他们的巢域有一端跟珍珍重叠，但他们都不会在那一带待太久。相反，他们共有一个常常出没之所，互不排斥。但即使他们经常很接近彼此，却很少凑在一块儿：他们喜欢一道独处。这是种很特殊的关系，我对他们的家族关系一无所知，所以无法解释。或许宁宁是珍珍的女儿，因为大型肉食动物的女儿长成后，往往会占有一块跟母亲的巢域相邻的巢域，但下一代的雄体则可能到处流浪，在离老家很远的地方定居。虽然龙龙和宁宁年纪相当，但他们可能不是同胞手足，只是朋友。

我们知道至少有两头成年雄体分享珍珍的巢域，却缺乏他们活动与行踪的资讯，我们必须给他们配戴无线电颈圈，以便追踪他们。小径没有清理，捕笼尚待修整，我提议找村民来处理。这个建议被接受，但是营地人员决定看在赚外快的分上，自行接下这份差事。十二月初，有几个捕笼重新布饵，检查捕笼又成为例行公事。我到很远的地方逡巡，搜索熊猫足迹以及其他野生生物。有一天，我惊起两只绿尾虹雉（Chinese monal pheasant），体积有火鸡那么大，羽毛是会反光的铜紫色。有时我在小径上发现猴子脚印，好像一大群光着脚的小孩在我之前跑过，运气好的话，我会看见猴子，通常高踞树上，在树枝间跳来跳去，活像金色的大青蛙，落脚之处总带下一大片雪花，在它们离开好一阵子后，仍飘飞不已，像树木之间出现一条闪光的花边。

又有一天，我在方子棚附近，发现盗猎者在去年冬天相同的地方，设置了钢丝套，还发现新鲜的树桩，显然村中樵夫深入我们的研究区域，砍伐松林。这种偶发的罪行总有一天会把森林变成童山濯濯。出于爱之深责之切的心情，我向保护区领导反映。他们告诉我，目前还无计可施，因为村民受一般司法单位管辖，林业部管不到他们。不过，很快会有改变。盗伐树木数量增加的一个原因是，大家都想赶在新法生效前，多囤积一些盖房子的木料和屋瓦。

工作效果往往跟参与的人数成反比。“人多好办事”的中国观念，在很多方面成为我们的障碍。好在冬天来了以后，营地不少人都到温暖的地区避寒，或忙别的事情去了，我们二十四小时监听的工作变得人手不足。凯和我决定在 4X 山头上连续待两个昼夜。我们上山时，照常保持沉默而警觉，希望看到动物；一个月前，我们在这条小径上遇见过熊猫。4X 是一片有很多小树的台地，已经张好了油毛毡顶篷，以保持帐篷干燥。这是个凄惨的十二月天，又湿又冷，我们立刻各自钻进睡袋。我们的呼吸在低矮的帐篷顶内侧，凝成冰晶；稍后，在灯光下，篷顶像挂满星星的夜空般闪闪发光，凯躺在那儿，只露出鼻子和眼睛，辨认着星座——猎户星、北斗星、北十字星、昴星团。那天晚上，气温降到十六华氏度，雪花直落，像一层丝幕把我们笼在煤油灯光圈里。凯想睡觉，寒气却不断侵入她的睡袋。我值第一班，虽然我带了书来看，但冷得什么事也不能做。我只有靠喝保温瓶里的热水、吃花生米和饼干、聆听周遭绝对的寂静提神。

我早晨起身穿衣，去检查远方的捕笼时，发现靴子都冻得硬邦邦的。不断吹落的雪片改变了树桩和土丘的形状，湮没了山上熟悉的小径。太阳不见了，一切都掩盖在浓雾中。我中午回来后，确定了龙龙、宁宁和珍珍的位置，才再缩进睡袋。凯和我话说得很少，两个人都全心全意设法把自己弄暖和一点。说话的时候，我们声音也因为雪与雾变得疏离而含糊。接下来的白天和晚上同样有趣，凯在日记里写道：

> 我的充气垫一直在漏气，所以我整晚不时地把它重新吹胀。我们整天整夜都待在睡袋里——我把手套、毛靴、毛裤全套在身上，毛外套里我穿了三层秋衣和秋裤、长袖尼龙高领衫，还有羊毛衣。可是我还是冷。每隔十五分钟，要用一只手臂撑起身子，调整频道，监听三头戴了颈圈的熊猫，不久就让我手臂又酸又疼。乔治和我夜晚轮班，白天他去查看捕笼、定方位，我负责监听——中午他又冻又湿地回来。我白天睡他的睡袋，有较好的垫子可用，所以他就钻进我的睡袋，把湿衣服也穿进去，用他的体温烘干，还有的湿衣服为相同原因，压在睡袋下面。他下午睡了一会，四到四点半之间接班，我换回我的睡袋。我们又冷又凄惨，甚至懒得去点那盏脾气古怪的煤油灯，幸好我们带来的那个大保温瓶保温性能奇佳。所以我们还有热茶和热可可喝。
>
> 星期二晚上，我觉得难过得不得了，整晚都太冷，睡袋又因为乔治在里头“烘”衣服而有点湿，我的充气垫还时不时扁掉，结果我好多天来一直想避免的感冒真的发作了。我终于在半夜哭起来，乔治才睡了三小时，就被我叫起来接班——我不舒服，他也很难过。不过哭过以后，我就睡着了，而且提前三小时醒来，接他的班。接连两天愁云惨雾的天气，树上都结了厚厚的霜，而

这个星期三阳光普照，对面的山美得玲珑剔透。乔治出去查看捕笼，我继续监听到九点十五分，就满五天了——然后把所有能装进背包的东西都收好，回五一棚去。山径上的新雪，印了各式各样小动物的足迹，可是没看见熊猫或豹子……

十一点到家，放下盖满雪花的背包，赶快在炉子里生个火，坐了足足一个钟头解冻、喝可可、拆背包。中午爬上床，睡了一个半小时。火快熄了，重生一次，又回床上，等水烧热，用海绵擦澡。乔治在两点半到三点之间回家，又累又冷；我给他喝了茶，他就上床看刚送到的信件和杂志。

我去吃晚饭——两天来第一次真正用餐——回来后我们两个都七点半就上床，累得没法保持清醒。

十二月二十二日，令人着迷的一天，天空湛蓝，大地一片莹白，林间满是灿烂阳光。凯和我爬上营后的山坡，去找一棵圣诞树，那是珍珍挑中的一棵独一无二的树。我们要把珍珍竖立在她巢里的那棵小冷杉搬回来；我们认为那株树会带给五一棚每一个人一个别具意义的圣诞节。大约走到半路的时候，我们听见白岩传来持续的叫声，“熊猫”二字传来已模糊不清。抓到一头熊猫了。

我们匆匆赶回营地，抓起装备就跟张贤堤直奔白岩，他在那儿的捕笼里发现一头成年雄体。正好有个中国电视采访队来摄制我们的项目，已经先我们赶到，围在笼子四周。熊猫弓着背，不出声，专心内省，根本无视我在他肩上插了针并注射药剂。五分半钟后，他睡着了。我们在他脖子上系好颈圈，量他的数据。但就在开始给他称重时，他忽然站起来，以势不可挡的力量挣脱我们，穿过很深的积雪，往山下跑去，他的脚步仍不平稳。我保持一段距离，跟在后面，确定他恢复前不会出差错。他在一丛竹林里休息了一会儿，平稳地爬上山坡，翻过一个山头。从下午三点到黄昏，我都接收到他的信号——就在那座山脊上，一直不动。他是睡着了，还是把颈圈扯掉了？那晚我回到帐篷，黎明前的一大段时间，我都担心得睡不着，回想着他被麻醉的过程。我曾经把手伸进他脖子和颈圈中间，确定不至于太松或太紧。我确信操作没有问题。但第二天我和凯再次前往珍珍的巢时，我仍满腹狐疑。

凯轻轻地从树洞里拿起那棵冷杉，有些针叶已经掉了，树干上有牙印，珍珍的对称美感也不高明，但我们对这个选择很满意。凯把树扛回营地，我爬上另一座山脊，把接收器频率调到一九七，新雄体的频道：他在隔壁的山谷里，信号很急促，他在活动。一切没问题。

第二天就是圣诞夜。查看过捕笼后，凯和我就在帐篷里装饰圣诞树，用的都是很简单的小东西，我们特地带来，纪念在远方度过的其他圣诞节。有一个纸做的圣诞老人、绒布做的老鼠、我们儿子小时候做的装饰品、一只木头做的山雀栖息在山地大猩猩家里拿来的大石南树枝上、银色的手剪动物——印度黑羚（blackbuck）、野兔、斑鹿（chital）、老虎——那年在印度中部的丛林里，我用牛奶罐的盖子剪成这些兽形，用来点缀一棵挂着串串种子的开花竹子权充的圣诞树。今年我们添了中国同事送我们的迷你熊猫和金丝猴。一颗红色的木头星星放在树梢。那天晚上，凯和我自己安安静静过节，交换书和其他的小礼物，吃香港朋友送的水果蛋糕，喝樱桃酒，用我们的卡式答录机，听贝多芬和门德尔松。

圣诞节当天，卧龙的领导请我们吃大餐。两名炊事员做了一整天饭。我们把珍珍的圣诞树搬到公共大堂里，在树下放了一些包装好的小礼物，送我们的同事和从卧龙总部及成都前来的访客，大家一块儿过节。南希和 WWF 香港分会寄来会闪闪发光的彩带和缎带，我们把它们点缀在四壁，让它们反映炉中熊熊的火光，为质朴的小木屋增添喜气。营地的新成员董赛，用雪雕了一头熊猫，眼睛和耳朵用煤烟抹黑，它懒洋洋地坐在一个大脸盆里。过去几个月来有很多次宴会，迎新朋送旧友、九月中秋、十月国庆，中国人都是一流的主人，每次餐叙都一团和气，充分发挥疏解压力、增进感情的效用。可是这次圣诞餐会却是今年最有节庆气氛的场合，大家共聚一堂，每个人都不由得思念起远方的亲友。

下午六点半开饭，我们十八个人挤在小木屋里，炊事员川流不息地上菜，麻婆豆腐、红椒蒸蛋、排骨、五香兔肉、芝麻肉圆、甜炒面、回锅肉，还不过是其中的一小部分，所有的食物都用啤酒、甜酒或烈白干冲下肚。蛋糕是从成都送来的，大家兴高采烈地用筷子分而食之。凯和我也收到礼物，一尊陶瓷熊猫和一幅熊猫卷轴，都很妥当。我们也送每个人礼物：钢笔、手电筒、袜子，还有其他来自美国的实用物品。

从成都赶来的毕凤洲举杯敬我们的项目，他说："最好的圣诞礼物是再抓到一头熊猫。"为这个心愿，我们热烈干杯。

胡锦矗音调铿锵地宣布："今晚我们要为新熊猫取名。"他顿了一下，强调这件事的重要性："他叫威威。"大家都为威威干杯。

凯接着致辞说："我们通常跟家人和亲密朋友庆祝圣诞节，今年我们很高兴能跟我们的中国家人一起过圣诞节。"然后她带大家唱《平安夜》，虽有些人唱得荒腔走板，气氛却很好。

胡锦矗正色说："我们过去一年合作得很好。敬世界野生生物基金会的彼得·斯科特爵士、李·塔尔博特、德黑斯、哈勒、香港的南希小姐，还有纽约动物学会的康韦、杜伦赛克、霍华德、斯托弗，还有所有远方的外国朋友，以及夏勒一家人，我献上最好的圣诞祝福。”大家都起身为这些话干杯。

接着我也讲话，我说今晚的庆祝有三大理由：我们在过去一年的野外调查中合作无间；今天是圣诞节；我们欢迎新成员加入，他名叫吉林知哈。

吉林知哈出身于熊猫山区南部的彝族部落，原来在马边保护区工作，三天前才加入我们。他跟以前几个来自其他保护区的工作人员一样，只是到五一棚待几个星期，学习我们的研究技巧。他穿着一件自家织的白斗篷，头上包着头巾，在前额扭成一个角的形状——那是灵魂所在地，任何人都不许碰——吉林知哈的盛装使我们的宴会更显得隆重。他立刻应大家要求，把酒喝干，以免失了彝族勇士善饮的威名。他忽然变得很严肃，起身宣布他要唱一首应景的彝族迎宾曲：

> 美国友人共度圣诞兮
> 其乐融融；
> 我心欢喜不能尽言兮
> 举杯下箸
> 孰应先兮。

不过盘子都吃空了，所以吉林知哈面对举座欢呼和“干杯”的喊叫声，决定选择后者，大家随即跟进。火势渐渐变弱，室内冷了起来，但每个人都喝得满脸通红，额头沁汗。我们出门后，还有更多的干杯声，凯和我比平时更小心地走下滑不溜丢的小径，回我们的帐篷。

三天后，我们又捕到宁宁。她一反八个月前友善活泼的行为，缩成一团，脑袋贴着肚皮，一副绝望的样子。她的颈圈还很合适，功能至少还可以维持一年，不过我还是给她换掉，以防明年冬季抓不到她。四月至今，她长了十九磅。我打开捕笼门时，她安静地走过我身边，悄无声息地进入一丛被雪压弯的竹子和悬钩子（bramble），走到小溪边，喝了水，毛皮跟周遭的环境配合得天衣无缝，几乎看不见。

熊猫的颜色为何对比如此强烈，有很多揣测。有人说，黑白花样是一种保护色，有助于躲避猎食者。雪地里的熊猫确实不易看见，宁宁就是很好的例子。可是一年只有几个月积雪，海拔低的地方甚至不见得下雪。更何况，熊猫在茂密的竹林里，不管是什么颜色都不容易看见。又有人说，颜色有助于熊猫调节体温，黑色比白色散热快。这可能是它毛皮的作用之一，但这观念不足以说明熊猫为何长得一张小丑脸。

熊猫毛皮谈不上什么保护色，一年里大部分的时间，熊猫皮都很醒目。强烈的对比色对同类而言，往往代表复杂的信号。除了交配季节，熊猫不喜欢互相接触，也很沉默，它们的栖息地在密林里，视觉也不敏锐。我认为，耀眼的毛皮或许有助于熊猫避免跟其他熊猫接近。熊猫和很多其他动物，都把目光接触视为一种威胁。眼睛周围的黑圈，把它的小黑眼睛放大了十倍不止，使它的目光更有力。此外，熊猫直视时，头会放低，这个姿势不仅使它的黑眼圈正对着对方，而且那黑耳朵的轮廓映着白脖子也更明显，好像有两双充满威胁性的眼睛瞪着对方。相对来说，如果熊猫要表示没有敌意，它会掉开头，并且用前掌遮住眼圈，或藏起面孔，像珍珍在交配季所做的一样。如果我的推测没有错，人类把带有威胁意味的形象想成可爱，倒是怪有趣的。

南希在国泰航空杂志《小发现家》(*Young Discoverer*)的一篇文章里重述了“熊猫为什么会有黑眼圈”这个民间故事，提出了与演化无关的解释：

> 很多很多年前，有一天，一个中国小姑娘看见一只豹子跟一头熊猫在打架。小姑娘知道熊猫会被杀掉，所以她设法把豹子拉开。豹子回头把小姑娘咬死了，熊猫乘机逃脱。
>
> 后来，熊猫发现，小姑娘为了救他，竟然牺牲了自己的性命，他非常难过。所以他把全世界的熊猫都找来，一起为小姑娘举行葬礼，他们按照熊猫葬礼的习俗，手臂上都戴着黑布条。因为他们都很伤心，哭个不停，就用黑布条擦眼睛，所以眼睛周围都变成黑色的了。他们不忍听悲泣的声音，就用手臂捂住耳朵，难过的时候，还互相拥抱。不久，黑布条就在所有熊猫身上都留下了今天我们看到的痕迹。

元旦的黄昏八点钟，凯和我步出我们的帐篷，雪封的树林里有个银色的夜，我们听见木屋传来响亮的笑语声。头顶上是一片灿烂的星空，流星掠过，留下明亮的轨迹。我们看见上面的黑色山坡上，出现五六簇静止不动的白色光，小小的非常明亮。我们想不通，这么冷的夜晚，怎么会有人在陡峭的山壁上点灯笼？更何况，这些光的位置都很固定。那是什么东西？发磷光的野蕈？我们用望远镜观察，我还想爬上去弄个清楚。但那些光像幽灵一样突然都不见了，以后再也没有出现过。旧岁已尽，新的一年就在神秘的气氛里展开。

第七章

威威的世界

一九八二年一月至六月

到五一棚后约一年光景，有一个下雪天，我在营地后面的山脊上追踪一头熊猫的足迹。脚印转往小径边缘，显然这头熊猫曾经改变方向，倒退至一棵冷杉旁。我仔细检查这棵树。树干离地两英寸的范围之内，树皮磨得非常光滑，上面有一种黑色的分泌物；这片光滑区上方的树皮，有被爪子扒落的痕迹。我弯腰凑上去闻，有一股酸中带甜的味道。我突然明白了，这是熊猫的嗅味站，它们一再把自己独特的体味留在上面。我顿时自觉很愚蠢。因为几个月来，我常经过这棵树，却从未注意到它上头清楚的记号。我急忙在小径上重绕一圈，计算嗅味站的数量，结果发现，沿路至少百分之十二的树有此作用，大多是直径在六英寸以上的冷杉。有些嗅味站还有一小圈尿迹，就跟狗在篱笆上做记号一模一样，留下一种强烈的麝香气味。我知道熊猫无分雌雄，外阴部都有一大片含腺区；我在动物园里看过，熊猫用前后抽动或绕圈子的动作，在石头、墙壁或其他表面上，摩擦这些腺体。它们的尾巴短而多毛，通常紧贴着身体；对腺体有保护作用。但是在做记号的时候，熊猫会伸出尾巴，在物体表面扫动，仿佛用笔把气味画上去。有时熊猫会用前掌倒立，后掌搭在垂直的表面上做记号。我在山中行走，一直只用眼睛，从未动用迟钝的鼻子。这样我怎么可能了解熊猫呢？它们沿着气味移动，空气里充满了重要的情报，而我一无所觉。

像熊猫这种动物，尽管孤独，还是生活在亲戚、邻居组织井然的社会里；有的友善，有的则否，视过去的接触与个体间交往而定。不论熊猫表面上多么不合群，还是有两种不可避免的社会需求：小时候它必须倚赖母亲生存，成年后它必须找对象交配。任何社会都需要沟通，必须建立一套视力、声音、气味的系统。除了求偶，熊猫从不浪费时间和精力安排约会；事实上，它们尽一切努力避免接触。熊猫避免跟其他熊猫见面的一个法子，是用声音公告周知它的存在，听见的同类就可以决定如何反应，接近、逃逸，或当作没听见。熊猫发出的叫声，花样与音量都有很多变化——成年熊猫的声谱有至少十一种不同的声音——可以表达情绪上的微妙转变。但是它们大多只在求偶和遭遇意外时才会叫。叫声的一大缺点是不能持久，必须不断重复，讯息才不会失去时效，并确保对方收得到。

相对来说，用气味做记号传递消息比较有效率：气味就像一张可以长期保存的名片，不仅可以鉴别从此地经过的个体，还能说明它的生殖状况、上次经过这儿是多久以前的事。熊猫用撒尿、摩擦腺体、抓树皮等方式做记号，雄体尤其如此。我看得见也闻得出这些方式的差异，却无法知道哪种记号属于哪一头熊猫。大多数嗅味站都很合逻辑地坐落在山顶上、熊猫常出没的小径两旁，令人百思不解的是为什么有的嗅味站会被放弃（光滑的表面已长出鲜绿色的藻类），由数英尺外的新嗅味站取代？或为什么熊猫会在路上选中某些树当嗅味站，而不选其他树？

无线电遥感勘测是一种有用的工具，可以帮助我们确定某一头动物的位置，得知它在活动或休息。但这样的仪器往往把动物简化成资料，变成地图上的几个点和一份活动频率表；它不能让我们感觉到动物也是有血有肉的生命，每天有不同的烦恼和欲望。我知道熊猫生性不好动，根据连续数日测得的无线电定位，他们每天移动的范围，直线距离大约四分之一英里。这段时间里，熊猫究竟做了些什么？我发现气味在熊猫生活中很重要后，就特别希望追踪新装上颈圈的雄体威威——他跟珍珍、龙龙、宁宁住在同一个区域。

一月十七日黎明，威威翻过山头，进入臭水沟山阴的一面，那儿有些地方积雪很深。这么一来，我追踪他的足迹很方便，但我总保持距他一天的路程，以免打扰他的生活常规。

威威往下坡走，躲在竹林里，有时他会踏上小径或倒下的树干，但大部分时间他直接穿过林野，方向明确，好像已打定主意要去某个地方。他选择路径完全不把树丛、落雪、陡坡或其他障碍放在心上，而我有时就会被树枝缠住，或两脚踏空，抓着小树苗悬在半空中摆荡。按照威威的速度而非我的速度跟踪他，我运用感官的机会增多，把他日常生活中许多琐事逐一记录下来。

在一片长满水藓和杜鹃的山坡上，他在唯一的一棵大冷杉上做了标志，走了一段，又做一个。来到一个陡坡，他胸部和腹部贴地滑下去，看来好玩的成分远大于情势所需，然后继续沿着山坡走。

他抵达一条结冰且有积雪的小溪，在溪边走了一会儿，到达一个平坦的地方。他在这儿用掌铲开一些碎冰和砂石，在地上做成一个小盆子，让水流进去；然后喝里面的水。他偶尔停下来短暂地进食。他在另几棵树上做标志，好像没什么规则可言，因为都不是既有的嗅味站，但我不久就发现，做标志处都是他急转弯的地方，好像他打算开辟一条新路径。他有两次休息超过一小时，有一次他睡醒以后，还在床上吃了点心。接近傍晚时，他进入一条小溪谷安顿下来，整晚上吃了睡睡了吃，还从一眼小泉喝了水。早晨，他在两棵冷杉上留下记号，随即上路，翻山越岭，穿过几个遍地倒木的溪谷。

我跟踪威威一共五天半。他的路径带我绕两个大圈下山，然后又回到开始的地方。我的笔记上记了满满的细节。我发现他平均每天只走四分之三英里多一点，对这么大型的动物而言，实在短得令人意外，他一共在四十五棵树上做过标志，有九次长时间休息，每天平均拉九十七团大便。但还有很多威威认为很重要的事，我不曾注意到或无法理解，或他没有提供讯息。他遇见珍珍一周前留下的痕迹，有什么想法？他为什么沿原路倒退了一百二十英尺？他遇见自家的小个儿亲戚小熊猫的尿迹时，有什么感想？或根本不想？虽然有的细节我无法掌握，跟踪威威至少拓宽了我的心灵，使我更能欣赏他独一无二的隐秘世界。

研究者重新构筑动物的生活，充其量只能得到一些片段。但凡是与熊猫有关的资料，即使我们不能完全理解，只要有助于其求生存，都非常重要。所以，凯和我再次出发追踪威威，这次的目的是确定他一天吃多少竹子。如果我们确知五一棚地区有多少竹子可供熊猫食用，以及像威威这样一头熊猫，一天要吃多少磅的茎和叶，就可以大致计算这片森林能养活几头熊猫。威威在桦树林间的一个山谷里，待了将近二十四小时。竹枝被积雪压弯，他绕来绕去的脚印极为明显。菜单上有生长一年的竹茎和竹叶。在这寒冷而没有阳光的日子里，我们花费好几个小时计数、丈量、称重，终于算出威威一天之中，对二千二百根竹茎和一千四百根竹茎上的竹叶采食，约吃了三十一磅竹子。其他熊猫可能吃得较少，但平均食量还是在二十五到三十磅之间。这个资料本身可能微不足道，任何资料抽离到现实生活之外，都会失去生命。但我们若深入追究，就会发现这是熊猫奇妙演化史的佐证。

肉食类和杂食类动物通常都吃肉类、水果和种子等富含蛋白质和淀粉的食物。因为这种食物很容易被身体分解和吸收，所以这些动物的胃构造简单，肠子也比较短。相对来说，草食动物吃青草、树叶、树枝维生，营养成分低，又不易消化。彼得·范苏斯特（Peter Van Soest）指出，从草食动物消化的角度来看，植物分为两大部分。一部分是细胞内容，含有可溶性营养素——蛋白质、淀粉；另一部分是细胞壁，含有坚硬而多纤维的纤维素、半纤维素以及木质素。细胞内容很容易消化。但草食动物缺乏分解植物细胞壁必需的酶。要利用植物的这个部分，它们得跟生存在消化道里的细菌和原生物建立一种共生关系，由后者通过发酵过程，分解纤维素和其他坚硬的部分。但因为发酵需要时间，草食动物必须长时间把食物留在消化道里，还需要一个发酵槽。例如马、象、兔都有袋状的盲肠和特别大的胃，可供储存、发酵和吸收营养素。牛、鹿及其他反刍动物，有独特的前肠负责发酵食物，然后才送到胃里做进一步消化。

现在回到熊猫身上，这一物种具有肉食动物的简单消化道：缺乏留置食物的特殊器官，它们的肠子短，也没有发酵纤维素的共生细菌。它们不能从纤维素取得营养，只好靠细胞内含物提供精力来源。对熊猫而言，竹子的营养品质很低。竹子主要由细胞壁构成，根据我们的研究，以及卡尔加里动物园和华盛顿国家动物园获得的结果，其中纤维素和木质素不能消化，半纤维素也只能部分消化。熊猫只能吸收它所吃下竹子的百分之十七，这比例非常低。甚至以食物通过消化道速度惊人著称的鹅，利用效率也高达百分之三十；光吃青草的鹿，可达百分之八十；狮子之类的食肉动物，更高达百分之九十。很明显，因为消化系统没有效率，所以熊猫吃下去的东西大部分都浪费了。

动物做任何事都需要能量——消化食物、血液循环、保暖、抓脑袋、吃竹子以及所有其他基本维生所需的活动。除此之外，不论孕育胚胎或动物自身生长，也都需要能量。动物靠食物取得这些能量。虽然威威每天花十三个小时嚼竹茎、吃竹叶，填饱自己的胃，但是得到的营养却很少。据我计算，熊猫每天吃那么多竹子，所获只有四千三百千卡到五千五百千卡。但是它的基本新陈代谢，加上进食、走动及其他活动消耗的能量，每天至少四千千卡，只略低于它吸收的能量。换言之，熊猫的营养缓冲安全区非常小，它没有多余的能量可资浪费。我们可以根据逻辑推断，如果熊猫需要更多能量，它可以花更多时间吃东西。但事实上不可能这么做，因为它的胃容量有限，消化也需要时间。

低营养饮食对熊猫生活各层面都造成影响。熊猫吃竹子不足以积蓄脂肪，所以无法储存足够能量以应冬眠所需。熊可以一睡一整个冬天，平平安安躲在山洞里，而熊猫即使遇到暴风雪或严寒，还是得不断地吃。其实，熊猫之所以能靠竹子为生，是因为这种植物有几个与众不同的特点。竹子属禾本科，但是生长在四季分明地区的禾本科植物，其营养成分会随气候变干或变冷起伏；例如在美国怀俄明州，冬季麋鹿吃的枯草营养价值远低于夏季的绿草。竹子不但四季一样茂密青翠，而且营养成分大致保持一定。熊猫不至于上一季大快朵颐，下一季又闹粮荒。

食物既然仅够维生，熊猫就必须一直把消化道塞满，确保卡路里供应不断。它不能睡太久，而必须不分日夜间歇性地摄食。它也必须建立一套有效率的进食策略——择食和进食时不浪费半个动作，只用它特殊的爪子和牙齿处理食物。熊猫要节省精力，行为上的弹性不大。凡是需要爆发性能量的动作都需要避免，或减少至最低。这包括爬非常陡峭的山坡、爬树、跑步。它们绕圈子走动，像威威这样的雄体不会浪费气力去保卫领域；可能耗费大量精力的社交接触，也要避免。熊猫多半就只是吃和睡。雌体甚至在繁殖时，也尽可能节省精力。她至少要等到五岁半才怀孕。实际的妊娠期很短，新生儿体型很小，而且只有一头幼崽被抚养长大。如果幼崽出生后不久就死了，雌体流失的能量很少。即便生存下来，也很快就必须脱离母亲独立，通常是在二十二个月大的时候。

我已分析了竹子的营养成分、熊猫的消化生理以及熊猫精力状态之间的互动是如何影响到熊猫生活的大部分层面。以竹子为主食，显然曾在演化过程中带给熊猫某些利益。事实上，大熊猫之所以大，可能就是适应吃竹茎的结果，体格大，它们才有力气攀折与吃到足量的竹茎。但为何熊猫要把自己的命运跟竹子结合为一体呢？食物能四季供应无缺，当然是好事，即使营养水准低一点儿也没关系。但令我不解的是，夏季林中有许多其他营养丰富的植物，黑熊吃了很快就长出了脂肪，为什么熊猫对它们充其量偶尔浅尝即止，往往都不屑一顾呢？难道竹子作为伙食还有其他的好处吗？我们的科学研究到目前为止，还没有提供令人满意的解答。

一天吃三十磅竹子。这不仅是威威生活的一面或一种生活方式，而是他生命的核心，代表他生命的一大展望。

至少我以为是如此。

作为动物行为的探索者，我小心观察一头动物的行为举止，把我看到的一切写成记录，然后把未经修饰的事实和绝对客观的描述，做成整齐的图表，逻辑化地呈现资讯，仿佛我的工作就是一步一步迈向必然的结论。真理与科学就此达成。但这样的报告缺乏人性因素，没有发现的喜悦，也没有新斩获的乐趣，等于承认所谓研究只是碰运气——资讯也不像我们一厢情愿以为的那么客观。统计数字或许有助于描述宇宙，却不能用来说明其他生命；数字表现不出一头生物的特质，也不能传达爱、愤怒、快乐和勇气。

维尔纳·海森伯（Werner Heisenberg）说得好："我们要记住，我们观察到的不是自然本身，而是在我们的提问方式下暴露出来的自然。"在有人提出问题之前，事实都不算是事实，动物的世界会在提出的问题和搜集的事实之上逐渐成形。但如果有别的人问不同的问题，就会出现另一只不同的生物、另一种不同的现实。动物本身是在动物与观察者的互动之中产生的幻象，观察者决定什么该测量，什么该观察，什么该忽视。我们一直在推论看不见的东西，把观念与事实混为一谈。此外，动物呈现为有关狮子、蝙蝠、狐狸、猫头鹰、蛇和鸽子的神话，随各个文化独有的想象，在我们的潜意识中跳跃、窥伺、滑行、拍翅。雨果写道："动物无非是我们优点与缺点的具象，在我们眼前穿梭，是我们灵魂的鬼魅现形。"科学就是这样构成的，任何观察老虎、猩猩、熊猫或其他动物的生物学家，如果声称自己的观察绝对客观，那他若非无知，就是撒谎或愚蠢。

那年冬天，我心头一直萦绕着这些念头，因为胡锦矗和我六月间要离开卧龙几个月，为我们的熊猫研究撰写一篇报告。这份工作不好做。我们虽搜集了不少确实而有用的资料，但我们的文化与思想体系截然不同，对相同的题材会如何处理呢？和我交谈过或我读过他们科学论文的中国生物学者，在研究方法、讨论结果、提出观点等方面，似乎观念都全盘西化，连中国人所谓“西菜中吃”的痕迹都没有。如果胡锦矗能对熊猫研究提供一些中国观点，一定极具价值。

熊猫的神秘难解，在那个浓雾的下午更形明显。我跟胡锦矗穿过一片茂密得几乎不可能通行的竹林，忽然雾气变得明亮无比，好像被阳光切割开来。在一道曼妙的光柱中，一头熊猫出现在我们眼前，出奇安详地斜倚着一棵冷杉，前掌放在膝部。起先我以为他是威威，可是他没有戴颈圈。他的表情很严肃，又带点幽默，他的眼神像老鹰般敏锐。当他突如其来开始发表一场超越寻常语言的长篇独白时，我多多少少有点意外——虽然这魔法般的事件很可能只存在于我的想象中——

可敬的科学家：我要赞美你们研究我同类的努力。称量那么多粪便着实需要最高的奉献精神。你们天天跟踪我，毅力可嘉，姑且不论技巧——我老远就听见你们、嗅到你们。事实上，我真不懂你们侵犯我的隐私，希望得到什么。你们把我每天吃的竹子和睡觉的时间，都统计成无聊的数字。记住，时间的意义对所有的生物都不尽相同。这棵冷杉的生活步调比你们慢，我却比你们快。说到数竹茎,那只证明你们找到某些跟我有关的简单事实;我的生活大部分都不能用数学语言表达。你们怎么可能了解我?表面上,我们似乎共有某些情绪,但你们并不因此就了解我的情绪。因为我的心事不能用你们对现实的认知衡量。且看看自己吧!你们两人的想法天差地远,但你们属于同一个物种。

你们人类骄傲得无以复加。只不过因为你们在地球上智力最高,你们就自以为至高无上。你们的思辨方式有很多严重的毛病;你们必须克服意识形态上的成见和其他不健康的科学癖性。比方说,你们有些人坚持,语言是思考之始,这就把我和所有其他动物——只有你们例外——贬为没有思考能力的动物。真是一派胡言!太傲慢了!你们这些实验员先看动物不会做什么,然后再尝试教它们做。研究一下动物最擅长做什么吧!无怪乎还有人说,我们熊猫是靠颜色取胜的有趣实例。怎能用你们的标准评断我们的智力和思考方式呢?你们两个至少还试着观察,不乱下断语。记住,我们生存在不同的世界,其间差异大得超乎想象,我的世界以气味为主,你们偏重视觉;我的思考以嗅觉为主,你们则靠语言。维特根斯坦曾说:“即使狮子会说话,我们也听不懂。”这句话出诸人类之口,还是个外国蛮子,也算是真知灼见了。

熊猫发出刺眼白光,身体变得透明、模糊,像烟雾般散了。但他又若无其事地再次凝聚,可触摸却又变幻无常,具体又空洞,物质与空间不分,能量与精神合一。

还有一点，你们研究我的饮食，你们研究我做多少次标志、交配多少次、走多远。记住，你们不能把我分割成不相干的生命片断。你们充其量只能观察到外观像熊猫的生物，而不是真正的熊猫。我跟所有其他生物一样，是个和谐的整体，具有无穷的复杂性，不可分割。

我提供一些建议，可以改善你们的工作——常常把科学忘掉；叫理性闭嘴。尝试发挥直觉、敏感、同理心，把我当作真实的生命。永远不可忘记，所有的生物都是生命之竹的一部分。所有动物，包括人类在内，同为一个大生命。你们要描述一头熊猫，就必然会描述到你们自己；一切分别，都出自幻觉。把你们的哲学家、诗人、孩子，送到我面前来，因为他们会用新的眼光看我。即使如此，我们还是永远活在两个不同世界里。人类永远不会了解熊猫的真相，所以，享受这份神秘——帮助我们生存下去吧！

发表完有力的结语，熊猫把身边的雾聚拢，光芒逐渐收缩成一个小点，消失了。

可是他在树下留了两团粪便，我把它们搜集起来。

生物学家开始做野外研究之前，应该牢记若干值得回答的问题，以及能满足期许、证明经费——通常是公共基金——花得有价值的具体目标。我问过："大熊猫如何适应竹子？"我以为答案不仅富于科学趣味，对保护也会很有价值。我们知道竹子的营养价值很低，低到尽管大熊猫每天耗费许多个小时把肚子填满，吸收到的能量也不过跟消耗量勉强打平。我们的许多结论中，有一点认为，大熊猫之所以长那么大，是为了适应这种低品质饮食，因为基于生理学及其他理由，体型大的动物比体型小的动物更能有效运用食物资源。我想当然耳，以为这个推论在逻辑上没有瑕疵。但臭水沟的小熊猫却使我不安地觉悟到，我们的假设可能有漏洞。

热爱大熊猫的人通常不知道或经常忘记，世上还有一种熊猫，就是小熊猫。小熊猫“小”在体型。它是一种非常可爱而讨人喜欢的哺乳类。只要把大熊猫体积大规模缩小，把它除了脸部，全身的白毛换成浓郁的铁红色，再加上一条像浣熊一样有横条纹的长尾巴，就是小熊猫了。它率直的阔脸上戴着黑眼罩，矮胖的身躯配上细细的黑腿，看起来跟大熊猫一模一样，只不过体重才十二磅，不是两百磅。小熊猫分布比大熊猫广，以温带丛林为主，从尼泊尔向东，经喜马拉雅山脉穿过缅甸北部，乃至中国。在中国境内，它常跟它的大块头表亲生活在同一片森林里。

我开始在卧龙做研究时，关于野生小熊猫习性最有用的报道，还是一八四七年布赖恩·霍奇森（Brian Hodgson）的作品，我企盼对这一物种有更深入的了解。但五一棚研究区小熊猫很少见；我只见过一头在小径上冲过。可是我发现过它们的粪便——像迷你版大熊猫的杰作——并在雪中追踪它们的足迹，跟着它们在竹林里弯来绕去。结果显示，小熊猫有一点跟大熊猫不同，它们有一个小小的家，那儿有它们最喜欢的休息地点、一两个厕所和几个嗅味站（有时是倒下的树木，上头撒了几滴尿）。我始终没听见过小熊猫的叫声。谭卫道神父说：“中国人管它们叫‘山车娃儿’，因为它们的叫声像小孩。”

很明显，小熊猫几乎只吃竹子，但它们不像大熊猫那样吃竹茎，而是只吃竹叶，产竹笋的季节也吃竹笋。此外，唐·里德发现，秋天它们也吃野樱桃、醋栗及少数其他水果。如果大熊猫吃竹子只能勉强维生，小熊猫怎么办？由于它体积小，每天需要的能量反而多到不成比例。我们对大熊猫的结论是否有遗漏或错误？如果想比较两种熊猫每天的能量需求，就必须调查小熊猫的活动周期和行动模式，这只有靠无线电监测才办得到。但行动计划并不包括研究小熊猫。

计划进行到后期，一个二月天，我们在一个大熊猫用的木制捕笼里意外地抓到一头小熊猫。更妙的是，我们刚好有一个合用的无线电颈圈，发射器只有一个火柴盒那么大。肯·约翰逊、阿兰·泰勒和我刚抵达五一棚；在两名中国助手陪同下，我们翻过山岭，进入转经沟去看捕获物。天气晴朗，云层都沉积在谷底，只有几缕烟絮攀上溪谷高处。我打开捕笼，用特殊设计的捕竿套住小熊猫的脖子拖了出来，她可想而知怒气冲天，发出尖锐的咳嗽声，像一头发怒的猫。肯抱牢她让我们系颈圈时，被她用针般锋利的尖爪抓伤。这是一头好看的雌体，可能还是亚成体，体重仅八磅。几分钟后，她就重获自由了。发射器在十一月失效，肯和五一棚人员一共监听“佼佼”的动静达九个月之久。

佼佼跟大熊猫一样孤独。但她曾一度跟另一头小熊猫一起生活在竹林里，他们的休息处距离三十英尺，并没有被激情冲昏头的亲密意图。监测显示，佼佼一天只活动九小时，大熊猫则是平均十五小时，她主要在晚间活动，从早晨十点到晚间七点，活动也不频繁。我们推测，佼佼进食的时间比大熊猫少，因为她进食方式较周详。她不像大熊猫连枯叶一块儿成把往肚里吞，而是一叶一叶挑着吃，选最富营养的绿叶。她也不囫囵吞食，而是细嚼慢咽，把植物纤维嚼烂，提高消化效率。佼佼的日常活动范围大得令人意外——

约一点五平方英里——如果不算威威在竹笋产季远行到拐棍竹林找竹笋的季节性远足活动，两者的活动范围差不多一样大。包括威威在内，共有至少五头大熊猫跟佼佼共住这一区。威威和佼佼甚至偏爱同一片竹林，常在很接近的地方活动。可是我们不知道他们碰面时会有什么样的反应。我们更意外地发现，威威和佼佼平均每天走的路几乎一样远。体型小巧的佼佼当然没必要为了吃竹子或其他原因，像大块头威威一样走那样远的路。我们原先预期佼佼为了节省精力，一定很少活动。她是例外吗？佼佼精心挑选食物，仔细咀嚼，获得额外的能量，但她把这些能量都花在走路上。至少表面上是如此。在无线电发射器有效期内，我们获得一些关于小熊猫的有趣新线索，但仍然不知道她如何满足能量的需求。

唐·里德后来又给另两头跟佼佼生活在同一区的小熊猫装了无线电颈圈，一头是成年雄体，一头是成年雌体；他们的活动范围都比佼佼小得多，不到半平方英里。他们都是白天比晚上活跃，跟佼佼的行为模式正相反，而且他们每天约花十一小时走动。根据勇宗（Pralad Yonzon）在尼泊尔朗唐国家公园（Langtang National Park）所做的研究，雌体小熊猫的活动范围也是大约半平方英里，而若干雄体的活动范围可多达三点五平方英里。虽然这些行为差异很有趣，却无助于说明小熊猫在能量的吸收与消耗上如何达到平衡。

这个谜团的解答要靠实验室，那也是唯一能提供解答的地方。佛罗里达大学的布赖恩·麦克纳布（Brian McNab）从生理方面研究动物能量学多年，成就惊人。他发现小熊猫可以在寒冷中，减少末梢血液循环，从而降低皮肤表面温度和能量散失，使其新陈代谢大幅趋缓，但身体内部的温度却不受影响。小熊猫休息时，新陈代谢可减至一半，把身体的自动温度调节关小，节省大量精力。这种新陈代谢减少为时一定很短暂，要不时起来走动，使其中断，否则血流受阻太久，会造成组织坏疽。靠新陈代谢节约精力的策略符合我们所观察到的情况：佼佼对寒冷的反应类似爬行动物；无怪乎有几次我们不小心把她从睡眠中吵醒，她都显得僵硬而无精打采。因此，小熊猫比大熊猫更适合完全靠竹子维生，在能量收支平衡上也更为稳定。

一九八二年一月，五一棚人手所剩无几，工作很辛苦，严寒使我们常聚在一起，外来的干扰也绝迹了。编制内人员都走光了，营中只有三个临时帮手和翻译员小邱。每逢聚会，彝族人吉林知哈总是最引人注目。

彝族一度被称为罗罗，以好勇善战著称，他们曾杀过不少汉族人，偶尔也杀闯入四川南部或云南他们聚居区的洋人。其他人见到吉林知哈总要起哄或粗鲁地调侃，暴露他们内心既焦虑又羡慕的复杂情绪——跟他们一开始对待我的方式如出一辙。吉林知哈为了不辱他族人的美名，只好把杀人分尸的故事讲了一遍又一遍。

一月份我们也在忙着查看捕笼。威威和宁宁都被抓到过，很快就放了。龙龙也曾受笼中的肉吸引。他现在比去年三月重了三十四磅，是个魁梧的小伙了，我们给他换了新颈圈，放他自由。我们在山谷对面的方子棚抓到一头雌体，为她取名“憨憨”；她体型很大，每个人乍看都以为她是公的；她长得非常漂亮，是我见过最完美的熊猫，比例匀称，浑身毛色发亮。几天后，我们又在另一个捕笼里抓到一头雄性亚成体，只有两岁半大。不像温和的宁宁或龙龙，他对于被关在笼里极其不悦，不断尖叫咆哮，对所有窥视他的人都张牙舞爪。有人问我："你要给这么小的熊猫装颈圈，还是另抓一头大点的雄体？行动计划规定你每季只能抓三头熊猫，我们已经有威威和憨憨了。"这问题很有趣。尤其因为行动计划从来没有限定过数量，也不曾就这方面做过讨论。官僚体系中有人对我们所能搜集的资料量设限。在中国，我从亲身吃过的苦头当中学会怀疑。我若一意孤行而危及行动计划，没什么好处；冲突于事无补。抓到三头熊猫后，设捕笼的工作一样可以用缺乏诱饵之类的借口停止。我姑且不管这个问题，替这头年轻雄体在耳朵上装了一个吊牌，以便下次辨识他——黄色吊牌八十一号——没有戴颈圈就把他放了。

我们经常监听珍珍的行踪，搜索她到过的区域。但当时和后来都没有看到她的孩子。她不知怎么失去了宝宝。

凯不在野外帮忙的时候，就在营地忙。她在日记里描述了典型的一天生活：

> 捕笼路线设好以后，营地的生活常规大致确定。乔治天明即起，去检查捕笼。我赖了一会儿床，然后在睡袋里把一部分衣服穿好，这样才保暖。如果晚上忘记倒脸盆，就得把冰撬开，扔掉。我会从热水瓶里倒点热水，用海绵快速擦个澡，然后到木屋去吃早饭，坐在冒烟的火堆旁，喝我的茶；然后吃一碗粥，配一个冷掉的白煮蛋；再喝一杯茶。回我们的帐篷，把炉火生起来。火生好以后，我就去检查猎豹捕笼。我很喜欢走到捕笼的这段路。（我们从来没有抓到过豹子。）昨天的雾凝成了霜，树木、地衣还有青苔都显得鬼影幢幢。
>
> 回到帐篷，我检查火势和烘干箱，看熊猫粪便是否已可分成

枝和叶，搜集柴枝，放在火炉边烘干，写日记、写信、读书、烧热水和洗衣服。我一直在洗衣服——每天洗一点比较容易，因为多半时候衣服得挂在帐篷里晾干。我们屋里的炉子很会冒烟，木屋那个火堆也是烟雾弥漫，我们的人和身上的衣服都熏得黑漆漆。我把浴巾都煮过，但看起来还是脏兮兮的。中午吃过面条，我不是烘更多样本，便是教同事英文，或学中文。

大约四点钟。必须再检查一遍熊猫捕笼，愈晚愈好。今天我跟乔治一块儿去——在山边的小径上徒步两小时。这条路其实不能算小径，只是悬崖上突出的岩架，有些地方因为崖上生出小树而变宽一点。上坡下坡，上坡下坡；有些页岩的岩架踩上去会滑动。最后一批捕笼设在下面的小溪边，检查完毕，我们必须爬上一条非常陡峭的小径——我认为是动物走出来的，而且我有时找不到路——像是爬一座很陡的楼梯。我们光爬这一段就回到原来的高度，到顶时我两腿都会发抖。

然后吃晚饭，在火边聊天。回帐篷读书、写字或直接上床。

那年一月底过中国新年。这是个大节日，所有的人都回家跟亲友团圆，吃特别准备的食物，放鞭炮赶鬼。中国历法是在古阴历的基础上设置的。相传第一个新年时，佛陀召集他创造的百兽聚餐。只有鼠、鸡、虎、蛇、龙、马和其他六种动物出席，为了奖赏他们，佛陀就封他们为十二生肖，轮流成为一年的主角。今年是狗年。一月二十四日黄昏，总部有一个盛大的宴会。最重要的一道菜是饺子，象征银元宝。春节不吃饺子，来年就别想交好运。第二天早晨，卧龙的领导赵昌贵邀请凯、我、小邱到他家去吃传统式的新年早餐，吃的是麻花和汤圆。赵昌贵沉默寡言，非常客气，对我们很照顾；过完年不久，他就调到别处去了，我们见他离开，心里很难过。那天晚上，营地还有一场大宴，第二天又有一顿，这是所谓无三不成礼的传统，大家都拼命吃、拼命喝、拼命敬酒。

二月的日子不好过，因为五一棚营地里的每个人都因长久困住木屋而感觉衰弱，冬季无止境的艰苦工作，使每个人疲惫不堪，变得犹如中国成语所谓的槁木死灰。我巴不得快点进入三月，勺鸡（koklass pheasant）再度在黎明时咯咯叫，樱草花盛开，宣告春的到来。不过，三月要去成都开会，洋鬼子也将大举入侵，除了英雄沟的人工授精计划，WWF 派植物学家来研究竹子，还有电视台来拍摄项目的进展。

WWF 和林业部以为，成都动物园与英雄沟密切合作，对我们繁殖熊猫的工作具有互惠作用。不幸当时成都动物园由一个三人委员会管理，他们互相憎厌。我最怕跟这个委员会半年一度的会议。它保持弹性的诀窍就是不做决定，过去的协议对它没有约束力，合作精神也支配不了它。以前年为例，我们同意合作人工授精后，动物园又不声不响给两头雌体授了精，把埃米尔·杜伦赛克和斯蒂芬·西格丢在旅馆里空等。去年也一样，本来同意珍妮特·斯托弗可以帮忙以人工抚养新生的熊猫，德芙拉·克莱曼也可以在动物园观察熊猫行为。但今年三月的会议上，委员会却拒绝合作——直到它以合作为由向 WWF 要求的几样昂贵设备到手为止。护送这些设备前来的埃米尔，自告奋勇帮他们组合和安装，却遭到粗鲁的拒绝。动物园很快就烧坏了变电器，器材无法使用。跟动物园开的会就此结束。

英国植物学家朱利安·坎贝尔（Julian Campbell）只带了一个

植物压榨器、测量土壤湿度的工具仪器和一袋豆子就来了。他吃素，豆子是准备自己煮饭用的。一向对仪器胃口奇大的中国人，希望的当然不止这样一点。他们想不通朱利安怎么可能靠这么简单的设备，研究像竹子生态这么复杂的题目，他们对于他在林子里到处放置啤酒瓶测降水量的做法，也觉得不敢恭维。朱利安有种与世隔绝的气质，使人易于忽略他的坚毅个性。他告诉我，他打算在这儿工作好几年，继数十年前也曾来此研究植物的“中国人”威尔荪之后，搏一个“中国人”坎贝尔的名号。他还计划分发传单给村民，强调三点：不可砍树，因为会引起水灾；只生一个孩子或不生；性交寻乐时要设法避孕。这些观念虽无不当，但这种作风不会被接受，尤其是羌族跟其他少数民族一样，在中国不受一胎化的限制。朱利安被劝服专心研究竹子的繁殖。但这个计划也失败了。中国人的合作观念和朱利安有所偏差，他几个月后便离开了。

国家地理学会和匹兹堡 WQED 电视台的电视摄影队，带了足足一吨的装备前来，除了摄影器材，还有杂粮能量棒、意大利腊肠、乳酪和花生酱等珍馐美味。工作人员包括制作人米丽娅姆·伯奇（Miriam Birch）、摄影师诺里斯·布罗克（Norris Brock）、音效师戴维·克拉克（David Clark）。他们在五一棚断断续续停留期间，有一个专用的帐篷。那儿成了凯和我最爱去的社交俱乐部，不单因为美食和日本的麒麟啤酒，虽然这些我们也喜欢，更主要的是因为有伴。诺里斯告诉我们他参加托尔·海尔达尔（Thor Heyerdahl）木舟探险的经过；戴维讲沿阿拉斯加育康河顺流而下的所见所闻；米丽娅姆和凯愉快地聊音乐和戏剧；我们也聊电影情节的可能发展。他们也有些问题：成都动物园要求每分钟一百美元的拍摄费；英雄沟不大愿意让熊猫到户外围场，唯恐它们会乘机脱逃。我们聊天，吐露真心话，坦白地交流想法，不必担心被打报告。这是一场语言的飨宴。

白天，诺里斯的阿莱弗莱克斯（Arriflex）摄影机低柔的转动声，成为我们日常活动的一部分。某些话跟鹰鹃（brain-fever bird）叫声般响个不停。“咱们再试一遍。”“帮个忙。我要试点不一样的。你可不可以……？”森林听见奇怪的问答：“给我看看节目单。”“啥都没有！”

永不停歇找寻故事情节的诺里斯，逢人就问：“你现在要做什么？”

凯逗他：“我要洗头。”

“好啊，咱们来拍。”诺里斯出乎她意料地回答。

一天晚上，凯和我在山脊上的帐篷里做夜间监听，诺里斯和戴维来拍我们工作的情形。他们带了乳酪和一瓶葡萄酒，给我们一个惊喜，我们就在雾气叆叇、暮色渐浓之中，开了一个小派对。威威、珍珍还有其他熊猫身上的发射器传来哔哔声，给我们配乐。

四月四日，我发现一朵银莲花正在开放。四月十五日，一只岩松鼠跑进营地来，这是它十一月中旬冬眠以来第一次露面。雄角雉顶着一头火焰似的橘红羽冠，发出婴儿无助哭叫似的求爱呼声，中国人称之为娃娃鸡。竹笋四月十七日露了头，春天回来了。但这是个不愉快的春天，寒风夹着雨和冰雹，把早开的花打得一片狼藉。五一棚像十九世纪九十年代淘金潮中的阿拉斯加，小径泥泞不堪，帐篷摇摇欲坠，到处丢满垃圾。包括中国和英国摄影师在内，一共二十五个人，挤在八个帐篷和木屋里。很多人都患了感冒。我记得好像是戴维说的：“如果我们拍的是音乐片而不是纪录片，就可以叫它《真菌之声》(*The Sound of Mucus*)①。"

每个人都在等珍珍一九八一年那幕求偶场面重演。可是她今年很克制，没把幽会的事四处张扬。她接近威威和另一头雄体时，诺里斯和戴维又到英雄沟去了。虽然已是遍地竹笋，但她直到五月十五才到较低的山坡，比前一年晚了两周。那天和第二天，我带诺里斯到非常接近珍珍的地方，近到听得见她剥笋和吃笋的声音，可是她不愿被人看见。下一天或再下一天，我们一定会拍到她。但五月十七日，摄影队突然收拾行李离开了卧龙。他们一走，珍珍就突然变得很合作；以后的两个星期里，她和我有好几次为时相当长而值得回忆的遭遇。这以前，虽然戴维和诺里斯在珍珍旁边静静等了好几个小时，聆听、盼望，直到被冷雨冷雾浸得全身僵硬，但他们只拍到她一次，还是她的头部掠影，这是他们在野外唯一拍到的熊猫镜头。

拍摄熊猫跟所有其他与熊猫有关的事一样，都要争第一。一九八一年，ABC 电视台缴了二十万美元的费用，取得在卧龙东南的摄制权，工作人员一九八二年又回来过。他们的工作队里有几位经验丰富的野生动物摄影师，他们拍到了二十世纪八十年代最精彩的野生熊猫生活片段。根据下面这段摘自《运动画刊》(*Sports Illustrated*)的片断，ABC 与国家地理 WQED 竞相推广它们的节目，互不退让：

> 刚从中国回来的《国家地理》制作人米丽娅姆·伯奇，本希望拍成西方电视第一段记录熊猫在竹林中生活的影片，但是她

① 这个名称是影射音乐剧及电影《音乐之声》(*The Sound of Music*)。——译者

说:“当我们发现ABC也买到了摄制权时,真是不知所措……”

她又补充说:“ABC请罗杰·卡拉斯(Roger Caras)当主持人,《地球》(GEO)杂志那篇文章也是他写的。”她指的是ABC聘请的一位博物学家,他一九八一年八月刊出的一篇文章,搭配的熊猫照片号称是野生熊猫,事实上却是在囚笼里拍的。

……卡拉斯上周大发雷霆,他没想到他为电视台制作的熊猫影片,会被《国家地理》的工作人员抨击。他说:“我看《国家地理》一头野生熊猫都没拍到,我们拍到五头。”

其他的竞争者中还有一个中国电视制作单位,后来到一九八四年,日本工作组也加入角逐。

这四部熊猫影片可能一共花了二百万美元,结果如何?ABC有一些不错的野生熊猫生活影片,但在编辑和叙述上缺乏重心,而这部片子在“美国运动家”(*American Sportsman*)系列中播出,也显得格格不入(后来重制的版本改善多了)。《国家地理》的特别节目以圈养熊猫为主,虽然他们握有各种资料,新资讯却出奇地少。中国纪录片对营地生活以及树枝滴水和山溪流泻之美,刻画得最好。日本纪录片的主角是一头在五一棚觅食的熊猫。熊猫仍在等待对工作真正投入的摄影师,为它的寂寞生涯、它与命运搏斗的勇气留下记录。

一九八一年,珍珍跟一头体型比威威大的雄体交配。一九八二年,威威有追求成功的机会吗?我们发挥窥淫癖的坚持精神,整个四月每天都用无线电监听珍珍和威威,如影随形跟踪他们,希望听见熊猫在一起时那种不和谐的呼应叫声,可是没什么收获。威威两点五平方英里的巢域里，包括珍珍在内，一共有三头雌体，但由于雄体数量也有好几头，选择机会并不大。威威至少尝试过。他曾连续好几天跟踪珍珍，但总保持一定的距离，像一个情窦初开的羞怯少年，每次都差点见到面，却没有真正接触。他第一次是在四月三十日，距五一棚不远的地方接近珍珍。那天晚上，珍珍翻过山岭。威威第二天跟上，在她附近徘徊，以后几天，她在山上来来去去，威威一直尾随，显然是靠嗅觉盯梢。五月七日，我们听见威威和珍珍在浓密的竹林里，吵了一个小时。

第二天早晨，珍珍休息时，威威在数百英尺外恐吓一头亚成体熊猫。那头熊猫体型跟八十一号差不多大，但耳朵上没有标签。亚成体爬上一棵灌木状的树，威威站在较低的枝干上，一只前掌抱住树干，试着用另一只前掌攻击他的情敌，对方也不甘示弱地还击。他们不断尖叫咆哮。然后双方放松了一会儿，威威下了树，亚成体轻松地留在树上。在树上待了至少五个小时，亚成体忽然一溜烟下来，冲过威威身边跑掉。第二天，威威与珍珍也分手了，威威一年份的社交生活，显然随着这场露水姻缘一道告终。

威威有没有希望找到一个合得来的伴侣？一九八三年，他又回来求爱，不屈不挠如昔，给了我一个关于他命运的不完整答案。

四月十五日。高高的山上起雾又下雨，我遇见两个中国研究人员，他们正赶赴五一棚，通知我们转经沟和英雄沟的分界岭上，有熊猫在求偶。他们告诉我，有一头雌体在冷杉树上，威威在树下徘徊。还有一头没戴颈圈、但高大有力、前额沾有血迹的雄体，过来把威威赶走了。威威并不气馁，再度回来，往树上爬了几英尺，雌体对他叫唤，但树下又来了两头雄体，他再次爬下树。他的情敌当中，一头就是那头没颈圈的大块头雄体；另一头的体型也差不多，体重达两百三十五磅，去年十二月被我们抓到，装上颈圈，名叫貔貔。貔和貘都是熊猫的古名；貔有勇敢之意。两巨头面对面，咆哮扭打成一团，直到没戴颈圈的熊猫退出为止。貔貔随即上树，完成交配，两头熊猫在树枝上摇摇晃晃保持平衡。经过差不多一小时，貔貔就离开雌体走了。

我急忙赶赴现场。山坡下方的竹林里有熊猫打斗。我钻进草丛，看见就在离我几英尺的地方，有一头熊猫正在走开。我爬上一个树桩，以便看得更清楚一点，就见另一头雄体，四脚朝天躺在一棵冷杉下，好像躺在花园凉椅上一般。突如其来的几声咆哮，把我吓了一大跳。就在前方，那头没戴颈圈的大块头雄体，还在雌体身旁巡逻，看守她，牙齿磨得喀喀响。我脚下踩断一根树枝的脆响，使这头对所有情敌都戒慎恐惧的熊猫，大吼着朝我逼近。貔貔显然交配完毕就放弃了对雌体的一切权利，现在有五头雄体跃跃欲试，战争气氛浓厚得不得了。其中两头块头特别大，另外三头中等身材的熊猫中，两头都长得比威威小。三岁半的龙龙还不算成年，但他的活动范围不包括这一带的山谷。

我的衣服被竹子浸得透湿，不久就开始发冷，观察了一个小时，一切复归平静后，我又走了两小时山路回营。

四月十六日。整天都在下雪，浓雾在谷中盘桓不去。我在一个伐过木的溪谷里，坐在山坡上，观察对面的熊猫。又大又湿的雪片落在我身上和周遭的竹林中。一棵孤立的冷杉树下，竹子都被弄断了，那头雌体蜷伏在树上，貔貔现身，大步朝山下另一头雄体走去，对方开始后退。他们扭作一团，连连怒吼，拳打脚踢，张开大口亮出森森利齿又撕又咬。那头雄体强行脱身，急忙跑到冷杉树下，撒尿做了一个记号。同时，貔貔也再冲上山坡，跟情敌开打，他仗着力量和冲劲，把对方赶到山下；那头雄体向后转时，貔貔咬中他的肩膀。他们都人立而起，抱在一起，猛烈扭打，咆哮声响遍山谷。打斗中，另一头雄体失足跌落悬崖，翻滚了大约二十英尺，但他还是不认输，立刻又回来加入战斗。

沉默。喧嚣突然转为平静，感觉很奇怪，像进入台风眼。貔貔不见了，他已经耗尽所有的精力；另一头雄体搜索了一会儿，也消失了影踪。

忽然又有两头中等体型的雄体出现，一头把另一头追赶下山。前面那头不小心步他前辈的后尘，惨叫着从悬崖上掉了下去，在半空中翻了个筋斗，才砰的一声落地。

雌体爬下树，貔貔和另一头大块头雄体都没来把握这一亲芳泽的机会。显然他们激烈的战斗并非为了交配权，因为昨天他们之中至少有一个，甚至两个都已经交配过了，他们争夺的是地位。貔貔展示他力量超群，维持了熊猫老大的地位，凭这种资格，他有权跟任何其他发情的雌体优先亲热。可怜已近中年的威威，永远不可能长到跟貔貔一样大，也没有机会晋级了。

但现在有趣的事发生了。一头中等体型雄体接近雌体，骑上她；雌体本来坐着不理他，直到他用前掌把她推倒，然后爬到她宽阔的背上，靠四条腿保持平衡。雌体唧唧轻唤。叫声显然引起貔貔好奇，过来一窥究竟。中等体型雄体扑向大个头情敌，但貔貔满不在乎地走开，他对雌体已失去兴趣，也懒得发威。那头雄体回到雌体身旁，先是骑在她身上，草率地办了事，然后快乐无比地在她前后左右嬉闹了七分钟。他贴着雌体绕圈圈，像没骨头似的趴在她背上，亲昵地爱抚她，在她身上打滚，满心欢喜地跟她保持亲密的身体接触。他跟其他中等体型熊猫耀武扬威时，雌体都逆来顺受地蹲着。然后雌体似乎受够了这些胡闹，突然给了一头雄体一拳，并朝另一头雄体大吼，并趁这头雄体转身时，打他屁股一掌。雄体唯有狂咬一根木头泄愤。

雾气合拢起来，关上了窗。我抖掉衣服上的积雪，赶快回到山上，虽然冻得全身僵硬，但方才目睹的事件，却使我心里充满温暖与快乐。

没有人知道威威一九八四年追求了谁，那年十二月九日或十日，他就死了。解剖验尸显示，可能是死于蛔虫堵塞胰管。

早在一九八二年五月，威威未能赢得珍珍的芳心以后，我们就把注意力转到新生的竹笋上。前一年，我们划分了很多竹林样方。我们在这些区域统计竹笋抽生的数量，定期量它们的长度，记录有多少能长成竹茎。熊猫要吃掉很多竹笋，啮齿动物也会吃掉一些；苍蝇和甲虫的幼虫往往从内部蛀蚀竹笋，使它们变黄、变软。经过这些，大约三分之一的笋就没有了。

有一天，一支竹笋在我面前开始摇晃，像变成了动物——这现象太奇怪了，尤其这竹笋不但不长高，还一直往地下缩，最后整根没入土中。我出于好奇，向下挖掘，不久就发现一条直径大约六英寸的隧道。这是竹鼠的地洞。土壤够厚，加以排水良好时，我常看到一种好像大号地鼠掘出来的土堆。这种土堆是竹鼠出入的通道，它们体重达两磅，胖嘟嘟的，生有专用于掘土的大爪子，灰毛。有一次我在空地上看到一只竹鼠。它斗志高昂地挺起身，一副要打拳击的模样，用近视的眼睛斜睨着我，粉红色的塌鼻子也令人联想到拳击手，牙齿磨得咯咯作响。我对竹鼠感兴趣是因为它们跟大熊猫一样，以竹子为主食。有时，我挖掘的冲动非常强烈，就会挖开竹鼠的隧道。它们把竹子拖进黑暗的家里，把茎吃掉，把细枝和叶子塞进废弃的过道。为了保持通道清洁，竹鼠会在过道里挖几个比较宽敞的角落，当厕所使用。

那年春天，陕西省佛坪保护区派来的工作人员雍严格也在五一棚。他对工作兴趣浓厚，不时陪我到处巡视，我很乐意把我们搜集的资料给他看。我对他在佛坪的熊猫研究印象很深刻。他跟他的同事用心地一再尝试接近一头雌体熊猫，直到她习惯附近有人类。他们并不干扰她的自然生活，甚至在夜间观察她的行为。比方说，他可以告诉我，在四十八小时之内，她喝过五次水，进食十四次，每次从一个半小时到五小时不等，这样的细节是无法靠无线电追踪取得的。

我多么希望我们的项目也能找到像雍严格这样有干劲的年轻生物学者。胡锦矗和我不久就要离开五一棚，到年底才会回来，没有一个可靠的人代替我们。王梦虎花了一年多时间，希望加强五一棚的人力，但没有结果。

“文化大革命”使中国的大学校园一扫而空，受过良好教育又对研究有兴趣的年轻人少之又少。正如一九八七年的《北京周报》指出：

……一九六六到一九六九年之间，中国所有大专院校没有一个学生注册。很多校园都改成了工厂或军营……无数讲师和教授饱受羞辱，被烙上“反动学术权威”的标志，大多数大学教职员被迫下乡，或到工厂、军营里劳改……虽然中国的高等教育机构从一九七〇年恢复招生，但全国性的大专入学考试被取消……在此期间注册的大学生叫作“工农兵”学员……“文化大革命”的破坏使中国的高等教育倒退数十年，有如埋下一颗定时炸弹，在往后的岁月里导致了专业人才严重缺乏的危机。

像雍严格这样合适的人才，不是不愿意来，就是原服务机构不肯放人。我们只能用刚毕业的大学生。今年春天有好几个这样的人派到卧龙来，这份工作在中国等同于发配到西伯利亚。

凯五月初回家。接着我也准备离开。我觉得过去九个月来，不只在研究熊猫上，同时在建立真诚的工作关系方面，都颇有建树。我的加入已获得接纳，我的独特作风被当作特例而受到容忍，我帮助熊猫的诚意也赢得信任，似乎还有感激。中国人在一九八〇年十一月那场充满争执的会议中，要求 WWF 提供研究中心的绝大部分设备，终于获得首肯，双方迄今的最大心结总算解开。一九八三年的野外工作可望顺利推动，不再因北京跟 WWF 的龃龉而使合作意愿出现周期性的低潮。项目还有很多问题，最主要是中国研究人员不称职，但这是系统内部的问题。随时间过去，我逐渐了解，北京与成都都尽心尽意，投入大量关怀与努力，项目才得以运作。但上头花的心血往往在地方上被否定。正如 WWF 一位协助这项目多年的顾问容思在信中告诉我的：

> 每一个官僚、科学家、技术人员、行政人员、动物园管理者和学生翻译员，各有自己的效忠目标、抱负和运作手法。另一方面，虽然各部局、动物园、中科院都承诺共同的目标，但对于如何达成目标，如何对他们本身最有利，也各有自己的看法。最后决策权在官僚手中，但他的决定可能遭到学生翻译员、行政人员、动物园管理者的破坏……

我们的计划能克服重重困难，达成目标，似乎足以证明中国有多么珍视熊猫。

下一年，我要研究其他熊猫分布区，只会短期回到卧龙。离开之前，我做了一个小小的朝圣之旅。我爬上 4X 山峰，来到我曾和凯度过许多个监听熊猫之夜的帐篷：以后这些例行工作就由其他人负责了。这些地方将永留在我的记忆中，我永远不会忘记山径的每个转弯与山峦的轮廓。我满怀留恋地端详这些地方，可见我们对生活中的不适抱怨越多，苦日子的记忆就越让人回味无穷。我也攀到崎岖的白岩顶端，探望那儿正值花季的一种特殊品种的红杜鹃。东边有大片云雾如瀑布般泻下山岭，流进臭水沟，而我站在阳光下，山谷一半沉静安详，一半却是暴力翻腾。

我六月六日赴成都途中，在核桃坪稍作停留，为 WWF 拍摄研究中心建设工程的进度。一周后，我写信给基金会作为总结："另函寄上研究中心的照片。主建筑物的墙壁已有规模，桥梁也开始动工了。"

八月十三日，WWF 以最高负责人的名义，写了一封信给环保办公室的张树忠，信中说：

> 由于兴建研究中心一案，牵涉种种未决事项，本会各国分会未能为这一目标筹募专款，如阁下所知，本会政策不允划拨一般保护基金作建设之用。

基金会提议立刻发起一个特别募款活动，但"先决条件是我们要得到保证，建设工作业已开始"。信中还指出：

然而，本会必须澄清，虽然本会保证将继续资助“研究与保护项目”，但不能担保一定能如原先协议，募集兴建馆舍与购买设备的全额经费……总而言之，请相信本会愿意继续密切而有意义的合作关系。

中国人和我都被搞得进退维谷。信中的意思再明白不过。WWF要撕毁一九八〇年签署的议议书和行动计划，他们不打算付建设研究中心尚欠的六十万美元，购买设备的钱当然也赖掉了。

过去一年来，WWF与中华人民共和国之间好容易培养出来的一点互信，再次化为乌有。野外调查的未来发展，又笼罩在满天疑云之中。

第八章
臭水沟之死

一九八三年四月

我本来希望二月过完春节后继续野外工作，开始调查多个熊猫栖息地。但自从 WWF 写信告诉中方无法履行兴建研究中心的义务后，我一九八三年的计划就立刻被取消了。一九八二年十二月 WWF 与中国人开会，未能解决财务上的危机。但后来 WWF 承诺，以分期付款的方式在四月支付四十万美元。我接获通知，到时会签一份新协议，野外工作也可以继续。我急着想知道珍珍和其他熊猫的近况，就提出申请，要求在新协议签订前，先准我回卧龙。中国方面很慷慨地批准我在三月下旬回卧龙。我在北京见到王梦虎和其他人，他们都有节制地表示愤怒，有些人真的生气，但也有人装腔作势，强调立场；他们都长篇大论抒发了对 WWF 的不满。会议快结束时，王梦虎说："我有个坏消息告诉你。听了别激动，保持冷静。”

这番开场白，让我以为我就要搭下班飞机回家了。可是事实比我预期的更糟。

“憨憨一月二十四日被杀了。已有一份报告送呈国务院。赵紫阳总理下令彻查。”

美丽的憨憨死了。我们为她装上颈圈后一年，她被勒死在盗猎者的网子里。胡锦矗到成都接我，并告诉我详细经过。

五一棚人员一月二十三日开始二十四小时监听活动。第二天早晨十一点十五分，他们发现憨憨没有移动，这可能是她正在休息，未引起注意。但那天她一直没有动静，接下来的晚上也是如此，工作人员还以为她弄掉了颈圈，有几个人负责去把它找回来。搜索两天之后，他们发现颈圈被藏在一块岩石下，不远处还有憨憨的内脏，用雪和树叶盖着。工作人员漫不经心地监听之时，正是憨憨被猎套缠住咽喉、慢慢窒息而死之际。盗猎者发现她的尸体后，剥下她的皮、割下她的肉，藏在山谷里的家中。当局一接获憨憨的死讯，立即行动。成都公安局派几个人带了两头大狼狗赶来。狗追踪盗猎者的足迹下山，直到他的家，将他逮捕，没收了憨憨的皮。

胡锦矗还指出，根据憨憨去年九月的活动周期，她可能已经怀孕，不过当时或以后，都不曾有人到筑巢区查证。她死亡的时候，她的宝宝一定还小得不能够独立求生。

憨憨死亡的地点，我在前两个冬季都发现有人设猎套。我一再请求对保护区内盗猎和盗伐林木严加管制，都没有反应。我一听说憨憨的死，就立刻联想到宁宁。我们最后听见她的信号，是在一九八二年三月三十日，距最高的农田上方不远处。信号前一天还有，第二天忽然消失了，从此我们再也没有接到她的信号。这套无线电设备由亚利桑那州电子通讯（Telonics）公司生产，品质优良，发射器才装上三个月，不可能那么突兀而彻底地发生故障。我确信宁宁也死在猎套里。可能盗猎者除下颈圈埋藏时，无意间割断了里面的天线，使发射距离大幅缩减。

憨憨死后不久的四月八日，我在她生前活动的区域，研究伐木造成的损害。一整个冬天都有人告诉我，不断听见砍树的声音。一首古老的羌族歌谣，开始就唱道："天地为上神，其次是神林……"可是从我发现的许多新鲜树桩来看，这种信仰已不受重视了。我在兽道上走着，忽然发现前方一抹银白色的熊猫背影，正倚在一丛竹子旁边睡觉。我悄悄闪到一侧，希望看得更清楚一点，忽然我发现这头熊猫静止得异乎寻常。原来是死了，脖子卡在猎套里。我站在熊猫身旁，像任何面临突如其来死亡的人，因震惊而麻木。这头熊猫一动也不动的身躯，呈现出饱受痛苦折磨的无辜，有一种不亚于宗教的感染力。这是我第一次目睹熊猫死亡的悲剧。虽然我对憨憨的死悲痛万分，但那主要是知性的痛苦；我不曾亲眼得见她有多么脆弱。我跪在熊猫身旁，这毫无意义的死亡，令我满腔怒火——我痛恨不把这当一回事的杀手，以及光会空口说白话、听凭更多熊猫默默落入死亡深渊的官员。"该死，该死，全都该死。"

我仔细检查这头雌体熊猫尸体时，胸中怒火更加高涨。猎套绑在一棵小树上，树细得根本可以让她一口咬断，但她却一直绕着附近的竹丛打转，直到无法呼吸为止，在垂死的痛苦中，她竟咬断了自己的舌尖。

我伸手抚摸她的背。尸身已经凉了。

第二天早晨，连胡锦矗和卧龙的公安在内，我们一行十多人回到熊猫尸首那儿，大家站成一个半圆形，无言地低头看着她静止的身躯，仿佛在祈祷。这样的沉默比往常聊天的声音更响亮。最后，好像在做慢动作，我们用钳子拆下她身上的陷绳，把她翻过身来。她鼓胀的乳头溢满乳汁。她死在生命的全盛期；森林中的某处，有头才七个月大、还需要吃奶的熊猫宝宝，一下子变成了孤儿，但如果运气好，还可以靠竹叶维生。我们把她绑在扁担上，由两个人扛下山，她的一条前臂随着他们的脚步有节奏地晃动。我们其他人像一列送葬队伍跟在后面，直到大路旁一个有六幢茅舍的小村。杀死憨憨的冷志中就住在这儿。村民排在路旁，看我们走过，把尸首装上等在那儿的卡车。一队公安局的人带着狼狗来过，但没有逮捕任何人。

一年之内，我们研究的这一小群熊猫，至少有两头，甚至可能有三头，已死于盗猎者之手。我们再怎么努力帮助熊猫，这样的罪行依然存在，令我觉得没有尽到责任。我现在对研究的希望已幻灭，理想主义在野蛮的悲观之前退缩。但是我们不能就此绝望：熊猫需要有人为其争取生存权。如果别处的熊猫面临跟卧龙相同的问题，这个物种就会逐渐消失，一套无法重复的演化过程，就在静寂的森林中毁灭了。

一九四九年解放前，中国大肆捕猎熊猫。例如唐纳德·卡特（Donald Carter）曾描述他在二十世纪三十年代看见的长矛陷阱：

> 一根铁头木柄的长矛水平装在适当的高度，用两根垂直的柱子夹住。矛柄绑在一株小树上，向后拉，用扳机锁定。小树就充当弹簧。从扳机拉一根绳子，横在熊猫必经的路上。一触动扳机，长矛就以惊人的速度射出，靠垂直的柱子导向，矛尖可以射中动物的心脏附近。

二十世纪四十年代，威廉·葛伦沃德（William Gruenerwald）在一封信中说起他看到有很多熊猫皮出售：

> 第二次世界大战后期，我在中国西部做矿产调查。有个补给站在康定，这儿是四川茶叶行商和西藏牦牛商队必经之地。大街就是汉族与藏族商人交易的市集。这儿的动物毛皮种类之多，令人咋舌：西伯利亚虎、金丝猴，还有成堆的雪豹皮、羚羊皮、熊猫皮。一名商人竟有五件熊猫皮供人挑选！

但我完全没有想到，保护区里的动物也会遭人盗猎，更有甚者，这种事竟发生在国际合作研究的熊猫保护区。

我见到党委书记赖炳辉，他继赵昌贵之后接任卧龙领导职位。赖炳辉平时是个乐天派，这次也束手无策了。

我表示我了解这种状况，美国的印第安人和因纽特人也有类似的问题。我随即强调，我们必须采取紧急行动，保护卧龙的熊猫。因为损失太大，恢复的过程又非常缓慢。我引用数字说明熊猫的繁殖率低得出奇。一头雌体抚养一头幼体至少需要两年。由于幼体死亡率很高，雌体平均三年能养大一头幼体，就算运气。圈养的熊猫往往可以活二十五到三十年，野生熊猫却大多活不过二十年。因此，如果一头雌体六岁生第一胎，到十八岁时，她顶多养大五个孩子。如果臭水沟对熊猫的杀戮可以当作指标，卧龙的熊猫一定会急速减少。

我又重复一遍派员警巡逻林区、管制盗猎的必要。赖炳辉不直接回答我，转移话题说："我们会供应本地人的生活必需品，让他们不再砍树、打猎。政府要下大资本，使他们富裕起来。"

憨憨白死了。

为了强调憨憨之死是多么重要，并教育当地村民，四川省高级人民法院于四月二十二日移庭卧龙审问盗猎案，我也应邀参加。

中国大多数犯罪都由调解委员会处理，送到法庭审理的案件不多。进入法庭系统的案件几乎一定会被判罪。

几百名村民和来自卧龙其他地区的居民，挤在总部的礼堂里，他们不仅都知道被告冷志中会坐牢，而且还知道他会坐几年牢。身穿羊皮背心的村人，聚精会神抽着小巧的铜烟斗，甚至背在母亲背上的婴儿也安静无声。

法官带来两个助理法官和书记，还有检察官和辩护律师，坐在礼堂舞台上的桌子后面。书记宣读了指控，穿蓝棉衣的法官下令："带被告。"

两个穿制服的员警，腰上佩着手枪，把冷志中带到法官面前。他二十六岁，中等身材，有一张和善的宽面孔，蓄着稀疏的小胡子，穿着跟法官一样的蓝棉衣，可是他的衣领上点缀着人造皮草。他很紧张，不时把重心从一脚移到另一脚。

法官宣布："被告可以不说话，但如果他愿意，可以为自己辩护。"

然后宣读诉状。

"被告于一九八三年二月二十一日被捕。根据三月一日审前侦讯的资料，被告受过教育；他知道稀有动物受到保护。他用猎套杀死一头戴有无线电颈圈的熊猫。他在回家途中，遇见三个知道这种行为后果的人。但他并未报案，反而带刀回到现场，割断颈圈，剥下熊猫皮，把肉煮熟。他知法犯法，犯了毁损稀有动物之罪。"

法官接着讯问冷志中。

法官:“你做什么职业?”

冷:“在卧龙种田。”

法官:“你用什么方法杀死熊猫?”

冷:“钢丝猎套。”

法官:“钢丝是哪儿来的。”

冷:“从桥上割下来的。”

法官:“你什么时候设的猎套?”

冷:“一九八三年一月三日。”

法官:“你设了多少个猎套?”

冷:“六七十个。”

法官:“你知道你是在禁猎区设猎套吗?”

冷:“知道。”

法官:“你为什么要设猎套?”

冷:“十二月我到山里去砍柴,看到有很多猎套,我想在那儿打野兽没关系的。我要打些野兽卖了还债。我骗人说我去砍柴,把钢丝藏在大衣里。”

法官:“你想捕什么野兽?”

冷:“麝,还有野猪。”

法官:“你说说发现熊猫的经过。”

冷:“我看见雪地里有脚印。起先我还以为是人。然后我发现熊猫被勒死了。我知道杀熊猫是不对的,我想把这件事瞒起来。我用刀切下脚;然后把身体剖开,拿出内脏,藏在树丛里。只把皮和肉带走了。”

这时刀呈上来当作证物，是一把屠刀，刀身长达十英寸，有生牛皮做的刀鞘。

法官:“你是否看到尸体上有什么特别的地方？”

冷:“有一个无线电颈圈。”

法官:“你把它怎么了？”

冷:“割断了藏在石头下面。”

被割断的无线电颈圈呈上来当作证物。一个当天看见冷志中的人被召唤出庭作证。这人有一张红通通的圆脸，站上证人席时，发出刺耳的笑声。

法官:“被告遇见你时，说了什么话？”

证人:“我去砍竹子，我问他抓到什么，他说没有。”

然后憨憨的毛皮呈上来当作证物，头和脚都不见了。

法官回头问冷志中。

法官:“你把肉怎么了？”

冷:“带了回家，我老婆用萝卜炖了，我们吃了一点。味道不好。所以我们就拿来喂猪。我还送了一些给我妹妹。”

庭上宣读了一份二月五日员警从犯罪现场追踪被告到他家的笔录。

法官:“你还有什么要辩护的?”

冷:“我犯了罪。我很穷,这么做是为了养家。我使人民蒙受损失。我现在知错了,下次不会再犯,我犯罪是因为自私。坐牢可以帮我改过自新。”

法官问完这些问题以后，宣布调查结束。全案现在交给检察官和辩护律师。

检察官起身，先把案情叙述一遍。他做了以下的结语。

检察官:“犯人已全部认罪。他犯的罪对社会造成损害。熊猫珍贵、美丽,是全人民喜爱、全世界知名的动物。它在科学研究上也极有价值;它的死对研究不利。保护区严禁打猎。稀有动物在自然保护区一定要保护。被告知道他不准打猎。猎套如果抓得到野猪,也就抓得到熊猫。这是间接的蓄意犯罪。不仅是被告,所有的人都要记取这个教训。这件事虽然不是卧龙领导的错,但他们也要记取教训。公社社员再穷也要遵守国法。”

辩护律师先滔滔不绝要大家支持环保，他指出，近年很多国家在环境保护上都有长足的进步。中国也已立法保护稀有动物，包括列入世界生物圈保护区（World Biosphere Reserve）的卧龙在内，一共设有一百零四个自然保护区。他说，熊猫之死对卧龙、中国乃至全世界人民，都是重大的损失，但基于某些因素，法官应该考虑从轻量刑。

辩护律师:“报纸说证据对被告极为不利。我有责任证明他的罪行并非那么严重，他是无辜的。他的猎套使熊猫窒息，毫无疑问。但是我们要进一步考虑他犯罪的动机。他的罪行并非独一无二：他看见很多其他人设猎套。他的动机也不过跟其他人一样，想捕麝。他应该受惩罚，但是别忘了，他家境很贫困，他犯罪纯粹出于意外。被告只受过初级教育；他不懂生态。我们立法的宗旨是教育，而不是惩罚。保护区有数千个猎套。熊猫面临的危险仍然存在。这个问题值得深思。我们的宣导显然没有跟上现实的脚步。农人的生活很苦，我们要设法改善他们的环境。但我希望他们也了解，国家有国家的难处。我们不但要防范杀害野生动物，还要教育人民、提升生活水准。这样才能把不负责任的人改造成负责任的人。”

辩护律师做完结辩后，休息十分钟。再度开庭时，法官宣布判决：

有期徒刑两年。被告可以在十天内上诉。

虽然每个人都早已知道会有什么样的判决，但大家还是倒抽了一口气。两小时的审判就结束了。

我认为这场审判办得不错，可是在我看来，他们判错了人。该坐牢的不是冷志中，而是那些地方官员，他们的轻忽与冷漠，使他们不仅成了杀害憨憨的帮凶，我发现的那头雌体熊猫被勒毙，他们也难辞其咎。冷志中会得到帮助，“改过自新”，但当官的却可以大摇大摆回到办公室，照老套办他们的公事。

第九章
熊猫王国

一九八三年四月至六月

地理上而言，四川自成一个世界；四周山峦包围中央的盆地，过去全靠崎岖难行的山中栈道，跟中国北部、南部、东部联络。长江是对外交通的主要通道，但须经过三峡的险阻与沿途湍流。四川盆地西部，有一大片迷宫似的崇山峻岭，壁立的悬崖，终年积雪的山峰，切入青藏高原的阴暗纵谷。从两千年前出现第一批聚落开始，到二十世纪三十年代，此地人口已多达五千万，今天更高达一亿一千万，这样的成长率靠肥沃的土壤、温暖的气候、一年三获的农产维持。四川虽然地处孤立，千百年来，政治和文化上，却一直是中国的一部分。其西部山区则较为特殊。

一九八三年春，我首度获准在这片四川藏区自由旅行，调查熊猫（见 280 页地图）。访问一个新地区的兴奋程度，往往以当地的历史为依归。谭卫道神父在这一带取得第一张熊猫皮，其他知名的西方人——探险家、博物馆收藏家、旅行家——都曾在山中来回穿梭，或沿主要行商路线前进，由成都到康定（打箭炉），由巴塘到拉萨。熊猫区的南部住的是今天称为彝族的罗罗人，传统上敌视外来者。这地区住着大量少数民族部落，渐渐形成封建土司，行家族世袭统治。一部分部落如彝族已经独立，但大多数部落深受汉族影响。一七七五年，清军击溃谋反联军后，他们还向朝廷称臣纳贡。整个边区都设有汉族人的贸易中心、战略据点并有军队驻守，以控制川藏之间的主要贸易路线。那时跟现在一样，人口中心都以汉族人占多数。部落住在山区的小村，在外界隔绝的农田上耕作、饲养牲畜、伐木、采药、打猎。虽然在二十世纪四十年代以前，不少西方人到过这地区，若干城镇甚至有基督教传教会，但这儿基本上仍是一个遗世独立的地方。我急于了解数十年来发生了什么变化。

四月二十四日。我心情极为兴奋。今天是我加入熊猫项目两年半以来，第一天走出卧龙的疆界，去探索其他熊猫栖息地。我们今天的目的地是与卧龙相邻的宝兴。我们直奔成都西南，胡锦矗、小邱、林业官员崔扬韬和我，先穿越红色盆地中的平原，然后是梯田罗列的山岭，到达圆形的峰顶。一块块整洁的麦田、油菜田、蔬菜田，是农耕效率的见证。中国自古多饥馑，亿万人口平均每人只能摊到三分之一英亩的可耕地，能让他们都吃饱，真是非凡的成就。中国的农业生活主要见于公路两旁的“自由市场”，人民在此出售国家征缴之外的收成以牟利。摊位与板车上堆满各色蔬菜、水果、蛋、鸡、猪，还有家中自制的货物，从扫帚、竹篮乃至塑胶皮沙发。小贩也卖糖果、香烟、肥皂和葵花子，还有四乡穿梭的理发匠、补鞋匠和自行车修理工。新的经济展望刺激人们向前，所谓八新——手表、彩电、相机、洗衣机、录音机等——成为每个人新梦想的一部分。

雅安过去不远，黄土路沿着河岸西行入山，一道阴森的峡谷像门户般，通往一座宽阔的山谷。再过去的山隘，就是进入四川藏区群山的门户。我们驾车驶下群峰环绕的山谷，山峰都掩盖在云雾里。陡峭的山边也辟了农田，畦沟垂直而下，方便大雨时排水，也造成大量土壤冲失；农夫候在路旁，用竹篮收集流下的泥土，再辛苦地运回田里去。

转过一个弯，我们看见宝兴县城就在前方，依山傍河。这是个典型的乡下小镇，有一大堆无法分辨的水泥建筑物，每一幢都有好几层楼高，里面有国家机关、百货公司、旅馆、电影院；小商店和住家星散在市郊。过去叫作穆坪的宝兴，曾经是成都与西藏之间的一个小封国。大约五百年前，朝廷试图逐走原有的居民，不成之下，他们说服东藏地区的部落攻打此地，后来藏族人就成了这儿的统治者。但根据一九二九年曾来此狩猎熊猫的罗斯福兄弟所述，藏族势力在二十世纪已几乎绝迹。

从不知多久以前开始，穆坪就一直扮演着最邻近强权的附庸。成都早在三国以前，已是中国数一数二的大都会，以穆坪距成都之近，而能始终保持独立，着实不可思议。其县志就是一部不断抵抗外来侵入的记录。这出戏直到去年夏天才落幕。统治家族原本是藏族，最后一代土司数年前去世，遗下妻子和一个女儿。后与打箭炉的甲拉家族联姻，新土司来到穆坪。但大约一年前他被人杀死，他自己的子民或汉族人都有嫌疑——各方说法不一。今天穆坪设了汉族县长……过去的光荣只能从倾圮的石造喇嘛庙——现在充作军营——附近山头上的一座旧堡垒，以及只剩地基和门口两只石狮子的皇宫废墟里寻找。

我在环镇道路旁看到一座石碑，古老的铭文已随时光流逝和新时代的到来而磨蚀。旧字迹之上镌刻着新信息：“只有共产党才能救中国救穷人。”

对关心熊猫的西方人而言，宝兴是一块圣地，因为这儿就是谭卫道神父入山发现大熊猫的出发点。谭卫道神父是比利牛斯山区的巴斯克人，生于一八二六年，二十二岁时入遣使会（Lazarists）。一八五一年获授神职，十一年后，他被派赴北京遣使会传教，热衷研究博物学，发现多种亚洲最不寻常的动物与植物。一八六五年，他在北京附近的御用围场中看见一种“有趣的反刍动物”，那是一种长相怪异的鹿，名叫四不像，生有驴尾、鹿角、骆驼颈和牛蹄。这种鹿在野生动物界已宣告绝迹，这一头是世上绝无仅有的一只。谭卫道神父买下两头鹿的遗骸，后来为其取学名为“*Elaphurus davidianus*”，其中嵌有他自己的姓，意为谭卫道神父的鹿。自一八六八年至一八七〇年的第二度搜集珍禽异兽之旅，引他来到宝兴，他在这儿的发现成果，不仅使他在科学界扬名，更使他成为社会大众心目中的名人。

谭卫道神父的时代，从成都到宝兴需要六天，最后一天得徒步翻越一座林木茂密的高山。下到宝兴时，谭卫道神父看见“很多非常巨大的杉木树干倒在地上，任其腐烂，这些树是穆坪土司下令砍的，为的是建立一道阻挡朝廷军队的障碍”。这时，宝兴已有一个法国传教士主持的海外传教团，负责人是迪格里特（Dugrité）先生，他教大约五十名中国学生“拉丁文、哲学、神学、历史等”，谭卫道神父起先住在他那儿。

谭卫道神父在日记中说：

> 一八六九年三月一日，星期一，抵穆坪的第一天。天气极佳。我已经提到，穆坪的学院建于五六十年前，当时中国对西方宗教迫害甚烈，传教士不得不向蛮族土司寻求庇护。那时候，这些山谷还遍植森林，本地的原住民都被称为蛮子。但不久基督徒和其他汉族人就跟着传教士前来，并得到当地管辖者的许可，在此耕作，遵守特殊的条件和缴纳税捐。渐渐山谷就转变为汉族风貌，引进汉族的农耕法，传教士又从欧洲输入土豆和包菜，直到今天，这两种作物仍是山区居民的主要食物。
>
> 栽培草药、猎麝、把植物烧灰制碱水、种植玉米及上述其他作物，就是这个与外界隔绝的山区居民的谋生方式。
>
> 伐木与输出锯成宽板的木材，也是一项重要资源。
>
> 我一住进迪格里特先生为我安排的舒适的小房间，就迫不及待去参观新环境，我打算在这住整整一季……第一天的空闲时刻，都用于猎鸟……

我可以理解谭卫道神父急着去森林里探险、满足好奇的心情。有一张他身穿中式斗篷，头戴毛皮帽的照片。照片中，他蓄有黑色的山羊胡子，眼神锋利，看起来充满活力和毅力，嘴角透着一分幽默；从他脸上看得出机智和沉默的热情。他虽然搜集野生植物，却又写道："人是自然之王，可是除非绝对有必要，他无权滥加杀戮。"本书开头所引用的话，既是他的自然观，也是他的个人信念，跟今天环保人士的论调若合符节。要是能跟这个人一块儿入山探险，一定非常愉快。

四月二十五日。往硗碛乡的公路与东河平行，路旁只见崇山峻岭夹着星罗棋布的梯田，陡峭的山坡上有茂密的树林。我们在邓池沟停留，这儿有座崔扬韬所说的“天主庙”，谭卫道神父在此住过。崔扬韬告诉我，我获得特许参观这地方，是二十世纪四十年代以来，第一个来访的外国人。我们立足的小径下方，河水冲刷岩石，激起白色的泡沫。路旁开着洋菊和鸢尾花。不久，山坡后退，山谷向北方伸展，除了最顶峰，到处都种有油菜、土豆、玉米。台地上零星散布着铺木片屋瓦的茅舍，路向上坡，两旁有栗子树与核桃树。走了大约一小时，小径转弯处出现那座庙，是一座很气派的木制建筑，有中国式的宽檐，房子虽大却不觉得突兀，因为它高踞山坡上，可远眺一日行程外的雪峰。这里海拔约六千英尺，阳光温暖，微风清新。熊猫的过去与现在于此汇而为一。

沉重的双扉大门为教堂挡住闲人擅闯。门上一块大招牌宣言“为人民服务”，这是一条任何时代都适用的口号。管理员开了门，我们走进院落。阳台上漆着标语：“产量搞上三千吨。”几年来，附近石棉矿的工人利用这座教堂作为工寮，但现在房间都是空的，只有管理员一个人住。他不喜欢这儿，因为每当风从山顶呼啸而下，房子里的鬼魂就会吱吱呻吟。教堂里很多支柱都被烧黑了，令人想起数十年前，当地人焚毁这栋建筑的一部分，传教士又重建的往事。教堂很大，屋顶很高，加横梁的穹顶有镶嵌的细工。柔和的光线穿入精致的木格尖顶窗；有一扇大圆窗的木格，设计成类似佛教曼陀罗的图案，但中间又加上一个十字。管理员说，过去教堂里有很多雕像，但“文革”期间全被砸烂了。现在教堂里堆的都是木材和采矿工具。

到门外，我穿过一个长满杂草蔓藤的花园，坐在石墙的残垣上，谭卫道神父的回忆包围着我。这儿曾是他的根据地，一百多年前，他踏遍这些山岭；他在这儿完成了几项最伟大的发现——珙桐树、绿尾虹雉、金丝猴，还有他日记中记载的大熊猫。

> 三月十一日。探险归来，我们应邀到山谷中的李大地主家休息，他招待我们喝茶、吃甜点。在这个异教徒家里，我看见著名的黑白熊的毛皮，看起来它体格十分庞大。这是个非比寻常的品种，我的猎人告诉我不久就可以猎到一头这种动物，我感到很高兴。他们说，他们明天就要出发去捕杀这种动物，这会提供新鲜有趣的科学材料。

谭卫道神父提到“著名的黑白熊”，但是并没有证据显示他曾经听过什么与熊猫有关的消息，其中“著名”（famous）一词的法文原文“Fameux”，也可解释为“第一流的”或“重要的”，可能比较符合谭卫道神父的本意。

三月二十三日，谭卫道神父收到一头刚被猎人杀死的幼体熊猫，四月一日又收到一头成年体。他认为熊猫“一定是熊属（*Ursus*）的一个新品种，它们不仅颜色特殊，脚掌底部多毛，还有很多其他前所未见的特征”。

一九四九年以来，宝兴为各地动物园供应熊猫——包括华盛顿国家动物园的兴兴——数量为全中国之冠，到二十世纪八十年代初期，已多达一百零一头。

硗碛是个藏族居住区，地形较平缓，山坡土质比宝兴附近更干燥。镇上主干道是一条不长的大街，两旁的木制房屋大多是商店及政府机关，一个小山丘上有座寺庙的废墟。房屋是藏式风格，两层楼，下层是石头，上层是木头，大多有阳台，建筑形式跟阿尔卑斯山区很接近。此地的妇女穿长及脚踝的藏袍或“曲巴”；她们的头饰很特殊，是一块黑色的硬布，折了很多层，上面饰有琥珀、珊瑚、绿松石和银，用辫子固定。我们跟地方领导见面，解释我们的来意，谈话过程中，满面络腮胡的马克思、恩格斯、列宁和斯大林以及脸颊刮得干干净净的毛泽东，都在壁上的海报里居高临下盯着我们看。

四月二十六日。抵达第二天，我们下到泥巴沟山谷里，访问一处伐木营，那儿常看到熊猫，冬季它们甚至跑到茅舍去搜垃圾堆。陪伴我们的高华康，是来自附近蜂桶寨保护区的一位年轻林业官员，他曾来五一棚协助，我对他和善而开朗的笑容记忆犹新。去年他曾观察过一头巢居的雌体熊猫，他要带我们去那个地点。我们迂回登山，穿过遍地横卧的树干、截除的树枝和被砍得乱七八糟的灌木，到达一座还残留一片森林的山顶。就在那儿，距交通繁忙的小径仅二十英尺之遥，熊猫巢筑在一株空心冷杉的基部，入口直径约十五英寸，刚好够一头大熊猫硬挤进去。这头雌体九月二十四日生产，虽然伐木工人天天经过，到对面山坡上去砍树，她还是在巢里待了整整一个月。有时他们喂她肉或骨头吃。高华康给我看一张他在树巢前面做笔记的照片，洞里的雌体正在窥视他。熊猫在缺乏筑巢地点的困境下，不得不忍受人群和周遭砍伐林木的嘈杂。回程途中，我们询问工人，最近有没有看到熊猫。有的，昨天就有人听见一头熊猫在上面那座山坡叫唤。我率领小邱和高华康往坡上爬。就在前方山脊上，我看见一头熊猫在一辆空中缆车下蹒跚走过，这种运木材下山的缆车，靠马达推动，声音吵得不得了。山谷里一片伐木丁丁与呼喝之声。

后来，在伐木营附近，我们听见熊猫叫声，隔了十五分钟，又是一声。但那家伙发现了我们，只有晃动的竹林透露它逃逸的路线。人类的活动显然并未能阻止熊猫留在此地。

我兴趣盎然地注意到，这地区的竹子主要有两种。一种是大箭竹（*Sinarundinaria chungii*），长得高而优雅，有如拐棍竹，生长区可达海拔九千英尺，另一种是箭竹，生长在海拔更高的地方。很多箭竹都在开花，花序集中在竹枝尖端，看起来像稻子，颜色是褐中带紫。这些乍看无害的花，其实是灾难的前兆，对熊猫本已岌岌可危的生存构成严重的威胁。熊猫似乎除了吃、睡、求爱，没什么别的事做。大自然好像要惩罚它们这种一味享乐的生活方式，竹子一旦开花死亡，熊猫就要长期挨饿了。

竹子是禾本科植物，却又独具木质的枝干。一般的禾本科植物每年开花结果。竹子在这方面也不同，很多种竹子都经过很多年才开花，其他时候多靠地下茎抽芽繁殖。各个品种开花的间隔互异，从十五年到一百二十年不等。开花结子以后，竹子就死了。种子萌芽，会长成新的竹丛。每年每片竹林都有新竹茎生出、旧竹茎死去，任何竹茎的寿命都不超过十五年。偶尔会有一片独立的竹丛开花，但通常是在一座山或一个地区所有同品种的竹子同时开花，竹茎也同时死亡。竹子的细胞里一定有一组生理时钟，决定在什么时候从一种繁殖方式更换为另一种。由于开花期的间隔不太精确，一般认为这种变化由环境因素驱动——诸如太阳黑子、干旱和地震等。但这些因素并不那么容易预测，而且也不见得所有竹子品种都会同时死亡。更有趣的是，一丛被移植到英国的竹子，仍有可能跟它远在中国的亲戚同时开花。

中国文献对竹子大规模开花早有记录。秦代有本谈竹子的书说：“一甲子乃产子而亡。”十七世纪晚期的一本农书中，有个防止竹子死亡的偏方：

> 竹树开花，则一境之竹皆死。处置之法如下：择最粗之竹竿锯断，只留地下三尺。将竹节凿空，填入堆肥。如此可立止开花。

这个办法在农家菜园里或者有效，但是用来对付山上细密的箭竹林，未免不胜其烦，这儿每平方英里可长出一亿枝竹茎。

二十世纪七十年代中期，在四川北部和甘肃南部的岷山，竹子大量死亡；影响所及约二千平方英里，程度不一。这种涵盖庞大地区的开花现象，上一次发生在十九世纪八十年代中期，由俄国人别列佐夫斯基（M. Berezovski）等多人观察到。二十世纪七十年代的开花现象，要不是因为已名列国宝的熊猫会因此挨饿致死的话，可能只有中国的竹子专家会在意。但几乎没有可以帮助它们的对策。王梦虎写道：“经过调查与搜索，一共发现一百三十八具熊猫尸首。这真是令人心碎。”

箭竹开花是否局限于宝兴县的这一片山坡？我不这么认为。两年前，一九八一年五月，我曾发现五一棚上方有小片箭竹林开花。当时我以为这个品种即将大量开花、结子、死亡。更何况，箭竹的结子周期将至，当地居民指出，前几次开花和死亡分别发生在一八九三年和一九三五年。他们把这些年份记得很清楚，因为一八九三年有一次农民起义，一九三五年则是毛泽东率领经由卧龙西部到陕西的两万五千里长征。现在卧龙与邛崃山脉其他地区的熊猫，显然又面临新危机了。

五月三日。春潮泛滥，岷江浊浪滚滚。我们左手边，群峰壁立处，草坡山谷连着岷山。草坡是早期几支熊猫探险队射杀熊猫的所在，包括一九三一年的多兰探险队，一九三四年的塞奇探险队，还有露丝·哈克尼斯和弗洛伊德·丹吉尔·史密斯也都是在这儿替动物园猎到熊猫。沿公路往北走，岷江河谷变得开阔处就是汶川，过去是羌族部落中心，瓦司国遗都，但如今已是一个现代化的县城，甚至威廉·谢尔登（William Sheldon）二十世纪三十年代所描述的“古老破败的城墙”，也已消失无踪。

两千多年来，岷江的河谷一直是客商与入侵者的主要通道，现在山顶上只剩碉堡与瞭望塔的废墟，任人凭吊。从前山坡上一定有茂密的树林，跟我们开车经过的那片荒芜干旱、只有稀疏杂草的坡地景观截然不同。春天似乎遗忘了这片干枯的土地。虽然时令已至五月，野草和灌木仍是一片冬天的暗褐色，但前方的一座小村四周，苹果花已盛开。公路崎岖多尘土，只能慢慢前进；拳头大的石块从悬崖上飞坠，打在引擎盖上，砸裂了车窗。松潘的林业厅在密植松树和桦树的山谷里，有个很大的木材厂，领导摆盛宴招待我们，餐后我们看电视，正在播出的是瑞典与中国的乒乓球赛，这使我联想到，今日的世界里，所谓遥远往往只是幻觉。

五月四日。继续深入岷江河谷，从海拔九千英尺的高度往下望，河流变得小而清澈。空气清新，天空像在西藏一般澄净如水晶。松潘城下，春天的田野是一片碧绿的平畴。旧城墙在拥挤的市场后方，厚二三十英尺，高度也差不多。载满货物的牦牛和长毛小马在大街上推推撞撞。妇女穿酒红色的曲巴，用镶银腰带束住。她们的头饰很有特色，跟各个西藏部落一样，红头巾上缀一圈核桃大小的琥珀色珠子。

松潘一七七五年由乾隆皇帝建为军事重镇，以保持当地藏民（西蕃）表面上的臣服，不久就发展成一个商业要冲。二十世纪头几年，威尔荪曾多次来访，他写道：

> 如果我因命运摆弄，必须生活在中国西部，我就一定要住在松潘。这儿地势虽然高，但气候完美……可以买到品质绝佳的牛肉、羊肉、牛奶、牛油，价格又很低廉。面粉可以做出不错的面包，四季又有各色的野味。这儿也出产优质蔬果，诸如爱尔兰土豆、豌豆、包心菜、萝卜、胡萝卜、桃子、梨子、梅子、杏子、苹果、黄果悬钩子（*Rubus xanthocarpus*）等。西方人到中国内地，再找不到比松潘过得更舒服的地方了。在这儿可以骑马、射击，研究一个有趣而奇异的民族，还不说遍地的奇花异草，这个城镇的吸引力远超过中国西部其他城镇。

松潘北方的山较低，起伏也较平缓，山峦间偶尔有一片云杉或雪松林，这个季节，山顶仍有部分积雪。江水变成了小溪，蜿蜒流经柳荫间的沙砾地。翻越岷山山脉最高峰，通过海拔将近一万一千英尺的山隘后，公路盘旋急下，陡峭的石灰岩山峰和崖壁上的冷杉林遮蔽了地平线。我在海拔九千七百英尺，看见第一丛竹子，优美苍翠的华西箭竹（*Fargesia nitida*）。往下的山坡，这种竹子都开了花，竹茎变为褐色，叶片都掉光了，每个小枝都缀满了花。这座山谷跟较大的塔葬沟山谷相连，我们转往东行，经过开发的农田，抵达九寨沟保护区的入口，这儿就是我们的目的地。

一条清澈的河流在谷中翻腾而下，两旁有松林，河流经过好几座天然堤埂，都是古代地震的产物。每座堤埂上方都形成湖泊，湖水呈鲜艳的绿松石色，清澈得可以看见沉在水下十五英尺或更深的树干，仿佛鳄鱼的影子。湖水涌出堤埂，形成瀑布，喷流飞泻，有时水流只是在柳树形成的小岛中打转。前方，石灰岩山峰耸入天空，像倒置的锯齿。景色壮丽，和谐中透着亲切。保护区总部建在山谷分岔处。中国的保护区大多如此，总是挑中一个风景最美的地点，然后用丑陋的砖块水泥建筑物加以破坏。

我急于熟悉环境，到附近一个湖边步行。路上到处丢着破瓶子和水果罐头——中国游客有砸碎玻璃容器的习惯——塑胶袋、空胶卷盒及其他垃圾。我走向山边，来到悬崖脚下，看见一大片竹林正在开花；事实上，所有海拔八千五百英尺以下的竹子一时全开了花。保护区的工作人员说，海拔更高的地方，竹子在一九七六年就死了。由于九寨沟只有一种竹子，所以不同海拔的开花周期，有助于说明熊猫如何能在竹子周期性规模死亡之下求生，它们只要在山坡上爬上爬下就可以了。

五月五日。早晨我们开车上则查洼沟。这儿有个很大的藏寨，山边房舍密集，高高的旗杆上挂着经幡，在风中飘拂。保护区内约有八百名藏民，在此生活、打猎、种田。公路不断向上攀升，穿过峡谷，经过云杉与冷杉都已砍伐殆尽的山坡；竹林因伐木受到很大斫伤，但仍生长在旷地上。九寨沟一九七八年才划为保护区，林木已遭到砍伐，这个中国最美的地方已不复原貌。公路尽头是位于一座天然水坝上头的长海，碧蓝的湖水迤逦四英里多，灰色的悬崖夹岸，远方是白雪皑皑的山峰。

胡锦矗和我穿过阴郁的雪杉林，爬上一座山；另一面是绝壁。山坡上断层处处，岩石露头，倾斜度几乎与地面垂直，唯一可就近扶手的都是荆棘丛。竹子很少见，熊猫也几乎不到这儿来。我们不想循原路回去，就设法走到长海边上，沿狭窄的湖滩走回去。有些地方，悬崖就从湖畔升起，但我们克服了一切险阻。只除了一个例外。我们必须翻过一个雪崩造成的小峡谷，才能不走回头路而通过悬崖。快到山顶时，有一道十英尺宽的鸿沟，一层厚实而几乎透明的砾石，非常滑溜，使我们无法前进。胡锦矗哈哈一笑，奋身跳了过去。远远的下方，我看见一路陪我们来此的南充学院英文系学生李源，跟一名当地的伐木工人，坐在一个由三根大树干扎成的木筏上。他们看来不像在漂，而是悬浮在湖的蓝色和天的蓝色中间，翱翔在涟涟波动的山峰倒影之间。我没有学着胡锦矗的大胆榜样，而是大声把李源叫来，请他们载我绕过悬崖，我们一块儿辛苦地用木架划筏子。

五月六日。我们沿一条来往频繁的牲畜小径，向日则沟西方走去，直到森林让位给高山草甸。五只肥肥胖胖、毛羽灰蓝色的蓝马鸡，拍着翅膀，发出咯咯的喉音，从草丛中飞出来。夏季牧人大肆利用这些草原，并焚烧森林制造更多的牧地，但现在季节还早，高地上只有我们。我们在草原上漫游，穿过雪松林。这儿有旧的羚牛足迹，没看到鹿的踪迹，不过我稍早曾发现一根蜕下的鹿角，胡锦矗鉴定是东藏高原上特产的白唇鹿。在接近海拔一万二千英尺的高处，已是林木生长线的边缘，我们在牧人的小屋暂避，食用由饼干和白煮蛋组成的简陋午餐，静待春天的痕迹被一场暴风雪一扫而空。然后我们在云雾中匆匆下山，太阳洒下一道道微弱的光柱，我依依难舍地告别高原的旷达之美。我们在林中又遇到一座小屋，这是一个盗猎者的营地，里头堆着好几大捆卷起来的钢丝套。我们把这些东西都埋在岩石和青苔下面。

成都林业厅的毕凤洲来了，跟他一起来的还有香港动物园园长肯·瑟尔（Ken Searle）夫妇，以及WWF香港分会的玛丽·克特雷尔（Mary Ketterer）。我们围在温暖的炉火前，过了一个热闹的晚上。胡锦矗照他在这种场合的习惯，讲了很多熊猫的典故，他红光满面，心情绝佳。

他说，约七世纪初，唐太宗大摆宴席，赏赐功臣。奖赏是熊猫皮，一共十四张。有一对兄弟薛万均和薛万彻，哥哥万均已身亡，只有弟弟与会。皇帝先叫哥哥的名字。大家听见他叫死人，都大吃一惊，但皇帝说："虽然他死了，我们还是该记得他的功勋。"中国人相信，把祭品烧掉，就能送到死者的灵魂手上。于是他们就烧了一张熊猫皮。

五月八日。胡锦矗和我沿总部东侧一条枯河床向上游走。前方，石灰岩峭壁沐浴在光线中，古代的海洋化石封存在岩石里。再往上，溪里有水，浓密的树荫笼罩在我们头顶，流水的回音更觉深沉。这时，我们听见一头熊猫的叫声，长鸣、尖嘶、怪吼，就在前面不远处。我们决定等一下，想知道熊猫打算做什么。我躺在一道阳光里，脑袋枕着一根木头，注视叶片在光影中晃动。熊猫又叫了几次，就归于沉默。我开始打瞌睡。我们徘徊了三个多小时，最后决定到熊猫发声的地点去看看。那儿有一棵冷杉，树皮被抓得很厉害，到处是粪便，有一条明显的小径通往溪边。熊猫在此停留已好几天了，可能希望引诱一头雌体到这儿来。

我们沿原路退回去。有东西绊住我的脚，使我无法行动；原来是踩中了盗猎者的猎套。

五月十二日。我很高兴秦自生能加入胡锦矗、小邱和我，一块儿去北方岷山中的唐家河和王朗保护区。秦自生是我们熊猫项目的植物学家；身材娇小，五十来岁，圆圆的脸蛋，头发剪得很短，她工作非常勤奋，熟知这一地区种类繁多的植物。虽然参与这项目的外籍植物学家认为她脾气不好，又喜欢对自己的工作保密、不愿分享，但当我需要帮助时她总是热心施以援手。旅行时，她总像一只快乐的小花松鼠，不停地唱歌、说话，使漫长的旅途和营地生活增色不少。据说唐家河的熊猫远比九寨沟多得多。由于它是考虑设立另一个研究基地的重点，我们特别在五月拨出一整个星期，调查这个地区，进入保护区时，我对周遭林木苍郁的山岭，观察得也格外用心。

接下来几天，我们从保护区总部所在的毛香坝出发，探索了几座山谷，谷中林木都曾受到不同程度的砍伐。现在到处是茂密的树苗、荆棘、藤蔓，宛如热带。有小径的地方，虽然天气又湿又热，走起来还是很愉快，但无路可通之处，长满浓密多刺的植物，只有羚牛才喜欢。

小径转弯处，有一座摇摇欲坠的木屋，是以前林班工人住的，只消稍为整修，例如加个屋顶什么的，就可以充当一个研究基地。熊猫在附近山头上逡巡，我们看到了金丝猴，羚牛也很常见。或许我们还会回来。

唐家河西南是平武县，一九七四年一场大地震摧毁了部分县城，但有座小庙安然无恙。这是我见过最美的一座寺庙，朱红的柱子上有蓝绿二色斗拱，支撑铺瓦的屋顶；庙里供奉一尊千手观音。报恩寺是明代土官王玺在十五世纪仿北京一座寺庙兴建的。但这种举动令皇帝不悦，以为他有篡位的野心。朝廷于是派使者来刺探王玺的居心。王玺就立了一座刻有“吾皇万岁”字样的石碑，但皇帝也立了一座由石龟驮在背上的碑，把严禁县境内再兴建其他寺庙的御旨刻在上面。

平武有条公路通往北边的王朗保护区，路沿岷江而行，浑浊的江水中，汉子撑着树干编的木排，引导它们通过湍流和河湾的漩涡，送到低地去。河谷变宽处就进入氐人居住的地区，氐人是藏族的一支，习惯戴一种扁平的白帽子，上头插三根飘拂的长鸡毛。① 氐人的田地逐渐变成灌木和森林，到了海拔八千英尺，我们就进入王朗。这儿在一九六五年划为保护区，包括好几百平方英里的山区，西部与九寨沟相连。二十世纪七十年代中期，因竹子大批死亡，这一带损失了不少熊猫，估计现在王朗存活的熊猫仅十至二十头。有的饿死了，有的迁移到别处，一九七六年的大地震使群山如受惊的麝纵跳不已，造成森林翻覆、悬崖倒塌，雪崩又使山谷被土石和树木填平，这可能是促成它们离开的主因。

保护区一部分的森林已遭到砍伐，但西部两处主要山谷的森林还相当完整，我们希望了解这些区域的野生生物。最远的一个山谷，谷口有野生芍药盛开，一只毛羽黑如丝绒的发冠卷尾（spangled drongo）飞过。林中黝暗，云层围绕山峰。我一马当先，沿着潺潺溪流，走在众人前方，踩在松针落叶铺成的地毯上，听不见脚步声，直到一根枯枝在脚下折断，突如其来的脆响才惊起柳荫中的柳莺（leaf-warbler）。大部分竹林都死了，高高的竹竿像直立的长矛。继续沿灰色的悬崖向谷底走，来到一片小空地，遍地是开着粉红花朵的杜鹃丛。从遗粪看来，羚牛和豹子都曾在此歇息，我也歇了歇脚，等其他人赶上来。我在海拔一万英尺的高处，

① 这里“氐人”应指白马藏族，古称白马氐，居甘肃东南及四川西北，目前列为藏族一支，有人认为是古氐族后裔。——编校

上方白雪皑皑的山峰戴着一圈云的光环。

接下来两天都下雨，我们在雾中泥泞的小径上跌跌撞撞前行。有一次我们强行通过杂草丛生的山谷，发现那儿的竹林仍然苍翠，虽然又湿又冷、狼狈不堪，但我们很开心，因为发现了新鲜的熊猫粪便。岩石、溪流、草甸、森林会塑造人的心灵，正如它们会塑造熊猫的习惯，这个保护区比卧龙、唐家河或任何其他保护区，都更令我联想到我曾住过四年的阿拉斯加；它给我一种回家的感觉。但这里剩下的熊猫太少，没有在此做研究的必要。

五月二十六日。我们回到平武。今天是我的五十岁生日，这在中国是个大日子，因为传统上，到这个年纪，一辈子的工作就算做完了，人也老了，有资格留胡子了。县委书记魏章钧（Wei Zhangjun）特别为我摆庆生宴，他说话态度很生硬，总像是在发号施令。他出于一番好意，发挥中国人安排大场面的才干，用数不清的佳肴把我们填饱，还包括一个饰有寿字的蛋糕。

六月十日。我们来到成都西南方的乐山镇，这儿以岷江与大渡河交汇处一尊雕在绝壁岩石上高达二百三十英尺的坐姿佛像驰名。岷江到此，早已跟源头的小溪不可同日而语，江面非常宽阔，夹带大量泥沙，泛滥期间，四乡都可能闹水灾。为了求佛保佑居民，公元六一三年开始，僧侣就着手雕塑佛像，耗时九十年才完工。或许庞大本身就是一种美，但这尊佛像却令人遗憾地缺乏美感，面容不祥和，体态也毫不优雅。

我们搭渡船通过涨水的岷江，然后在全面辟为梯田的山区，弯弯曲曲走了好几个小时，终于来到马边县城。我搬进宾馆的房间时，约有一百名附近的小学生，叽叽喳喳笑闹着围在门口，争着从窗里窥视外国人；我觉得自己像动物园里的动物。吃过晚饭，胡锦矗、秦自生、司机老李和我出外散步，这是我们旅途中的习惯。狭窄的街道两旁有拥挤的木制房屋，成串的红辣椒挂在屋檐下，老年人坐在门口闲聊，孩子们到处嬉戏奔跑。我们经过种有青椒、茄子、豆类的菜圃。农舍的瓦屋顶冒出缕缕轻烟，再过去是层层相叠的黑色山岭。我们停在一株巨大的冷杉树下，看浑浊的马边河快速淌过这个小镇。肩着鱼竿的男孩拎着刚钓到的小红鱼漫步回家。浊流里藏有一种大鲵（giant salamander），谭卫道神父命名为“*Megalobatrachus davidianus*”。这是一种体型巨大的两栖类，重量可达一百磅之多，色呈灰黑，嘴巴像滴水兽，小眼如珠。它们因被中国人当作珍馐，现在已非常稀少。

马边位于彝族疆域边缘；彝族约有五百万人口，他们的家乡从四川南部、云南西部分布到贵州西部。这个民族在文化上跟缅甸比跟中国更亲近。虽然现在彝族和汉族和平相处，但一九三六年的一份报告指出，这份亲善关系是最近才建立的。

> 马边与峨边位于边疆，常反抗汉族统治，叛乱频仍。乱平之后，罗罗（彝族）各部酋长会于大场上，行修好之礼。宰牛赔罪，将牛血遍洒各处。敌对双方在众目之前展开牛皮，矢言效忠不贰。

今天我们驶往马边的大风顶保护区途中，胡锦矗还谈到最近一支汉族探险队进入彝族境内时有两名队员离奇失踪的事。一九〇八年被马边西南彝民杀死的英国调查员布鲁克的遭遇，在当地的记事中还一再重述。布鲁克与酋长发生争执，布鲁克把手放在酋长肩上，表示友善，不料却被狠狠刺了一剑回敬。布鲁克把酋长射杀后，逃到一座小屋里，被彝民包围，他们用石头把他打昏，然后杀了他。

六月十一日。曾经在五一棚跟我们共事的彝族人吉林知哈，在杜觉格则（Dayuenze）护林站接应我们。他头戴红巾，身穿绣有黑色图案的白衬衫，宽大的绿裤子，左耳还挂了一颗琥珀珠，打扮得十分耀眼。我们来访的一切都安排妥当，向导和脚夫也都已为未来四天徒步深入熊猫区做好了准备。有首彝族叙事诗开始就说："彝氏祖先，辟山启林。"的确，他们把山林开发得极为彻底，从护林站开始，除了西方和西北方位于凉山山脉中的大风顶保护区还有林木蓊郁的崇山在云雾中若隐若现，一眼望去，所有山岭都已成为农田。

中午我们就上路，一行十五人在玉米地和大豆地里排成一列纵队，向一座很长的山脊走，要到山后的森林里去。天气又湿又热，没有一丝风。脚夫停下来休息时，我到路旁去找野草莓吃。我们走了四个小时，来到海拔约五千英尺的森林边缘。总算有树荫了，但路况很糟，兽蹄把泥泞踩得一团糟；牲口也经由这条路，穿过森林，到高山草原去吃草。不断砍伐造成严重破坏，可是路上还有山茱萸（dogwood）盛放，白腹的鸽子大声拍着翅膀飞开。我仔细观察几种我不曾见过的竹子，其中有一种筇竹，因为有突出的大节瘤，常用来做拐杖。我们到达海拔七千三百英尺时，已通过五种不同竹子的生长区，每种在山上分别占有一条狭窄的生长带。据说这地区共有十三种不同的竹子，竹子的多样性可确保，即使一种竹子碰到开花周期而死亡，熊猫的食物仍然供应无缺。薄暮时分，我们第一次在这片山区找到水源——几个静止不动的小水塘——就急急搭营。我在长满青苔的杜鹃树下，以竹枝为垫，把睡袋铺开，上面再拉一片帐篷盖，以防下雨。幸好我带了蚊帐，这儿的小黑蝇凶不可当。我们等吃晚饭时，都蹲在火边。用来当燃料的干竹茎像子弹一样炸开，一只灰色的夜鹰在黑暗中鸣叫。

六月十二日。我们整天在林中来回找寻熊猫的粪便。由一个二十来岁、长得高大英俊、人称安友（Anyo）大哥的彝族青年带队，他不多话，但效率很高，他的朋友吉林知哈负责汉语与彝话之间的翻译，不过他在自己的族人中间，言行都比原先在五一棚时正式和客套。他们两人是亲密好友，吉林知哈七岁大的儿子已经跟安友大哥的女儿定了亲。天气阴晴不定，早晨山上浓云密布，下午雨雾交加。我们找到熊猫存在的踪迹，但遗粪远比预期的少，彝民也承认这种他们称为峨曲（otche）的动物很少见。本地人估计，这个占地一百一十五平方英里的保护区，熊猫数量在二十到一百头之间，这样的资料没什么权威性可言。除了小熊猫，我们没有找到麝、羚牛、豹子或任何其他大型动物的足印或粪便，不知打猎是否已灭绝了这一带的野生动物。

午餐时刻，安友大哥生了火，采来一大捧修长翠绿的方竹（*Chimonobambusa*）笋，丢在火上，让它们烧成黑色。几分钟后，我们把笋掏出，剥掉焦黑的外壳，吃脆嫩的笋心，滋味很像芦笋。我们一致赞同唐朝诗人白居易的看法："久为京洛客，此味常不足。且食勿踟蹰，南风吹作竹。"①

六月十六日。我们走一条岔路前往保护区的北界，有五个脚夫在那儿等我们。又是被连续大雨冲得泥泞不堪的山路，农田逐渐让位给灌木林。到了山顶上，眼前就只有森林；一侧是尖锥形的鸡公

---

① 句出白居易《食笋》，原诗对食法和美味有更淋漓尽致的描写。——译者

山。小径深入一座山谷，在高耸入云的树木间沿溪而行，这些树的树干上都长满了青苔，浓绿的伞盖在我们头顶一百英尺处聚拢。溪畔有石柯（*Lithocarpos*）和苦槠（*Castanopis*）——都属于山毛榉科——以及其他罕见的阔叶常绿树。竹子只要有空地，就长得很茂盛，但密林不见天日，还是造成限制，使得竹子间距较大。空中无风，湿度饱和，蟋蟀长鸣。这是我在四川所见最完美的一片森林，就像热带的雨林一样高大雄伟，是亘古以来，覆盖辽阔的红色盆地和四周山岭的原始林硕果仅存的遗址。但这群最后的森林巨人，已遭到彝民非法盗伐，用来制作屋瓦，我们沿路都看到成堆排在架上晒干的木瓦片。

腐败的树叶中蚂蟥滋生，多得我们不敢在林中扎营，退到溪边的沙砾岸上，只有勉强容纳帐篷的空间。

六月十七日。彝族人在一个火堆上，用炭烤荞麦做的饼，汉族人则在另一个火堆上煮饭。我捧着一碗饭，跑到彝族人那边，换了一张又热又脆的饼。

我们出发攀登鸡公山时，一道道阳光的光柱照进营地。一离开安全的沙砾地，就有不计其数的蚂蟥发动攻势，吸在我们的裤子和鞋子上，直到被弹掉为止，但爬上山几百英尺，脱离湿热的谷底，它们就消失了。再往上，越过高高的森林，我们登上石灰岩的山岭。遍地是枝干扭曲的杜鹃和竹子；还有一些旧的熊猫粪便。在海拔九千四百英尺处，我们停步吃花生和沿路摘的几颗野洋葱当午餐。山中总算云雾一空。保护区的最高处海拔超过一万三千英尺，我可以望见远方黑色冷杉林之上的高山草原。罗斯福兄弟一九二九年就在西方的冶勒乡附近射杀过熊猫。

六月十八日。晚上大部分时间在下雨，早晨我们攀爬另一个高坡时，雨仍淅淅沥沥下个不停，我们浑身泥泞，在午后回到营地。我漫步到附近山脚的树林中，量大树的径围，只为了多亲近它们一些，参天的浓荫下寂静无声。不久，我听见喊声，被树林阻隔，仿佛很遥远似的，才知道该吃晚饭了。我来此做野外调查的最后一天就这么结束了。

第四天调查结束，我乘机前往北京，得花几个星期时间，跟潘文石、邱明江等人一起，就我们截至目前的研究情形，撰写一份报告。飞机隆隆往北飞，飞越连绵不尽的村庄和平整的田地，我想到大风顶壮丽的森林，以及保护区边缘的山丘，多么突兀地变为寸草不生。调查途中一再出现的这幕景象，简直不可能抹去。四川的森林是全中国第二大木材产区，它正在急速消失。

森林以这种速度消失，不啻宣判熊猫死刑。熊猫的数量已经非常少而孤立，局限于农田重重包围下的崇山峻岭中。任何物种的生存都取决于其基因多样性。屈居少数的物种，多样性可能因近亲繁殖而逐渐减少。就短期而言，近亲繁殖也可能降低生殖力和幼崽的生存竞争力；就长期而言，物种需要基因多样性，以适应环境条件的改变。为防范熊猫演化潜力衰退，必须使其保持相当大的数量，至少也需要好几百头，但目前这几块支离破碎的栖息地，已经做不到这一点。我完成调查后，写给林业部的报告中指出，我们还有机会扩大保护区，保护更多的动物，让它们的数量得以增多。例如，岷山山脉中的白水江、唐家河、九寨沟、王朗等保护区，只要扩大几平方英里，使它们互相衔接，就能形成一个大保护区。扩大保护范围之后，四个保护区内的熊猫就不至于因中间的森林遭到砍伐而各自孤立。还可以种植小片的竹林走廊，衔接靠近但不相连的栖息地，方便熊猫往来。若不采取这些步骤，小种群熊猫必然会绝灭。还有一种出路是通过密集的管理计划，理论上，这样的计划可以借着每隔几年，把熊猫从一个栖息地迁徙到另一个栖息地，保证基因多样性，但是能确保动物成功转换栖息地的技术，目前几乎为零。

虽然我基于对熊猫的关怀而重视这些问题，但它们还不算紧急；对于熊猫这种生殖率低的物种，基因的堕坏过程非常缓慢。如果我在卧龙和九寨沟所见具有代表性，那么早在熊猫的近亲繁殖行为构成问题之前，盗猎者就已经把它们杀光了。即使逃得过盗猎，它们可能也活不到最后一片森林被砍伐殆尽。四川的森林或变为农田，或被政府林业单位大规模砍伐，或被当地土著非法砍伐，或遭焚烧成为牧地，从一九四九年到一九八〇年，已减少了百分之三十，而快速的破坏仍在继续。多年来，中国人大肆宣传的造林运动，在各地几乎都没有引起什么回响。种下的树有三分之二不久都因无人照顾或管理不善而死亡。正应了中国谚语说的："春来遍地绿，夏至剩半数，秋天无人管，入冬又荒芜。"

一九七九年的全国林业会议上，提出一个相当黯淡的前景："根据实际每年减少率所做的估计，到本世纪末，全国将无木可伐。"中国现在仅百分之十三土地有森林覆盖，其中只有百分之四已长成可资利用的木材。

森林的损失导致环境品质大规模变坏，远比大熊猫所面临的威胁还要严重。土地没有了树木保护，就无法保留水分，结果造成严重的水灾、旱季河川流量减少、旱灾、水土流失、沙漠扩张、水坝和河道淤泥，包括多种动植物在内的整个生态系统毁灭。一九八一年，四川发生一场大水灾，一亿人受影响，政府认为灾难是河川流域的树木被砍光所致。中国一直在毫无意义地浪费未来世代将会迫切需要的自然资源。中国的森林曾经是橘子、核桃、苹果、黄瓜、茶树等农业作物的基因来源。最近还有新发现，未来也一定会继续。一九四一年，四川、湖北交界处，发现公认一亿年前已绝种的水杉（metasequoia）仍生存在地球上，堪称二十世纪植物学界一项最伟大的发现。一九五〇年，贵州又发现美丽的银杉。

中国当前的保护问题，主要是五六十年代的无理性破坏政策所致。毛泽东是二十世纪最伟大的革命领袖。幅员广阔的中国，经过几个世纪的政治腐败、内战、贪污，加上一百多年列强压迫与干预、剥夺中国的主权、掠夺土地、强迫开放贸易以及引进鸦片走私等，终于在毛泽东手中统一。一九四九年十月一日，他在北京天安门上讲话："中国人民从此站起来了……我们的民族将再也不是一个被人侮辱的民族。"毛泽东有伟大的前瞻，他对世界的影响力无与伦比。但他的成就有严重的缺点，因为对生态缺乏认知，他的四大错误使中国未来的繁荣乌云密布。他对生态的无知令人惊讶，因为他出生在湖南韶山一个偏远山村的农家。他从小就做挑水、养鸭、放牛等活计。他贻害最深的一大错误，就是鼓励人口无限增长："人多议论多，热情高，干劲大。"解放后三十年，中国人口增加了四亿五千万，于一九八二年达到十亿。虽然政府努力控制人口成长，但这么庞大的数目，在推动保健、教育、工业和农业等方面，会继续造成不利影响。

一九五八年，毛泽东犯了第二个错误，即提出以"大跃进"促进社会主义生产。全国各地的农民在自家后院铸铁炼钢。数以百万计的树木被砍倒制炭，充当鼓风炉的燃料；一吨又一吨的钢铁制造出来，但又因为含杂质太多而被抛弃。人民一味忙着铸铁，田地里的作物任其腐烂。直到饥荒来袭，政府还自以为注了水的粮食收成数字是可靠的。一九六一年“经济调整”时，已有无数人死于饥荒。国民平均谷物生产额倒退到跟两千年前一样。不计其数的动物被杀害充当粮食，使全世界最大的野生动物宝库为之一空。人民还没有从这段艰苦的岁月中恢复元气，毛泽东又在一九六四年犯了第三个生态上的大错，即呼吁中国“以粮为纲”。草原辟为稻田，土壤被风吹散；砍掉陡峭山坡上的树木，改种稻麦，造成侵蚀；甚至果树也都被害怕因不种谷物而被扣上“反革命”大帽子的人们砍了。幸好这个政策两年后就放弃了。但“文化大革命”——第四个大错——接踵而来，从一九六六年到一九七六年，不仅是一场人类浩劫，对环境更是进一步的忽视和破坏。

我可以理解，受穷受苦数十年的人，有生以来第一次有机会为自己创造舒适的生活时，当然听不进保护的论调。正如瓦茨拉夫·斯米尔（Vaclav Smil）在《坏土壤》（*The Bad Earth*）一书中所引的话，农夫的目标就是利用所有的东西，而且是现在立刻马上：

> 有山皆种麦，有水皆种粳。①

但继续伐林会对中国的发展造成严重的后果。到四川山区走一趟，所见所闻令人忧心忡忡之处，远不止于大熊猫的未来。

---

① 语出陆游诗《农家叹》。——译者

第十章
珍珍吃苦记

雄体熊猫随时可以跟其他动物在同一座山头上和平共存，雌体则比较孤僻，她们的活动范围相当分散，几乎完全不重叠。很多年前，珍珍选中五一棚上方的山峰为家。除了每年春天例行下山享用竹笋大餐，她一直独居在自己的小天地，平静的生活只偶尔被樵夫、猎人或采草药的人打扰。但是到了一九七八年四月，五一棚研究营地在她的活动范围中成立，广大的竹林中辟了小径。人声经常可闻，营地不时飘出古怪的气味。可是顽固的珍珍仍留在她最熟悉也最喜爱的地方。作为营地附近唯一的一头熊猫，珍珍自然而然成为注意力的焦点，被视为极具价值的情报来源。她对人类入侵适应得很好，但一味顺应的后果，却是天真的珍珍意想不到的：有朝一日，超乎她控制的命运要决定她的未来。珍珍现身的次数并不多——虽然我天天在小径上来去，也平均一个月才看见一次熊猫——她靠灵敏的鼻子和耳朵，监视我们的行动。

一九七九年五月，二道坪发现一头雌体（可能是珍珍）和一头幼崽的足印。自从那年成功当了母亲以后，接连两年，珍珍生育都失败了。但一九八二年，我们对她抱有很高的期望。虽然我们没有亲眼看见她交配，但那年春天，威威和另一头雄体都接近过她。我在一九八二年中离开五一棚，撰写研究报告和调查其他熊猫保护区，在那之后，我所得到的珍珍的消息，就像跟远方的朋友联络一般：听到一些八卦、收到一张圣诞卡、偶一聚首。

一九八二年。五一棚的工作人员告诉我珍珍秋季的活动。八月二十八日，经由无线电定位，发现她距自己前一年抚养孩子的地点约有四分之一英里，在一株适合筑巢的树附近。两天后，她在空心树干里存放了五根树枝，好像要筑巢，由此可见，她快要临盆了。九月一日和二日，她都待在树巢里，虽然被好几个人打扰，都没有离开。九月七日，有人听见宝宝的哭声。十天以后，她的无线电信号一直没有移动，工作人员担心珍珍出了什么事，前去调查。她坐在树巢里，背对外面，一动也不动。入侵者在十五英尺外喊叫甚至不经过大脑地用棍子戳她，也不过使她回头瞪了一眼，没有其他反应——这比起前一年她对胡锦矗和我的态度，实在太祥和了。她的颈圈弄掉了。她那个跟猫差不多大的宝宝，最后被人看到是在十月十五日。秦自生发现珍珍把它藏在另一棵空心树干里。秦自生在附近研究竹子，她听见珍珍走近，就草草结束工作。还没到年底，珍珍的宝宝就失踪了。

十一月十日，珍珍突然从二道坪下到五一棚，营地人员喂她吃羊肉。她在这个季节出行，很不寻常，而造访营地尤其像是有预谋，好像思索了很久，终于克服一切顾虑付诸行动似的。二十四小时不到，她就回二道坪去了。

一九八三年。那年冬季和一九八三一整年，珍珍都没有戴无线电颈圈。我们不能用无线电信号追踪她，只能得知她生活的片段。四月二十八日，有头熊猫爬到二道坪一棵树上，包括貔貔和威威等四头雄体等在树下，可见树上是一头发情的雌体。很难光凭毛色辨认熊猫，没有了颈圈，观察人员只能推测那是珍珍。

那年春天，她照例到拐棍竹林里去吃笋，有几次接近营地，但都没有带上宝宝。一个下大雨的晚上，我已经就寝，小邱到我的帐篷来找我。“你睡了吗？珍珍在我们帐篷旁边。”她翻过厨房的垃圾，我赶到时，她正在吃笋。手电筒微弱的光线下，她就像一块长着钻石眼睛的灰色大岩石。夜跟熊猫的耳朵一样黑，珍珍靠着嗅觉而非视觉找寻竹笋，她缓慢移动，鼻子贴着竹茎基部，找到竹笋，就以她惯常的方式吃掉。

一九八三年十二月中旬，我在卧龙停留两周。同事告诉我，他们在九月曾三度看见珍珍带着一头一岁的幼体。十二月四日，珍珍被捕获，重新配戴颈圈时，发现她在泌乳（珍珍不久就成功拿掉了颈圈）。每个人都认为，她一九八二年的孩子到底是活下来了。但我考量所有的证据，不得不遗憾地否定这种看法：那年春天，我们没看到她带孩子、她的住处也没有找到小型粪便，而且雌体给后代哺乳多半不会超过一年太多。据我推测，那年八月底或九月初，珍珍曾生产，但新生儿几乎马上就死了。在强烈的母性冲动下，她暂时收养了一个孤儿。她在哪儿找到这么及时的搭配？我真挚地盼望同年四月死于盗猎者之手的那头雌体的遗孤，能在珍珍的关怀与保护之下存活。

我十二月回去时，曾在核桃坪停留。研究中心即将完工，英雄沟的熊猫已迁入新家；我们希望它们在比较舒适的环境里有机会繁殖。我注意到一头新来的雄体。他们告诉我，他名叫桦桦，是十一月下旬在我们的研究区域中抓到的。为什么不给他配戴颈圈后释放，却把他关起来？这个不当决策是谁的手笔？我们原本计划对不受外界干扰的熊猫社会做长期研究，但熊猫的数量却因盗猎而减少。现在又出这种状况。我的问题只换来暧昧的回答及毫不可信的推托。我怀疑其中另有缘由，几个月前，有一次开会，胡锦矗告诉我，要捕八头熊猫充实研究中心。我强烈反对这一想法，而且希望他们不会实行。难道事情这么快就发生了？我的下一步行动，显然必须是力争让桦桦重获自由。

一九八四年。一九八三年中，胡锦矗和我长时间待在其他熊猫保护区，我对这期间五一棚的研究活动做了评估。我们同意工作中有很多不健康的倾向，必须断然处理。若干刚毕业的大学生加入这项目，提升它在科学上的可信度。中国的大学生占人口不到百分之五，大学文凭象征社会精英，虽然他们往往对教科书以外的东西一无所知。正如帝王统治的时代，力争上游的读书人必参加三年一度的科举考试，教育仍然强调记诵。学生不受独立思考训练，只是背书、被动。与被动俱来的是对职业和工作地点都不感兴趣，因这二者通常是由上级分配而非学生自己挑选。也有人因身为大学生而自满，轻视学历低的同事。这些特点加起来，使五一棚陷入最恶劣的困境。田致祥、张贤堤、小王等人，多年来吃苦耐劳，收集资讯，现在却饱受新来者轻视，他们用傲慢隐藏自己的无能、懒惰和缺乏想象力。过去虽然也出现过士气不振的问题，但我们至少还能真诚相待。现在这些中国人相处起来可不同了——所有的研究工作也跟着走下坡路。

周守德调任到别处，他留下的营地主任一职，由大学刚毕业的王鹏彦接替。王鹏彦身材矮小，乍看满谦虚，但选中他是场灾难，因为他的能力和职位之间有巨大的鸿沟。常好几天不检查捕笼，危及熊猫的生命，无线电追踪也是高兴时才做。过去每个人都可以翻阅的研究笔记，现在都锁在柜子里。我要求取阅的时候，他们告诉我："管钥匙的人不在。"这是中国常听见的一句话——管钥匙的人不在。中国虽实施开放政策，但还是一个锁的国度——门、书桌、书架、柜子，所有东西都上了锁。有钥匙的人——往往钥匙只有一把——从不授权别人保管钥匙，即使离开一个月，也不会把钥匙交给别人。钥匙是权力的证书，也是防人取得权力的借口。在比喻意义上，整个社会都是这样。为了避免做决定或负责任，该对问题负责的总是别人，最好还是个在远方的人。王鹏彦后来被换掉了，但其实是换汤不换药，新主任张和民也是大学刚毕业，两人是好朋友。他们的聪明才智用非其所，加上满肚子小心思和谋算，臭水沟的研究工作几乎全毁。碰到任何状况，王梦虎都有现成而贴切的谚语形容，用他的话来说，这就叫作"山中无老虎，猴子称大王"。

胡锦矗要我介绍一些外国人，在我到别处做项目时取代我在五一棚的职务。我找了两个人，后来证明两人都很称职。肯尼思·约翰逊曾经花了数年时间在田纳西大学跟迈克尔·佩尔顿研究黑熊。他在给熊施打麻醉针和用无线电追踪它们这方面有丰富的经验，成为我们项目的重要助力。我们还需要一位植物学家，所以我打电话给科罗拉多大学的托马斯·维布伦（Thomas Veblen），他曾在智利研究过竹子，他推荐了手下的一名研究生阿兰·泰勒，这个人对森林的动态变化特别有兴趣，是我们项目中研究竹子与树木成长互动关系的理想人选。

我一九八四年一月中旬回家，跟凯共度一个迟来的圣诞节，并在回中国继续新年度的工作前，到我纽约动物学会的办公室，处理各种与保护有关的事务。一九八四年二月，我在纽约跟阿兰·泰勒和肯·约翰逊会面，三人一起回卧龙。我计划花几天时间为他们介绍熊猫和同事，然后我就要赶赴北方，到唐家河保护区成立第二个研究基地。

我离开的这个月，发生的事故真是糟到一发不可收拾。依靠珍珍的熊猫宝宝被捕获，送到研究中心。关于这件事如何发生、为何这么处理，有好几种不同的说法，有些显然跟事实不符。据我的推断，似乎是张和民看见熊猫宝宝在树上，就爬上去抓它，结果他自己的手臂因而被抓伤。熊猫宝宝被关在一个木制捕笼里过夜，直到党支部书记赖炳辉批准把它移送到研究中心为止。我虽然极力克制自己的情绪，但还是气坏了。难道他们的良心被狗吃了？经过桦桦事件以后，我一再强调，我们对研究中的熊猫和所有其他保护区的动物，都不可以捕捉。但是不愿听话的人都是无可救药的聋子。桦桦还没有被释放。难道号称熊猫皇宫的研究中心，只不过是卧龙的一座熊猫监狱，把这些动物都变作行尸走肉吗？新捕获的熊猫宝宝不久就在研究中心生起病来，那儿的两名兽医对医治动物所知不多，就送到成都，它在那儿丧了命。我觉得责任愈来愈沉重，无法克服障碍。虽然参加这项目已经三年，我始终不能使中国同事理解，这项合作计划的主要目标是确保熊猫能在野外自由生存。

几天前在北京，王梦虎告诉我，一月四日，五一棚人员给一头雌体配戴颈圈，为她取名贝贝，现在她被养在营地里。王梦虎不知道他们是否打算用她来吸引观光客。我抵达卧龙时，他们警告我，不可在我惯用的那个帐篷睡觉，因为它已经拨给贝贝了。这个贝贝是何方神圣？当然就是珍珍。她对营地和这儿的各种美食早就了若指掌。

阿兰、肯和我一到五一棚，就立刻被飨以贝贝的故事，并被带去参观。凯和我的帐篷里，床上有十五堆粪便，在贝贝玩耍的一个角落里，更有好大的一个粪便团；她咬掉了书桌的一个角。营地厨房里，他们给我看她如何爬上碗橱，攫取一块重达二十五磅、悬在梁上的猪肉；她在研究帐篷里，常倚着一堆柔软的竹子标本休息，没人费心去挽救。贝贝打碎了新建工棚宿舍的玻璃窗，现在窗上钉了木板，免得她闯进去，室内黑得像个山洞，大白天都得点灯。

珍珍下颚少了几颗牙齿，但所谓的贝贝被麻醉昏迷、配戴颈圈时，没有人检查她的下颚。后来肯确认了，贝贝就是珍珍。但贝贝这名字就沿用下去，珍珍的下场真不幸，她虽名扬世界，最后却落得用一个化名了此残生。

熊猫被当作众生博爱的象征，或许跟它同床共枕还挺光荣的，不过，我可不想跟珍珍这么亲近。虽然她在大多情况下看到我都表现得很平和，但我不知该如何应付她攻击性较强的一面。我决定搬进工棚。

我正打开行李时，珍珍跑到营地里来。张和民递给她一根甘蔗，她用牙齿把外面的硬皮灵巧地撕掉再吃，甘蔗汁从嘴上滴下来。她还要，发出哼声、吼声、嘎嘎声，向我们逼近，攻击性强得异常。我们闪躲时，有人扔了另一根甘蔗给她。王鹏彦走近她身旁，像斗牛士刺激牛一般，他用棍子戳她，还轻轻打她，直到她发怒，向他扑来，她刀锋般锐利的爪子抓破了他闪避不及的长裤。他急忙逃躲，珍珍紧追在后，但他突然转过身，给她更多的甘蔗。现在我明白珍珍的脾气为何变得那么坏了。她被训练向人攻击。她不需要太高的智慧就能明白，攻击行为可以得到更多的食物。王鹏彦终于在五一棚发现了他感兴趣的事：他可以靠着跟珍珍耍把戏，博得注意。可是他无谓的嬉戏，却把珍珍从一个富有创意的小捣蛋鬼，变成了一头危险的动物。现在珍珍昂首阔步走进研究帐篷，好像一辈子都住在那儿似的。我朝窗里窥视，她也探头出来，跟我正打个照面，我们相距仅两英尺。这很超现实，研究对象在研究帐篷里，活像主人似的往外看，科学家却在外游荡。

珍珍午觉醒来，从一扇门跑进公共棚屋，大家就从另一扇门跑出去。她走到火旁，直接踩在火上，前爪按着燃烧的木柴，热炭就在她的肚子下面。烟使她打喷嚏，但是她不觉得热，她的毛皮绝缘效果太好，被火烧着，毛都烧焦了也没有反应。我试着把她赶开，但需要王鹏彦用棍子轰，她才退下。她走开，但不久又回来。房间一角，有个小储藏空间，就在地上挖个坑，用木板盖着。接下来一个小时，珍珍悠闲地享用里面储存的甘蔗。只有在她弯身到洞的深处去取甘蔗，只露出屁股在地面时，才稍停进餐。我们占用半个房间，另一半归她，一团和气地分享炉火的亮光。

珍珍的时间表很不规则，但她每天至少来营地一趟，吞下满满一盆粥，并攫食一切她找得到的东西。我们的生活都绕着她打转。炊事员要等到天亮才敢做早饭，因为害怕遇见她在厨房里偷馒头或肉。王鹏彦和其他一些人把热忱用错了方向，他们整天监听珍珍的信号，等着喂她。我们出巡时必须鬼鬼祟祟，提高警觉，因为珍珍随时可能冒出来讨食物；我们甚至携带小段的甘蔗，万一她攻击时，可以讨她欢心。天黑以后有胆走出木屋的人，往往抱头鼠窜而回。阿兰和肯决定晚上冒险在帐篷里过夜。毕竟田致祥也还睡帐篷，不过他的门户都要做好防御工事。一天深夜，天将要亮时，我听见一个中国人说："外国人，外国人。"我清醒过来，就听见肯的叫声，我急忙穿衣服时，肯冲进木屋，身上只有一套白色的秋衣裤、未系鞋带的靴子和一顶歪戴的中国毛皮帽。倒不是说他本来有很多衣服——来中国途中，他遇到一个在纽约拉瓜迪亚（La Guardia）机场和肯尼迪（Kennedy）机场之间转机的团体，他的行李跟他们混在一起，结果所有的东西都被偷了。他是在珍珍试图抓破他帐篷背面的时候，从前门逃出来的；她随即进去巡视，好像那是她的权利，我们不过是一群未经允许就来到她家里的入侵者。大家又回去睡觉，但不久又轮到阿兰求救。"老田！"田致祥的帐篷就在他隔壁。显然珍珍决定去拜访阿兰。田致祥安慰他："没关系。"王鹏彦和我跑出去，用甘蔗把珍珍引开，让阿兰逃到安全的地方。现在肯和阿兰都搬进了工棚，加入我们已有的十个人，为了其他方面的好处而放弃隐私。

无疑珍珍必须尽快离开营地。我在一封致赖炳辉的信中，列举种种问题，用的是她的化名贝贝：

一、她被若干五一棚人员训练成用攻击方式索讨食物。现在她极具危险性，而且可能对人造成严重伤害。

二、她对五一棚的研究工作构成干扰。工作人员花在喂贝贝上的时间比工作时间还多。帐篷无法使用；大家都害怕走进森林。

三、纯粹为了找乐子而把野生熊猫变成爱喝粥的营地宠物，是个彻头彻尾的错误。自然保护区是为野生生物而设：如果人们要看驯良的动物，大可以去动物园。

四、有太多游客、新闻记者及其他人专程来看贝贝。五一棚已经从研究营变质为观光营。

原则上，不要再喂她，把她赶走，并非难事。但王鹏彦和其他几个人，就是要把她留在营地里，而赖炳辉这个人，每次面临两难抉择时，总往人多的一边靠拢。另一条出路则是，不惜减少一头可供研究的熊猫，把珍珍搬到保护区的另一头。我心软的时候也不免感到迟疑，让珍珍留在营地，确实可以观察她适应新环境的能力。她也为我们的例行公事带来许多趣味。但她的新生活太可悲了。当一个伟大的生命遭遇命运变故时，可以预见会是一场悲剧，或至少是一段辛酸故事。但是珍珍却是从神奇感人的生物变成一个乞丐。我一再强调，评估这类行动只有一个标准：怎么做对熊猫最好。

一九八四年二月底，我前往唐家河时，问题还没有解决。这些人对于把熊猫捕来圈养，态度都很简慢轻率，地方官员就可以做决定。令我更不愉快的是，相对而言，释放一头动物回归野外，却需要卧龙、成都、北京的官员花好几个月讨论。现在有肯和阿兰负责告诉我五一棚的发展，我还接到报章杂志的剪报。珍珍被媒体捧成可爱明星，但无数篇报道中，没有一篇谈到，用食物把她诱到营地来，是否道德或符合科学精神。

五一棚的情况愈发恶化。肯告诉我："卧龙失控的问题，远比成都或北京的领导所能了解的严重。"王鹏彦、张和民，还有总部另一个大学毕业生史军义，像中了邪魔，简直是以破坏研究计划为职，人称"三人帮"。胡锦矗很少去五一棚，赖炳辉最擅长见风转舵。工作人员用捕笼抓获两头熊猫，没有通知肯，不加戴颈圈，就予以释放，因为配戴颈圈的熊猫越多，就代表工作越多。事实上，工作人员召开一个会议，决议研究工作太辛苦——虽然每个人顶多只需要隔天做一个上午的野外调查。到头来，肯只好自己一个人去检查所有的捕笼。

阿兰和肯写给我的信中谈到，改名贝贝的珍珍更加无法无天了。

贝贝跑进大木屋里，显然是王鹏彦放她进来的。昨晚差点又发生相同的事；有人把甘蔗放在门口。炊事员和我被困在外面……上个星期，她把厨房的炉子掘出来……她的攻击性愈来愈强，三月十三日，她兴致勃勃地追着人到处跑……工作人员最喜欢的就是坐在火旁，把熊猫喂胖；每个人都以为这就是本营地的任务；如果不把贝贝搬走，我们必须采取一些保障居住安全的措施。现在木屋里，十张床上睡了十二个人……我天天晚上换床位，找地方睡觉。

王梦虎从北京赶来，处理珍珍的命运。但五一棚工作人员坚拒外来的干预。肯写信告诉我他的感想。

王梦虎的意思好像是，他要我们到唐家河去，别在这儿碍事。这儿的人也给我们这样的印象……好好享受唐家河的平静祥和吧！这儿可没有那玩意儿。

我确实享受到一点平静，因为五一棚的信寄到我手上要好几个星期，显然在途中某处受到耽搁。

珍珍受报纸称道的“小把戏”当中，有一招是划破王鹏彦的大腿。这件事发生后，王梦虎终于赢得象征式的胜利：珍珍被驱逐到山脊另一头的英雄沟。但仍然是在她惯常活动的区域边缘。她在三月二十三日获释以后又回到山顶的老家，留在那儿，或许对五一棚征服媒体的大胜利已经失去兴趣。但不甘寂寞的王鹏彦，沿路布置了甘蔗和肉块，诱珍珍回营地。肯反对时，他说："我要喂贝贝。领导要我这么做。"

当时，肯全力重新捕捉龙龙，他的无线电颈圈即将失效。但龙龙避开捕笼时格外机警。前一年，胡锦矗和我在别处忙的时候，营地的例行工作松弛，捕笼常好几天无人察看。有人偷偷告诉我，那时龙龙被抓到过两次。他饿得发狂，拼命扒抓捕笼栏杆，终于设法把门弄开而逃脱。龙龙始终不合作；他再也没有被抓到过。但有一头新的名叫莉莉的雌体被捕获，肯不靠营地人员协助，就为她戴好颈圈。接着珍珍又落入一个脚套。肯靠日本电视台（Nippon Television）的日野正道（Seidoh Hino）以及他的中国同事之助，把她放开。脚套磨伤了珍珍的前掌，造成半英寸深的割伤，没什么要紧。

一开头不来帮助肯的工作人员，现在都来怪他麻醉和处置熊猫不当。传言珍珍被麻醉了三个小时，而事实上她不过睡了半小时。外传珍珍因割伤而跛行，但营地的外国人都看不出有这回事。中国兽医被找来，给珍珍的伤口做额外医治。珍珍被麻醉接受治疗，但她的雌激素分泌周期可能因而受到干扰。营地人员找不到真凭实据，也要捕风捉影。无论如何不公，外国人总是最易受谣言之害。阿兰大多时候幸免于争执，因为竹子不像熊猫那么引人注目。

孔子说："君子周而不比。"在文化冲突中，这是最难做到的一点。西方人通常关心事实；在他们眼里，追求真相时必须检验导致歧见的每一细节——本案中，就是麻醉药的剂量和伤害的程度。原则上，西方人得出靠的是检验各独立的成分，不看整体。中国人却正好相反，他们对事实的看法常带有价值判断，他们会问，某件事的本质是好是坏。不管多么不相干或误导性的事实，都可以用来支持一个观念。中国把“实事求是”的口号喊得震天响，但其作用仅止于口号。不幸的是，两种文化互不了解，西方人可能觉得中国人撒谎成性，中国人可能指控西方人天性本恶。就像京剧《三岔口》，一对结拜兄弟在黑夜中相遇，互以为对方是仇人，拼个你死我活。直到客栈老板拿出灯火，他们才发觉原来是朋友。

不过有一件事不能仅用误会解释。肯和阿兰到总部去，重提珍珍的问题。赖炳辉不在，他们跟史军义、张和民、秦自生以及其他几位卧龙的领导开会。王梦虎已经回北京去了。中国人以同仇敌忾的精神对付两个外国人。总是暗箭伤人的史军义破口大骂肯，指责他无能、伤害熊猫、“态度不对”。他操纵错误资讯的能力令人叹为观止，肯的解释一概被“你不懂熊猫”一句话否定，阿兰的抱怨也被说成“想象”。往卧龙的路上，漆在悬崖上的“打倒美帝”字样已经褪色。一九八〇年，总部扩音机还会传出政治训话和军乐。但到八四年已经换上《铃儿响叮当》和《红河谷》。可是“文革”留下的以正义自居的无理性和恶意，成为那场会议的主导力量；令人害怕的是指控者的想象，而非他们实际知道的事情。

我在唐家河终于得知会议的经过，不禁勃然大怒。肯处理得非常高明。他写信告诉我：“我竟然从头到尾都能保持冷静，我觉得整个情况都非常幽默，我没有必要为自己辩护，或卷入他们的大吵大闹……”我写信给赖炳辉，抗议熊猫和 WWF 的工作人员遭到不当对待，我说：“如果国际间得知五一棚发生的事，中国的国际形象将受到严重损害……或许有必要召集 WWF、北京、成都、卧龙的代表联合开会，解决各种问题。”

中国人不希望跟WWF发生正面冲突。王梦虎又到卧龙去，这次总算有实际行动。缓慢的清算过程中，王鹏彦离开了五一棚。但是他们没有下令禁止喂珍珍，而是下令把她关进研究中心。六月四日，珍珍因为不是她犯的错，进入一个噩梦世界。她不得不吃苦，人们常常这么形容“文革”期间受折磨的人。至少五一棚的研究再度恢复了常规。

三个月后，也就是九月，我在研究中心看到珍珍。她显得无精打采，胖得肚子凸出——还是由王鹏彦喂她，顿顿吃粥，吃得饱饱的，现在这是王鹏彦的专责。

这个季节，珍珍本该自由自在，像上一年一样专心照顾她的新生儿。她的邻居是已经被关九个多月的桦桦。他们的尊严荡然无存，他们现在的生活表面之下，是一种无以言喻的痛苦，我心中充满的不是怜悯，而是愤怒。难道桦桦的未来就是一年被电击射精一次，不能再跟其他熊猫竞争求爱了吗？难道珍珍这辈子就是不断被麻醉，接受人工授精吗？脱离固有的文化——他们的社会与生活方式——他们的生活虽然平静，却是一场空洞的悲剧。我决心为他们力争，有必要的话，不惜大发雷霆、大吼大叫，而在这方面，胡锦矗是我沉默的后盾。但推动理想要用实际的手段，认清可行与不可行的界线。我们开了好几次会，讨论又讨论——终于争取到将他们开释。

九月二十三日是珍珍的大日子，可惜我无法参与。挑夫用两根长竿挑着她的笼子，仿佛抬着皇后的轿子似的，抬她越过皮条河，抵达密生竹林的山坡。她气愤地吼叫，企图抓所有她抓得到的人，一个粗心的挑夫就被抓得流血。肯告诉我，笼门打开时，她先是背对门而坐，最后终于满不在乎地走开了。她在下游距五一棚十英里的地方被释放，只要翻过几座小河谷就可以回家。她并没有因为被俘而失去空间感，开始慢慢走上回家的路。

五周后，十一月一日，我接到卧龙领导的电报：

> 珍珍十月三十日抵臭水沟，三十一日出现在五一棚附近。如果她重回五一棚，我们该如何处理？请回电。

我回电如下：

> 对珍珍有以下三点建议。一、绝不可给她食物。二、厨房食物应储存在她拿不到的地方。三、如果她进入五一棚，工作人员应把她赶走。这样她或许能重新在老家做一头野生熊猫。祝好运。

不过珍珍在旅途中确实又恢复了吃竹子的习惯，五一棚不再吸引她。如果她对那儿的美食还有记忆，或许也忘不了受过的迫害。有一次她真的来到营地，但这次没有人喂她，以后她就不曾再来。她真的又自由了。

四月间我们曾讨论释放桦桦。但是，来自伦敦动物园的兽医约翰·奈特（John Knight）在协助做人工授精时，发现桦桦行动不正常。X光片显示，他一根大腿骨似乎受重物击打，有三处断裂，可能是运输笼的铁门所造成。骨头只有部分愈合。桦桦到九月痊愈，一条后腿变得略短，但他似乎并不觉得不便。珍珍被释放六天后，桦桦也被带到山中，重新成为他原来社会的一员。他在被囚禁一年后，立刻就能适应野外生活，这使他成为一个成功的先例，我希望其他被关起来的熊猫也能效法。我们对他回家后的详情一无所知。但是他在访问各地的嗅味站散播返乡的消息时，一定会发现龙龙还在当地。由于珍珍还在回家的路上，从她六月被捕迄今，气味恐怕已经很淡了。桦桦一直避免跟这一带的霸王貔貔打照面，但貔貔已经近两个月不曾做记号，这一点桦桦大概也已注意到。只是他无从得知貔貔的死讯。

一九八四年九月一日，我住在成都的锦江宾馆，准备回唐家河。三天前，肯和我在这儿见面，他在唐家河过了一个夏天，要经过成都回卧龙，我则是在青藏高原度过夏天。我们那天早晨趁分手前，交换彼此的经验，并规划下一季的工作。

傍晚时分，肯冲到我房里。他非常激动，一口田纳西腔的英文几乎句子都说不连贯，满头金发沾着干掉的汗水根根竖立，衣衫不整，满身泥泞，闻起来活像个化粪池。

他喊道："貔貔死了！我把他挖出来的。我亲眼看见他的尸首。"

肯从背包里掏出一堆可怕的东西，证明他所言不虚——一根附有烂肉的大腿骨、三根肋骨和一截腐臭的肠子。

肯回到五一棚时，阿兰告诉他，工作人员从八月十七日到十九四连续监听熊猫动静，貔貔一直没有移动。张和民和史军义在八月二十日组成一个搜索队，第二天就发现了貔貔的尸首。研究中心的两名兽医来做解剖，不是在实验室里，而是在森林里，草草了事。几天后，他们宣布貔貔死于肠道堵塞。他们尽一切可能，阻挠WWF的人员了解有关貔貔死亡的细节。驻卧龙的英国兽医约翰·

奈特，不准在解剖时旁观，成都官员也没有把貔貔的死讯通知我。尸首立刻埋葬。这明摆着是在掩饰什么。貔貔是怎么死的？阿兰听说，貔貔是落入了猎套。

几天后，肯、一群中国人和我去检视貔貔的遗骸。林中很阴森，下着绵绵细雨。我们沿小径通过白岩，下到山谷里。沿河岸向上游而行，通过纠结的灌木丛，来到一小片沙砾地。一只带骨头的前掌和几块黑色的毛皮露出地面。几根支离的骨头，从仓促铺上的泥土里拱出来；貔貔的脊柱就搁在附近一块岩石上。

我瞪着这堆残骸。这个项目的快乐往往都很短暂，悲伤和失望却流连不去。但我很少同情熊猫；同情没有用。骨头不等于熊猫，貔貔强悍不屈、傲视群雄的威风模样，将在我心中长存。

盗猎者不会在这么一个黑暗的小峡谷里设猎套；我遍地搜索拖曳的痕迹，查看貔貔是否从别处被拖来的。我找寻新近割断的嫩枝条、动物的足迹，却没有发现貔貔误中猎套的证据。为什么那几个中国人要这么说？张和民与史军义是否因过分自大傲慢而招人忌恨？人言往往只是现实的影子。但貔貔的死为何要搞得如此神秘？

我把其他人丢在现场，一个人回五一棚去。过去几个月来，营地已发展成一个有四幢大木屋的村庄。不久就会有电力。过去那种胼手胝足的亲密感已荡然无存。田致祥留守。我要他拿八月的无线电定位记录给我看，我想确定貔貔是哪一天死的。田致祥说："管钥匙的人不在。"数据拿不到。我告诉他，我会等，有必要的话，我可以等几天。几分钟后，他们很不甘愿地把记录拿给我。我翻阅每日的记录卡。貔貔明明已经死了好几天以后，上面还有他活动的记录。工作太马虎了。

肯告诉我貔貔的死因暧昧后，我盘算该采取什么反应。我对装聋作哑感到厌倦，忍耐也有个限度。我不想跟凡事漠不关心、在工作方面欠缺知识与能力的卧龙官员发生冲突，但我决心不让又一次事故悄无声息地蒙混过去。通常当一个问题不能再置之不理时，就会有地位较低的人挺身认错，借着“学习”和“觉悟”获得新生。自我批评或许是追求救赎的途径，但是否真的能起到威慑作用、使人改过自新，却非常可疑。一九八四年已经有太多错误，仅仅口头谴责是不够的。

我在中国是客，不能动手说改革就改革，只能从侧面施加压力。如何划清坚持与狂妄的界线？正如中国人说的，难如登山。我决定要求召集四川和卧龙的林业官员，开一次联席会议。

会议室很拥挤，中国人很紧张，不知开放政策放进来什么样的苍蝇。赖炳辉首先致辞，滔滔不绝地怪罪别人。五一棚人员“对合作研究抱着错误的观念……年轻人需要严厉批评，受到更多教育……有人对外国人不礼貌”。珍珍被送到研究中心是因为“她身体不好”，这对所有曾经被她追赶过的人，都是个意外的消息。至于貔貔，“我无意对中外专家隐瞒任何事”。然后他欢迎我们提出批评和建议，以便改进工作。兜来转去，说的全是老套。

轮到我说了。作为一个外国人，批评了他们，对此我表示歉意。但是基于帮助熊猫的责任，必须说真话。卧龙领导做出许多导致不幸后果的决策，以及对研究工作和熊猫的生活滥加干预，令我非常厌烦而愤怒。桦桦、珍珍以及一头熊猫宝宝，无缘无故被迁出我们的研究区域。我们至少有三头熊猫死于盗猎者的猎套。前一年开始的竹子开花和死亡现象，已使卧龙以外某些地区的熊猫面临饥饿的威胁，我提起这件事，责备他们说：“你们说竹子开花是紧急状况，但我认为盗猎的问题更紧急。为什么森林中熊猫那么少？就是因为死于盗猎。但直到现在，都还没有巡警或其他防堵盗猎的措施。”

我进一步指出：“昂贵的研究中心里，有大量 WWF 捐赠的精密仪器。但落成一年后，都还没有做任何研究，没有引进高级研究人员，工作人员成天下棋、喝茶，不照顾熊猫，设备受损坏，图书馆书籍遭窃。访问卧龙的外国记者要求跟 WWF 的研究人员面谈，却被告知不可能，只能在总部听往往错误百出的简报，为什么？”

外国人为什么要来这儿？当然不是负责做大部分的工作。我们必须从头开始，清理内部；我们必须每个月开会，每次就必须完成的工作签署一个协议；我们必须释放珍珍。我口若悬河地说了好几个小时，说明卧龙和其他地区的问题症结所在，举出详尽的例证。阿兰和肯再补充他们的意见，还有约翰·奈特，他指出，其他问题姑且不论，他抵达时，研究中心有五头熊猫生病。

没有人反驳我们。主管四川保护事务的宫同阳说：“我们应该打破铁饭碗。”所有的中国人都点头称是。他又说：“我们应该教育当地人民，让他们一起来保护大熊猫。”他说完话（礼貌上不能打断别人），我就指出，不管怎么教育，只要政府出高价向村民购买麝香，海外对麝香的需求又那么殷切，当地人就会继续设猎套捕捉麝，大熊猫也跟着遭殃。所以一定要有杜绝盗猎的措施。

赖炳辉说，工作人员要开“检讨会”，进行“再教育并提高社会觉悟”。一向精力充沛、人称熊猫太太的胡诗秀补充说：“我们要痛下决心，解决各种问题。”气氛十分热烈。

会开完以后，我觉得自己批评得太凶，不免有罪恶感。我对很多人都有好感，我不希望因为卧龙那几颗“老鼠屎”而使他们受累。胡锦矗私下安慰我：“我很感激你仗义执言……工作受到一群不懂科学的门外汉影响。”几天后，我碰到王梦虎，他说：“中国人常言，姑息养奸。”那天他很沮丧，过去的热忱一扫而空：“我对卧龙很失望……成绩跟我们付出的努力不成比例。”

要不是一位新华社的记者出席会议，卧龙的改变就可能局限于表面。这位可敬的女士默默做了笔记，并很快写成内部报告，在北京的高级党政官员中间流传。

一个包括林业部副部长董智勇在内的特别小组，从北京来到卧龙。四川省副省长也出马监督这项计划。开过自我检讨大会，三个大祸根受到轻微的申饬，调了工作。张和民不久就出国深造，回国后就当上研究中心的执行主任。真是好惩罚！我倒宁愿看到中国人所谓的“斩草除根”。但是这儿的制度就是悔过从宽。只有一名翻译员受到惩处——因为泄露太多消息给外国人。赖炳辉当然还是稳若泰山做他的官，“刑不上大夫”嘛！铁饭碗终究是打不破的。但卧龙来了一些比较有能力的研究人员，合作状况暂时有改进，总部的干扰也大为减少。最重要的是，桦桦和珍珍不久就获释回到野外。

一九八五年四月十八日，珍珍在距五一棚不远的地方死亡。她至少已活了十三年。送到研究中心后，约翰·奈特和邱贤猛解剖了尸首。

死因结论：成年熊猫，可能因衰老而自然死亡。脑膜充血可能是脑膜炎引起，但无法对致病组织做培养。大量酸液和缺乏脂肪显示长期体重减轻，死亡时消瘦现象已非常严重。无法确定其他致死原因。

珍珍体重为什么减轻那么多？如果她死于脑膜炎，死亡的种子是否在研究中心就已埋下？桦桦重获自由的生活后，却适应得很好。

憨憨、宁宁、威威、貔貔都死了，现在又轮到珍珍；只有他们脚步声的记忆，悲哀地回荡在山坡上。我们曾追踪过的熊猫，现在只有龙龙还活着。珍珍曾赋予臭水沟特殊的魔力；她自有可爱之处，也成为我们项目的象征。虽然她熟悉的世界日渐消失，她仍守着这片山岭，坚忍不拔地看着树木一棵接一棵消失不见，其他的熊猫一头接一头死于猎套。最后她自己也落入牢笼，只不过还能重见天日，她的时辰还没到。现在她也走了，可是我会永远记得她的坚持和勇气，她充满困顿的生活给出一个信息：熊猫有希望获胜。

第十一章

再见唐家河

一九八四年二月至一九八五年一月

往北的公路，出了成都就变窄了，路上塞满车辆：人挤人的巴士、黑烟直冒的老爷卡车、吵闹的拖拉机拖着板车。川流不息的自行车在车阵里绕来绕去，超过没精打采的驴车。几乎每辆脚踏车上都堆着好几袋谷物、扁担和装满农产品的箩筐；时而有绑住两脚，倒挂在龙头上的鸡；骑得东倒西歪的车，后座可能捆着一头四脚朝天的肥猪。路旁两列白杨树后，稀稀落落的农舍四周总有高大的竹林、刚抽芽的麦田和开了几点鲜艳黄花的油菜田。司机吕代明开车横冲直撞，如入无人之境，一会儿加速，一会儿紧急刹车，搞得我很紧张，唯恐他撞到什么。我们开的是新车——WWF 日本分会捐赠的一辆丰田“陆地巡洋舰”四驱车——车上塞满各种设备和物品，都是我在唐家河的新项目必需之物。

这是一九八四年二月二十九日，距卧龙的熊猫项目开始已有三年。我们设立第二个项目的地点，地势较卧龙平坦，竹子的品种也不同，一部分在二十世纪七十年代中期开过花，可供我们研究熊猫如何适应这些情况。我也要找一片黑熊和熊猫共存的森林，这两个物种体型和体格都接近，我希望对黑熊的了解有助于进一步认识熊猫的特性。

我们前一年曾调查过若干熊猫保护区，找寻新的研究地点，位于四川北部、川甘交界岷山山脉中的唐家河立刻就吸引了我。比起卧龙与世隔绝的幽谷，唐家河的山岭平缓，有宽广的山谷，几乎没有超过海拔一万英尺的山坡。辽阔的视野给我一种自由感；到处走动不一定要爬山。我还喜欢这儿的安静与隐秘。卧龙保护区另一端的大水力发电厂（它供应成都平原电力，却不供应卧龙）、皮条河谷山坡上的村庄和密集开垦的农田、庞大的总部和数不清的工作人员、路上穿梭的木材卡车——都使保护区安静不下来。唐家河则不然，公路到此为止。保护区里只住了三百村民，都在入口附近。工作人员仅二十人；这个地区不受外界的压力、媒体的注意或其他干扰。我们可以在此重新开始，建立新基地、新团队。北上途中，我一路想着，我们选中作研究基地的木屋是否已整修妥善，捕熊猫的木制捕笼是否已完成。

王小明跟我一起上唐家河，他是从卧龙转来的一个大学毕业生。我对他不是很了解。在五一棚工作人员内斗期间，他披上保护色，避免引人注目，听命行事，做得中规中矩。阿兰和秦自生跟我们同行，他们要花一星期时间，成立竹子研究区，还有临时来担任翻译的小邱。

走了几小时后，公路转入山区，山势险峻，较低的山坡上有蔓草、灌木林和农田，有的辟成梯田，但大多就直接在斜坡上开垦，倾斜的角度有时令人觉得不可思议。我们沿着曲曲折折奔向平原的白马江，疾驰过许多小村落，一路只见鸡群不断惊飞而起，差点变成我们的轮下亡魂。然后公路沿无数个小山谷爬上爬下，通过较低的山隘，最后在一个小村，我们拐上一条小路，路中遍布灌溉用的沟渠，交错连接两旁的农田，空气里弥漫着新翻泥土和堆肥的味道。不久山谷变窄，山坡与悬崖错落，要经过大片树林和江流，才看得到一户人家。江水在唐家河保护区的入口分岔，此地往西和往北，共一百七十平方英里的山区，都属于这个保护区。我们沿西岔的北路河抵达毛香坝，一九七八年保护区成立前，这儿原来充当伐木营地，现在则是保护区总部。这趟令人筋疲力尽的车程，一共开了九十小时。青川县的几位领导，包括孙县长和文县长，都来欢迎我们，表示合作的诚意，这一年他们还有很多友善的表现。唐家河的领导岳自顺对我们咧嘴微笑，曾经在卧龙待过几个月的邓启涛，将负责我们这个小组。他跃跃欲试地告诉我们，茅屋和捕笼都已经准备好了。

一九八四年三月。我在毛香坝过夜，天明后不久，我到外面去。这儿海拔四千七百英尺，气温接近冰点，山坡依旧一片褐色，没有春天的迹象。有人指着河对岸向我喊叫，一头羚牛在河岸上吃草。我在五一棚那么多个月，从未看到过羚牛——只有生锈的钢丝套，用一种比捕麝更粗的钢丝做成，把羚牛捕杀到濒于绝迹。这头羚牛无忧无虑，完全不把在对岸盯着他看的我当一回事，自顾自一扭脖子，把一棵小树苗扯到面前，优哉游哉咀嚼常绿的叶片。他跟疣猪一样丑得可爱，不过体积悬殊，羚牛肩高超过一百二十厘米，体重二百九十五公斤，一身草黄色的毛，只有腿部、侧腹、背部和臀部有灰黑色的斑点，混在枯草灌木中，简直是天衣无缝。从毛色判断，他属于羚牛的四川亚种，跟中国西部沿喜马拉雅山直至不丹的暗棕色羚牛或陕西秦岭山脉中的金毛羚牛不同。但所有的亚种外观都很接近，都是一副随便用其他动物身体的部分硬凑成功的模样。有棕熊笨重臃肿的身躯、牛的腿、山羊又宽又扁的尾巴、非洲角马多节的角，再加上假设麋鹿罹患腮腺炎会有的一张浮肿的黑脸，就成为一头羚牛了。羚牛生活在海拔四千英尺以上、崎岖而偏远的山区森林中，通常都能保持隐私，只有珍禽异兽的收藏家或填字游戏高手才有幸得闻其大名。有关这种动物最详尽的一般性记载，仍然以一九一三年出版的《中国中部和西部的大型猎物》（*The Big Game of Central and Western China*）中华莱士（H. Wallace）的狩猎经验为根据，所以我对接触这种动物的兴趣特别浓厚。

我们沿北路河鹅卵石密布的河岸上一条狭窄的小路往前行驶。山坡上只看见灌木林和小树苗，偶尔才出现几丛青杠、白杨或其他树木，显得非常残破。这里的山，坡度相当平缓，尤其是朝南和朝西的山坡，坡地曾经开垦过，但现在都长满了杂草和荆棘。曾推动重新造林的地方，都可见松树苗整齐地排列成行。从一九六五年到一九七八年，所有能砍伐的树木都被砍光了，山坡不是变得光秃一片，就是选择性地专砍针叶树。伐木工人也开垦农田，虽然一丛丛高大的白杨以及其他属于次生林的树木显示，务农为生的人已在此耕作几十年，甚至可能几百年之久，正如同其他地区的重新造林活动，这儿也面临所谓“十斧一锄”的问题，砍树远比种树多。从沿路的山丘就可看出，耕作过的土地上没有竹子。荆棘的果实熊可以吃，枝叶也可以做羚牛的草料，但是熊猫却失去了生存空间。竹子一定要种回去才行。

距毛香坝约六英里，路来了个急转弯，山谷变宽，进入一个叫做白熊坪的地方，所谓白熊，就是熊猫；二十世纪四十年代以前，很多中国人都把熊猫称作白熊。我们的新基地就局促在山和路之间，海拔五千八百英尺。这是幢大木屋，分成六个小房间和一块较大的公共空间。一部分泥巴糊的墙壁还保持原状，其他则靠木板和草席修修补补。每个房间里都有张书桌、一把椅子、一两张床，铺些稻草就算是床垫，还有一扇小窗。住在这儿挺舒服，尤其装上火炉之后。茅屋再过去有座棚子，分为工棚、储藏室、厨房及炊事员的寝室。这儿跟在五一棚时一样，我们就住在熊猫栖息区的中心，但活动范围大，很轻松就可以走到几个不同的河谷。我安顿下来时，对未来几个月怀着愉快的期待。我在墙上挂起红毯子挡风，动手把行李拆开。

我们的工作小组人数不多。营地主任邓启涛是个精力充沛的人，三十多岁。他生了个方下巴，头发又直又硬像铁丝，平时态度直率，有时甚至很凶，使我联想到一头把利爪收起来的豹子。很多中国人会用冷漠掩饰沮丧；他却不然。他的脾气火爆，在这一带已出了名，人家拿他的姓开玩笑，为他取了个绰号叫“炖不烂”。他后来成为我最喜欢共事的人。我不久也发现，在保护区工作的汪福林有双巧手，他会用草替我编椅垫、用铁丝做火钳和烘干架，还有许多营地大大小小的杂务都靠他。刚满二十岁的谌利民也是本地人，他性情开朗、工作负责，很快就赢得大家的重视。他头发垂到眼睛上，在检查捕笼、数竹竿、收集粪便、记录温度，或执行其他各种项目要求的工作时，总吹着口哨或唱着歌。王小明原本被派到卧龙时，跟其他人一样，被那个精神的黑洞吞噬，但现在他脱离了压抑的氛围，很快就恢复生气盎然，对工作兴趣浓厚而主动参与，出乎我的意料。

没几天工夫，我们之间的相处就超出了在同一个营地工作的研究人员；大家齐心为共同的目标努力，五一棚从未培养出这样的互动和默契。这一部分是因为我们生活得比较像个大家庭，睡在同一个屋檐下，在同一张桌子上吃饭，也因为这儿没有那种逼人随时提心吊胆的政治性阶级警觉。虽然我们中间有位党员，但他态度很轻松，所以没有人以监视别人为己任，每个人都专心工作。但每当有外人来访，我的同事立刻就变得疏远而机警。我们本来有位炊事员，不过如果他老兄真的以此为业，恐怕他工作过的地方都很高兴他终于离开了；几个星期后，一个本地妇人取代他，那以后又换过不计其数的炊事员。

阿兰、秦自生、谌利民每天出去为竹子分区，我们其他人则负责检查七个木制捕笼和换饵。那年的三月，山里仍一片荒芜，大部分笼罩在灰雾里。山阴处的积雪还有一英尺深。山路两旁有柳树和醉鱼草（*Buddleia*），这种高而易脆裂的灌木偏好生长在伐过木的平地上。走了两英里后，山径已无法通行汽车。河谷主干在此分岔，裂为洪石河与加之濠谷。洪石河下游还有茂密的竹林。虽然这座山谷的林木遭大举砍伐，高处还剩有不少上等木材，我们就把捕笼设在那儿。通往大部分捕笼的小径，都至少得经过一座陡峭的山坡，坡上不是覆盖冰雪就是泥泞一片，或两者兼具，视季节而定。我肩上扛着一袋诱饵，手中攀着小树或竹枝，脚下搜索不见得可靠的立足点，每次走完全程而没有摔跤，心中总会涌现一种运动夺标的喜悦。

海拔七千二百英尺以下的竹子，外观与卧龙的拐棍竹很像，但比较短而细。这是糙花箭竹（*Fargesia scabrida*），从一九七二到八十年代一片一片陆续开花死亡，在一九七五年达到巅峰。竹子大规模死亡的现象，主要出现在某些山谷中较低的山坡上，但山顶和包括洪石河在内的若干山谷，几乎不受影响。海拔七千二百英尺以上，长着另一种竹子，称作缺苞箭竹（*Fargesia denudata*），体积相近而叶片非常小；这种竹子二十世纪七十年代中期也曾大量开花，只有山峰高处的少数几丛未遭波及。因此保护区的竹子长得参差不齐，有刚抽芽的嫩枝，也有高达六至八英尺的成年竹林。

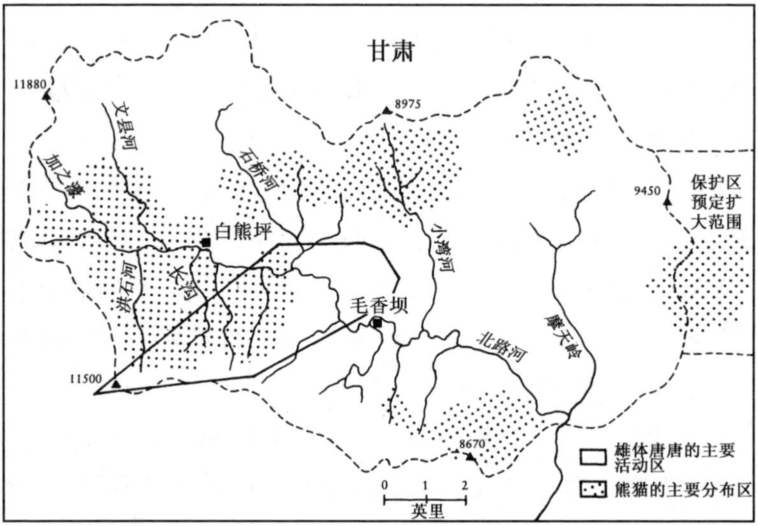

图五　唐家河自然保护区

三月中旬来了一场暴风雪，所有山坡又是银白一片，但春天毕竟近了。几朵迎春花绽放，难得的晴天里，可以看见蜜蜂飞来飞去。我们的捕笼没有逮到熊猫。我不断在山路上巡逻，密切监视每一座山坡，巴望能看见一头熊猫走过旷地，或坐在已凋尽的树下。三月十九日那天下午，我听见熊猫交配时的嘶叫、呼声和吼声，从我上方几百英尺的云杉和铁杉林中传来。想上去观察这头熊猫而不被发觉，根本不可能。较低的山坡已经饱受伐木摧残，全都是纠结的次生植物，张牙舞爪的荆棘尖钩会划破衣服，横七竖八的树枝直戳到行人脸上，藤蔓不仅把所有这些东西编在一起，更交织成一道天罗地网，走进来的人就成了误闯蜘蛛网的猎物。好在旁边有堆落石把森林切开一道，我转而攀着岩块往上爬。踩着不牢靠的石灰岩，一寸一寸向上挪动，这时叫声忽然停了。是看见我了吗？然后我看见了熊猫，一个摇摇摆摆的白屁股在树影中远去。

又过了两天，我检查过捕笼，回到基地，就听说附近山坡上有一头熊猫。我们的小屋附近，有一片杂草丛生的弃田，在山坡上绵延约一千五百英尺；王小明在那儿观察一头羚牛时，一头熊猫闲闲走过森林的边缘。我急忙赶到草原上，王小明正盯着一头熊猫坐在竹桩中间的洼地上吃叶子。下面公路上开来两辆车，是前来唐家河访问一周并拍摄熊猫纪录片的日本电视台工作人员。看见一大群人从车里拥出来，熊猫立刻表演起拿手好戏——消失不见。羚牛则坚忍不拔，对这场骚乱无动于衷。

在实验室工作的科学家，可以随自己需要安排工作日程；植物学家不需要追着研究目标到处跑，或虽然只搜到些许足迹也努力勉励自己要知足，不气馁；鸟类学家可以花好几个小时观察巢中的鸟。虽然我偶尔也碰得到哺乳类动物，但唐家河的生活跟卧龙差不多，我常跋涉一整天，用心听和看，但是笔记本里却是空白一片，袋子里只有几团熊猫、豹或豺的粪便。不可否认，研究粪便不是太令人兴奋的工作，不过有个例外：羚牛。

这儿到处有羚牛的踪迹。我在林中步行，常跟着羚牛走，因为无论绕过悬崖、上山坡和爬山，它们总会挑到最好走的一条路。我沿路看见被剥光树皮的柳树、被撕扯断裂的灌木，羚牛用过餐的地方，都像暴风过境似的。别以为观察羚牛那么简单，它们留给我的，通常就是一股浓烈的谷仓味，如果运气好的话，还可以听见喷气声和奔逃的蹄声。但公羚牛喜欢离群索居，一年中大部分时间都单独或成双生活在北路河谷低处的山坡，而非躲在森林里。

我一路走着，眼睛紧盯着地面，找寻熊猫的足迹，突然感觉旁边有什么东西。抬头一望，只见不到二十英尺外的浓密树丛中，有一头公羚牛动也不动；像一块褐色的大岩石，正越过圆圆的鼻子在观察我，他鼻孔张大，高高抬起脑袋，显然决定随机应变，采取亲善或愤怒的立场。我很庆幸这个物种没有鲁莽行动的习惯，让我有机会决定该如何反应。通常这家伙会突然逃跑；但也有时会低头亮出尖角，威胁我打消亲近的企图。由于羚牛有攻击狗和猎人的记录，也可能把不当心的散步者攻击成伤，我总是客客气气让路。

有一头公羚牛经常到我们基地附近，安静地吃草，像一头圈养的乳牛。他很瘦，已过了壮年，左边的角也折断了一大半，我们叫他“老朋友”。我第一次遇见他时，他在营地附近的枯草丛中，嗅寻本季最新鲜的绿草。我不想惊动他，只在远处观望，但他既然一副不在乎的样子，我就挪动到一百英尺以内。他平静的生活常规主要是早晨和下午吃草，中午休息。打个盹儿、反刍，或靠在树上搔痒。地面积雪时，他站着休息，身体尽可能侧向阳光，吸收光线中微弱的温度。他的食料范围相当广泛。他吃柳树、枫树以及其他灌木、乔木枝端的嫩叶；嚼松树皮；咬醉鱼草的叶片以及鼠尾草（sage）冬季抽出的叶芽；木贼（horsetail）粗硬的尖端也被他修平；但最重要的食物来源还是青杠、杜鹃、冬青等常绿乔木的嫩叶。他的体积和力量，使他能靠后腿人立而起，吃到别的动物吃不着的叶片。他站起时，可以咬到距地面八英尺的树叶。如果这样都吃不到他想吃的叶片，还有法子：他会用胸部或前腿顶着小树往前推。有时树枝会被他压断，但多半只是弯下腰来，然后他就一直压着，不让树枝弹起，直到要吃的东西到口为止。以这种方式，直径五英寸的树枝都有可能压断。

公羚牛的生活就是这么简单乏味，不过冬季的食物构成一个严重的问题。虽然羚牛很能吃灌木，但它们冬季体重都会减轻，不是因为缺少食物，而是因为缺少有营养的食物。草食动物要确保均衡的营养，就必须食用那些吃起来最不费力而又能提供最多蛋白质和热能的植物，能吃的东西愈多，取得高水准食料的机会就愈高。羚牛的冬季食谱弹性很大。它并不缺乏热量来源，因为它是反刍动物，比熊和熊猫更有优势，可以把纤维素转化为热量。但生长和维生必需的蛋白质还是有问题。常绿植物的叶子蛋白质含量很少，只够草食动物维持体重而已。更有甚者，常绿树叶往往含有妨碍消化过程的毒性化合物，导致某些蛋白质不能被身体吸收。除非羚牛入冬前已经调养得膘肥体健，否则可能撑不到营养成分含量高——是冬天的两倍——的植物抽新芽的春天。冬季营养丰富的竹叶到处都是，但羚牛不吃。为什么？我想不通。

老朋友虽然消瘦，仍然熬过了冬天。那年三月，我们还遇见另一头真可说是皮包骨头的公羚牛。毛皮下一根根骨头清楚可数。他无精打采地蹒跚前行，嚼着干巴巴的鼠尾草，好像没有力气再去找更好的食物。我一连好几天看到他，总在山谷的另一头，好像要去找寻春天和与之俱来的生机。但是太迟了。第一次看见他的两周后，他一脚踩空，就倒在溪畔一块光滑的大岩石旁边；他衰弱得没有力气起身，就死在那儿。可怜的老家伙，他的牙齿已经被岁月磨平，体重还不到一头强壮的成年公羚牛的三分之一。

一九八四年四月。凯四月一日抵达，这次的住处不仅可以遮风挡雨，而且是一间有电力的豪华木屋。设在附近溪流上的一座小型水力发电厂能供电，不过只有在水位高那几个月份，每天供电几小时。我们还有一个取暖的小火炉，脾气阴晴无定，效率也差，必须随时看着。我们烧品质很差的煤，不去动周遭的树木。

我重读那年四月的笔记，发现大多数记载都属于生态上的微小变化。我记下了第一只白顶溪鸲（white-capped redstart）、长尾山椒鸟（long-tailed minivet）、乌鸫（blackbird）、白鹡鸰（white wagtail）、金腰燕（Red-rumped swallow）、红嘴相思鸟（Peking Robin）以及其他鸟类春天回来的日期。四月七日，每处悬崖上都看见旋壁雀（wall creeper）展开红翼，但它们第二天就离开，飞往海拔更高的地方。一个星期后，到处都看见柳莺，好几个不同的品种，紧张兮兮地在灌木丛中跳跃。我记下了木屋周遭的褐羽鹩鹛（Elliot's babbler）第一次发出刺耳叫声以宣示领域的时间，还有我今年第一次跟蛇打照面的时间，是一条黑白横纹的小白环蛇（*Lycodon*）。我负责动物记事，凯管的是花，第一朵银莲花、铁线莲（clematis）、委陵菜（cinquefoil）、堇菜（violet）、酢浆草、荚蒾、野樱桃、绣线菊（spriaea）等。我在心里记下野草莓开花的地方，不仅为了我们将来的收成，也因为熊可能会来吃。

四月中旬，新叶的嫩绿使整座森林闪闪发光。各色杜鹃轮番开花，为山坡泼上色彩，粉、红、白、浅紫、深紫，到了月底，棣棠（*kerria*）丛又盛开耀眼的黄花。这是个发现的季节，可深入极少博物学家到过的中国偏远地区。最早来到川甘交界这一带研究的是俄国植物学家格里戈里·波塔宁（Grigori Potanin）和动物学家别列佐夫斯基。他们一八九二至一八九四年的探险之行中，别列佐夫斯基从当地老百姓手中取得几头大熊猫的标本，这是岷山最早的熊猫记录。重读四五月的笔记，我发现这是我们参与熊猫项目最满意的一段时光，充满自然野趣，再加上轻松友善的气氛。胡锦矗和秦自生显然也有同感，他们尽可能找机会逃离卧龙，来此工作。

我有几位同事非常勤奋地学习英语。大多早晨，我都听见谌利民大声背诵英文单词，浑然不觉他房间的寒冷。有时他来我们门口叫："乔治。"我伸头出去，他不发一言指着读本上一个单字。我慢慢发音给他听："Chopstick（筷子）。"他点点头，重复念一遍或两遍。我说："好。"他点点头就走开了，说不定过一会儿又捧着另一个词回来。房间只用薄木板隔开，我们也听得见别人练习。邓启涛和王小明在大学里都学过英文，认识很多词，但是因为他们不习惯听和说，所以不大愿意用英文交谈。为了加强他们的自信，凯每天给他们"上课"。天气晴朗的时候，他们坐在我们门口的板凳上，慢慢用英文聊天，或大声读教科书。邓启涛和王小明也用英文在营地日记上记录所看到的动物，非常友善地跟我们分享经验。我但愿有同样的意志力和热忱学好中文。通常我们就用不怎么高明的中文和英文混合着沟通。

我在五一棚曾教过很多人野外生物学的基本原则，但除了雍严格和邱明江等少数例外，后来再见到这些老同事，他们不是不懂得应用这方面的新知识，就是转业坐办公桌或当司机去了。我希望教邓启涛和王小明体会自己做小项目的乐趣，不要像他们学英文那么呆板，不要只是收集熊猫资料而已。我看见王小明抱着他的生态学课本一遍一遍地读，背诵书中的原则，像口号一般，却没有到外面用创造性的眼光看看新东西，看看世界上究竟有些什么，跟人家说的有什么不同。因此，他跟邓启涛主动提出要研究羚牛的食物，以及基地附近若干鸟类的筑巢时间表，我感到格外高兴。

三月中旬听见熊猫叫声，算是异乎寻常地早，那之后我经常趁下午走那条路线，希望熊猫再度出现。由于雄体有时候会在天黑以后求爱，我决定在洪石河谷口搭一座帐篷，以便不时在那儿过夜。四月六日，我们合力去搭帐篷。我们制作支架、又锯又敲、大声谈笑，声遍四野。山坡上一个白点忽然引起我注意——是熊猫的头，它在监视我们的活动。那是个阳光普照的好天气。我们在路旁吃午餐，熊猫也在吃，它待在自己的地盘上，偶尔现身，但多半时间看不见。凯和我在帐篷里度过很多个晚上。从傍晚到深夜，我们顶着冷雨或银色的月光，在山谷中窥伺。我们听见勺鸡和角雉的啼声、猫头鹰呼呼叫，还有不知名的动物在草丛中发出轰隆声。但这一季我们的捕笼空空如也。

现在我们的注意力转移到羚牛和熊身上。一旦雪线退到最高的溪谷里，我就经常去勘探北路河几条支流的河谷，尤其是向北延伸到保护区边界高山的加之濠和文县河。我喜欢这些山谷的清幽。虽然在最偏远的河谷里，都还看得见废耕多年的田地，森林却几乎未受影响，小溪上笼罩着云杉、桦树及其他树木的浓荫。我沿溪而行，直到水流冲上长满青苔的悬崖，无法再向前，我就跳过溪中一块块岩石到对岸去。哗哗的流水替我掩盖脚步声。每个转弯都是一则有待破解的谜题，我谨慎地窥看前方，盼望在警觉的熊、羚牛、鬣羚甚至豹子拔腿逃跑前，看它们一眼。有一次我看到一头熊猫，正在大嚼一截两英尺长的新竹，溪边满是这种像草一般的竹苗，但几只鸟咕咕警告，熊猫发现我，就跑掉了。我走过几百个河湾，只碰到过五六头动物，但我期待的热情并不因而稍减。

腐殖土又软又厚的地方，也是林中野花种类最多的地方，报春花、凤仙花（touch-me-not）、延龄草、薄荷、毛茛（buttercup）、蓼（polygonum）、酸模（sourdock），应有尽有。有一种长茎的大百合（*cardiocrinum*），大叶片隐隐泛一种红光，还有常见的天南星（jack-in-the-pulpit），这种植物很特别，最初是雄株，然后会用变性为雌株来解决中年危机。羚牛和我都喜欢在花丛中徘徊。这些刚抽芽的植物，都是本季最对羚牛口味的草料，我常匍匐地上，研究羚牛吃了些什么，似乎只要那张大嘴巴捞得到，它们什么都吃。我收集了一整套色彩缤纷的羚牛食谱，放在我的植物标本采集册里。秦自生来唐家河时，总好心地帮我鉴定我的收藏品，不单单为了做食物研究，就凭这些花朵本身的美，我也希望自己叫得出它们的名字。

有一天从毛香坝来了一个司机，用一口连珠炮似的四川话对我说了半天，所有的细节我都没听懂，只知道有什么东西死了。因为别人都不在，没有人帮忙翻译，我只好上了他的车，心想大概是什么动物死在路旁。我们到总部又接了两个人，往下游开了一小段路，就开始徒步。把靴子和裤子高举在头上，涉过冰冷、高及膝部的北路河，下到小湾河谷，先还有小径可走，等到林木茂密的山坡整个将我们包围以后，就只好一而再、再而三地横过一条水流湍急的小溪，有时靠摇摇欲坠的独木桥，有时奋力一跃而过。一群短尾猴（stump-tailed monkey）在树上跳往森林深处，这是我第一次在这个保护区看到这种猴。两小时后，我们到达一座悬崖，三个男人在一个相当原始的茅棚前，围着火堆蹲坐。我得知他们在巡山时发现一头死羚牛。唐家河的领导——先是岳自顺，后来是江明道——跟卧龙的领导作风大相径庭，他们派巡山员监护野生动物，防范盗猎。我走动的范围很广，却从来没有发现过私设的猎套。有一次，凯和我走进一个小山谷，遇见一群采药人，篮子里装满各种植物的根。他们立刻拔足逃走，显然唯恐因为犯这种小规而被捕；事实上，他们担心到还寄了一封签名信向岳自顺致歉。数十年猎杀已使这儿的野生动物为之一空，甚至小熊猫也已绝迹，到现在，用小熊猫皮做的帽子还很受欢迎；但受到保护以后，很多物种都有增加的趋势。

我们检查了死去的羚牛，是一头一岁的雌体，有一对尖角。她很瘦，骨髓里缺乏脂肪，是营养不良的症状。现在可食的植物这么丰富，她怎么可能挨饿呢？后来我发现她一只眼睛里有白内障；另一只眼睛已经被乌鸦吃掉了。这头羚牛可能是瞎子。

现在要回家也嫌晚了。我们有些人用青杠枝在突出的悬崖下铺成床，其他人开始做晚饭，煮米饭和时间久了有点刺鼻的炒羚牛肉。我们吃的时候，羚牛的头和腿的下半截在火堆里冒烟且嗞嗞作响，把它们带回去吃之前，必须先把毛烧掉。我们睡成一排，挤在一起取暖。天明时，每个人全身僵硬地爬起身，围坐在火旁。早餐吃羚牛。溪对岸有一棵开黄花的树，映着一片黑色的松林，显得格外耀眼。我中午时分才回到家，这趟外出花的时间远比我预期的久。

一九八四年五月和六月。所有的灌木和乔木都在五月长出新叶，草本植物也长得非常高。茂密的森林成了野生动物最佳藏身之所。嫩芽长老以后，营养价值也随之减低，羚牛就迁到山坡较高处，跟着春天往山上移动。我想念老朋友。他在我们的木屋附近流连，似乎从中得到一份满足。凯到溪边洗衣服时，有时就被他用那莫测高深的眼神一直盯着瞧；我们使用那座岌岌可危的户外厕所时，他就在旁边吃草，距离近到他只消再走一步，就会闯进油毛毡糊成的墙里来。

五月七日。一个值得纪念的羚牛日。难得的大晴天，山峦都看得一清二楚。上游黑色的楔形山峰映着碧蓝的天空，坡上的青杠叶片像点着了淡绿色的火焰。我坐在阳光下抄笔记，忽然听见有人（可能是谌利民）大喊，我们木屋上方的草原，来了一大群羚牛。我们轮流用望远镜观察这些动物。羚牛从森林的暗影中走到空旷处，年轻的公羚牛和一岁大的小羚牛有几头开始兴奋，到处跳来跳去；有些母羚牛被这种嬉戏的气氛感染，也笨重地跳了几下，不过她们身躯壮硕，天生就缺乏雌性动物的优雅，只适合在崎岖的地形上慢慢行走，不适合起舞。我们知道有几小群羚牛，数量在十到三十五只之间，会在保护区这一带活动。但今天羚牛愈聚愈多，慢慢拥入草原，总数将近一百头。可能因食料极端充裕，几群羚牛全聚集到一处了。不久同事就转去忙别的事，只有凯和我继续观察。我搬了把椅子，舒服地坐下，手边端一杯茶，光是看着这些动物就觉得无上的满足。

公羚牛跟其他雄性动物一样，喜欢以气势压倒对手，而不是耗费大量精力打斗、伤害对方。两头年轻的公羚牛，半好玩、半严肃地互相展示他们的勇武。一只公羚牛向前伸着脖子，侧着身躯，用僵硬的步伐在另一只公羚牛面前走过，动作仿佛很疲倦，但充分展现出他魁梧的体形。另一只公羚牛丝毫不为所动，既没有转头去吃草，也没有屈服的迹象。第一只公羚牛再试一遍，这次贴得更近一点儿。接着，他们并排而行，相距约六英尺，但双方都不愿认输。接着好像得到什么信号似的，他们把角缠在一起，身体使劲，像跷跷板似的拉来拉去。其中一头挣脱，退到山坡上，再次跟对手角对角较量。这回他借地心引力之助，把对手赶到山下。后者屈居不利的地位，把角挣脱，两者继续肩并肩地竞争，争夺主控权，绕圈子、追逐、纠缠、角力。

观察了一会儿，我突然发现一头小羚牛都没有看到。它们到哪儿去了？繁殖季节已经结束了，小羚牛应该在四月出生。终于它们来了，全都在这群羚牛的最后面，走路跌跌撞撞，满身暗棕色的绒毛，看起来跟成年体颇不相同。大多数小羚牛围着一头母羚牛嬉闹，还有几头缠在另一头母羚牛旁边，这些小家伙显然在上托儿所，由一两个保姆照顾，它们的母亲则忙着进食或交际。我一直看到黄昏，所有的羚牛又回到森林里。黎明时分，它们又出来了一会儿，这次所有的小羚牛都围着一头母羚牛，挤成一堆，数不出有多少头，直到母羚牛向前走，身后跟了十六只小羚牛，排成一列纵队。

五月初，我们也发现路旁跳蚤为患，数量多到不可思议。凯第一次怪我从野外把跳蚤带回家时，我还嗤之以鼻。但是几天后，跳蚤已多到我只要站在路边，就可以看见它们一只接一只跳到我的裤子上。过去，我在阿拉斯加有被蚊群包围的经验，在沙捞越（Sarawak）有被蚂蟥追逐的经验，在巴西曾经身上爬满血蜱，在尼泊尔抵抗过臭虫大军。但这次的状况还是破天荒头一遭。我们千方百计不让跳蚤进房间。每次出巡回到营地，我们都极度小心地做一遍全身检查，只要有咬痕，就把衣服都脱在门外。我们每天把被褥抖开来吹风，而且养成随时神经过敏地检查长裤的习惯。我的同事经常偷偷抓痒的动作，显示他们也都已经成为跳蚤的安身立命之所，住他们身上或许比我这儿更舒服，因为他们即使在夏天也仍穿着长内衣。好在这股跳蚤潮两周后就消退了。

过了四月中旬，我还没有看见熊的影子。现在晴天气温超过六十华氏度，山谷里到处是肥美多汁的嫩草，野熊也该结束冬眠了。前一年春天，我在五一棚曾搜索过憨憨前一个秋季筑巢的树。我一棵树、一棵树检查树根有没有洞。在一个树洞里，我发现一头黑熊缩在里面，背对着入口。那是一头小熊，到了四月十二日，虽已半醒，却还赖在床上。在唐家河，到四月三十日我才发现一摊稀屎，两天后，我在洪石河谷口无意间撞见一头熊，正在吃绣球花灌木的嫩叶。我们不久就发现熊不好研究，因为它们会到处跑。它们登峰下谷，翻山越岭，只偶尔停下来进食，从不在任何地方流连。它们对吃的东西很挑剔，春天的食物主要是某几种草和嫩芽，至少有十五种。比方说，有次一头熊在山谷里散步了大约三分之二英里，它宽阔的前掌一路留下折断草叶的轨迹，很容易追踪。它吃了天南星的脆梗和野芹菜，它最喜欢插田泡（*Rubus coreanus*）的嫩芽，这种植物在树木砍伐过的地区很普遍，嫩芽外形像竹笋，但外皮长满粗硬的红毛。有时熊会把壳剥掉，但多半时候，它就整根吃下肚，滋味恐怕很像洗试管的刷子。

应邀到青川县城，参加中国野生动物保护协会（CWCA）在当地一个新支会的成立大会，是我们刻板常规的一项调剂。这个全国性的组织于一九八三年底成立，以推广保护野生动物和募款为宗旨。胡锦矗和小邱跟我们一起坐两个半小时的车，前往青川。一路在山里绕来绕去，经过开花的苹果树和种水稻的梯田。王小明统计兴大发，数出沿路一共转弯五百一十一次，还不包括吕代明闪躲鸡或狗突然打方向盘的次数。司机在中国很受奉承和重视，党员尤其如此，没有人敢怪老吕车开得不好。

成立大会上有很多人发表演讲，我也简单地谈到保护环境的重要性，由小邱翻译。地方上的支援非常重要，我希望因为我们到场而能强调官方主导的重要性。各个团体相继献上为新组织道贺的红纸条幅，红色是好运和福气的象征，我们照例列队拍团体照，这是所有正式活动不可或缺的程序。接着吃酒席。菜肴都是青川特产：干蕨叶、蕨叶粉、黑木耳。青川的木耳产量在四川首屈一指，几乎所有的中国菜都可以加一点儿。把青杠树苗锯成三英尺长，排在地上，就会长出木耳。

我听说有几个学生想见我和胡锦矗。我们被带到学校，绕过一幢建筑物，就见面前有上千名学生，整齐地排好队，站在操场，我对这场面感到惊慌失措。我被要求做二十分钟有关保护的演讲。听众鸦雀无声，他们期待听我讲英文，对讲演内容倒不见得有兴趣。我是他们毕生所见所闻的第一个外国人。虽然我并没有发表长篇文论的准备，但我尽力鼓励他们珍惜自然遗产。我呼吁他们帮助新成立的野生动物组织，尊重和保护所有的生命，多种树，以故乡的熊猫和其他珍稀生物为荣。我和胡锦矗讲完话以后，女生上来为我们系上少先队的红领巾。

我们拜访青川后不久，一天傍晚，汪福林从毛香坝骑脚踏车过来通知我们，摩天岭的山上发现一头死熊猫，那是另一个主要山谷，我还没有到过那儿。那座山谷跟我们这儿一样有条公路，但伐木工人离开后没有人维护，不久桥就塌了。第二天早晨，我们开车直到无法再通行的地方，然后开始步行，阳光热辣辣地晒在背上。熊猫死在一片竹林里，陈尸已两个月，只剩下毛、几块碎皮和骨架，没有打斗挣扎的迹象。我们把骨头捆好，徒步扛回原先下车的地方等司机，他到镇上去买补给品，还没有回来。

上方的山坡盖了几幢木屋；邓启涛认识其中一个人，是个专门捕熊的老猎户，他邀我们到他家等车。他的木屋周围都是田，大多被崎岖的地形分割成小块，种植土豆、包菜、生菜、玉米、小麦、大麦、洋葱、豌豆、黄豆等。他的木屋是木板墙，屋顶铺油毛毡，泥土地面。门口两旁的核桃树荫下，有石砌的猪圈。木屋的一端，有块打扫得非常干净的区域，谷粒铺在草席上等风干。还摆了几个蜂巢。鸡笼里一个倒放的篮子底下有只母鸡，篮子只掀开刚够毛绒绒的小鸡进出的缝，母鸡出不来。两只瘦骨伶仃的狗，瑟缩在角落里，仿佛随时准备闪避石头或脚踢似的，跟一身油光水滑的猪恰成对比。被煤烟熏黑的客厅，地上挖了一个火坑；上头用钩子吊了一个水壶。我们坐在铺有熊皮或麝皮的板凳上。墙上有张海报，画着一个精灵般娇柔的少女，侧身骑在一头象征男性雄风的老虎身上，另一面墙上，各种零星物品诸如鸡毛掸子、弯刀和一根附有铜烟锅的长柄烟斗，都塞在木板缝间。透过开着的门，可以一直看到卧室，除了一扇没有玻璃的小窗透入一道光线以外，室内黑暗一片，一头有个炕，炕上堆着被褥，还有个红箱子，箱子上画着两只天鹅，顶盖上摆着一个闹钟和一个晶体管收音机。墙上众多相框旁边，挂着周恩来的画像。我向主人问起他的家庭状况，他就带我去看照片——他的母亲、八个孩子、他自己不同年龄的模样，还有四个中国女明星。现在只有他的妻子、一个儿子和媳妇还有一个孙儿跟他同住。

这位老先生非常好客而健谈，他的面孔黝黑多皱纹，跟他请我们吃的核桃颇为类似。飘拂的白胡子为他添一分仙气，但他嘴里只剩四颗泛黄的犬齿了。他请我们喝加了蜂蜜的热水。身穿靛蓝土布衣裳，脚着球鞋的女主人，端出一大盘腌藠头。然后他到一个篮子里翻了半天，掏出一个装满白酒的塑胶瓶，我们对这玩意儿敬谢不敏。

他掩不住得意地说："我自给自足。所有必需品都是我自己种的，只除了盐、油和米得去跟别人交换。"

他生活很苦，所余极为有限，但是他显然很满足现状，认同自己的环境和命运；不奢求，自然乐在其中。我羡慕他这一点。他们夫妻俩已经为未来做好准备： 屋外的棚里停着两口棺材，每具棺材不过是四片厚木板再加上两个底。我听说一两年之内，所有村民都必须迁出保护区，分散到不同的新社区。他可知道他不久就要被连根拔起？我但愿他能在老家的安全平静中逝去，但我也佩服政府为改造整个保护区所做的努力，这种事的道德评断常暧昧不清，这个住在向阳山坡上的快乐老者，至今仍令我心生不安。

五月二十六日是本季的社交盛会。青川的领导在毛香坝摆了一场四十人的盛宴，这场慷慨而友善的快乐庆典，使我深受感动，因为他们是为我庆贺生日。首先我们拍团体照，两个穿红衣的小女孩，献给我和凯一人一束塑胶花。接着我们到会议室，听人称赞项目的运作和大家辛苦工作的成绩，特地从成都赶来的胡锦矗致辞说，希望合作能一直继续很多年。我收到各式各样的好礼物，每个人的好意令我目不暇接，这是我这辈子收到最多礼物的一个生日。礼物之中，有一盒据说治疗知识分子头痛有奇效的草根，我觉得有趣极了。但因为在场没有人知道用药的分量和服法，所以我始终没有动用；其实我也很少头痛，或许这正反映我的学问不高吧。从青川运来四个抹着厚厚白色糖霜的西式蛋糕，两个蛋糕上一共插了五十一根点着的蜡烛。我试着一口气把蜡烛都吹熄，但第二个蛋糕吹到一半，我就没有气了，真是遗憾。那两个小女孩跳起舞，唱了一首当地的民歌，赢得热烈的掌声，凯还带大家唱"生日快乐"。宴饮中途，我向每个人敬酒，每次都要干杯。每个人都提醒我，依照传统，我必须喝五十一杯酒，一杯象征一岁。这是个难忘的盛会，至少大家都这么告诉我。

毛香坝到我们基地中途有座石桥河谷，谷口有几片巴山木竹（*Bashania*）林，这种竹子叶片特别大。四月中旬长出新笋。六月一日，胡锦矗和王小明发现一头熊猫最近在那儿吃过笋——基部已变硬的较高的竹笋——两天后，又有人看到熊猫。六月八日，我和胡锦矗在隔壁的平武县做熊猫调查时，接获通知，唐家河抓到熊猫了。我们立刻赶回去，当天下午就抵达毛香坝。我们得知邓启涛在石桥谷口又看到那头熊猫。他跟二十八名村民在一片竹林里把熊猫团团包围，令其顺势退入一个山洞，然后一直待在洞里。邓启涛和王小明在路上接到我们。为防熊猫逃逸，他们已在洞口看守了一夜未曾休息，躺在蚊虫肆虐的洼洞里，上头只搭了一块油布防雨。我去看那个洞，说是一道岩缝还比较恰当，深不过五英尺，又低又潮湿，洞顶垂下来很多树根。熊猫缩在角落里，眼睛一眨也不眨地瞪着我。我建议他们趁我回去取麻醉用具时，从毛香坝运一个装动物的笼子过来。

熊猫接受注射时一声也不吭。五分钟后，我悄悄钻进岩洞，用绳子拴住一条后腿；我们慢慢把熊猫拖出来装进笼子里，这家伙东倒西歪几乎塞满整个空间。这是一头中年熊猫，牙齿泛黄，快磨平了；邓启涛说是头雄体。有两个人伸手到栅栏里，托着他的头，让我把无线电颈圈系好。我松口气，自言自语道："满顺利的。"我不能决定是否该立刻把他放了。药力消失时。天应该已经黑了。还是等明天早晨吧。

四周围观的人群中，有一个我没见过的人；他是青川一家医院的外科医生，前一天他们把他找来，因为熊猫吐出几条蛔虫。我现在才知道，熊猫需要打虫，然后关上至少一星期，以便观察。

我大感意外："可是所有的熊猫都有蛔虫呀！这并不代表它们有病。我们不能因为熊猫长了几只寄生虫，就强迫它们离开野外。"

外科医生对熊猫不熟悉，所以他只敢做最安全的建议，胡锦矗和邓启涛表示同意。但我只同意把熊猫关过夜。我们把熊猫抬到我们的棚屋里，喂他吃稀饭、竹子、清水。他弓身坐着，不作声。

到早晨他还是什么都不吃，虽然他已两整天没有进食。不过凯倒些水在他鼻子上时，他总算还舔了舔。他不时发出可怜的低吼声。我们围在棚屋前讨论他的命运。

邓启涛说："他显然是病了，看他都不吃东西。"

我反驳说："他当然不吃东西，他吓坏了。我们把他抓起来之前，他明明吃得好好的。"

邓启涛坚持说："这种情形下我们不能放他。"

我勉强克制内心的愤怒和不安说："你的顾虑我了解；我知道你关心熊猫的健康。可是如果你把他关起来，他一定会生病。那就不能尽快把他放回野外了。五一棚的项目就是因为领导做出错误决策，囚禁三头熊猫，造成严重的损害。有一头熊猫因此而死亡。当时我不在场，无法跟那儿的领导把问题厘清，但是现在我人在这儿。如果你把熊猫关起来，我们就没有必要继续唐家河的项目。"

我发出最后通牒，就转身走开。凯想到熊猫可能的下场，眼泪几乎掉下来。既然我表示要负责，其他人讨论了不到一分钟，就决定让熊猫重获自由。我们立刻把他载上车，送回捕获他的地方。他一看见熟悉的竹林，就兴奋起来，凄惶的神情一扫而空，他抬起头，四下张望，笼门一开，他立刻冲出去。

我们当天下午和第二天都在监听他的动态。他一直待在附近。我们有来自香港的访客，这是第一批进入唐家河的外国旅客——曾经到九寨沟探望过我们的玛丽·克特雷尔和瑟尔夫妇，以及英国环保专家伊恩·格林姆伍德（Ian Grimwood）和他的朋友约翰·布罗克赫斯特（John Brocklehurst）。他们有机会听到唐家河第一个戴在熊猫身上的无线电颈圈发出信号，我觉得很高兴。邓启涛、王小明和我静悄悄走进竹林，确定熊猫在进食。竹丛中到处可见新鲜的粪便。

我们为这头熊猫取名“唐唐”，纪念他所生活的保护区，也纪念中国国力最强大的一个朝代。

唐唐在竹林里待了一阵子，突然决定到别处另起炉灶。他渡过北路河，翻过一座山，消失在迷宫似的山岭当中，一路往东走，通过毛香坝。前几天我们还接到微弱的信号，然后就完全失踪了。我们翻过好几座河谷，试图用无线电确定他的位置，但是只搞得自己蚂蟥爬满身。唐唐的行为跟五一棚那些不好动的熊猫截然不同。他或许能教我们一些有关熊猫的新知识，如果我们还找得到他的话。

找到唐唐成为肯·约翰逊的首要任务。因为凯和我六月二十三日就都要离开唐家河，她要回家。我则前往青藏高原研究野生动物，做为期两个月的调查。我不在的期间，肯要从卧龙调到唐家河来。肯曾在卧龙利用脚套为我们的项目抓到熊猫，现在他可以在唐家河的野熊身上一显身手了。

五月底到六月，夜间常下雨。但白天却是阳光普照，到处又热又湿。凯和我常趁傍晚出外散个步，晚风吹来金银花（honeysuckle）的香气，我们就会情不自禁走到文县河谷口，那儿有块大岩石藏在松树和青杠的阴影里，岩石一侧长满厚实的青苔，这季节里上面盛开了几百朵淡紫色的独蒜兰（*Pleione*）。我们经常来此盘桓。附近的草原出产最好吃的野草莓，分为红色和白色两种。摘莓子是一种很刺激的冒险。你永远不知道，什么时候忙碌的手指头会碰上那许多最爱在草莓丛里流连的菜花烙铁头。这种天性易怒的冷血动物，喜欢躲在道路中央的草丛里，等我们经过时，突然朝我们的靴子咬一口。这也是山茱萸开花的季节，一树尽是白花，远观像森林边缘在飘雪。

六月十九日晚上，雨下得很大。我们躺在床上，可以听见河水的潺潺声变成持续的咆哮，像一列永无止境的火车飞驰而过。雨下了一整天，一整晚，又一天。河水变成浑浊的洪流，小溪汹涌湍急，小支流也摇身一变为大瀑布。我们的木屋对面有片滑坡旧迹，现在已长满青草，我们眼看着坡上的泥土一块块掉落，创口重新迸裂，又需要好几十年才可能痊愈。河流的宁静之美已转化为一股强大无比的力量，隆隆向下游奔去。我跟凯兴高采烈地伫立雨中，看激流溅湿我们的脚，听河中的岩石翻滚，犹如从地底传出来雷声。大雨下了三天三夜。第三天早晨，附近一段河岸台地塌陷，木屋也跟着摇晃。只消一次大规模的滑坡或一座桥梁被冲断，道路就要封闭好几天。我们不得不赶快收拾行李，比预定计划提早一天前奔赴毛香坝，然后赶往成都。

一九八四年九月和十月。九月中旬，我们再度开车去唐家河。新司机老陈是个沉默寡言的高个子，脸很瘦，像用木头雕成；林业厅向我保证，他是个“很稳”的司机。北路河畔已出现黄叶，向世间昭告秋的来临。但高大的打破碗花花（*Anemone hupehensis*）还在路旁不合时宜地盛开，像春天留下的纪念。路旁有成堆的漂木，这些木头被岩石和沙砾磨蚀，最后变成骨头般的灰白色。八月三日下了五英寸的雨，河水上涨，甚至超过六月洪水的高度；不过桥上的历史高水位记号，超过正常水深十三英尺以上。

浏览过工作小组的动物目击记录，我发现夏季并非观察野生动物的好时机。我主要想知道戴上无线电颈圈的一头熊猫和一头熊的消息。但他们告诉我，两头动物都找不到了。我们六月失去唐唐的信号，但肯在七月再度找到了他的位置，在保护区界外南方的山区。唐唐的活动范围至少有九平方英里，比卧龙的熊猫大得多。他当然不是为了找食物才跋涉这么远。难道唐唐是一头还没有固定领域的亚成体？我一直采信邓启涛的观点，把他当作成年体。但如果他尚未完全长成，我就该准备替他更换颈圈，而且给脖子保留成长的空间。现在回想起来，以成年体而言，唐唐的个子似乎嫌小。我愈想这件事，就愈不敢确定唐唐是否已届成年，也弄不清他的性别。邓启涛次年夏季成功地替唐唐更换了颈圈。他确实是一头小个儿的成年雄体，体重仅一百四十九磅。

第二头被我们套上颈圈的动物叫逵逵，取《水浒传》里那个莽撞暴躁的好汉李逵的名。逵逵是只块头极大的雄体黑熊，根据各方描述，他这名字取得十分贴切。他对我的同事造成极大冲击，肯离开后，他们就决定不再设脚套捕兽，唯恐再跟熊打交道。逵逵咬坏了固定脚套用的那棵树——树干直径有六英寸。他扑向前，试图凌空攻击害他受苦的肯。肯有多次处理美洲黑熊的经验，如果连他都认为逵逵凶暴，想必有点道理。

他们在晚间麻醉了逵逵。药性发作远比预期的慢，一连注射好几剂后，他才倒下。但这头猛熊仍相当警觉，他抓到邓启涛的衬衫，张开满口森森利齿，企图把他拖过去，胡锦矗和小邱赶来抢救，拼命把邓启涛往后拉——总算拉赢了。后来，肯骑在沉睡的逵逵身上，替他戴颈圈时，邓启涛帮他拍照，没想到照相机的闪光灯惊醒了逵逵，他用一只前掌抓住肯的腿，幸好还没咬下去，就又睡着了。最后，逵逵再度站了起来，怒吼着冲过来，吓得大家在黑暗中四散逃跑，结果他把所有的怨气都出在肯不慎掉落的一顶帽子上。但肯在报告中只简单扼要地记载了逵逵"恢复情况令人满意"。

满心不高兴的逵逵继续他的流浪生涯。信号显示他主要在白天活动，约夜间九点休息。营地只监听到他在附近山岭出没了三天。他跟唐唐一样，离开保护区的范围，往南去了。他的活动范围至少涵盖十二平方英里的崎岖山区。

我回来后不久，就整日高举着天线走在山路上，到每座山谷里测试是否能收到信号。我很快就找到了唐唐，就在我们六月抓到他的那片竹林里，也发现了逵逵，他在一片青杠林上方的山顶。逵逵不久就又失踪，但唐唐留下来享用竹叶。有一次我发现唐唐在路边一棵松树的树洞里呼呼大睡。他听见我按照相机快门的声音，深深看了我一眼，但满不在乎地再度睡去，很像珍珍在五一棚的表现。

一天下午，我开车穿过雾气回家，几乎撞上一头公羚牛。他哼了一声，退后一步。他左角折断：正是老朋友。他五月弃我们的山谷而去，可能在高坡上度过夏季，发情期间，或许也曾暂时放弃独来独往，跟母羚牛混在一起。据说每年八月，雨云笼罩山野时，羚牛的发情期也达到巅峰。但现在老朋友回来过冬了。

阿兰·泰勒来跟我们住一个星期，带了他太太克里斯廷和吉他来。白天，阿兰和谌利民察看研究区的竹笋——熊猫自从七月现身以来，吃掉了百分之十六的竹笋。有的晚上，阿兰跟克里斯廷唱歌，我们最喜欢听的几首包括《飘荡在风中》（*Blowing in the*

Wind）和《克莱芒蒂娜》（*Clementine*）。离开了一个夏天，我好像又回到了正轨。为了找寻推动研究发展的灵感，体会四季的节奏，记录动物生活所依的一切微小变化，研究者必须一直生活在野外，不能像候鸟一般忽来又忽去。但是九月底我不得不再次离开唐家河。

我飞到瑞士，在 WWF 总部讨论熊猫项目的未来。做完四年野外研究后，有必要对我们的成绩做一评估，拟定今后项目的纲领。到目前为止，研究工作一直以熊猫的博物志为主，提供有关这物种的基本资讯。我们必须继续这项工作，因为还有很多问题需要解答。但现在也该开始把项目重心转移到保护方面，准备为熊猫及其居住区的保护与管理，草拟一个总纲。这套计划必须把人的因素列入考虑——保护区内外的生态、社会、经济方面对熊猫影响。毕竟现在熊猫的故乡被密集的人口包围，森林遭受的冲击相当巨大，而且与日俱增。

我们商定了几个目标。整个熊猫栖息区要做一次数量普查，各种竹子的产区与供给量要绘制成详细的图表，各保护区面临的问题与解决办法应该分别说明。为达成这些目标，须先做调查，大概需要两到三年的时间。诸如此类的建议，都要提出来跟中国人讨论。

办完这件事，我跟凯在德国碰面，一块儿回唐家河。我们十月十一日抵达，跟熊猫共度最后的三个月。

十月三十一日。例行的工作日。快七点时天亮，我走出木屋看看天色。山上云垂得很低，七千英尺的高坡上刚下过雪。温度计指着三十五华氏度。我看到雪就不由得浑身打哆嗦，但我仍盼望冬天快点来临。虽然现在山谷正是最美的时候，秋叶染出片片红、橙、金色，但雪会使野生动物都集中到较低的山谷。凯生火的当儿，我沿着从营地向南延伸的长谷走了一小段。我在这一带设了两个脚套捕熊，不过我并不指望真能抓到什么；这时候熊都在海拔较低的地方，捡青杠果吃。但我喜欢早晨的散步有个目标。伐木的旧径上，路旁树丛都很安静，我的脚步声消失在湿透的树叶上。一只羽毛蓬松的灰雀（bull finch）站在柳树上，还有一只褐羽鹪鹛飞走了，它们都要陪我们一块儿过冬。一只黑脸鹟莺（black-faced warbler）在荆棘里急急逃开。它跟其他不断拥进北路河谷的棕背鸫（Kessler's thrush）、绿鹦嘴鹎（finched-billed bulbul）、红嘴相思鸟等夏季候鸟，不久就要飞走。我回去时，早餐已准备好，照常是稀饭、炸花生米、白煮蛋、蒸馒头及各色酱菜。

邓启涛把每周工作表贴在墙上。今天早上，我负责查看三个木制捕笼，下午再去看较远的三处捕熊脚套。爬一趟洪石河谷约四个小时，我立刻带着新来的短期助手卢文仲出发。我们当初的小组已经拆散。汪福林离开了，王小明再过一个月要回学校念书，我一月也要离开这个项目。这些改变虽说是意料中事，仍不免造成一种不安的气氛，但我也意识到项目未来的向心力正在衰退，这令我担忧。唐家河的工作才刚起步，最重要的发现往往不是一两年的研究就可完成，而要等五年甚至十年，等待动物生命中发生微妙而难能可贵的事件，提供决定性的启示。我透露对未来的顾虑时，邓启涛向我保证："我会一直在这儿，即使不做领导，起码也是个工作者。"捕笼还是空的，令人失望。唐家河的熊猫为数不多，或许只有五六十头。这儿的熊猫也不像五一棚的熊猫，行动不循一定的路线，使我们很难预测它们的行踪，无从安排捕笼的位置。

中午吃面。餐后，王小明跟我沿公路下坡，走了三英里。我们照例查看山边有没有羚牛。一只公羚牛独自歇在悬崖下，毛色混在秋叶中，几乎无法分辨。没看见成群的羚牛，虽然这季节它们有时会下到谷里，舔食或咬嚼某几个地方的泥土。泥土可提供矿物质，或对羚牛吃下的某些含毒植物有解毒的功效。或许出于相同的原因，羚牛也会吃路旁的弃屋，把泥墙咬出一个一个的洞，直到房子倒塌为止。好在我们的房子以木头为主，否则说不定也会被老朋友咬烂。他无视噪声、冒烟的炉子和人来人往，常在附近出没，而且愈来愈接近。对他的脾气感到不大有把握的凯，有一次从窗里看着他说："我就喜欢用这种方式观察羚牛，舒舒服服坐在火炉旁，一边喝着茶。"

我们一路上还看见一头毛冠鹿尾部的白毛一闪而逝，这种鹿往往只在它们跳入树丛消失无踪时，才会被人看到。唐家河的毛冠鹿很常见，但由于它们体型小而性好单独行动，我们对它们隐秘的生活习惯所知甚少。毛冠鹿可能是最可爱的一种鹿，灰褐色的毛，耳朵与腿部有美丽的白斑。公鹿上唇下有突出的黑色犬齿，头顶有小小的角藏在毛里。

有棵孤零零的青杠，看起来似乎有十来只大鸟用树叶在树上筑过巢。前几天，我们看到一头黑熊爬在树上。它蹲在一根树杈上，用一只前掌把树枝折断，拉到身旁，用嘴巴把所有够得到的青杠果都咬下来。然后它用牙齿剥去青杠果的硬壳，吐掉壳，只吃果肉。丢弃的树枝全堆在它脚下的树杈上，造成一个巢形平台。我们最初看见这头熊的时候，本希望它是我们一个月前失去联络的逵逵，但并不是。我们把那棵树又仔细察看了一遍。我不知道我们为什么要这么做，因为那头熊早就跑到别的山谷别的青杠上去了。几乎每棵青杠都有树枝被折断。有的树受损严重，只剩光秃秃的树干。熊在秋季忙着采收营养丰富的青杠果时，往往减少了未来的食物来源。

它们不是什么环保家，一心只想着快点趁冬眠以前，把自己养出一身厚厚的脂肪。

我们跳过河中石块，渡过北路河，爬上山，进入一个树丛，我们在橡树下的枯叶中，藏了一个捕熊的脚套。诱饵——绑在陷阱后面树干上的一块羊肉——没被动过。只有一只黄鼠狼偷掉了一点儿肉，算是我们闯入它领域应纳的税。再往下游走，另两个脚套也是空的。我们今天的野外工作就到此结束，王小明和我翻山越岭，走向回家的路。

唐唐还留在石桥河谷口他的老竹林里。他的行为令我不解。我们的工作，以及下一年邓启涛和唐·里德所做的监听记录显示，他大部分时间都住在那块半个平方英里的区域里，只在六月到八月期间，迁移到海拔较高的地方。据我们所知，交配季节他没有出去找雌体，也没有雌体来找他。一个地区必须先有适合筑巢的树，才会有雌体来此定居，而唐唐的领域，跟唐家河大多数坡地一样遭到砍伐。我在保护区到处行走，不曾在竹林附近看到过适合筑巢的树；曾有一头雌体选中一处岩缝，作为养育新生儿的场所，但那儿通风又缺乏屏障。唐唐的活动日程也跟其他熊猫不同。他最喜欢活动的地点附近，有一幢空屋，屋里有个房间里住了一个长得像地精的老人，笑起来满口牙都没了，他种包心菜，还照顾一个有苹果树和梨树的果园。我们利用这幢木屋一间空房监视唐唐。他花在休息上的时间，比我们所知的任何熊猫都多，而且跟逵逵一样，晚间大多在睡觉。有一次，我跟凯去换班监听，邓启涛和王小明很担心，因为唐唐过去十三个小时一直没有动静。他是病了还是死了？他沉睡十八小时后终于醒来，又开始忙碌，我们这才松了一口气。唐唐活动极少——十一月一整个月，他都待在两英亩大的范围里——几乎不花什么能量。有一次凯和我从北路河对岸观察他，只看得见他的头和前臂。他最费力的动作就是弯曲前臂，用一只前爪把竹枝拉到面前，再用另一只爪子把竹叶送入口中。我们盯着他发亮的脑袋看了一小时，直到他在咀嚼到中途突然停止进食。风向变了，显然他嗅到我们。他悄无声息地退出视线。唐唐提醒我们，动物行为不仅会因地域不同而改变，也会因个体的癖性不同而有差异。

一九八四年十一月至一九八五年一月。十一月五日，我们布置在毛香坝上方的一个脚套抓到一头熊。那是一头小熊，但他脸部周围有圈毛，使他显得相当大，而他的愤怒更是不可小觑。我从未遇见过如此大发雷霆的动物。他尖声怒吼，一再向江明道和我扑过来，但他的攻势总是受套绳所限，气愤之余，他从旁边一棵树咬下大片大片的木屑。等他暂时平静下来，我把针剂打入他大腿，三分钟后，他就睡着了。这是一头雄体，约三岁大，体重一百五十五磅。脚套没有套到他的腕部，只钩住三个指头。万一他在攻击时挣脱，后果就有意思了。由于熊一年当中体重会有大幅增减——冬眠时体重至少会减轻四分之一，脖子的粗细也会跟着改变，因此为它们戴颈圈特别困难。我把颈圈系上，希望熊不至于把它扯掉，就赶快退后。几分钟后，他就又站起身，再向我们吼了几声，就急忙离开了。我们叫他冲冲，仍是取《水浒传》里英雄好汉的名字。

十一月是我们的熊月，冲冲是主角。月中，大部分树叶都掉了，每次下雪的雪线都会向谷底降低一点儿。冲冲还在外游荡，猛吃青杠果、核桃以及一切找得到的水果，还没有打算冬眠的征兆。或许他已经在毛香坝周围的无数峭壁上，选好了一个冬眠的岩洞。终于到十一月的最后一天，冲冲不再到处乱跑，不过他在山崖高处发出的信号还是活跃的。到十二月八日，信号静止下来，一直保持这样；他睡了。

熊能借冬眠保存精力，真是不可思议。他们不吃、不喝、不拉屎、不撒尿。心跳速度降低，体温略降，新陈代谢率降低四分之一。体内储存的脂肪氧化，供应新陈代谢的能量。同时利用新陈代谢产生的水分，维持血液及其他体液的适当浓度。尽管如此，熊在冬眠时睡得并不很熟；雌体会保持一定程度的清醒，可以生产和照顾小熊。

邓启涛和我决定找冲冲冬眠的巢。我们爬上峭壁，沿河床走了好几个小时，不时被迫绕过结冰的瀑布。我们攀上山顶，在暴风雨中受寒风吹打，倾听冲冲不规则的信号，有时很清晰，有时却很模糊，仿佛在遥远的地方。那天要搜索熊巢已经太晚。我们下到一个寒冬笼罩的山坡。这儿除了一串熊猫的足印，看不到半点生机，它独居这么高的山上，好像被世界所弃。熊猫对竹子的依赖，迫使它以一种跟冲冲截然不同的方式过活，熊现在可以舒服地缩在巢里，等待春天。

唐家河的熊猫和熊，在饮食方面可说有天壤之别。熊猫吃竹子为生，熊可以吃草类、水果和干果。熊猫偶尔会尝尝野芹菜，那是熊喜爱的食品；熊也可能吃笋。它们的进食习惯重叠之处，就只有这么多。竹子代表源源不断的长期食物来源；草和干果生长得很分散，而且有季节性。分析显示，熊的食物平均营养成分比竹子多二至三倍。如果具有相同的消化能力，每吃下一磅食物，熊可以得到熊猫二至三倍的能量。青杠果的营养成分尤其丰富，但熊要吃到这种食物，先得做点儿工：为了每天吃到十一磅的青杠果，必须寻找、采摘、剥下四千至一万二千个壳，视其大小而定。据估计，在生态、饮食及活动习性等方面，跟亚洲表亲很类似的美洲黑熊，可以在一天之中吃下足敷冬眠五天所需的热量。

熊猫通常一天得花十二个小时在吃上面，但因为食物供应充足，它们不需要长途跋涉。相对来说，食物来源少而需要凑合，使熊需要较大的活动领域，到处走动，找寻成熟的莓子和孤立的青杠。不过因为食物品质高，熊一天只要活动不到十一小时，就足够储存脂肪准备冬眠，所以它们晚上可以好好睡觉。高品质食物使熊的生殖年龄比熊猫提前，如果有充足的好食物，熊三岁半就可以开始生育下一代。一胎生下的小熊数量也较多，一头雌体可同时抚养二至三头小熊。

熊是机会主义者，适应性强，能随着经济条件的大起大落，在不同环境中求生与发展。熊猫则是专业者，选择安全，扬弃未知的可能。但这么做的同时，也放弃了探索、观察、尝试新事物的需求；把生命局限于没有前瞻的命运。熊和熊猫都是演化的赢家，但在这个环境遭受剧烈破坏的时代，适应能力强的物种生存的机会比较大。

十二月十四日，我们醒来时，世界已变样，褐色的山坡、没有叶子的树干，经过本季第一场大风雪，全都不见了。我到山谷里去察看捕笼，脚步像踩在褥毯上，没有声音。我跨过小溪时，一只白额燕尾（spotted forktail）发出尖锐的叫声。黑白毛羽一闪，就已振翅飞走。后来我回家的时候，发现路上有人跑过的痕迹。谌利民去检查别的捕笼；或许抓到了什么东西。不久凯就向我跑来，兴奋地喊着。

“七号捕笼里有头熊猫！”那个陷阱设在山顶上，至少有两头熊猫在那一带活动，经过好几个月的努力，我们总算抓到了一头。

我拆掉捕笼的一根木头栏杆，以便使用注射枪，熊猫大声咆哮，从那个洞里挥出黑掌。我小心地向里面窥视，迎面看到两只也正向外窥视的眼睛。等这个头不大的家伙终于转过身时，我把麻醉针打了进去。

我们把熊猫拖出来时，邓启涛说："女。"她的乳头长而黑。我说："她有孩子了。"凯好奇地问："你确定吗？她很小呢。"

她体重略少于一百五十磅，比卧龙的雌体轻大约四分之一。邓启涛告诉过我，这儿的熊猫比卧龙熊猫小得多，从唐唐和现在这头雌体身上看来，他说得没错。其他人先回营地，我和邓启涛等她从药力下恢复。邓启涛说："我们叫她雪雪。"纪念今天这个特别的日子。

现在戴有无线电颈圈的熊猫和熊都各有两头，唐家河的项目算是站稳脚跟了，工作在良好的基础上可以继续扩大。邓启涛好像看穿我心思似的，忽然慌乱地说："你留下吧。一月跟二月我们还会抓到第三头熊猫、第四头熊猫。"不久所有责任就都要落到他头上，他很担心。

我回答："你知道如何把所有的工作做好。这儿不再需要我。何况，阿兰和肯明年春天会回唐家河，另外还会有一个外国人来跟你合作。"

终于雪雪把鼻子伸到笼外嗅嗅，然后摇摇摆摆爬上山，不见了。

十二月大部分时间天气都阴霾不振，铅灰色的云层低垂。偶尔苍白的阳光会在中午照到木屋上，但不久就又藏到山后，留给我们又一天的阴暗、冰冷、沉默。小溪上冻后，水力发电厂就停止运作，没有灯光的房间令人心情郁闷。我尽可能待在户外，在新雪中寻觅足迹，希望观察到动物。

经过这条路的野生生物川流不息，真是难以想象，不过它们大多夜行。我发现大鼠和小鼠成对的小脚印滴滴答答从路的一边跑到另一边，长吻鼹（shrew）掘的地道曲曲折折的轨迹，黄鼠狼一跳一跳的痕迹，毛冠鹿纤秀的蹄痕，还有羚牛笨重的大脚印。有时难得一见的豹子或金猫会在路旁留下足迹。又有时小群的野狗会刻意到这一带徘徊，在某些地点停步嗅嗅，或集体排便。我观察一头熊猫缓步横过路面的地方，也观察黄喉貂搜索过的灌木丛，这种动物的外八字脚印一望即知。我十月底和十一月初曾在溪边见过成双成对的貂，跑起来身体波动像小型的水獭。它们为什么在这似乎是交配的季节，选择到河边来？有一次，我停步的时候，突然听见近旁传来一声沙哑刺耳的“哇咿”大叫；我跳了起来，准备逃跑，却只见一只满身刺毛的小豪猪仓皇逃走。我对这个地区的貂、果子狸（palm civet）、猪獾（hog badger）、金猫以及其他小型的肉食动物，都深感兴趣。它们都是值得研究的对象，但只有留待别人来做了。

十二月初，趁地面结冻前，凯和我小心地掘起一棵小松树，准备先充当圣诞树，然后移植到木屋前面，作为我们短暂居留的一个活生生的纪念品。我们像一九八二年在五一棚一样，用传家的装饰品布置圣诞树。圣诞夜，我们私下享用了一顿丰盛的晚餐——十月在欧洲买的一瓶葡萄酒、面包和香肠。第二天，大厅里有一个宴会。胡锦矗和秦自生从成都来陪我们过节。圣诞树下堆满礼物，树上点着许多支蜡烛，熠熠生光。我们安静地用餐，纯家宴，有清蒸鲤鱼、熏豆腐、馄饨以及很多其他菜肴。大家互相敬酒，但没有官方致辞，这顿饭充满友情的欢娱和离别的哀伤。

我满怀依依不舍和遗憾离开这儿的同事。胡锦矗和我已愉快地合作了四年，分担超乎文化疆界的种种难关。秦自生活泼的个性使我们的旅途更加愉快，邓启涛和谌利民也以他们各自的方式，帮助我们在唐家河度过这几个月，生活愉快而工作顺利。蜡烛即将燃尽，盘子也空了；屋外大雪翻飞。门突然开了，江明道和岳自顺冲进来，头上和肩上盖着厚厚一层雪。他们徒步六英里路来参加我们的晚会。我们能在这儿度过快乐的一年，他们两位也贡献良多，凯和我以特别感激的心情，向他们举杯为敬。

动身的日子一天天接近，每个观察和每步行动都令人心痛。我把最后一团熊猫粪便摆在盘上，交给凯做分类，可是她把这份殊荣让给我。洪石河谷搭了一座新帐篷，以便监听雪雪，过去三周，她一直待在我们抓到她的地点附近。一月六日，凯和我到那座帐篷去值夜。这是我们最后一晚聆听熊猫单调的生活常例。我们很高兴在帐篷旁边碰见老朋友，他经常徘徊的树丛距此两英里路，好像特地应邀前来似的。他行动迟缓，后腿明显消瘦。凯说："可怜的东西，我怕他熬不过这个冬天。"

暮色中的山坡泛着灰蓝。帐篷里的气温只有二十华氏度，我们缩在睡袋里，啃着馒头；啜饮热可可。今天是凯的生日，我说："看，你过生日我还带你到外头吃饭呢。"

一月八日，我最后一次查看捕笼。第二天，把行李搬上车以前，我沿那条路走最后一趟。金丝猴在上方的山坡上哀鸣不已，我看见有三只爬在一棵光秃秃的青杠树上。我跟着熊猫的足迹走过几处竹林，那家伙在这些地方吃过东西，咬断了五十多根竹茎，挑上头的嫩竹叶吃。

中午时分，我们驶往毛香坝，第二天早晨继续沿北路河开出了保护区。在人生一个阶段告终时，似乎该用某种特定的动作为之标记，但我们什么也没做，只是坐在车上往前走，我们自己的工作做完了，可是项目还没有结束。

正如成都一座寺庙的楹联写着：“天下事了犹未了，何妨以不了了之。”①

① 作者在本章最后引用的这句话，原联现存成都市新都区宝光寺大雄宝殿，全文如下：世外人法无定法，然后知非法法也；天下事了犹未了，何妨以不了了之。

意谓出世之人不怀成见，深知万事万物变化莫测才是常理；对世间之事也不必强求世俗观念中的“结果”，该放手时放手，听其自然发展，就是一种结束的方式。——译者

第十二章
危机四伏

一九八三年至一九八五年

竹子大规模死亡的危机，干扰到我们在卧龙和唐家河的研究工作。

一九八三年春季，我们对各个熊猫栖息地做了一项调查，当时我就注意到，位于卧龙西南的宝兴县，箭竹已开始大规模开花，这是大约四十五年一度的周期性事件。开花以后，竹子会在几个月内集体死亡，重新从种子生长。由于箭竹是熊猫偏好的食物，这种竹子死亡会在它们的世界里造成饥荒。二十世纪七十年代中期，岷山的竹子开花，饿死了很多熊猫。我们必须不计一切代价防范悲剧重演。那时我就怀疑，竹子死亡可能不限宝兴一地而已，果然，我回到卧龙就发现，那儿的竹子也都在开花。竹花使竹林变为褐色，仿佛满生高大的秋草。四分之三的箭竹都濒于死亡，但还剩一些绿竹，足够熊猫吃上好几个月。我放下心来，卧龙的熊猫还没有迫在眉睫的危机。即使剩下的箭竹明年也开花，熊猫还可以吃海拔较低处的拐棍竹。但拐棍竹也可能开花。为监视竹子的状况，除五一棚原有的一个小组外，又在偏远的山谷增设两个监视小组。

我们非常关心其他山区熊猫的情形。虽然我们对熊猫活动范围内其他地区的竹子开花状况所知不多，不过我们假设整个邛崃山区的箭竹林都有波及，并已准备发起大规模的救援熊猫行动。

林业部反应迅速，令人佩服。在副部长董智勇的领导下，他们主导了几项行动，其中包括筹建救济营，为受灾熊猫开放临时收容站，受灾熊猫在此接受训练，做好准备回到野外，重新适应野生环境。每个有熊猫的县都成立一个委员会，由副县长领导，协调救援工作。由四到六人组成的救援队，开始在山区搜索受灾的熊猫，救助它们。多个热心参与的公社，也纷纷自组救援队。凡是发现受灾熊猫并带救援队前去解救的村民，可以领到相当于一百美元的奖金，这是很可观的一笔钱。官方还严禁当地人砍伐熊猫栖息地的竹林，关于拯救熊猫的宣传深入人心。

箭竹要到深秋才会死亡，胡锦矗和我计划趁冬季对熊猫栖息区各部分的状况做个调查。我们做好了准备，但还须等待。我回美国休假三个月。

一九八三年夏季，新闻报道了更多紧急救援计划。中国政府拨款喂养受灾熊猫，把草和肉之类的食物，放在适当的地点。特别小组出动到野外去抢救熊猫宝宝，在人工环境中饲养它们。我读着这些计划，真难以想象在偏远崎岖的山岭中，如何每天供应熊猫足够的粮食。捕捉熊猫宝宝的策略也令我不安。我的中国同事对于把动物关起来饲养，观念跟我大不相同。自然界的困顿对大多数中国人都缺乏吸引力，他们比较相信儒家所谓人定胜天的说法。好几个人告诉过我，熊猫关在笼子里比在森林里风吹雨打来得好；四面有墙，头上有个屋顶，吃得又好，没有敌人，无忧无虑，多么安全，多么快活。这在建筑了长城的社会当中是一个有逻辑的观点。但是我的信念是，任何动物都应享有自由自在的生活，即使因而遭遇不测也不会改变。

一九八三年十一月，我回到中国。

赴卧龙前，我先到北京参加一个会议，会上 WWF 跟中国代表讨论未来一年的合作。中国人透露一项建立十座救济受灾熊猫临时收容站的计划，他们还提出，救援工作需要一百辆车。

德黑斯说："我们没有参加紧急救援计划的准备工作，最好让乔治自己去看看究竟需要些什么。"

中国对这个建议不甚满意：他们从不把向外国人索取物质援助跟接受忠告混为一谈。

王梦虎的上司李贵霖（Li Guilin）答道："我们主要靠自己的努力援助熊猫。"他个子很高，人很严肃，这是他第一次参加我们的项目会议。"但 WWF 也该分担救援工作中的某些责任。"他提议由基金会捐赠二十辆小货车，并负担一半的救援费用。

德黑斯说："过去三年中，我们一直争取草拟紧急救援计划，但没有任何结果。我不能同意阁下的要求，但赠送二十辆车是有可能的。我保证我会尽力。"

WWF 显然没有机会参与紧急计划的筹备工作，或实际参加救援。WWF 与中国的关系忽冷忽热，而这阵子正好趋冷。

我在一九八二年十一月二十八日的《时代》杂志上，读到一篇有关卧龙熊猫的报道。文章说熊猫深受消化不良之苦，因为它们已开始吃普通的草。两头熊猫业已死亡。“中国科学家在 WWF 协助下，着手采取紧急措施。一个办法是把烤猪排和羊肉放在山坡上，盼望熊猫能改变它们吃素的习惯。”

我一回到卧龙，就跟胡锦矗等人开会，讨论目前的危机，我也向他们求证《时代》杂志报道的准确性。对，秦自生在熊猫粪便里发现了草，但只是局部小范围。也不对，卧龙的熊猫都还活得很好，没有消化不良，也没有死亡。对，他们散布了一吨多的猪骨、羊头及内脏等，企图把熊猫诱到拐棍竹林里。但在我看来，时机到了，熊猫就会自动下山，就像过去一样。它们不大可能找到那些骨头。反倒是便宜了黄鼠狼、貂及其他小型动物，平白捞到许多肉吃。

我请康韦配合中方的计划，帮忙设计一种小型临时收容站。杜伦赛克也拟了一套急救方法，救治不能行动的熊猫，例如可以给它们喝糖水，快速补充体力。我把这些资料交给领导。有人告诉我：“只要政府把钱拨下来，我们就可以计划兴建收容站。”显然他们对便宜的设施不感兴趣，我的推断太马虎了。

我的生活很容易就回到五一棚的冬季常规。每餐都听到田致祥热情的招呼：“吃饭，乔治。”晚上大家挤在一起，围坐火旁。白天我大多在巡视箭竹林，现在竹林里只剩焦黄、脆裂、叶子掉光的枯枝。我跋涉到很远的地方，把还没有开花的竹林登记在地图上，发现转经沟山谷里还有一大片绿竹林。戴有无线电颈圈的熊猫，几乎都集中在那一带。

十二月二十一日下了雪，本季的第一场雪，气温降到十五华氏度。森林在白雪覆盖下十分寂静，我追踪珍珍，希望在她睡觉的地方附近找到宝宝脚印。但什么也没有。

接着就是圣诞节，今年没有凯，我备感寂寞，但营地人员仍努力营造节庆的气氛。他们在木屋里挂上五颜六色的彩带。屋角有一棵小云杉，装饰着纸花和蜡烛。赖炳辉从总部翻过陡峭的山岭而来，还带了两个成都做的蛋糕。晚宴照例喧闹而漫长。许多道菜肴、许多的演讲和敬酒。同事特地为我一个人安排圣诞节，这份温馨和慷慨深深打动我的心。中国人特别能用出乎意料的亲切，使人感动不已。

圣诞节后一天，史军义和我徒步出门，察看牛头山附近的竹林。我们背着睡袋，翻过东南方的方子棚高原，越过密集的枯竹林，然后爬上邻接臭水沟河谷的山头。这座山被包围在云雾里，四面浓雾透不进半点暖意，光线也很黯淡。大风扬起雪花，不久我们就满身是雪。我们花好几个小时在山间蹒跚前进，寒风刺骨，我们不确定身在何处，只知道下方某处就是垭垭店山谷，那儿有一座熊猫救援队的木屋。

黄昏时分，我们连滚带爬地下山，希望能找到救援队的踪迹。走过树林时天色已暗；不久就要天黑了。好在我们碰到一条路，跟着新鲜的脚印，在一块空地边缘，找到那幢在雪地里几乎看不见的木屋。四位队员中，我已认识小队长苏杰光，他们真挚地欢迎我们，坚持要我们坐在火旁温暖的位置，温热茶给我们喝，我们喝得满心感激。木屋非常朴素，简单到熊都不会选它作冬眠的地方。墙壁是草席做的，屋顶铺着油毛毡。半个房间是个大炕，另一半主要被炉子和成堆的柴薪占据。角落里有一堆冻白菜；屋梁上吊着一块猪肉。主人家在这种生活条件下，仍能保持愉快的心情、毅力、耐心，我感到很佩服。晚上我们都睡在炕上，挤得像沙丁鱼罐头；炕下有几只鸡，入睡前还在咯咯低叫。

一只公鸡在距我耳朵仅一英尺的地方高啼，把我蓦然惊醒。风翻雪片，打在屋上，我掀开门帘往外看，只见灰茫茫的一片。吃过粥作早饭，我们都爬上山顶。这片森林被砍伐过，只剩下被雪压弯了头的灌木丛，所有的轮廓都变得圆润柔和。雾浓得教人喘不过气，他们带我去看两座木制捕笼，好几天没检查了。胡锦矗令这个小队捕熊猫并将它们移到山下竹子较多的地方，这是多此一举。这天气视野不好，我们下午很早就回到营地。时间过得很慢。风把雪吹进室内。中国人抽烟、闲聊、喝茶，有几个人教我说中国话。晚上钻进睡袋之前，我看了一眼天气；雪花像萤火虫在我手电筒的光柱中飞舞。

第二天仍在下雪。我们沿河床走到附近的村落，一路得跨过结冰的石块，很不好走，瀑布也结了冰，寂静无声。山边有几丛拐棍竹，再往上有一小丛未开花的箭竹。我们没找到新鲜的熊猫粪便；熊猫们可能都搬到东北方另一座山谷去了。

我也拜访了另一个搜救小队驻守的寒风岭，了解竹子的状况。到那座山谷的路极为难走，积雪已一英尺深，灌木被雪压得东倒西歪，纠缠不清，简直无法穿越。我们看见熊猫的足迹，在雪地上留下深沟，消失在一片竹林后面。这一带还剩不少箭竹和拐棍竹，不需要救援队。

虽然调查很快结束，但已证实还有不少未开花的箭竹。更重要的是，海拔较低处有其他种类的竹子，可供熊猫作替换性的食物来源。我相信卧龙熊猫撑得过这场竹子大规模死亡的劫难。

但报纸对卧龙在一九八三和八四年的情况，却持不同的看法。

新华社称，中国野生保护工作人员抓到一头挨饿的老年大熊猫，把他安顿在熊猫农场，希望养胖一点。

这头熊猫年约十八岁，取名桦桦，他是在卧龙自然保护区的山坡上寻觅食物时，被烤牛肉和羊肉诱进笼子的。

他跟其他年老体弱的熊猫一起关在核桃坪农场，直到目前因箭竹提早开花而起的饥荒结束为止……（香港《虎报》）

事实上，桦桦是我们一头供研究用的熊猫，在竹林茂盛的地区被捕，当时十分健康。

占地七百七十平方英里的卧龙自然保护区主任赖炳辉日前表示："此地熊猫面临饥饿而死的危机。"

……赖炳辉还说："它们几乎没有东西吃，有的甚至虚弱得无法去找食物。卧龙百分之六十的熊猫都濒临饥饿边缘。身体过于虚弱之下，它们往往沦为掠食者的食物，或摔下悬崖……"（《洛杉矶时报》）

我一九八五年离开熊猫项目，距竹子开花已两年，但卧龙剩余的箭竹都还没有死亡，跟我的预期正好相反。援救小队没有找到一头挨饿的熊猫；村民也不曾因通报熊猫落难而领到奖金。五一棚的研究小组密切监视之下，并未发现任何熊猫面临困境的证据。

偏好的食物一下子少了四分之三，竹子的来源也突然局限于分散的小竹丛，熊猫如何适应这样的改变？肯·约翰逊和他的中国同事找到的答案很平凡。熊猫还是跟过去一样地生活。它们待在有箭竹的地方，还是春天吃笋、夏天吃叶、冬天兼吃老笋和叶。它们日常活动的时间表毫无变化。它们甚至并没有扩大活动范围；只是现在不再漫步于广大的竹林，而直接从一丛竹子走到另一丛竹子。威威、貔貔、龙龙、珍珍都留在原来的领域里，不过把活动集中在若干新的点，当然都是有未开花竹子的地方。有一次，貔貔走了七天的长路，离开势力范围，远征东方的一座山谷，好像去调查状况似的。显然剩下的箭竹还足够应付熊猫的营养需求，因此它们除了春笋之外，对拐棍竹林大致上还是不屑一顾。

仅有一头雌体的表现与众不同。她是亚成体，名叫莉莉，在竹子开始开花后一年，也就是一九八四年四月，戴上无线电颈圈。一个月后，她往东北方迁移了九英里，那年只有两次短暂回到五一棚地区。我们只能推测，她可能跟貔貔一样，偶尔离开远在牛头山的老家，出来看看，或者因为尚未成年，还没有安顿下来。

桦桦的行为也很不典型。他被释放以后，大多时间都待在拐棍竹林里。他偏爱的食物跟其他熊猫不同。关着的时候，一直用拐棍竹喂他，或许他就此养成食拐棍竹的习惯。

箭竹短缺之下，熊猫有三种选择：扩大活动范围，移居到别处，或改吃另一种竹子。竹子大举开花死亡后，五一棚附近剩余的竹丛并没有立刻跟进（到一九九一年底，它们都还活得好好的），虽然到了一九八五年，盗猎和自然死亡已使这一带熊猫十不存一，数量较一九八一年大幅减少，但它们可能还是把这批有限的资源利用到了极限。直到竹子死亡三四年以后，在一九八五到八六年间的冬季，和一九八六到八七年间的冬季，唐・里德发现熊猫有改变进食习惯的迹象。它们吃了较多的箭竹茎，对现有的资源做了较完善的利用，冬季它们也下到低海拔的地方吃拐棍竹，这是过去没发生过的事。卧龙的熊猫很幸运，在危机的时刻，大多仍能留在老家，只需调整食物种类。

一九八七年，箭竹苗还只有四五英寸高，像一片绿地毯。它们还太小，不能充当熊猫的粮食，冬季更是被大雪完全掩盖。但是到二十世纪九十年代末，它们就会再次长得又高又壮，满山遍野，提供熊猫食物和庇护。

卧龙以外的某些地区，熊猫就不见得那么幸运。

竹子一九八三年刚开始开花时，我在宝兴县，次年冬季，我获准再回去一个星期。一九八四年一月二日，云层低垂，山坡上有一层薄雪，胡锦矗、另外两个中国人和我来到宝兴。官员给我们做了危机的简报。虽然还没有熊猫死亡，但每个人都很担心。县境内估计有两百头熊猫，是熊猫的重点分布地。这儿占地四百平方英里的箭竹已死了九成，其他种类竹子占地仅三十平方英里，大多靠近农地。已有报道称，几头熊猫出现在村落附近，吃青草、玉米茎，甚至是皮夹克等不典型的食物。

前一年春天我们到过的硗碛伐木营区，气温冷入骨髓，房间里唯一的取暖设备就是一个铁制的小火盆，放了几块热炭。我们排队到厨房窗口，领一碗配有炒蔬菜的粥。公共食堂冷得像冰库，没有人在此流连，反倒是门外暖和些。但外头又有扩音机，连续几小时播一些震耳欲聋的噪声。

河谷里的箭竹林多已死亡，但其他低海拔的竹子都还很茂盛。这儿的熊猫应该没问题。但是住在西河谷的熊猫，据说已有危机。

翻越两座河谷中间的高山，需要步行一整天。一名当地的向导为我们指点前往分水岭顶峰的路径，然后我们就自行在深达一英尺半的积雪中，继续蹒跚前进。山被云雾掩盖。低处的山坡都遭砍伐，但我们在高处还从森林中走，高大的冷杉和一丛丛杜鹃在雾中看来仿若鬼魅。我们在海拔一万零五百英尺，突然走出云雾，看见晴朗耀眼的蓝天。北方和东方是连绵起伏的山峦、草原、灰色的岩石，在阳光照耀下，冰雪几乎绝迹。四姑娘山耸峙群峰之上，像一把冰斧切入天空。高处树木渐少，让位给草原。最后我们来到海拔一万二千英尺的分水岭顶峰。西河谷可能就藏在脚下的云海里；再过去，峥嵘奇险的山脉遮断了地平线。中国人脱下湿漉漉的球鞋，让阳光晒干，光着脚踩在冬草和四季不凋的白花上。大家都迟迟不想回下面的云雾里去，但终于我们还是动身了。

起先小径直下一道峡谷，谷中积雪很深，又有滑坡阻路；然后坡度变得和缓，一条运木材的大路带我们下山。路上看到一头熊猫的足迹。不久森林就变成田野。中岗村出现在山下渐浓的暮色中。这儿不像山那头的藏民用石头盖房子，他们用的是木头建材，墙壁跟卧龙一样是把木板直钉而成。走进小村，村口就是一个卖绳索、衣服、铝锅、纸、糖和烟的店铺——没什么特别的东西。一户人家大门旁系了几匹长毛小马。这儿有一家旅馆，我们在火坑周围的板凳上坐下，一层烟幕飘浮在我们头顶。人群拥入室内，来看我们和询问我们来此的目的。有个戴黑头巾、穿黑土布袍子的老人，在我旁边蹲下，温柔地拉起我一只手，定睛看着我的脸，张大嘴，露出一个微笑。他一直笑着，抓着我的手不放，什么也不说。后来有人顶顶他，叽里咕噜说了什么后，他才解释，他很高兴看见我，他从年轻的时候到现在，没再看到外国人。他今年七十四岁了。他还记得，一九二九年罗斯福探险队来到村里，在上游扎营，但因为找不到熊猫，不久就离开了。

我们晚餐吃面和窝窝头，许多长着狐狸脸的狗在我们腿间跑来跑去，抢掉落的食物屑。饭后有人带我到一个放着许多篮干草药的大房间，味道令人心旷神怡。角落里有一张好心人腾给我的床。房门口就是厕所，排泄物直接落入下面的猪圈。

早晨很清新，气温二十四华氏度，阳光洒上山峰，山谷还在阴影中，我们就往上游走。河岸有时是生满灌木的山坡，有时出现开阔的台地，支流出口则有扇形的沙洲。田地被冲刷得满是石块，很多农舍都有阳台，下面种着金黄穗实低垂的玉米。走了约两小时，山谷变窄，农田被抛在后面。低海拔的竹子在这一带本来就不多，到了这儿完全是箭竹的天下，但它们大部分业已枯死。

这地区竹子稀少令我担忧。除非熊猫翻过山头到东河谷去（但它们几乎不可能这么做），否则怎么找得到足够的食物呢？栖息地距村落较远的熊猫，获救的机会很小。西河上游只有一种竹子可吃，熊猫面临生死存亡关头。过去竹子枯死导致饿死——现在悲剧可能重演。

我们沿西河谷继续走，先来到一座阴冷的峡谷，两旁都是陡立的山坡，有时出现一段绝壁或突生悬崖上的灌木丛。出了峡谷，山谷又变宽，平缓的坡地有人开垦，淡绿色的冬麦为灰暗的地形带来一点春的气息。伐木和农耕不仅破坏较低山坡上所有的熊猫栖息地，还消灭了竹林与竹林之间的走廊，使独居的熊猫不方便从一座山旅行到另一座山，这儿跟别处一样，人口不断增加威胁到熊猫及所有野生生物的未来。

以后几个月里，宝兴有许多头熊猫死于饥饿，还有几头在饿得虚弱时被发现，暂时接受人工饲养，直到体力恢复，然后释放到有竹子的地区。如果这些熊猫戴上无线电颈圈，一定可以为它们适应新环境的情形提供极具价值的资讯，以及成功放归自然的必备知识。但不知何故，主事者不鼓励使用无线电颈圈，以致现在再也没有人知道被释熊猫的命运。

受人喜爱的熊猫在偏远、积雪的深山里挨饿受苦的消息，引起全世界的注意与想象。在战乱与环境灾难泛滥的世界里，解救熊猫是一个人人可以理解的问题，直接、明确、容易处理。凡是中国所发布与熊猫危机有关的消息，都立刻成为国际新闻。

强调熊猫困境的新闻标题不断见报：

解救熊猫……竹子短缺，大熊猫受威胁……救援大熊猫工作进行中……熊猫情况危急……解救大熊猫紧急措施……食物驰援饥饿的大熊猫……熊猫救急基金……亟须更多资金支援大熊猫救济计划。

很多新闻报道强调死亡或获救的熊猫数量：

——截至目前，本次活动已救助了十四头患病或挨饿的熊猫。

——新华社与《光明日报》引用林业部副部长董智勇发言称，野外已发现二十一头熊猫尸首，还有六头在被发现后死亡。新华社报道指出，董副部长还警告说，饥荒可能进一步恶化。救援工作至少要持续十年。

——保护专家声称已成功救助八十头大熊猫。

——去年开始的饥荒，已导致四十二头大熊猫死亡。

还有几篇新闻报道强调当地人民关怀熊猫的动人故事。例如下面这则，刊登于一九八四年十二月十四日的香港《虎报》：

一头大熊猫造访种漆树的山农老李(Li Huaxian)的木屋，这位不速之客吃光了主人家中所有的白米，然后心满意足地回到野外。

这在四川省宝兴县是常事，因为这儿是世界珍奇动物大熊猫的故乡。

硗碛镇的猎户老张(Zhan Jiliang)收起猎枪，把三头猎犬送给别人。他心甘情愿为大熊猫这么做，虽然这代表他每年的收入会因此而减少一千元人民币。

灾难之后必然出现求救的呼吁，不论孟加拉的水灾、埃塞俄比亚的干旱，都会激发大众的同情心。密集宣传的结果，捐款自中外各地不断涌来。一九八四年六月十七日的《新闻日报》(*Newsday*)写道:

各级政府全力投入保存熊猫物种、所费不赀的远程目标。去年，中央政府拨出相当于四十一万美元的经费援助熊猫，四川、陕西、甘肃各省政府又提供十万美元的地方基金。今年，中央政府承诺提拨一百万美元的运作经费，并以相等金额建设熊猫饲养场和繁殖场。今年四川省政府还要提供十万美元。

中央政府承诺，至少未来两年内，会维持目前的经费水准。

国境内的个人与机关也都慷慨捐输。两百万铁路工人一共捐出二万三千美元。用熊猫作商标的企业包括糖果、电池、保温杯、卫生纸、喷雾器、热水瓶等，也都捐了钱。书法家和画家捐出他们的作品。上海市五十万学童举行“熊猫捐款日”。《中国建设》杂志刊登了唐山一所幼儿园的孩子写的信:“附上的钱是爸爸妈妈给我们的压岁钱,可是我们要把它送给大熊猫,让它们也可以住在美丽的幼儿园里。”

海外援助接踵而至。香港海洋公园为救援熊猫运动捐了约七万五千港币。WWF 日本分会捐赠二十辆小货车,日本政府也捐了大约二十三万美元。《旧金山纪事报》报道称:“周二白宫一项仪式当中,南希·里根代表接受一张 9 589.93 美元的支票,这是美国学童‘捐零钱救熊猫’活动的捐款。第一夫人将于四月二十六日陪同总统访华时,把这张支票转交给北京的中国官员。”

一九八四年初,媒体把这条新闻炒得热闹无比,我先到卧龙,接着去宝兴,最后到唐家河加入新成立的研究计划。对于这个在我看来不过是局部性的危机,受到如此过分的宣扬,我开始感到不安。即使只有一头熊猫挨饿,当然也构成悲剧。但是如果大规模的救援作业,把熊猫生存未受威胁的地区也包括在内,对它们其实是弊大于利。一九八三年十二月十六日《中国日报》报道:

> 四川省林业厅宫副厅长称,最近已发现更多患病和挨饿的大熊猫。
>
> 他说,十一月底在青川县唐家河发现一头死亡熊猫,才六个月大,体重四十公斤。兼任该省熊猫紧急援助小组副组长的宫副厅长指出,这是十月迄今中国发现的第五头死于饥饿的熊猫。
>
> 第一具熊猫尸首于十月初在四川省平武县发现……

这则新闻与事实不符,我知道唐家河没有竹子短缺的问题,没有熊猫挨饿。我得到的消息，平武县那头熊猫的死因不明。显然所有的熊猫死亡都列为饿死。这是第一次有救援队入山，老百姓把所有的熊猫尸骸都向官方呈报，因此死亡数字必然偏高——而我们无从得知究竟有多少是真的死于饥饿。

事实上，我对平武县所谓的危机感到很尴尬。箭竹不是那里主要的竹种，其他品种的竹子大多在二十世纪七十年代中期开花，现在已经重生。但正如我们前一年在九寨沟看到的，当地竹子一波波死亡，目前仍在继续。很多中国记者来唐家河采访，他们都谈到平武县的熊猫危机，但没有人实地去勘察过；他们只访问了县城里的官员。紧急状况喊了一年以后，还没有生物学家对实际状况做一评估。我一直想要做这件事，但直到一九八四年六月，胡锦矗和我才得到许可，到那儿做为期一周的调查。

从唐家河开车到平武须两个半小时。县领导请我们吃酒席。由于时间有限，我提议只看竹子死亡灾情最严重的地区。由积极投入熊猫救援工作的林业官员钟肇敏带领我们参观。

六月三日。我们登上一座位于平武与唐家河中间的山岭。那里的湿气大，太阳也大，山坡上满是砍伐过的痕迹。那儿有一些小片箬竹（*Indocalamus*）林，我们在一处林中发现新鲜的熊猫粪便。更高处长的是另一种竹子，几乎全死光了。距开花已将近十年，但枯枝仍在，只有少数新苗。阿兰·泰勒在五一棚发现，竹苗需要森林围覆下的阴湿之气才能发芽。树木被砍光的山坡，镇日暴露在猛烈的阳光下，变得太干，竹苗就枯死了。因此，伐木虽不直接消灭竹子，最后还是会使竹子在死亡以后无法发芽再生，间接剥夺熊猫的食物来源。我们爬到山顶，沿着山脊线前行，这儿有青杠和杜鹃遮阳，令我们感到如获大赦。这儿的竹子也多，有的还没开花，有的已长出一英尺多高的竹苗。

一座山谷里有一棵孤零零的珙桐，高约五十英尺，满树盛开白花。这种树的花不明显，但有两片很大的苞叶（最大时长可达六英寸，宽三英寸）簇拥着它。微风吹拂，许多苞叶就像一群鸽子跃跃欲飞。一八九九年威尔荪来中国时，负有取得这种树的种子的使命。他把苞叶比拟为“在树间停驻的大蝴蝶”，他认为这个品种是“北温带植物当中最美丽、最有趣的一种”。当我们拖着疲惫的脚步爬下山谷，把清凉的溪水泼在满是汗水的脸上时，我心中仍洋溢着乍看到这棵罕见奇树的兴奋。

那天晚上，我在笔记上记道：“他们说，在我们今天调查的山上发现饿死的熊猫，对面山上还有一头幼体熊猫获救。我不相信这话。这么多竹子，熊猫不可能挨饿。死去的熊猫是其他原因致死，幼体熊猫则是捕来领赏的。这是个令人担忧的现象。”

六月四日。山里的竹子零散而稀少，即使有熊猫，一定也很少。一只斑尾榛鸡（severtzov's grouse）从小径旁飞起；令我联想到康涅狄格州家乡森林里的披肩榛鸡（ruffed grouse）。一个浅坑里有四颗蛋，跟鸡蛋差不多大小，壳呈浅褐色，仍有斑点。

车在村里等我们。今天是端午节，当地的领导请我们吃粽子。村民在旁围观。一个老人指着我告诉身旁的小孩说：“你看，他长得跟普通人一样，只除了那个大鼻子。”

六月五日。在雨中，我们沿白马河边的公路，开车前往王朗保护区。中途我们下车，徒步进入上岩窝沟。低处的树木已砍伐殆尽，但深入到山谷变窄只容溪水流过的地方，森林还保持完整。我们爬上陡坡，到达海拔一万英尺的山顶。大部分竹子都死了，高枝上挂着褐黄色的苔藓，地面上也覆满苔藓。我们悄无声息地穿过森林，树木在雾中显得很诡异。枯枝下长满只有两三英寸高的竹苗，像一大片绿毯。倾盆大雨浇熄了我们的热忱，我们放弃今天的调查，觅路下山。

今天跟前一天一样，我不时发现正在开花的竹丛，跟四周已经枯死的同类不相称。根据中国人的记录，近年岷山一带的竹子，每次只会有一个品种发生大规模死亡，这次在卧龙轮到的是拐棍竹。唐家河不产这种竹子，但我发现有另两个品种也已开花。对花做过检验和比较以后，我确信同时开花的不仅一种竹子，而是三种，规模如此庞大的开花现象有助于我们了解，二十世纪七十年代中期为什么会发生熊猫大量死亡的浩劫。

六月六日。我们在王朗保护区察看上次未曾看到的地区。从耸峙山谷上的峰顶眺望群山，西北方的石灰岩山峰上半截整个包围在云里，林木蓊郁的山峦向东北方迤逦，伸入甘肃省境内。从这么高的地方观察地形，可以明显看出一九七四年那场大地震的强大破坏力。山坡上还袒露着红土的伤口，仿佛才被切掉一大块。下方的山谷被乱石、泥土和倒下的树木截断。绝壁的岩石上有弯弯曲曲的浅灰色瘢痕，好像被咬了一口或硬生生锉掉一块。就连一向若无其事的熊猫，在这场大变故当中，也会紧张吧。竹子继十年前的大规模死亡后，还有一小部分在陆续开花，但令我宽慰的是，王朗的问题暂时不会重演。

我写了一份报告给 WWF，对这次调查的所闻所见做了一个总结："虽然邛崃山脉的竹子大规模开花，但平武县在一九八三年不会出现竹子大量死亡的问题。一九八二年，若干海拔超过二千九百米的山区有开花现象，可能会造成区域性的食物短缺，但没有其他问题。熊猫所面临的困境，仍是二十世纪七十年代中期竹子大规模死亡留下的后遗症，并未出现新危机，而且很多新竹苗经过十年，已经长到五十至一百厘米的高度，可以再度成为熊猫的食物来源。”

肯·约翰逊曾在一九八六年对这个地区做过广泛的调查，他的报告得出了类似结论，并指出“某些地区的竹子再生状况极佳，为这些地区未来熊猫数量增加奠定良好的基础”。

平武之行使我更加确信，救援计划的协调有问题。中国倾力动员所有的资源，做得非常出色。但北京的领导只下达命令和到成都开会。省级领导对各县发号施令，县级官员再把工作分配给基层单位，而这些人并不了解实际需要什么、缺乏什么，或怎么执行工作。他们靠有限的资讯行动，没有详尽的指示，各县各搞各的。宣传中说所有的熊猫处境危急，各县深信不疑，竞相组织没有必要的救援队。更有甚者，大笔金钱突然涌来，每个县都要分一杯羹，管它有没有危机。王梦虎谈到北京在协调上遭遇的困难时说：“远水救不了近火。”

令我很不愉快的是，一九八四年，唐家河的竹子尽管一点问题都没有，却建造了一套长期圈养熊猫的大型设施。平武建了两座小型设施。位于唐家河北方不远的甘肃白水江保护区也盖了一座大的，花了一百多万美元。《中国日报》报道：“这座农场有八间附空调的饲养室，八间游戏室，熊猫宝宝的育婴室和厨房……农场上的兽医院有 X 光室、实验室、独立的病房和药局。”四头被捕获的熊猫幼崽已搬迁进去了。

卧龙兴建研究中心这件事，而非它在协调各界帮助熊猫的努力——这才是建研究中心的初衷——对其他县城和保护区造成了刺激，他们不思跟卧龙合作，反而竞相要求同样的待遇。这种做法不仅滥用了有限的保护经费，对熊猫更是一种虐待。

援救作业始于一番好意，结果却令人遗憾。中国人到一九八四年底终于有所觉悟，试着纠正错误。美联社特派员莫特·罗森布卢拉姆（Mort Rosenblum）在一九八四年九月二十三日的《达拉斯新闻晨报》（*Dallas Morning News*）写道：

> 中外专家都指出，如今最后的野生熊猫被逼退到面积日益缩小、犹如孤岛的山顶，因盗猎者布置的致命猎套而面临死亡阴影，这些威胁其实远比目前大肆宣传的竹子饥荒更为严重。
>
> 林业部保护处主任王梦虎说："最严重的问题是我们有些研究人员工作态度不严谨，知识又不足。但我们决心克服这个问题。"
>
> 有关机关现在承认他们高估了饥荒的严重性，但它仍构成问题。

卧龙的保护问题仍然棘手。虽然竹子死亡对这儿的熊猫影响不大，但保护区内的人类活动仍持续造成重大冲击。当时保护区内有两个公社，总共有六百四十七户人家，人口多达三千七百人。山谷的坡度陡，开发成农田的利用价值不高，因此政府每年必须赈济许多吨谷物，弥补收成的不足。村民赖森林为生：伐木、采草药、杀野生动物取肉、麝香、皮革。熊猫的栖息地不断缩小，还有很多熊猫死在盗猎者的猎套中。

比利时根特大学（Ghent University）的罗伯特·德·武尔夫（Robert de Wulf）比较了一九七五年和一九八三年对卧龙拍摄的卫星照片。八年之中，十四平方英里的森林被摧毁。没有人知道有多少熊猫死于猎套。显然，即使在中国最大、最著名的一个保护区内，熊猫的未来仍是风雨飘摇。

林业部拟了一个保护森林的计划；把保护区上下二百八十二户人家迁到别处。首要之务是迁出最接近熊猫栖息地的一百户，一共五百九十人必须搬走，他们留下的废耕地要复育树木和竹子。我听说，保护区的居民没法子全部迁出，因为没有地方可以安置他们。

为吸引老百姓迁往新屯垦区，政府要为他们建筑全新的水泥砖房；兴设小学和中学；建水力发电厂供应电力，以便取暖、炊煮、照明，减少对木材的依赖；为发展畜牧而创造更多草地。事实上，必须以破坏十分之一的保护区作为交换，才能改善那些处于危急状况下的熊猫栖息区。由于新屯垦区发展农耕的潜力也有限，而且有一部分已经被开发，所有这些新屯民要怎么维生，还不得而知。

中国向世界粮食计划署（WFP）求助，后者同意提供总值七十万七千美元的大米和植物油。这些食物要当作一种补偿金，付给徙居的人家和前来建筑房屋、在光秃的山坡上植树的工人。此外，阿兰·泰勒也指出，竹子大规模死亡正好提供一个大好良机，重建遭伐木破坏的森林。茂密的竹林会妨碍森林再生。但现在既死了那么多竹子，种下的树苗更有长大的机会。WFP 提出的计划颇为可行，不过没有人知道动不动得了当地居民。政府要处理少数民族事务，远比处理汉族事务棘手。而并非所有的人都热心支持这项计划，杰夫·萨默（Jeff Sommer）在一九八四年六月十七日的《新闻日报》上指出：

> 保护区主管赖炳辉称："跟人住得这么近，对熊猫是不好的。"……

政府若受到压力，当然也可以表现得跟所有其他政府一般强硬。它之所以没有采取强硬的立场，显然是对卧龙不服从政府命令、犹图顽抗的农民有所顾忌。

三十五岁的李大兴(Li Tiaxing)说："我们不搬家。我们生在这里，就要留在这里。"

但赖炳辉说，这次政府是当真的，农人们不久就会觉悟。"他们现在还不相信，因为迁移费才刚开始筹措，我们准备一步步完成这件事。最后他们会全盘接受的。"

现年三十二岁的村民小杨说："我们在这儿住了很久，久到没有人记得是从什么时候开始。我们看不出为什么要为几只动物搬家。"

第一回合的冲突，卧龙的农民获胜。他们不肯搬到由 WFP 提供资金专门为他们兴建的新家，这些房子大多仍然空着。更有甚者，他们用卧龙森林里砍来的木材盖了新房子，万一真的非搬不可，这样可以向政府多要求一点补偿。很多为这项计划而种的树木，不久就因乏人照顾而枯死，竹子则被山羊吃了。卧龙的人口继续增加，到二十世纪八十年代末，已超过四千二百人。

我于一九八五年初离开熊猫项目时，危机尚未结束。事实上，危机永远不会结束，因为熊猫的生存总受到某种威胁。我知道它们撑得过最近这次竹子死亡事件，但盗猎行为才是熊猫最为迫在眉睫的威胁，而对栖息地的保护也不过刚起步。无论如何，保护熊猫必须采取哪些步骤已是显而易见，只等着实施。肯·约翰逊计划协助中国研究人员调查熊猫数量，唐·里德不久也要加入卧龙和唐家河做研究。WWF希望继续通过不同方式，参与包括草拟管理计划在内的工作。

因此我怀着对熊猫的真挚祝福离开了。我的祝福中不掺杂浪漫的幻想，也不企图故作乐观，掩饰绝望。虽然重大问题还没有解决，政策与落实之间也还有很大的鸿沟，但中国人业已证明，他们在强大的社会压力、工作难以推展的困境下，仍然关心熊猫，愿意帮助熊猫。我希望中国人在保护熊猫时，也能把他们赖以通过历史考验而成为一个伟大民族的达观、坚毅和务实等传统特质发扬光大。

完成一个项目，结束人生中一个自己曾全心投入的阶段，难免会觉得惆怅。我会经常回味我所见和亲身经历的一切，永远在心中保留一个熊猫的世界。我会经常想念在四川共事过的许多伙伴，他们待我的耐心、和善、沉默的支持，随着时光流逝，或换在不同的时代，可能会发展成恒久不变的友谊：现实会很快变成梦想。但至少我还能通过别人的观察，追踪熊猫的未来发展。

第十三章

命运的囚徒

一九八五年至一九九一年

一九八五年初，我离开熊猫项目后，就只跟熊猫维持断断续续的联系。我从一个参与者变成了旁观者、报道者、叙述者、批评者和抗议者，应情况需要而变。我多少有点天真地假设，一个良好的熊猫保护项目正在起步阶段。但我忘了一件事，熊猫的可爱之处，往往也就是它们灾难的起源。

不到一年，我就再度在希望与绝望的云霄飞车上大起大落。只要人为疏失对熊猫构成威胁，我一定全力抨击。我仍然相信，我有责任帮助熊猫；我不能抛弃它们。难道熊猫注定只是命运的囚徒，不能改变未来，也无法逃避吗？我读到中国研究人员宣称，熊猫的精子有缺陷，无药可救，它们的精子太小，“以致人工授精无法成孕”。幸好熊猫不会看报，不会被这种论调搞得惴惴不安。熊猫在野外世界以千百年不易的老办法好端端地生儿育女，如果因错误的观念而被贬为演化过程中的失败作品，就太可悲了。

卧龙和唐家河都曾是我的家。我最后一次看到那片山林，是一九八五年的事，但离开并不代表结束。还有太多回忆和一些遗憾。唐·里德继续参与这项目的野外部分，直到一九八七年底；肯·约翰逊来来去去，工作到一九八八年底。我通过他们，间接加入研究和保护的工作。

五一棚一带我熟悉的那几头熊猫后来都死了；到一九八五年中，只有龙龙和耳上挂有记号牌的八十一号还活着，但因为他们都没有配戴无线电颈圈，所以不常有消息。雌体莉莉住在牛头山另一头，不在研究区域内，只有桦桦的无线电信号还收得到。这项目已没什么活力。但一九八五年十二月二十七日，又捕获一头名叫新星的雌体，为她戴了颈圈。一年后，一九八七年一月四日，又有新月闯进陷阱。新月有一点跟以前捕获的雌体大不相同，她带着一头熊猫宝宝，每个人都对这个观察的机会抱着很高的期待。结果却出乎意料。

唐告诉我，新月在三月间失去了她的孩子。中国研究人员发现时，尸首犹有余温，但内脏和一条后腿已经被吃掉了。附近有两头熊猫在打架，根据现场判断，显然有一头熊猫是凶嫌，尤其是戴有无线电颈圈的桦桦嫌疑最大，因为他一直在附近。但约三百英尺外有金猫的脚印，中国人认为，金猫才是杀害熊猫宝宝的元凶。

雄狮、黑熊以及其他大型食肉动物，都有残杀同类幼兽的记录，尽管指控桦桦卷入这案件令人很不愉快，但熊猫社会里显然免不了也有这类现象。不过，生命更新的速度很快。五月二十二日，虽然时间晚得有点异常，但新月又交配了，她身旁有两头雄体围伺。如果不是因为失去宝宝，她应该不会这么快就又发情。

唐在唐家河同时监听熊猫和熊，由于邓启涛和其他人奉命调往别处，他跟一组新人一起工作。已戴上颈圈的雄体唐唐，那年大部分时间还是待在石桥河谷口的老地方，只有夏季迁往高山。他一九八六年七月死在山上，死因可能是下颚化脓，这不知何种原因造成的旧创，导致骨头坏死。凯和我离开前几周才抓到的雌体雪雪，也还是留在洪石河谷的领域里，她跟唐唐一样，夏季上山，冬季又回到低处的山坡。一九八七年五月发现她的尸身，死因不明，又一位旧相识中途夭折，寿命比我们的预期短得多。

唐还为另一头熊猫戴上无线电颈圈，她在项目记录中只留下寥寥几笔。西西是一头成年雌体，在保护区东部被发现时，因受到野狗攻击，状况已很不好。她经过青川一位医生治疗，戴上无线电颈圈，于一九八五年四月释放。几天后，她的无线电信号就消失了。唐攀登到保护区的最高峰，终于发现她的信号位于西方很远的平武县境内，而且一直静止不动。经过漫长的搜索，他在树木生长线上找到西西的尸首。她走的几乎是跟回老家正好相反的方向。当年珍珍在卧龙获释后，会直接觅路回家，西西既没有这么做，也没有就近在竹林里安顿，这是个值得玩味而令人担忧的现象。把熊猫迁移到新领域可能比预期的困难，万一它们都像西西一样迷路怎么办？

小公黑熊冲冲一九八五年初冬眠醒来，就把颈圈弄掉了。另一头公黑熊逵逵虽于一九八四年底失踪，我们在一九八五年六月，又收到他的信号。十一月的最后一个星期，他在石桥河谷靠近甘肃边界的一棵空心冷杉树洞里，入巢冬眠。他的无线电颈圈在一九八六年失效。一九八五年七月，唐捕到单单，是头一岁大的公黑熊，体重仅六十磅。他没有冬眠筑巢的经验，在悬崖上一块突出的岩石下，用竹子和苔藓做了一个巢，那儿没什么遮蔽，使他饱受风雪凌虐。他一直被追踪到一九八七年十月，无线电颈圈自动掉落为止，因为这种颈圈本来就有随熊的颈围长大而自动脱落的设计。

因此，到一九八七年底，我认识的动物，除了桦桦，若非死亡，就是因无线电颈圈失效而回到他们与人隔绝的小世界。经过七年工夫，我跟他们各自的关系告一段落。同时，研究工作也几乎停顿。五一棚到一九八八年春季已相当于关门大吉。我离开熊猫项目后，胡锦矗几乎不做野外工作，其他中国研究人员也都只是短期驻留；用无线电追踪熊猫的工作停顿了。WWF 于一九八八年的一份备忘录中指出："目前卧龙根本没有在做研究。"珍妮·约翰逊在一九八八年拜访唐家河后，写信告诉我们说，研究基地"变得很荒凉，看了就难过"。不久，唐家河那位精力充沛的领导江明道调职，到别处管理一个金矿，他的位置被一个态度消极的人取代。巡山员取消，盗猎立刻猖獗起来。我的同事邓启涛也离开了林业单位。两头"获救"的幼年熊猫被关在唐家河收容站里，外籍访客表示，他们的生活条件极差。就牺牲奉献勠力科学研究的精神而言，我们好像不曾为卧龙和唐家河的熊猫留下什么痕迹。

还好有潘文石，他曾在卧龙项目中扮演不可缺少的角色，至少他把我们的传统带到了别处。他在卧龙工作到一九八四年，如今他在吕植和其他人协助下，到陕西省秦岭山脉中主持熊猫研究，已有好几年时间。几头配戴无线电颈圈的熊猫，已渐渐习惯附近有观察人员出没的生活。因此潘文石和吕植可以观察到过去熊猫不在人前展露的生活隐秘面。例如，他们发现一头雌体把幼崽独自丢在巢里两天之久。幼体熊猫在十四个月大时，开始做嗅味记号。他们至少留在母亲身边二十二个月，而非我原来假设的十八个月，即使母亲再度交配也一样。一九八八年，潘文石和他的同事出版了一本书，叫作《秦岭大熊猫的自然庇护所》，对熊猫生物学研究是一桩重大贡献。

潘文石和他的工作小组在一九八五年捕到一头与众不同的雌体熊猫。她身上正常应该是黑色的部分，呈浅咖啡色。我在西安动物园看到这头名叫丹丹的熊猫，觉得这种突变很难看。丹丹跟毛色正常的雄体交配，在一九八九年八月三十一日生产。据新华社报道，熊猫宝宝四个月大的时候，黑毛开始转变成咖啡色，像母亲一样。现在这个突变的基因，有在圈养熊猫中永远流传下去的危险。

我们最出色的一位年轻工作人员邱明江，是这一项目第二代的代表人物。他于一九八八年中前往美国读研，专攻保护生物学，这是他多年孜孜不倦努力应得的结果。他所受的训练就是中国对未来的投资。

经过七年密集的工作，这一项目究竟完成了些什么？唐·里德写给 WWF 的备忘录中，带着惆怅和听天由命的口吻，简单扼要地说——

> 最大成就在研究方面：阐明了大熊猫的基本行为模式、饮食习惯以及栖息地必备条件；建立了对竹子生长与再生之间互动以及竹林跟森林互动关系的了解。我们已经证明，盗猎与破坏栖息地毫无疑问是对熊猫生存最大的威胁，至于竹子开花，只要有足够的空间和多样化的竹子品种，熊猫就能适应。同时，我们训练了一些中国科学家和技术人员。我们影响他们之中某些人的思考方式，也促使某些人愿意为野生动物挺身而出，在保护区内争取较多的保护。现在我们已着手推动草拟保护区管理计

划，以及一套保护大熊猫的全盘计划。

但整体而言，我们没有具体证据证明我们已成功。

一九八六年八月十日，在卧龙研究中心关了许多年的莉莉生产了。有人说是人工授精的成绩，也有人说是自然交配。不管怎么样，这总是一件可喜可贺的大事。熊猫宝宝取名叫蓝天，立刻成为媒体新星，《WWF新闻》也有报道：

蓝天迷迷糊糊地睁眼看着这个疯狂的世界。风光美丽的邛崃山为她掀起突如其来的大骚动，但短暂的生命还没有教会她如何去面对。

几码开外，摄影记者和电视摄影师抢着为她拍照，准备送上卫星，传送到世界各地。因为蓝天——中国与WWF联合成立的卧龙研究中心出生的第一头熊猫宝宝——已成为独一无二的希望象征。

大家当然都希望继第一次后，成功会接踵而来，但以后就没了下文，无论是熊猫繁殖或熊猫研究都无声无息。蓝天一九八九年快满三岁时，死于肠胃病。

研究中心完工七年后，还是延揽不到胜任的研究人员，大部分空间闲置不用。WWF备忘录指出：“核桃坪中心因缺乏照顾而荒废，也不设法提升自然繁殖的可能性……实验室和诊所的状况很差，又很肮脏。”如同一位中国官员一九八七年告诉我的：“这个中心不管用。”

研究中心令人遗憾的状况，在一九九〇年中成为世界注目的焦点。WWF聘请牛津大学退休动物学家约翰·菲利普森（John Philipson），对WWF过去四分之一世纪的工作做一评鉴。在菲利普森的报告中，提及卧龙研究中心时，毫不留情地指出：

> WWF不能确实有效地保障其高额投资……捐款者得知他们提供的资金几乎都变成坏账，一定很沮丧。

一九九〇年七月二十九日，英国《周日快报》（*Sunday Express*）的记者访问WWF主席菲利普亲王，询及菲利普森报告和WWF在熊猫身上投注数百万美元资金的详情，亲王坦言以告。

> 问：WWF投资保护大熊猫，花费大笔金钱却效果不彰，受到外界批评是否允当？
>
> 答：真是很令人失望，这项目当初觉得是很好的——大家一起到中国去，帮助中国人保护熊猫。
>
> 为了做到这一点，我们跟中国人举行过多次冗长的、有时还针锋相对的讨论。最后，WWF同意把大笔金钱投入中国，现在回想起来，我们实在不该这么做。
>
> 那是很久以前的事了，我们一直脱不了身，中国人要求我们做到协议书上规定的每一个细节，虽然他们清楚地知道，包括多项复杂精密仪器在内的很多设备根本就是胡闹。他们找不到人使用这些设备，真是尴尬极了。
>
> 我访问中国时，感到非常忧心，因为百分之八十的竹林都不见了，这主要是人类入侵所造成的。保护区开放，人类擅自迁入，砍伐树木，开垦土地。

回想起来，这一项目确实该受批评，可是我认为，要是我们不曾努力防范熊猫灭绝，受到的抨击还应该更严酷。

遗憾的是，尽管 WWF 花了一大笔钱，就目前的进展而言，熊猫的生存机会仍然不乐观。

受到 WWF 评语的刺激，中国野生动物保护协会的宋慧刚说："他们无权干预中国内政……他们用我们的熊猫作标志，募到两千万美元，但只有两百万美元用于救助中国的熊猫。"

在发生争执以前，林业部确曾把被捕获的熊猫集中在一起，致力提高研究中心圈养熊猫的繁殖机会。一九九〇年底，共有十五头熊猫关在研究中心。一九九一年，成都动物园送一头已证明生殖力旺盛的雄体到卧龙。以中国各机关一向的作风，此举可说是向前迈了一大步。我听说那年春天，有两头雄体跟四头雌体交配。卡尔加里动物园派兽医苏珊·迈因卡（Susan Mainka）于年中赶到，预定至少花两年时间，协助推动繁殖项目。这是外国科学家第一次积极参与研究中心的工作。一九九一年九月七日，一头雌体生下一对双胞胎，都安然无恙，一头由母亲照顾，另一头由兽医照顾。虽然有一头熊猫宝宝在一九九二年二月夭折，但新生命仍使过去绝望的气氛为之一振，笼罩研究中心多年的徒劳感也一扫而空。

中国动物园协会在一九九〇年把全国动物园分为六区，以改善熊猫繁殖的合作方式。一九九一年，这项极具价值的努力让七头雌体怀孕，诞下九头熊猫宝宝，其中五头存活。但一共有二十三头雌体发情，显示生育潜力尚未充分发挥。

一九八三年因竹子大规模死亡而发起的熊猫救援活动，虽然早已证明没有必要，却仍延续到一九八七年。根据官方数据，一共六十二头熊猫在发现时已死亡。一百零八头圈养熊猫当中，三十三头不久就死了，三十五头在不久后迁往竹子生长茂盛的地区。

我关心的是那四十头在圈养生活中日益憔悴的熊猫，它们有的被卖给中国动物园，有的关在省级林业单位主管的机构里。一九八七年，中国共有约九十头圈养熊猫——实在太多了——而它们并不隶属于任何有整体协调的繁殖项目。大多数熊猫蜷着身子，缩在铁笼的一角，在热切的群众围观下度过一生，一般人只看见它们像小丑的面孔，而不是一种濒临灭绝的神奇动物。这些熊猫绝少有繁殖的机会。但如果所有在竹子危机中获救的熊猫，都能重获自由，它们或许能繁衍不息。

一九八七年，中国动物园协会着手在成都附近设立一个比卧龙大很多的繁殖机构。这个机构的动物从哪里来？我生怕噩梦重演，他们会理直气壮地从野外捕来更多熊猫，直到只有动物园里才找得到熊猫。捕捉熊猫的行为应该明令禁止。但截至一九九一年，仍有十一头熊猫“获救”。

一九八七年春，WWF 为筹款保护熊猫栖息地，发起大规模募捐活动。从长期的眼光来看，栖息地遭到破坏，无疑是对熊猫的极大威胁。但眼前最迫切的问题却是盗猎，数十年来，即使在竹林茂盛的区域，熊猫数量始终无法增加，盗猎正是主因。控制或至少减少盗猎现象，并不难做到，花费也不是很多，但是巡检工作却相当辛苦而得不到感谢，更谈不上光荣或受公众推崇。盗猎者被捕下狱，中国的报纸照例都会报道。但即使面对这样的公众压力，地方官员仍不为所动，我的私下抗议似乎也全然无效。这让我感到意外，因为对于一个将熊猫奉为国宝的国家，遭此批评应该是一件很没面子的事，而且因循不求改进，更有可能导致世界舆论不愿再支援中国的保护工作。起初，我不大敢以强烈的态度公开表达我的关注，生怕中方对批评反弹，对 WWF 在中国的工作产生不利的影响，但基于对熊猫的关怀，我终究还是甘冒触怒中方之大不韪。真相必须让广大的群众知道，保护工作不能光做表面功夫，必须触及所有的问题，经费分配的先后轻重次序必须照规矩来。所谓变通——对严重的疏失保持缄默——只会使情况恶化。

卧龙一向是熊猫所面临全部问题的缩影。一九八六年，肯·约翰逊和一个中国调查小组调查了卧龙的熊猫数量，这是一九七四年以来的第一次。上次调查到一百四十五头熊猫，这次的结果令人震惊：只找到七十二头。因为只有新鲜粪便和休憩地点作为估算的根据，结果当然可能不精确。但在全力推动保护工作的过程中，毫无疑问，熊猫数量确有大幅减少，甚至可能减少了一半。英国地位崇高的科学期刊《自然》刊登的一篇报告中，把熊猫数量减少归咎于竹子大规模死亡。“卧龙的箭竹在一九八三年至一九八五年开花，导致百分之四五十的熊猫死亡，其他熊猫可能迁至别处。”但我们实地做过野外工作的人都知道：熊猫并未挨饿，它们是被盗猎者杀害的。从一九八一年起，地方有关单位每年都会收到我们对私设猎套的报告，以及对执法不严的抱怨。但盗猎仍在继续，甚至在我们小小的研究区域里猖獗。一九八七年，两周之内，唐·里德一再遇见持枪带狗的猎人，并发现两组捕麝的钢丝套。

二十世纪八十年代中期，卧龙和其他地区盗猎野生动物的风气有增无减。政府实施经济改革，在“勤劳致富最光荣”的口号下，鼓励个人进取。通称“个体户”的私人企业经营者，进军动物产品市场，他们渴望短时间内牟取暴利。一个名叫“中国土产与动物副产品进出口公司”的国营组织，派代理商到四乡收购，进一步刺激了对野生生物的杀戮。麝香、熊掌、毛皮、角、骨头，以及其他常常是濒临绝种动物的身体各部分，都公然在开放市场上贩售，而且数量愈来愈大（参见附录一）。可悲的是，现在熊猫不仅会误触捕麝的猎套而死，还会碰上专为它而设的猎套；熊猫也成了一件商品。大盘商以每张三千美元以上的高价收购熊猫皮，再以每张一万美元以上的价格，转售到中国香港及台湾地区还有日本，充当地位象征。二十世纪八十年代中期在日本做的一项调查，记录了一百五十七件熊猫标本和熊猫皮。一九八六到一九八七年间，报纸经常报道熊猫被杀事件。例如，广州有三名男子和一名妇人，因持有一件熊猫皮意图非法出售而被捕；四川有三名男子，因打伤和杀死熊猫各一头，被判罚款和服刑六个月至一年。一艘中国船上发现两张缝在被褥里的熊猫皮。四川绵阳市破获一个有系统猎捕熊猫的帮派，二十六名不法分子戴着手铐游街示众。

四川林业厅的记录显示，将近一半遭到盗猎的熊猫是被射杀，三分之一死于猎套和捕笼，还有少数是捕获后才被杀害。此外，有百分之十七被毒死或炸死。二十世纪八十年代后期加入熊猫项目的英国生物学家安德鲁·洛里（Andrew Laurie）告诉我，凉山地区的老百姓把炸弹绑在肉饵上杀黑熊，也有熊猫陪着送命。

最根本的问题是，中国仍然没有全面保护野生动物的立法。刑法只规定，违反打猎规章者，处两年以下徒刑。通常这条法律只适用于现行犯，绝少用来对付少数民族的触法者。更有甚者，出售濒临绝种动物的毛皮或其他部分，不视为犯法。

一九八七年七月，平武县一名盗猎者在杀死两头熊猫后被捕。

他坦承，目前两年的刑期处分没有吓阻的作用。这件事刺激政府采取行动。不久，最高法院就宣布，非法杀害熊猫，或私自出售熊猫皮，可判刑十年以上，甚至无期徒刑或死刑。

杀熊猫会被判死刑，比任何说辞都更有力地证明了熊猫所面临的危机。

但盗猎并未终止。一九八八年四月七日，《纽约时报》刊登了以下的报道：

> 中国以非法猎杀濒临绝灭的大熊猫的罪名，逮捕了两百零三人，没收一百四十六张熊猫皮……据中国林业部透露，尚有一百五十人因涉及四川省的盗猎与毛皮买卖，正受到通缉……林业部说，二十六人已判刑，刑期自一年至无期徒刑不等……熊猫皮在中国香港和日本可以售得高价。

这则报道令我感到又伤心又恐惧，这是任何人对美好事物遭亵渎的自然反应。一百四十六头熊猫丧生。我眼前仿佛出现血淋淋的残肢断躯，憨憨、宁宁以及其他死于卧龙陷阱的熊猫鬼魂，一一来到我面前。这样严重的破坏再也不容忽视。多年来，我一直尽力抨击盗猎。但中方和 WWF 基于各自懦弱的理由，都不愿正视这问题。现在至少控制盗猎已成为公认的当务之急。WWF 的克里斯·埃利奥特（Chris Elliott）在一九八八年十一月的新闻稿中强调："盗猎问题对熊猫构成的威胁，已经远超过竹子大规模死亡。"

屠杀行为却无视包括死刑在内的严刑峻法，继续存在，《中国日报》一九八九年十月报道称：

四川绵阳中级法院周三以非法出售熊猫皮的罪名，宣判两名农民死刑。一名犯人梁永政曾出售七张熊猫皮，共得款三十万元人民币（合八万一千美元）。另一名犯人何光海出售五张熊猫皮，得款三万人民币（合八千一百美元）。梁犯另有两名共犯，均被判处无期徒刑。

但现在出售熊猫皮的报酬，已经高到死刑也无法遏阻盗猎的程度了。《公安报》报道，有一名盗猎者告诉员警说："我一辈子都赚不了那么多钱。即使冒生命危险也是值得的。要不是被你们抓到，我就成大富翁了。"

第七届全国人民代表大会在立法上帮了熊猫一个大忙，过去杀熊猫违法，但出售熊猫皮却无法可管，现在这个漏洞补上了。一九八九年三月一日，一套全面性的新野生动物保护法开始实施，禁止捕捉、杀戮、买卖受国家保护的物种。但是到目前为止，这套法律对非法交易的影响还是很有限。一九九〇年，WWF 派一名保护专家冒充台湾买主混进大陆。在她的旅途中，有人愿意以十一万二千美元出售两头活生生的熊猫幼崽，一共有人向她推销十六张熊猫皮，此外还有老虎、金丝猴以及其他稀有动物的毛皮。

一九八五到一九九一年，中国法庭处理了一百二十三件有关盗猎熊猫和走私毛皮的案子，将二百七十八人判刑，其中三人判死刑，十六人无期徒刑。但在中国香港及台湾地区还有日本的财富支持下，杀戮仍在继续。

熊猫的处境日益恶化，一九八六年和一九八七年，WWF 采取了若干及时的措施。来自安大略特伦特大学（Trent University）的约翰·马什（John Marsh）和爱达荷大学（University of Idaho）的加里·马克利斯（Gary Machlis），为保护区的领导、行政主管、及研究人员开办为期三个月的保护训练课程。来自英国的约翰·麦金农（John McKinnon）与安德鲁·洛里，跟中国同事协力，为包括卧龙和唐家河在内的几个保护区，草拟初步的管理计划，以及长期保护熊猫的全盘计划。安德鲁·洛里还教研究人员如何监听野生动物和做统计。他率领一支反盗猎巡逻队，巡视卧龙的森林，希望提供好榜样，刺激地方官员主动提出自己的办法。但为期三天的行程并没有照原定计划进行。每个巡逻队员都自己带了脚夫，挑了一大堆食物，包括活鸡和一瓶瓶的白酒。还没进森林，队员就要求做长时间的休息。安德鲁对这班人的怠惰感到沮丧、不耐烦，就一个人直往前冲，其他人吓坏了，急忙赶回住处，召集村民组织搜救队，结果发现安德鲁好端端在山顶上，等他的特工队追上来。这种笑话对卧龙的盗猎者当然不构成影响。一九九一年，WWF 派英国籍的斯图亚特·查普曼（Stuart Chapman）驻卧龙两年，他是联合国的志愿人员，专程来协助防护森林，以免遭受盗伐者和盗猎熊猫者损害，其实这是中国人本来该自己做也做得到的工作。

来自比利时的罗伯特·德·武尔夫，开了一门教人解读高空摄影和卫星图像的课程，这对绘制熊猫栖息地分布图很重要。来自香港的迈克尔·巴伦（Michael Baron）和奈那·塔维里（Nayna Thaveri），设计了方便携带的教学展示组，并编写小册子，介绍卧龙形形色色的植物与动物群落及熊猫保护区。

这些活动终于促使卧龙开始建立自己的环保教育计划。活动教育站逐一前往各村落和学校做宣导，并树立环保标语和展板。根据约定，实践“五不”——不放火、不砍树、不打猎、不垦地、不破坏森林复育——的农民可获得津贴，不过还是因执行监督太松散而受到批评。

WWF 以无与伦比的耐心，挑起理想幻灭的担子，继续为熊猫付出心力。

二十世纪七十年代中期，很多人参加全面普查熊猫栖息地的工作。当时估出来的熊猫数量是一千零五十至一千一百头。但由于调查技巧尚未标准化，工作队员又未经训练，各地区估算值的精确度相去甚远。我认为卧龙的资料应该还算准确，但唐家河就未必，最初估四百头，后来又任意减为一半，但实际数量可能低于一百头。我们要精确而跟得上时代的熊猫数字统计，据以设计周详可行的保护计划。熊猫与各个竹子种类的实际分布状况，必须逐山逐岭地绘制成图。这件事工程浩大，至少需要两年才能完成。我很高兴肯·约翰逊和他的夫人珍妮愿意跟三十五个中国人一起从事调查。后来日本的高槻成纪（Seiki Takatsuki）先生，也以竹子生态专家的身份，短期加入这个工作小组。

中国与 WWF 合作的熊猫调查，于一九八五年九月展开工作。他们一次调查一个县，做地毯式搜索，或做高山横切面调查——光是第一年，就徒步行进了一千八百多英里——计算新鲜的粪便，尤其着重休憩的地点。熊猫每天休息一至两次，每次平均两小时以上。根据这项资料，调查结果可以转换成熊猫分布的大致密度。从粪便可以看出食物上的偏好，粪便中竹茎的咬节长度显示熊猫的年龄，可以看出是处于幼年期、青春期或已成年。森林与竹林的组成、规模与密度，显示熊猫对栖息地的选择。他们也搜集建在熊猫活动区边缘的人类社群的社会经济学资料，但 WWF 的调查员不准看这份资料。接受调查的县分别是四川三十个，陕西九个，甘肃一个。调查工作起先很顺利，肯非常佩服中国同事“为大我牺牲吃苦的能耐”以及“和衷共济的团队精神”。但不久大家就泄了气，工作态度充其量也只能说是兴趣索然。按照往例，工作不能牵涉个人欲望。

尽管如此，三年后完成的调查结果，还是提供了许多极具价值的资讯。熊猫栖息地已变得太过支离破碎，把熊猫分成二十四个各自孤立、互不联系的小群，有的只剩不到二十头熊猫，生活圈被农地和崎岖的山岭包围。多数县份剩余的竹林都不多，往往只占全县面积的十分之一不到，顶多也不过百分之三十六 。剩下的森林也以惊人的速度遭到砍伐。四川适合熊猫居住的区域面积，已缩减为一九七四年的一半不到，而且这些地区还不见得真的有熊猫生存。甘肃和陕西的情形同样严重。现在仅四千六百平方英里的土地上还有熊猫出没。

高山横切面调查是熊猫数量初步估计的依据。总数： 八百七十二至一千三百五十二头熊猫。约半数熊猫分布在岷山山脉，百分之十八在邛崃山，其余大多分布在凉山和秦岭。这套数字乍看准确，实际上只能提供大略的概念。搜集横切面调查时涉及很多偏见，在调查队无人监督的情况下尤其严重。借用 WWF 报告中的一句话：“工作计划的要求与实际记录之间，有许多差异。”或许一九八八年至少还有一千三百五十头熊猫存活，但从那时开始，数量无疑还在减少，主要是受盗猎之害。根据一套相当不完整的资料推算，熊猫数量每年约减少百分之五至百分之七。巧合的是，七十年代中期和八十年代晚期调查的估计数值，与此推算值相符，两者结果都是剩下约一千头熊猫。但现在知道，前一次的估计值远低于实际数字。

这次调查是第一次对熊猫数量和分布做实际的评估，根据这项资料可以拟出有效的保护计划。

一九八九年八月，WWF 跟中国林业部合作十年后，终于出版一份熊猫保护策略。这份文件叫作《中国大熊猫及其栖息地保护管理计划》，由约翰·麦金农、毕凤洲、邱明江和另外五个中国人共同执笔。这套计划为熊猫的生存提出一套重要的蓝图。它揭示的目标包括：

> 一、使野生大熊猫保持一个可自行繁殖存续的数量，并保存所有构成熊猫自然栖息地的各种动植物，使之永续生存，成为中国自然遗产的一部分。
>
> 二、对于熊猫栖息地内已遭受人类活动损害破坏，但是对达成前一目标不可或缺的区域（例如容许孤立的熊猫族群进行交配，以及在竹子开花期间可充当迁移孔道的走廊带），必须加以重建。
>
> 三、凡是保护区以外，有熊猫出现的地区，对其森林管理措施应做修订，使得这些林区的生产作业有利于熊猫存续。
>
> 四、改善圈养熊猫的繁殖能力，务使今后不再从野外捕捉熊猫，圈养环境中出生的熊猫若有多余，可用于扩充野生熊猫的数量。
>
> 五、通过必要的研究，进一步了解大熊猫的生理、生态与行为及其所面临的威胁，同时以最有效的管理方式，使其无分野生或圈养，都具有自行繁殖的能力和生态稳定的数量，确保长期生存。

这项计划依据肯·约翰逊和他调查队里的中国同事搜集的资讯，分别讨论三十四县境内熊猫的数量、分布以及栖息地现况。它指出，现有的十四个保护区面积都太小，各区的熊猫数量都难以满足繁殖的需要，建议增加十四个新保护区，把总面积扩大到一千五百平方英里。拟议中的保护区，十一个在四川，一个在甘肃，两个在陕西。其中面积一百八十平方英里的勿角保护区地位最重要，因为它可以连接王朗、九寨沟、白河、白水江及唐家河，形成一个大保护区。拟议的岷山保护区也同样重要，它位于岷山山脉中，占地将近五百平方英里，适合熊猫居住，但一直未受保护。其他拟议保护区都很小，面积都不到一百平方英里，但都为各个孤立的熊猫族群提供了或多或少的新希望。此外，计划中还建议重划若干现有保护区的边界。唐家河保护区应向东扩充，其他几个保护区的某些部分，包括农田和村落，应该剔除。至于做不到这一点的地区，例如九寨沟，村民应该迁移到别处。

计划中还讨论到管理上各种实际可行的变通办法。很值得一提的是，它一再重申必须采取的步骤，并特别强调只需要相当简单的措施就能保障熊猫的安全（参见附录四）。

这一计划并非完美无缺。若干建议显然是出于政治上的权宜达变，与关怀熊猫无关，以致忽视了某些问题。比方说，如何在湖北等省境内熊猫曾经生存但现在已绝迹的竹林地区重新引入熊猫的问题，就没有讨论到。盗猎这个最严重的熊猫问题，谈是谈了，但计划中没有提出控制盗猎的详细步骤，显然有回避之嫌。熊猫危机的社会层面完全被忽略。由于当地民众在栖息地盗猎和造成破坏，解决问题一定要他们合作。保护工作不能只是从上而下。所有的保护工作都需要动员地方上的人民，基于他们的利害、技能、自给自足

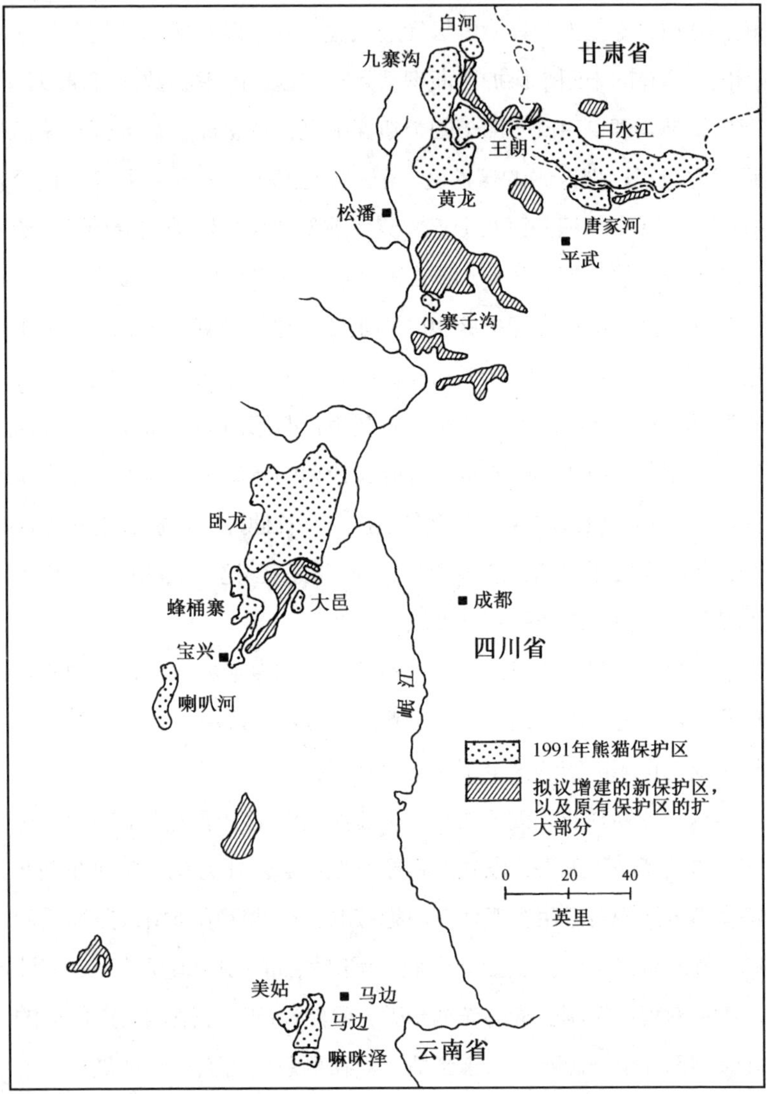

图六　原有及拟议的熊猫保护区

与传统来参与，所以一定要发起能带给当地人民精神和经济利益的项目。全世界各地的保护区内外，都设计有诸如此类的创新项目，有的是发展观光，有的是维系重要资源的永续利用。例如肯尼亚的安博塞利（Amboseli）保护区、卢旺达保护山区大猩猩的维龙加火山群（Virunga Volcanoes）保护区、哥斯达黎加的瓜纳卡斯特（Guanacaste）保护区、巴布亚新几内亚的乌拜古壁（Ubaigubi）保护区和尼泊尔的契特旺（Chitwan）保护区，都对如何整合熊猫与人类的需要，提供了有益的借鉴和前瞻。

整个管理计划还有一个问题。WWF 在中国政府批准前，就把计划给出版了。这套计划提出的预算金额太高，林业部早就预计到通过国务院时会有麻烦。一九八九年六月之后，中国政府厉行节约，该计划就被束之高阁。经过两年还没有做成决定，林业部却已将它的内容大幅重新修订。一九九一年至一九九五年的五年计划中，该计划的预算增为三倍，约五千五百万美元（一九九一年的官定汇率）。拟议的新保护区，经进一步评估，认为有几个毫无作用，因为那儿的人太多而熊猫太少、森林品质也太差。但为了使新辟保护区的数量仍维持十四个，又将其他拟议保护区分割开来。而且所有栽培竹林、建立走廊、串连孤立熊猫族群的计划，大部分都被认定无法达成，从计划中删除。

我一点一滴从中国保护界接到这些资讯；我不敢保证其正确性。因为到了一九九一年底，这计划就只剩下中文版，林业部既没有把它翻译出来，公之于世，也没有知会 WWF。但是一九九〇年十月北京一次会议中，WWF 同意接受这个新版本。计划于一九九二年经国务院通过，但是未获得全额预算。

现在总算有一套熊猫保护政策问世，这是关键性的第一步。下一步是落实计划，更是无比困难。未来数十年，甚至数百年，都需要不断地积极行动、提高警觉、合作奉献，才能延续熊猫岌岌可危的存在，达成目标。

熊猫项目开始时只是一股追求崇高理想的狂热，或许还掺着浪漫的幻想，再加上因为对问题的真正严重性缺乏认识而有的乐观。想到在我们记录它们生活的同时，熊猫正在受苦、数量锐减，我就感到痛苦的重担压在心头。与短视的庞大地方官僚体系为敌时，热忱和善意都不足以应付，他们急功近利，用推托、逃避、过时的观念、缺乏远见的行动和其他可悲的手段，来规避中央政府制定的纲领，造成令人扼腕的生态管理失误。到现在，野生生物和森林得到的保护仍少得可怜，更不要谈对栖息地做什么实际的保护管理了。熊猫被隔绝在山顶，继续受盗猎者的迫害，栖息的空间不断缩小，已经变成一首挽歌。任何保留面子的幻想都掩饰不了这些事实。除非能尽快拟订健全的计划，施以雷厉风行的执法，否则所有野外调查、豪华实验室、教育宣传、公开呼吁和法律诉讼，都救不了熊猫。让这个物种无声无息落入遗忘的深渊，是对希望的最后背叛。

第十四章
租我一头熊猫

我们当然需要更多的外汇，但不能因此而牺牲我们国内许多独有的美丽动物的生命和自由。

——印度总理英迪拉·甘地

一九三六年到一九四六年，经过一番巧取豪夺，一共有十四头珍奇而受人喜爱的熊猫，被送进外国动物园。在此期间，动物经销商弗洛伊德·丹吉尔·史密斯使出浑身解数，尽可能搜罗熊猫。纽约动物学会前任会长约翰·蒂文（John Tee-Van），曾在笔记中记述史密斯在一九四一年到中国，如何带回了两头不幸遭擒的熊猫：

他对当地老百姓大做广告，用很大的招牌公布给猎户的悬赏花红。他所经之处，都成立情报站。他还资助猎户首领，由他们再付钱给农人、采草药的人、烧炭人以及所有其他深入山林谋生的人。

不知有多少熊猫还没能送到史密斯先生手上，就枉送了性命，之后第二次世界大战爆发，以及一九四九年中国解放，使他的剥削行径告一段落。

一九五七年中国政府赠送一头熊猫给苏联，赋予其亲善大使的新地位。截至一九八三年，一共送出二十四头熊猫给九个国家，作为友谊的表征，其中包括一九七二年送给美国的玲玲和兴兴。但一九八五年，竹子大规模死亡后不久，把熊猫当礼物的活动告一段落。

一九八四年，中国为配合奥运活动，短期出借两头熊猫给洛杉矶动物园。三个月后，这两头熊猫被送往旧金山动物园又待了三个月——但换得一笔优厚的租金。这种商业行为引得北美洲和欧洲许多动物园，为争取展出熊猫的机会而各显神通，中方也很有兴趣配合，结果出现一套熊猫出租计划。动物园争的是地位、知名度和利润，中方则每出租一次的进账都达美元六位数，有时纪念品的出售所得还可分红。每次出租都带给许多中国人到海外旅行的机会——有一支先行部队察看设备；除了护送熊猫，同时还得护送一位以上的领导参加开幕典礼，宣扬熊猫亲善大使的地位；一组中国工作人员留在动物园，专职照顾离乡背井的熊猫。最后还有领导来参加闭幕典礼，盛赞建设完成的友谊桥梁。在这样的诱因下，可想而知，中国动物园开始向来访的外国动物园主管频送秋波，怂恿他们租借熊猫。熊猫现在不是因为它们本身的价值而受珍视，而是因为可供出租展示；它们成了大生意。

熊猫该不该出租？在游客的心目中，它们是最受欢迎的野生动物。兴高采烈的群众甚至看熊猫睡觉都甘愿，事实上它们大部分时间也就只是睡觉而已。动物园是一个文化和教育机构，其中的展出能提醒一般人正视稀有动物及保护它们的必要，熊猫在唤起公众注意上，当然效果绝佳。但反对出租熊猫也有很好的理由。我们可以说，应该等到人工繁殖有持续的成绩后，再把熊猫送上紧张繁忙的旅程，否则会对它们的生理周期造成重大的干扰。但中方还是不断捕捉野生熊猫，增加圈养熊猫的数量，而这批熊猫死亡却比繁殖快。我最初支持遵守严格条件的出租，因为我觉得中国需要开放，建立一套容许外国动物园跟中国人合作并提供鼓励、知识、协助和金钱的开放政策，并能在必要时施加压力，改善对野生和圈养熊猫的管理。但目睹整套出租计划对熊猫的争夺是那么贪得无厌、玩弄政治、罔顾合作、不择手段，我改变了心意。

刚开始的时候，中央政府曾试图遵守华盛顿公约（CITES）也即《濒危野生动植物国际贸易公约》对稀有动植物交易的规范，协调所有的出租行为，但若干地方单位钻了规章的漏洞。同样地，美国负责核发熊猫进口许可的渔业及野生生物管理局的科研处，一牵扯到熊猫政治就向压力屈服。一家美国动物园在办理两头熊猫的进口手续时，因违规未能立刻取得许可，白宫就出面干预。

《纽约客》杂志（一九八七年四月十三日刊）引述一位名叫阿兰·科恩（Alan Cohen）的律师发言称，纽约市长爱德华·科克（Edward Koch）为了替布朗克斯（Bronx）动物园弄到大熊猫，无所不用其极。他的毅力令人佩服。他一九八〇年到北京的时候，不住口谈论他多么想要一两头熊猫，后来只要提起他的名字，对他一无所知的人士也会说：“哦，就是那个想要熊猫的家伙。”不幸的是，布朗克斯动物园并没有感染到市长的热忱：园方认为，中国应该先为圈养熊猫发展出一套有效的繁殖计划，再把这些珍贵的动物送到国外展示。尽管如此，一九八六年十二月市政府还是通知动物园，次年春季会有两头熊猫来此展出。

从一九八四年到一九八七年，洛杉矶、旧金山、纽约、圣迭戈、多伦多等地的动物园，及佛罗里达的布施（Busch）花园都租过熊猫，一九八八年以后，卡尔加里、亚特兰大、哥伦布、波特兰和西雅图等地的动物园还在为展出成对的熊猫讨价还价。相距仅六十英里的托莱多动物园和底特律的密歇根州博览会，都使出浑身解数，争取成为美国中西部第一个展出熊猫的场地。南希·里根、卡特总统及布什总统等公众人物都牵涉进去。日本租过熊猫，荷兰、比利时和爱尔兰的动物园也都租到了熊猫。澳大利亚一九八八年庆祝二百周年时，展出一对熊猫，这对熊猫后来还访问了新西兰。甚至连一九七五年已获赠一对熊猫，而且成功把四头熊猫幼崽养大，创下中国境外最佳熊猫繁殖纪录的墨西哥城，也做起出租熊猫的生意。它提供一头熊猫给孟菲斯（Memphis）动物园做短期展出，换到一头大猩猩、两头红猩猩及若干其他动物，使中国觉得垄断事业饱受威胁，极为不悦。这场商业骚动中，唯一心平气和，置身事外的是瑞士：它严禁一切租借行为。

有些事已偏离正道。二十世纪三十年代的劣行改头换面重新问世。熊猫崇拜的始作俑者露丝·哈克尼斯当时写道："你会觉得所有的动物学会无分大小，都渴望拥有熊猫，好像非要有了熊猫，生命才完整似的。"这态度一直未变，但价格却今非昔比：一九三八年，纽约动物学会把一头熊猫送入下辖的布朗士动物园，只花了二千五百美元。五十年后，这些逗人想抱在怀中的流浪客，不仅动物园想争取，甚至连锁超市和州博览会之类的商业活动，也跃跃欲试。

熊猫面临变成纯展示动物的危险。一向以保护自诩的动物园陷于矛盾，应该反省。公平地说，包括纽约和凯格瑞在内的几家动物园，并不想要熊猫，可是它们所在的市政府却做了相反的决定。中国利用熊猫牟利，自毁它在保护界的形象。但正如中国野生动物保护协会一位官员的说法："价格没问题，不过我们欢迎捐款。"

我预见到了出租的趋势，一九八五年四月我写信给美国动物园及水族馆协会（AAZPA），提议草拟一套管理短期动物租借的纲领。我希望最近捕获的熊猫可以尽快释回野外，由政府出面整合繁殖计划，不要再让它们孤单地分散在不同的动物园，具有繁殖潜力的熊猫（包括年轻的熊猫）不应出国展览，受舟车劳顿之苦，并丧失交配的机会。动物园及水族馆协会注意到这个问题，并拟定一套很好的纲领，涵盖从旅行到居室每个方面，并鼓励各会员只收留无生育能力或已过育龄的熊猫。

中国人不把未跟他们讨论过的纲领当一回事，只要有熊猫可以送就送出国。以纽约动物学会为例，他们收到一头刚从野外捕获的成年雌体，中国人说她没有生育能力。但她抵达后不久，就开始发情。跟她一起送到的雄体还太年幼，不能交配，体型也小太多，只好把他们隔离。中国人担心雌体会伤害他。租借这两头熊猫使动物学会极为尴尬，因为它为保护熊猫和所有野生生物所付出的努力，比任何其他同类机构都多。

卡尔加里动物园主任彼得·卡斯滕（Peter Karsten）在一九八八年冬季奥运会期间收到一头十四岁雄体和一头十一岁雌体的租借提议时，打电报给中方："本园租借展览的大熊猫，不能是处于育龄、有繁殖能力者。本园与北京磋商时，曾坚持这一点，并获得保证，此点与中国官方政策相符，因此无须写成书面协议……本园是声誉良好、负责可靠的动物园，为维护本园信用、成员资格和名声起见，碍难完成租借手续。”中国人面临如此坚定明确的立场，很快就同意改送其他符合纲领规定的熊猫。

正如同其他跟熊猫有关的事，租借熊猫的问题惹出很多意气之争，尤其因为商业化行为，使得整个计划披上不道德的色彩。动物园及水族馆协会的租借纲领如能严格执行，中国收到的全部基金如能直接用于熊猫保护，道德姑息问题就不会那么严重。WWF 在备忘录中，引用中国科学当局的话，对这一情况作一总结说：“所收到的基金至少一部分有可能用于保护，但对其效用无法做独立评估。”诚然。

事实上，中国有两个各自独立的机构主办租借熊猫事宜，它们各花各的经费，彼此不协调。一个是林业部，其租借计划由中国野生动物保护协会主持；另一个是中国动物园协会，隶属城乡建设与环境保护部。这个机构的经费大多用于建设熊猫养殖场。

例如，安特卫普动物园付的十二万美元熊猫租借费、纽约动物学会付的六十万美元，全数都用来兴建成都附近的一座养殖场。根据一九八七年四月《中国日报》所引用一位官员的谈话，“我们要把二十四头有生殖能力的熊猫及若干野生熊猫，都送到这个基地来。”这个养殖场和卧龙附近那个养殖场隶属不同的部门，两者至今也没有任何要为熊猫的利益而合作的迹象。第三个熊猫养殖中心由省政府管辖，也计划盖在成都。

一九八八年，出租熊猫计划引起广泛的关切，若干机构达成一项决议（参见附录五）。WWF 起先曾赞成出租——而且租借熊猫给多伦多动物园那次，它也确实得到金钱上的好处——但现在它希望禁止所有租借行为：“WWF 敦劝中国境外所有动物园以及中国的主管机关，不要再租借大熊猫供展览之用。”过了不久，国际自然及自然资源保护联盟二月在哥斯达黎加开会建议：“大熊猫一切展示活动，均应受国际捕捉及养殖野生动物计划管辖，并完全遵守其规定。”

一九八八年二月中旬，美国动物园及水族馆协会选派的熊猫特别工作小组召开会议，草拟一份符合时效的建议书，支持继续租借熊猫，但须遵守特定的纲领。其中有一条指出：“本会会员只能接受已成年而生理上无法繁殖的动物，供短期租借展览之用，尤以已成年之雄体，或在人工环境中出生者为宜。”但中国人如何判断熊猫真的不能生殖，或他们会不会花工夫去做这种事，还是无从确知。纲领进一步提出：“所有从展览取得之收益，只能用于资助熊猫保护计划各项有关开销……”特别工作小组希望，这套纲领借着把经费用于中国为熊猫保护而设的特定措施，能减少租借活动的商业气氛。一九八八年五月，华盛顿公约也在对保护工作有益的前提下，原则上支持租借熊猫。

美国渔业及野生生物管理局（FWS）在一封日期为一九八八年二月四日的信中，再度表示对熊猫租借的关切：“除非能与中国对等机关进一步讨论熊猫租借对野生或圈养繁殖族群的影响，以及租借所得款项如何应用于改善熊猫物种的生存机会，本局无法对申请案件做出最后决定。”

但渔业及野生生物管理局在政治压力下能坚持理想到底吗？我不知道中国人和各家动物园对这样的决定有何反应。对熊猫的关怀能否克服人类的自私心理？

一九八八年初，至少有三十家美国动物园及其他机构向乐意配合的中国机构申请租借熊猫。政客对渔业及野生生物管理局施压，为他们的选民争取许可证，但首尾一贯的输入政策仍不存在。事实上，过去所发的许可都违反美国的濒危物种保护法案及华盛顿公约，两者都规定，濒危动植物除非供科学研究或有助于该物种的繁殖与生存，否则不得输入。渔业及野生生物管理局一度认定，凡是在一九八四年三月十五日华盛顿公约把熊猫列入濒危名单之前于野外捕获的熊猫不须许可就能输入。这一立场使熊猫在美国处于独特的法律地位，跟任何其他物种都迥然不同，这对政府规范所有濒危野生生物的权力构成了威胁。这么一来，动物交易商也可以利用跟熊猫同样无从求证的捕获日期证明文件，要求对其他物种给予相同的豁免待遇。

保护人士还指出，租借熊猫基本上是作商业用途，这也违背濒危物种保护法案和华盛顿公约。中国同意租借熊猫给底特律举行的密歇根州博览会，该活动纯属商业行为。动物园也强调熊猫的金钱价值，《圣迭戈联合报》（*San Diego Union*）的新闻头条是："熊猫来访，动物园坐收四百四十万美元。"托雷多动物园公开预测，展示一对熊猫可收入三百三十多万美元，托雷多商会还预期，全市可因而获得七千七百万美元的额外收益。

一片争议声中，渔业及野生生物管理局局长弗雷德·邓克尔（Fred Dunkle）于一九八八年三月宣布，在中国人证明租借行为不会对熊猫造成损害、租金收入也确实用于保护以前，不会再发熊猫的输入许可。这项政策很短命，几个星期后，渔业及野生生物管理局就无视广大的反对声浪，在俄亥俄州选出的国会议员德尔伯特·拉塔（Delbert Latta）的干预下，发输入许可给托雷多动物园。但是，当动物园主管人员从中国带回两头大熊猫，立刻卷入讼战。WWF美国分会与动物园及水族馆协会联合控告渔业及野生生物管理局，指责该局涉及熊猫的商业走私行为，违反濒危物种保护法案与华盛顿公约。它们要求把托雷多的熊猫立刻交还中国。官司中没有提到的一点是，事实上这两头熊猫来自卧龙养殖场，中方不曾提到这一点，而这件事有力地证明了他们在挑选熊猫供出租之用时，根本没有把熊猫的福利列入考虑。

托雷多动物园很快就反控WWF美国分会妨碍它与中方的合约，并要求一千万美元赔偿收益和名誉上的损失。托雷多随即公开攻讦WWF打官司之举，是为募款而作秀。托雷多动物学会会长埃德·柏格斯马克（Ed Bergsmark）说："WWF用熊猫作标志；它申请了五十七种专利，从熊猫饰品到睡衣，样样都有钱赚。"王梦虎访问托雷多时，毫不含蓄地表示，中国与外国机构合作的熊猫研究，可能因这场官司受到影响，企图借此施加压力。

六月十七日，美国地方法官诺尔马·霍洛韦（Norma Holloway）间接承认托雷多动物园的商业企图，初步裁定，禁止动物园对熊猫展览收取额外的门票费用——本来看熊猫大人要加收两美元，小孩加收一美元。但熊猫还是在托雷多待了五个月。

判决后三天，渔业及野生生物管理局就拒绝发给密歇根州博览会输入许可，不向地方上的密集游说压力屈服。州博览会损失可招徕游客的熊猫，中国林业部也损失预定用来扩建死气沉沉的卧龙研究中心的三十万美元，不过把得来不易的保护经费花在这上头，本来就不是个好主意。

六月二十四日，渔业及野生生物管理局宣布，停发所有熊猫的输入许可。这项措施要持续到对租借行为严加管制的新政策拟定以后，因为此类行为“对野生或圈养动物，构成有累积效果的新威胁”。

中国人自认在这场争论中丢了面子，主要因为他们不了解停发许可的决策在法律、生物学及道德上各有什么依据，对美国的内政状况更是一无所知。但同时，我跟几位林业部官员谈起此事，他们都很高兴暂停租借，因为海外对熊猫需求愈来愈多的压力，已在内部引发倾轧与斗争。为了与中国谈判这个问题，当时主持动物园及水族馆协会大熊猫特别工作小组，并任职芝加哥布鲁克菲尔德（Brookfield）动物园的爱德华·施密特（Edward Schmitt），一九八八年七月前往北京，拜会中国动物园协会。他们就促进中国与外国动物园合作、尽快制作大熊猫谱系①、拟定熊猫租借的联合纲领等事项，举行多次讨论，成果相当丰硕。

我跟中国林业部及其下属的中国野生动物保护协会谈及施密特有意访问时，他们很有兴趣跟他讨论租借熊猫的问题，尤其因为密歇根和托雷多的失败，都牵涉到林业部——它在租借熊猫上的竞争对手中国动物园协会则未受波及。但是施密特抵达北京时，林业部的有关官员没有空。他们自订一套政治日程，不久就安排跟美国渔业及野生生物管理局就租借熊猫问题举行会议。后来中国动物园协会、美国动物园及水族馆协会和 WWF 举行座谈会，讨论圈养熊猫的繁殖策略时，邀请林业部官员参加，他们仍然没有空。当时，林业部控制约二十七头熊猫，中国境内各动物园拥有六十头。圈养熊猫总数很难统计，因为中国还没有完成记录出生与死亡的血统书，每头熊猫都没有跟得上时效的记录。林业部或许是因为竞争对手在

① 现为中国动物园协会编制内刊，一年一期。——编校

场，不愿参加座谈会。不论理由为何，林业部错过了一个学习如何改善卧龙圈养熊猫繁殖记录的机会。

林业部与中国动物园协会之间的竞争与不合作，对拟定保护圈养熊猫的全盘性计划构成严重妨碍。因为如此，当时中国动物园协会在尝试改进熊猫的交配条件时，甚至无法争取会员全力配合。二十一所拥有熊猫的中国动物园当中，只有十所的熊猫成对。熊猫究竟是国宝，还是这些动物园及其他握有熊猫机构的私产？

林业部和中国动物园协会至少还保持起码的联络，双方在一九八八年九月中旬，联合声明暂停一切租借熊猫给美国的计划。但是这项新政策在实施上究竟有何意义，却很不清楚。比方说，林业部的张裕山（Zhang Yushan）说："不是说熊猫一定不能去，但是这类的展览应该要管制。"俄亥俄州的《哥伦布电讯报》（*Columbus Dispatch*）指出："中国人会信守对哥伦布市和对副总统布什的承诺，熊猫会来参加一九九二年的庆典……"所谓庆典是指哥伦布登陆美洲大陆五百周年纪念。至于熊猫跟哥伦布和他错误百出的冒险，究竟有何关系，就没有人搞得清楚了。但正如美国《新闻周刊》说的，两者被连在一起，或许是为了说明"如果哥伦布真的抵达中国，会看见些什么"。总而言之，在渔业及野生生物管理局重新开放输入以前，所有的熊猫都不能入境美国。

同时，中国大陆继续其熊猫政治，在一九八八年十月提议送两头熊猫给台北市立动物园。台湾方面最初一口回绝，因为接受礼物好像等于承认大陆的观点，亦即台湾不是个独立"国家"，而是中国的一省。尤其大陆已公开表示，不再把熊猫当礼物送给其他国家了。但因为"选举"在即，若干台湾政界人士对这份熊猫赠礼大力鼓吹，希望借熊猫魅力助长自己的声势。一九八九年四月，一份报纸含蓄地报道称，台湾很愿意接受熊猫，但因为“唯恐没有合适的饲养条件，所以不能立刻接受这么珍贵的动物”。政坛上迂回曲折的熊猫舞步还没有结束，这份礼物后来由中国奥委会保管，该会提议把礼送给“中华台北”奥委会。最后在一九九〇年，台湾方面终于决定拒绝这份赠礼，受到保护人士一致的称赞。①

尽管有形形色色的问题，枝节频生，但可行的租借政策逐渐成形。一九八八年底，中国动物园协会拟出自己的一套展览大熊猫的规则，其他中国机构也致力于解决各自政策中的矛盾之处。例如，只有在人工环境下出生或一九八三年以前在野外捕获的熊猫，可供租借展览。所有租借都须经过林业部批准。

美国司法部同意付出 WWF 美国分会三分之一的诉讼费用即五万美元，就 WWF 控告渔业及野生生物管理局的案子达成和解，WWF 也接受了这条件。全案本来是对托雷多动物园进口两头熊猫之事提出异议，现在托雷多动物园也同意撤销它对 WWF 和美国动物园及水族馆协会的控告。

但中国杂技团的熊猫明星英英②，却使这场熊猫风波不能平息。一九八八年秋季和冬季，他在加拿大巡回演出，一共表演了将近一百场节目。这显然是商业活动，输入许可由主管执行华盛顿公约规章的加拿大野生生物管理局发出。该局辩护说，这项活动将捐赠一百万美元给中国做熊猫保护。反对者则回应，这笔钱不一定用于原定目标，也就是在卧龙建一所保护与教育中心。

① 后来又经许多波折，台北市立动物园终于在二〇〇八年底收到大陆赠送的一对大熊猫团团与圆圆，圆圆并于二〇一三年产下一头雌体幼崽，取名圆仔，成为该动物园最受注目的明星动物。——译者

② 出生证本名记载为“GANGGANG”，是中国最后一只经批准用于演出活动的大熊猫。——编校

同时，伦敦动物园、辛辛那提动物园、墨西哥城的查普特佩克动物园，都为管理圈养熊猫立下了极具想象力的榜样。英国仅有的熊猫佳佳，是一九七四年到达的一头雄体。查普特佩克有两头雌体和一头雄体，年纪都很小，都是在动物园里出生的同胞手足。由于父亲与女儿或兄弟姊妹近亲交配，很明显地不够理想，必须借外地雄体来提供精子。伦敦方面同意配合。一九八八年底，佳佳从英国前往墨西哥途中，顺便在辛辛那提动物园停留三个月，打工赚钱。这笔钱除了帮忙扩充查普特佩克动物园的熊猫园区，还成立了一个熊猫保护基金，由伦敦和辛辛那提共同管理。

佳佳在年近十八岁时，第一次当了爸爸，他的墨西哥新娘多慧（Tohui）在一九九〇年七月产下一头熊猫幼崽。故事到这儿还没有结束。前英国首相爱德华·希思（Edward Heath）一九八八年访问中国大陆时，曾向邓小平要求一头雌体给佳佳作伴，他原来的老伴晶晶死于一九八五年。中国在一九九〇年中同意这项要求，并承诺在一九九一年初，把雌体送往伦敦动物园。但那时佳佳因延长租借期限移民去了墨西哥，乐不思蜀得很。伦敦动物园计划转而向墨西哥借另一头雄体，七岁的亮亮来配种。一切都经由另一回合的高级熊猫外交安排妥当。但到了一九九一年四月，伦敦动物园突然宣布，除非政府愿意拨款数百万美元，纾解营运上的损失，否则它将被迫在秋季关闭。这件事对熊猫交易应该没有妨碍，可是不然。一九九一年十月，虽然伦敦动物园的财务危机仍然没有起色，中国又送一头名叫明明的成年雌体到英国，作为期两年的配种出借。而身在墨西哥的佳佳，却在这个节骨眼上死了。不过这故事还是可能有个快乐的结局。柏林动物园把它已做了几年鳏夫的雄体送到伦敦，满足交配所需。

美国在一九八八年禁止输入熊猫，但别的国家当然不受限制。一九八九年，加拿大温尼伯（Winnipeg）阿西尼博因公园（Assiniboine Park）附设动物园，曾租借一对熊猫几个月。租金还是被中国用来维持成都那个熊猫养殖场。如果靠出租熊猫筹得的数百万美元，能花在防杜盗猎和保护森林上，而不要一味筑墙，把熊猫关在墙里，它们的前途或许会更光明些。但这件事也有其积极面，澳大利亚的熊猫租金用于在甘肃开辟一个新保护区。两头到日本甲府（Kofu）的熊猫，因观众比预期的少，甲府就要求所有的公务员买票看熊猫。熊猫在日本常常被转租给其他国内机构，以确保高额利润。受美国一九八八年的熊猫热感染，熊本（Kumamoto）及其他日本城市也加入争夺熊猫的大战。

一九九〇年，WWF、IUCN、美国动物园及水族馆协会以及国际动物园管理者联盟（International Union of Directors of Zoological Gardens），终于对各动物园及其他机构漠视熊猫福利、贪婪无理的作风感到忍无可忍。他们投票支持全球一致暂停租借熊猫活动。

一九九〇年底，经过两年半的酝酿，美国渔业及野生生物管理局仍未透露新的熊猫租借政策。悲观者预言，政策一定会及时问世，让哥伦布市动物园在一九九二年有充分的时间，迎接它期待已久的那一对熊猫，免得布什总统无法履行他当副总统时许下的诺言。新纲领于一九九一年三月十四日公布在《联邦公报》（*Federal Register*）上。其政策与决议经常受政府忽视的保护团体，立刻掀起强烈的抗议。新政策软弱到任何机构只要有钱而且不利用熊猫“达成以商业为主的目的”，就可以取得熊猫。规章中不要求对全球的圈养熊猫做全面登记，不要求拟定一套环球保护熊猫的策略，也不要求查证保护基金的用途。美国动物园及水族馆协会的熊猫特别工作小组主席彼得·卡斯腾，在一封日期为一九九一年四月十一日的信中，充分表达他的忧虑：

> 美国渔业及野生生物管理局的政策，会掀起新一波申请租借的浪潮，这不仅会使珍贵的熊猫基因库无法获得最大的繁殖机会，从而蒙受危机，也会对刚具雏形的保护策略，以及国际间保护熊猫的共识，造成不利影响。这项政策对拟议中的野生及圈养大熊猫全盘管理计划及其脆弱的基层结构，确实构成严重损害。我无法理解，为什么一个主管自然资源保护的机构，会做出这么没有见识的决定，如果换成一个主管经济或发展观光业的机构，或许我还比较能理解。

在没有一套可以接受的政府政策之下，美国动物园与水族馆协会只好运用自己的力量，尝试规范北美洲的动物园会员进口熊猫的行为。企图取得熊猫公开展示的动物园都会丧失立案资格。这一威胁有效地吓阻了锡拉丘兹（Syracuse）的伯内特动物园（Burnet Park Zoo）。但哥伦布市动物园要求豁免，因为它早在协会发出禁止输入令之前，就已经申请要熊猫了。同样地，国际动物园管理者联盟，也在一九九〇年八月，决议禁止租借熊猫。但新加坡仍在一九九一年底，依据过去与中方的协议进行了熊猫展示。

一九九〇年十一月底至十二月初，IUCN 在澳大利亚举行大会。会上通过一项决议，呼吁把禁止熊猫租借的期限，延长至一九九一年七月。届时预定在华盛顿召开的大规模熊猫会议，可以提供一些建议。这场预定六月初召开，名为“熊猫，保护主动出击”（The Panda，a Conservation Initiative）的国际性大会，计划由国家动物园主办。会议的主要目标是草拟一套环球交流的养殖策略，以及保护无分野生或圈养熊猫的行动计划。但会议未能达成目标，环球保护计划没有协议成功，甚至在出租熊猫的选择标准上，都没有获得共识。是否应使幼体熊猫承受出国旅行的压力？是否应只出租雄体，让雌体安安静静在家生儿育女？既然野生熊猫性喜独处，为什么展示时总要成双成对，这样岂不使两倍数量的熊猫备受舟车劳顿之苦？

鉴于这次会议无法产生全球性的熊猫管理策略，各组织重申其禁止租借熊猫的立场。

一九九一年八月十四日，美国动物园及水族馆协会发表声明说："如同前几次会议一样，理事会一致投票通过继续禁止本协会成员进口大熊猫。"

国际自然及自然资源保护联盟主席马丁·侯尔德吉特（Martin Holdgate）于一九九一年七月十七日致华盛顿公约组织的一封信中谈道：

> 既然本次会议无法达成全面性的策略，国际自然及自然资源保护联盟决定，当前除强烈建议对全世界所有短期展示活动一律禁止外，别无选择。国际自然及自然资源保护联盟的结论是，此种与繁殖无关的租借活动已偏离挽救熊猫、确立保护策略的要务。因此我们敦促贵组织禁止租借进口大熊猫、专供短期展示的行为，直到完成一套兼顾圈养与野生熊猫的良好保护策略为止。但我们认为，以繁殖为目标的租借行为，有助于发展圈养熊猫的合作管理计划，也能配合中国动物园协会正在整理的大熊猫谱系……

熊猫的处境已变得乌烟瘴气，禁令实有必要。我在写作本书时，还在揣测哥伦布市动物园会不会在一九九二年，为熊猫的未来而放弃牟利的机会。可是没什么好揣测的，贪婪总是战胜道德。哥伦布市动物园无视保护团体的反对与动物园及水族馆协会的禁令，继续跟中国林业部洽商租借一对熊猫。在这方面，动物园的行径还获得布什总统的鼓励，他在一九九一年八月二日写信给哥伦布市市长达纳（巴克）·莱因哈特（Dana ［Buck］ Rinehart）说："哥伦布市对我的家人意义重大，因为我们的先人在那儿生活与工作多年……"而熊猫会创造"中美之间长期的亲善与友谊"。一九九一年十月二十九日（美国时间，即北京时间三十日），来自哥伦布市与哥伦布市动物园的代表，在北京与中国代表签署租借协议。布什总统在十一月一日发一封亲笔信向哥伦布市市长道贺："亲爱的巴克：来信收悉。我非常高兴熊猫交易顺利完成。万事如意——乔治·布什。"有这样的支持，从渔业及野生生物管理局取得必需的输入许可，当然不成问题。但是提供租借的两头熊猫，都是一九八六年在野外捕获，均已成年，而且应该都具有生殖能力，与输入纲领的条件不符。更有甚者，申请文件中没有说明中方要如何运用租金从事熊猫保护，内容不完整。渔业及野生生物管理局打算拒发输入许可。但俄亥俄州选出的国会议员怀利（Wylie）跟内政部长曼纽约·卢扬（Manuel Lujan）联络，后者又跟渔业及野生生物管理局联络，条件不符的输入申请忽然就完全合格了。后来中方也同意更换，改送两头一九八九年在人工环境中出生的幼年雄体来，租金则计划用于在陕西省境内的秦岭山区成立新的熊猫保护区。这使得哥伦布市动物园的申请，基本上符合渔业及野生生物管理局的许可标准。

全世界的保护团体都等着看，渔业及野生生物管理局究竟会支持禁令，还是在政治压力下发出输入许可，但就在这时，哥伦布市动物园却为自己惹了别的麻烦。哥伦布市动物园园长杰克·汉纳（Jack Hanna）被召到美国动物园及水族馆协会的道德委员会做出说明，委员会告诉他，动物园若不取消熊猫租借协议，就会被撤销立案，并有可能强制歇业一年。一旦渔业及野生生物管理局对哥伦布市动物园发出输入许可，WWF 美国分会也计划申请法院禁令，不准熊猫进口。哥伦布市动物园于是决定先发制人，抢先申请不许 WWF 从中干预的禁令。它还请求一百万美元的损害赔偿金，并要求全案由哥伦布市的陪审团审理，但这时 WWF 美国分会根本就什么事都还没有做呢。争议的中心当然是哥伦布市若能展示熊猫，可从中获得的庞大商业利益。据统计，一九八八年，托雷多市因租得熊猫，市内观光客大量拥入，一共捞到六千万美元的利润。（中国只拿到几十万美元的租金，相形之下实在很划不来。）法院批准了禁令，但 WWF 向第六巡回控诉法院提出上诉，上级法院把全案驳回重审，并指出动物园的指控“证据非常薄弱”。一九九二年四月二十日，渔业及野生生物管理局把输入许可发给哥伦布市动物园，熊猫在五月底抵达。美国动物园及水族馆协会立刻吊销该动物园的成员资格。但 WWF 与哥伦布市的法律纷争后来以和解结束。动物园同意捐六万五千美元给 WWF，并提高它对熊猫保护的捐款、WWF 撤销反对租借熊猫的意见。随后，渔业及野生生物管理局又宣布要再度评估熊猫进口的政策。所以一九九二年中的情况，又恢复到一九八八年的老样子。

我确信，对圈养熊猫的管理很快就会有改进。中国会发布熊猫谱系；会在国内成立有效的繁殖计划；会跟外国机构合作，致力于熊猫在全世界范围内的繁殖。熊猫会在严格的国际监督之下恢复租借。有朝一日，中国在熊猫观光业上赚到的钱，可能会赶上或超过出租熊猫所得。卧龙与佛坪的研究显示，熊猫很快就能适应跟人类一块儿生活。观光客当然会乐意付出较高的代价看熊猫，就像他们到卢旺达和扎伊尔去看山区大猩猩一样。

大部分出租熊猫的行为都充满政治权术与贪婪，以及漠视熊猫福利的可耻心态，这现象不可能消失，但我热切希望它会变得较有节制。要应付那些凑热闹的人，世上的熊猫不论是租、是送、是卖，数量都不够多，而且永远也不够。如果我们硬要为熊猫套上各种象征意义、敬重与喜爱，也没有关系。但我们必须维护它们在野生环境中的生存，善尽我们的道德义务。熊猫的数量一年比一年减少，所以不可能保证每一座动物园、每一个国家都拥有它们。熊猫历经演化而生存在今天的世界，并不是为了取悦人类。

尾声

我努力把这本书写成熊猫项目的一部平铺直叙的忠实记录，一篇生物学家的证词，提出事实，寻求真理；我希望带出那几年在中国的气氛，并探讨熊猫奇妙的生活。写熊猫当然比写涉及这项目的人或机关简单得多。重读这些章节，我发觉我有时似乎心怀怨怼，有时又成为众人指责的对象。这并非我的初衷。有些段落无可否认会予人一种事与愿违的感觉。当时的失望与绝望，我至今仍不能完全释怀。但是像这样的编年记述方式，不能弃针砭之责于不顾；记忆的恶魔，即使在平静的时刻现身，也不甘雌伏。直言不讳不见得受欢迎，尤其是在中国。我知道真理似乎应该是什么样子，但按照亚洲的风俗，我不应说出口。

写完这本书，距开始做熊猫项目倏忽又过了十年。或许我该早些发表我对熊猫困境的体认。但我因全神投注在西藏的野生生物研究，唯恐中方终止我的计划，所以迟迟不敢提笔。事实上，保护活动需要一个国际特赦组织那样的机构推动，接受个人匿名举发破坏环境或贪污的劣行，而不必担心因此遭受报复。

我之所以没有早日出版这本书，还有一个更重要的理由。熊猫项目逐渐出现一种幻灭的气氛，高瞻远瞩被现实压迫，大家对熊猫的命运持一种愤世嫉俗的悲观态度。熊猫似乎已公认无救。虽然我也免不了义愤与悲观，但我坚持不放弃希望与乐观。了解我们对熊猫和其他生命造成了多么大的伤害，已成为这一代人类必须背负的十字架；人类对环境的破坏之烈，不啻是灵性的剥夺，对过去与未来的否定。我不仅要写一本怀旧的书，感叹又一种动物的末路，更要说明，如何在最后用希望的宣言抵销痛苦的过去，完成原罪与救赎的寓言。所以我一直等待，我的乐观似乎没有逻辑可言。

熊猫会被奉为环保偶像，其实毫不足奇。这种动物有一种与生俱来的魔力，能打动和改变所有看见它的人；只要有它在场，气氛就焕然一新。阴与阳是中国哲学论分合的两大力量：黑白、明暗、日月、寒暑和生死。彼此都含有相对极端的种子，为保持平衡完整而互相需要，并强调顺应与持久。熊猫就是阴阳观的具体呈现。可是人类扰乱了这种平衡，使熊猫的生存陷入恐惧和灭亡的阴影。

漫长的岁月里，正好是在我们研究熊猫的那几年，它们受到最多的瞩目，承受最惨烈的毁灭，我只能说这是一大讽刺。我们为保护熊猫付出的努力，非但谈不上成功，甚至可以说不过是延迟失败而已。事实上，我经常怀疑，我们的项目可能对熊猫损害多于帮助。有很多人和很多机构真心把熊猫的利益列为优先，他们的好意毋庸怀疑。但如果熊猫能留在竹林里继续过着默默无闻的生活，不必应付外界的宣传，也不受宣传挑动的贪婪滋扰，或许现在就不会有那么多的熊猫失去自由，竹子死亡也不会成为毫无必要地大举捕捉熊猫、成立收容站的借口。熊猫可能不会有那么高的身价，或被送到海外赚租金，或被剥下皮卖到中国台湾地区和日本当纪念品。但即使熊猫的生活不受打扰，伐木工人和开垦山坡的人口快速增加，还是会使它们不得安宁。熊猫项目首开先河，提供有关熊猫隐秘生活的基本资讯，厘清保护问题，提出解决方案。这是这一项目的重要遗产。我们不能因熊猫数量不断减少而失去方向感，放弃拯救它们的决心。熊猫和它们的栖息地仍然存在，一套实际可行的救助办法也已成形。但除非我们现在就采取行动，否则我们对熊猫短暂的喜爱可能徒然留下永远的悔恨。

对熊猫而言，自由就是山林环绕的竹海中平静的生活。它们不能调整自身来迎合我们，它的需求无法妥协。要是不这么想，一味拿它的未来赌博，将是一个昂贵的错误。如果任凭熊猫灭绝，那么所有的高尚情操、人道关怀，所有使它们永垂不朽的企图，都没有意义。为确保熊猫作为神奇演化过程的永恒见证和生态救赎的象征继续生存下去，我们必须动员全世界的人共同参与。

在熊猫的故乡维护熊猫生存的责任，全靠中国：唯有中国能落实保护熊猫的各种必要手段。但世界其他地区必须提供监督、经费与道德支援。情况的严重性，也可视为希望与机会。不过，如果我们现在不能做出正确的抉择，最后的熊猫也早晚会消失，留下一场轰轰烈烈的失败，见证着文明的破坏威力，而我们只能徒然扼腕。已经消失的世界再也唤不回。

熊猫没有历史，只有过去。它来自另一个时代，与我们短暂交会。我们深入丛林，追踪它的那几年，得窥它遗世独立的生活方式。本书是那段短暂光阴的实录，而非回忆。

跟熊猫共同生活的那几年，已成为我灵魂的一部分，就像熊猫用它灿烂的生命照亮竹林一般。我的回忆在沉痛与喜悦之间浮沉，常常牵挂威威和唐唐以及其他跟我有过接触而自由生活的熊猫。最难忘的当然是珍珍，我永远记得离开五一棚那天遇见珍珍的情景，她的突然现身仿佛是一件临别赠礼。

我发现她在距营地不远的地方，蜷着身体坐在一块布满青苔的大岩石上，脑袋低垂，嘴埋在交叠的前臂里。我悄无声息挨近到距她四十五英尺处，静静等候。她抬起头，满不在乎地看看我，转背对我，斜倚着身子，照旧睡她的觉。她无视我存在的态度中，带着惊人的自信和无比的自由。她偶尔会换个姿势，侧睡或趴睡，有时起身抓痒或赶走脸上的苍蝇。有一次，她朝传来嘈杂声响的营地方向看了一眼。两个半小时后，突然下起倾盆大雨，她举臂挡住脸，伸伸懒腰，打了个大呵欠。爬下岩石，开始嚼竹笋。我至此离去，而她的身形在幽暗竹林中发出柔和的光辉，最后像飘飘而落的雪花，融化在森林里。

跋

《最后的熊猫》于一九九二年底付梓，但熊猫史诗仍在无私的努力和冷漠的忽视两相对照下继续。传统式的租借熊猫计划在一九九二年告一段落。终止这一类租借行为的国际禁令生效，哥伦布市动物园因进口一对熊猫，违反禁令，被美国动物园及水族馆协会（现在改名为美国动物园协会［AZA］）暂时取消成员资格，而美国渔业及野生生物管理局在再度检讨熊猫政策前，也绝不再批准输入熊猫。我本来认为，从此以后动物园界就会基于共同的展望，齐心协力跟中国合作，建立一套完整的保护策略，照顾野生和圈养的熊猫。其实我早就不该存有这种天真的幻想。但希望是不会死的。

尽管有禁令，哥伦布市动物园也有被勒令停业的先例，不料圣迭戈动物园又偷偷摸摸跟中方洽谈租借一对熊猫的事宜。这家动物园把租借熊猫计划改头换面，要求提供为期三年、以繁殖为目标的租借，希望这对熊猫能生出子嗣。园方的说辞是，熊猫前途日趋危殆，所以它需要这对熊猫，这是它救援熊猫的方式。但赚钱的契机如何巩固道德立场，却是个耐人寻味的问题。圣迭戈动物园在八十年代后期初次展示熊猫的那几个月里，参观人潮创下该动物园有史以来的最高峰。熊猫宝宝无疑会使动物园大发利市。中国同意以一年一百万美元的低价出租熊猫；万一真能添一头熊猫幼崽，中方每个月还可以多拿十万美元，但最多不得超过六十万美元。动物园有十足自信规避禁令，并对渔业及野生生物管理局施压，取得输入许可，于是立刻着手建一个耗资百万美元的展示区和纪念品专卖店。熊猫夫妇排定在一九九三年六月迁入新居。

圣迭戈想要在野生环境里捕获的熊猫，虽然美国动物园协会和美国渔业及野生生物管理局的租借纲领为防范更多熊猫为了满足动物园需求而被捕，规定只可以租借在圈养环境中出生的熊猫。中国配合圣迭戈不寻常的要求。经办这次租借的成都动物园，在一九九二年一月十六日写信通知圣迭戈动物园：“救援野生熊猫是本园的主要职责。”“救援”一词一直是“捕捉”的委婉说法。这封信寄达两个月后，就有两头熊猫受到“救援”，并安排送往圣迭戈动物园，其中一头显然已患病。更巧的是，接受“救援”的熊猫是一雄一雌。

对熊猫租借计划的蓄意忽视已持续太久了，大多数人不是对它视若无睹，就是只温和地反对剥削这种动物。但圣迭戈唯利是图的作风终于激怒了保护团体。其他动物园也开始打熊猫的主意。坦帕（Tampa）的布施公园跟中国达成租借一对繁殖用熊猫的初步协议，为期十年，租金总额一千三百万美元；但该园至少还愿意暂缓办理输入。一九九三年五月，日本的冒险世界动物园也谈成一笔以总租金一千万美元租借一对繁殖用熊猫十年的交易。

动物园长期租借濒危动物，以改善繁殖力，是常有的事。这样的计划如果协调得当，对动物有莫大的好处。一九九三年一月十九日，我参加一个美国动物园协会大熊猫行动小组的会议，这个小组成立的目标，就是要为熊猫设计一套这样的计划。任何计划都必须以“大熊猫在野外的长期生存”为根本原则。会中通过，无分在野外或圈养环境中，保护熊猫的行动必须全面整合，中国境内及其他地区的机构都必须密切合作。

繁殖计划当然可以完全在中国境内执行，由其他国家提供必需的知识与设备。毕竟中国已拥有足够的繁殖中心，饲养了一百多头熊猫。中国一度散漫无章的繁殖计划，过去几年已大有改进。到目前为止，一九九二年是最丰收的一年，有十三头熊猫宝宝出生，十一头存活。但一九九三年只有三头熊猫生产。卧龙养殖中心历经多年失败，从一九九一年至一九九三年，一共有六头熊猫生产，产下的熊猫宝宝有三头存活。动物园靠人工哺育双胞胎中的第二头熊猫宝宝，也有成功的记录。卧龙、北京及成都都在养育这样的熊猫宝宝，帮助它们度过出生后最脆弱的那几个月。如果这样的记录能维持，圈养的数量很快就能自给自足，多余的熊猫可供出租，但更应该放生回野外。繁殖状况迫切需要改进，因为很多今天在繁殖方面卓然有成的熊猫，都已逐渐衰老。

一九八九年，WWF和林业部出版了一份熊猫保护策略。经过多次更动，中国政府于一九九三年四月才公布这套计划最后的版本。中国将为这个十年计划提供一千三百万美元的预算，并希望从外界再筹措六千四百万美元。这笔基金将用于成立十四个新的熊猫保护区，调整伐木许可区，提供地方村落同意拆迁的补偿金等。在我看来，以繁殖为目标的租借计划，唯一说得过去的理由，就是供给上述保护计划所需的资金，如能出租六对熊猫十年，就能募得所需的那几千万美元。而且每对熊猫每年的租金，即使由一百万美元提高到二百万美元，对于把熊猫当金矿的动物园，也不是什么大不了的开销，只要送三对熊猫出国，就够中国维持十年。问题是，截至目前，中国都未能很好地利用出租熊猫得到的收入。

美国动物园协会试图解决这项问题，一九九三年四月十六日该协会在华盛顿举行记者会，由执行会长悉尼·巴特勒（Sydney Butler）发布一项熊猫保护行动计划。我也参加了这次记者会。美国动物园协会提议，雇用一位全职的协调员，整合各动物园、保护机构及政府为援助熊猫所做的努力。协调员最主要的工作，是协助拟定跟中国联手合作的保护计划，以确保租借收入确实能取之于熊猫，用之于熊猫，并从旁监督。国家动物园的德芙拉·克莱曼告诉《华盛顿邮报》记者孙蕾娜（Lena Sun）说："除非中国在前后一致的决策过程、资金去向、对圈养熊猫做科学化管理等方面，都能令我们放心，否则北美洲的动物园不会再出钱。"而且，不妨再补充一句，对野生熊猫也应有良好的管理。更有甚者，以后北美洲动物园凡是与熊猫有关的行动，都需经由美国动物园协会批准与协调。这项计划踏出了有用的第一步，协调员也在短期内选定。

但是一套真正可行的求生计划还要靠 IUCN、WWF、渔业及野生生物管理局、华盛顿公约组织以及各个中国机关，放弃各自原有的熊猫政策和优先考量的门户之见，群策群力。美国动物园协会的计划另有一条令我困惑的条款： 它支持进口捕捉的野生熊猫。这不但抵触华盛顿公约和渔业及野生生物管理局的规章，也推翻了它自己的政策，好像动物园协会企图迎合圣迭戈动物园并赞成其作为似的。

圣迭戈动物园本来指望熊猫在一九九三年六月抵达。六月过了，昂贵的熊猫展示场仍空空如也。WWF及其他机构强烈反对圣迭戈提出的输入申请，理由包括熊猫在野外捕获、这次租借行为不属于任何整合性计划、资金去向无法查证等。里根与布什执政下忽视环保的时代已成过去。十二年来，美国第一次出现一位真正熟悉且关怀环保问题的内政部长布鲁斯·巴比特（Bruce Babbit）。现在再大的政治压力也榨不出输入许可证了。渔业及野生生物管理局评估圣迭戈的申请得失后，在一九九三年九月二十一日予以驳回。《圣迭戈联合论坛报》（*San Diego Union-Tribune*）所有关于熊猫的社论，读起来都像是动物园公关部门的发言，这回头条新闻的标题是“拒发输入许可，危及稀有动物”。动物园园长道格拉斯·迈尔斯（Douglas Myers）在访谈中长吁短叹：“如果坚持这样的决定，熊猫就真的没有机会了。”动物园发言人杰夫·朱厄特（Jeff Jouett）则说：“我们不放弃熊猫，我们会通过所有管道争取。”园方还真的以不可思议的固执贯彻了这一点。有一头预定送来展出的熊猫，肩部生出一个拳头大的肿瘤。圣迭戈动物园要求渔业及野生生物管理局紧急批准将熊猫送到加州就医。渔业及野生生物管理局的回应是在十二月二十日宣布，在新熊猫管理政策确立之前，不再处理任何输入申请。美国动物园协会的悉尼·巴特勒告诉记者说：“这是最恰当的时机。”

接二连三的小插曲，至少唤起了公众对熊猫危机的警觉。例如ABC电视节目《第一天》（*Day One*），曾制作一段有关熊猫租借的精彩报道。旧金山市政监察委员会主席安杰拉·阿利奥托（Angela Alioto）向中国要求租借熊猫时，《旧金山观察家报》（*San Francisco*

Examiner）就劝告她："玩玩绒毛熊猫就算啦……保护可以做，作秀（尤其是政治秀）大可不必。"

一九九三年十一月二十日，美国动物园协会的熊猫保护委员会完成新版的行动计划，目标是帮助中国筹措三千万至五千万美元。计划提出："我们要设法引入美国十七头熊猫，作为以繁殖为目标的长期租借，其中八头必须是在圈养环境中出生，而九头是在野外捕获……协会成员将把繁殖工作的资源与经验重点投注于那些在中国繁殖失败的熊猫……同时我们必须确定这些有偿的租借行为，不至于鼓励进一步从野外搜捕熊猫。因此决不考虑租借一九九三年三月以后捕获的熊猫。"圣迭戈和布施公园获得优先考虑，将在跃跃欲试的各家动物园当中，最先根据新计划获准展示熊猫。

如果光是美国就能从中国取得十七头成年熊猫，其他国家也可以成双成对的租借熊猫，那中国还能维持合理规模的繁殖计划吗？我担心会有更多野生熊猫被捕。我前面指出，出租几头熊猫可以为中国筹措急需的上千万美元。如果动物园把熊猫带来的收益，全数捐出做保护工作，这笔钱有益于中国境内许多濒危物种及其栖息地，不仅对熊猫有好处而已。值得重申的是，熊猫租借行为不论唱出什么样的保护高调，仍是一种商业投机，只要动物园在这种交易中赚钱，就跟华盛顿公约和渔业及野生生物管理局的规章抵触。正如国家动物园的莉萨·史蒂文斯（Lisa Stevens）告诉美联社记者布丽吉特·格林伯格（Brigitte Greenberg）："我认为各动物园必须把利润置之度外……以物种全体的利益为考量。"

上面这些事件不过是过去两年来风起云涌的美国熊猫政治的一小部分，这期间，有无数备忘录往返、无数会议和一成不变的发展。但是不怀私心的人士，仍然在明争暗斗、贪婪、妥协当中，建立了一套可以接受的熊猫政策。

在此同时，中国的熊猫保护却有长足的进步。中国官员面临外来观念冲击时，最初的反应可能是倨傲和顽抗，但我发现他们还是会考虑，甚而吸收新观念，尤其当实用的建议能跟他们的道德理念配合的时候。原本熊猫保护的进展非常缓慢，使我深感沮丧，但中国政府最近的几项行动，又为熊猫的未来注入新希望。十四个拟议中的新熊猫保护区，已有数个完成，剩下的也实现在即。最后百分之九十五的熊猫都可以生活在保护区内。卧龙现在设有四十五名巡山员，防止盗猎。这样的计划可扩充至所有熊猫生存的森林，扑灭获利甚丰的熊猫皮交易。赵庆国、范志勇、乔纳森·吉普斯（Jonathan Gipps）、德芙拉·克莱曼等人联合完成的国际大熊猫谱系，已于一九九二年出版。书中详列每一头熊猫的被捕地点、出生与死亡日期、生殖历史以及其他相关资料，这份指南对于改善圈养熊猫的管理，有莫大的价值。

一九九三年九月，成都举办国际熊猫节，结合保护会议和贸易商展。我当时恰巧前赴西藏而路经成都。街道上飘扬着有熊猫图案的旗帜，到处是写着“五十亿人都爱跟我们分享地球的大熊猫”的条幅。我跟毕凤洲、潘文石、吕植等老朋友见面，但没有参加会议。共有来自十一个国家的一百人与会，包括美国及日本动物园协会派出的代表。会议由中国动物园协会和中国野生动物保护协会联合举办，这两个组织平时相处的情形，就跟某些美国动物园一样势如水火。会中讨论了所有关于熊猫保护的问题。会后，二十九位来自不同国家的代表联合致函总理李鹏。函中指出：“过去十年来，熊猫栖息地已缩小百分之五十……今天野生熊猫所面临的最大威胁，乃是栖息地的林木遭到砍伐……我们希望尽快得知，熊猫保护区内的伐木行为已终止或大幅减少。我们了解保护工作与私人利益间有冲突（中国以外的发达或发展中国家也有类似情形），但我们相信中国政府在此一明显易见的行动上，可成为全世界的楷模。”中国政府在十一月对这封信做出善意的回应，指示林业部不得在熊猫重点保护地区伐木，并协助居民在未来三到四年内，迁离这些地区。几个月内，确有一部分伐木行为终止。

林业部范志勇说：“让我们联手救助我们的大熊猫。”这句话充分代表了这次会议的精神。

一九九二年十二月，我近八年来第一次重游熊猫居住的森林。潘文石和吕植邀我到他们位于秦岭山脉的研究区参观，他们从一九八五年就在这一区研究熊猫。研究基地设在长青森林保护区内，占地七十五平方英里，重山叠峦令人联想到唐家河。十二月十一日的早晨，天气晴朗，我们溯溪走进狭窄的山谷。已遭砍伐的山坡上只见竹林与灌木丛，但在高处，深暗的悬崖彼端，还有长满青杠、铁杉、松树的山岭。配戴了无线电颈圈的雌体娇娇，就在我们前方的某处，八月十三日或十四日才生产。娇娇十一月十三日把她新生的熊猫宝宝带离生产的巢穴，如今在溪谷里到处躲藏。吕植赴美到国家癌症研究中心，在斯蒂芬·奥布赖恩（Stephen O'Brien）的研究室研究熊猫DNA，探讨这一物种的基因异化现象，最近才回国。她从九月就没见到过熊猫宝宝，迫不及待地快步前行。

当地的研究助理向定乾稍早已出发，用无线电测定娇娇的位置。走了约一小时山路，我们追上在前方等待的他。熊猫就在前面的茂密竹林里。我们悄悄走近，吕植低声对我说：“如果她攻击你，就大声对她喊娇娇。”我想起卧龙的珍珍发现我接近她宝宝时大发雷霆的表现，就开始四下找逃生的树。但娇娇消失在林间，只有无线电信号证明她在附近无声逡巡。

熊猫宝宝在一棵大树底下的竹丛里。我们在距她五英尺处蹲下。她才四个月大，体型像一只矮胖的猫；她曲着腿站起身，对我们的干扰很是不满。她发出一声尖叫，充满攻击性地挥舞小爪子，然后又发出几声喵呜。突然之间，她似乎决心不再为我们心烦，蜷起身子，闭上眼睛就睡着了。从发怒到熟睡，只有几秒钟时间。这种行为真令我不解，可是我不想分析她的行为，以免破坏其中的和谐感。

年复一年
在熊猫的脸上
是熊猫的面具

日本诗人松尾芭蕉这首咏猿的俳句，吐露了熊猫永恒的神秘。这是我第一次有机会在野外悠闲地观察熊猫宝宝。我们在那儿坐了很久，只是看着那个神奇的小毛团，在她竹林里的安乐窝中恬然入睡。

后来我们沿小径回去，心神仍全部被迷人的熊猫宝宝占据，途中遇见虎子。虎子是一头三岁大的雄体，也是娇娇的孩子。他虽已独立生活，却还流连在母亲的领域。他附近一棵树较低的枝干上，攀着另一头熊猫，可能是雌体。潘文石和吕植都不认识她。两头熊猫都一身脏，好像在坑里打过滚，向定乾告诉我们，那天早些时候他看见他俩在打架。

潘文石和吕植花了许多年工夫，才逐一熟悉他们周遭的熊猫，终于能够了解那错综复杂的社会一代一代的结构。我非常佩服他们为科学和保护所付出的努力。我默默地以他们的研究为荣。我们都希望在工作中肯定自我，或是把研究做好，帮助某个物种。但最大的满足莫过于在离开一个国家时，留下知识的遗产，使当地的生物学家沉浸在继续工作的热忱之中。潘文石跟我从一九八〇年开始，一起从事熊猫研究，他展开自己的研究计划前，我们有好几年时间交换观念与技术。他现在是北京大学的生物学教授，带领多名学生。吕植是其中一位能力极强、十分投入的野外研究人才，她在一九九二年完成熊猫博士论文时，年仅二十七岁。现在她也在北京大学任教，她会回去教学生，当我在中国倏忽的存在已化为云影般模糊的记忆时，我们最初合作的知识与精神，还会不断流传下去。

我在一九九四年四月撰写本文时，娇娇仍带着她的宝宝在秦岭山区出没，这是她给大自然的礼物。熊猫宝宝的名字就叫希望。

附录一

追寻麒麟——中国濒危野生动物记录

知常曰明。不知常，妄作凶。

——老子（《道德经》第十六章）

中国分为两部分——大部分人口居住的东半部，以及只有零星开垦并以沙漠与高原为主的西半部。我曾经搭火车从成都到东北的哈尔滨，全程一千六百英里。一路都见人力驯服的土地，数千年农耕，只有几片不毛的荒山幸免。原始森林也都砍伐殆尽。甚至连飞鸟也难得一见。一九五八年，全国发起除四害（苍蝇、蚊子、老鼠、麻雀）运动，结果不但消灭了偷吃稻谷的麻雀，其他鸟类也一块儿遭殃。空气枪和弹弓使鸟的数目一直无法增加。外销供玩赏和食用的鸟只数量也十分庞大，黑市买卖不算，在一九八五年就高达三百万美元。

即使僻处中国西部的偏远地区，野生生物也难逃灭亡的命运。新疆的山区据说曾经满山遍野都是鹅喉羚（goitered gazelle），如今在蒸腾的热气中却看不见半丝生命的迹象。新疆塔克拉玛干沙漠最遥远的角落，幸存数百头野生双峰驼，现在都下落不明。黄羊（Mongolian gazelle）曾经成群结队地随季节在内外蒙古之间来回移徙。罗伊·查普曼·安德鲁斯（Roy Chapman Andrews）在一九三二年写道：“整个地平线变成一片移动中的黄色身躯和弯曲的脖子……数千头黄羊从我们面前经过。”这么庞大的兽群现在所剩无几，都被中国人杀光了。根据《中国日报》报道，一九八九年十月二十六日到十一月十七日，光在内蒙古的一个地区，就射杀了将近四千头黄羊。很多山谷里只偶尔看到一副盘羊（argali sheep）的角，令人缅怀过去的盛况，挺立的山峰再也听不见北山羊（ibex）的蹄音，也感受不到雪豹轻快的脚步。公路开通以后，来了威力强大的猎枪，肉、皮、角的行情蒸蒸日上，青藏高原的野生生物即使还没有绝迹，也已大幅减少。诸如野生牦牛、藏羚羊、西藏野驴，现在都只生存在西藏西北部人烟稀少的荒凉地带。

中国东部很多大型动物，从很久以前就流离失所，如果还存活，也只能在过去活动范围的边缘苟延残喘。诸如苏门答腊犀牛、马来貘、大象和长臂猿等，十世纪以前分布远至黄河以北。现在犀牛和貘在中国境内已绝迹，大象和长臂猿只有在云南残存的小片雨林里还看得到。此外，海南岛上还有十来头长臂猿，是这个亚种的最后幸存者。麋鹿本来在河岸沼泽地很常见，现在只有动物园看得到。中国的河流出海口已经找不到体型庞大的咸水鳄鱼。二十世纪开始，中国西部草原上的蒙古野马和高鼻羚羊（saiga antelope）也已绝迹。

中国现在承认九十八种哺乳类、鸟类、爬虫类，须由政府全面保护。这些物种濒临灭绝危机，主要是因为栖息地被破坏或漫无节制的猎杀——这是令所有国家头痛的两个根本问题——某几个物种所受的威胁尤其严重。

白鳍豚（*baiji*）是长江出产的一种江豚，明天就可能绝种。它们小群小群分布在混浊的江水里，可能只剩两三百头。根据贝恩德·维西希（Bernd Würsig）发表在《观鲸者》（*Whalewatcher*）上的一篇文章说，它们有时被渔夫的鱼钩捕获，有时误撞船只，有时死于污染。预定的三峡水库会使白鳍豚仅存的河流栖息地再减少一百英里。即将采取的一项紧急措施，是利用江边一个牛轭湖抢救少数白鳍豚。武汉水产生物研究所和南京师范大学，是拯救优雅的野生白鳍豚的主力。

老虎就得不到这样的援手，因为一般人认为它是一种残忍、好斗的动物。中国的五种老虎，有一种已经绝迹——它过去生存在新疆溪流边的沼泽地——其他几种可能很快跟进。中国最广大的森林在东北。该地区于一九八七年发生大兴安岭火灾，焚毁一千八百万英亩，面积相当于整个苏格兰，边界上俄罗斯境内一千二百万英亩的森林也被熏得焦黑，成为生态学界的大新闻（一九八八年的美国黄石公园大火，只有一百五十万英亩受到波及）。原本北方森林中常见的东北虎，以捕食梅花鹿、马鹿、野猪为生。现在过度猎杀使它们可能只剩三十头左右。所幸这个亚种在俄罗斯受到的保护尚称完善，或许还残留有三四百头。

更可悲的是华南虎的命运，这是一个纯中国亚种，曾经纵横十四省，近至一九四九年，估计还剩下四千头之多。但一九五九年，政府宣布老虎、黑熊、狼和豹都是害兽，鼓励人民“全力”扑杀。

一九七七年，华南虎被列入保护名单时，扑杀已经几乎成功了。今天华南虎仍遭受猎杀，根据加里·克勒（Gary Koehler）一九九〇年到一九九一年为WWF所做的调查估计，可能只剩三十到五十头野生虎。残余的老虎分布在江西、湖北、湖南、福建和广西五省破碎的森林里。为挽救这种老虎而做的努力，只有重庆动物园的圈养繁殖计划略见成效。各地动物园一共养了大约五十头华南虎，比野生的还多。一旦中国最后一头老虎被关到栅栏后面，这个物种就再也不可能重享丛林的自由生活。谁会宽容这些大型的掠食动物？如果中国还想要生活得自由自在的老虎，当务之急就是保护那些仍然自由的老虎。

朱鹮（crested ibis）是中国最罕见、也是全世界罕见的物种，它是一种通身白羽、红脸、喙长而弯曲的鸟，外形十分独特。过去朱鹮生存在中国东部、日本和韩国，但因遭到大量猎杀，最近公认已在野外绝迹。不过一九八一年，在距西安不远的秦岭发现七只这种鸟。最后的庇护所是坟地里的几株老青杠，它们在这儿筑巢，到附近的稻田觅食。朱鹮在政府严格保护和热心的科学家密切监视下，到一九八四年，数量增至十七只，目前则已超过四十只。

扬子鳄（Chinese alligator）被当地老百姓称为“土龙”，现在只生存在江苏省长江口附近，数量不到五百头，近年它们的活动范围缩小超过百分之九十五。根据美洲鳄（American alligator）的经验，只要鳄鱼和鳄鱼巢受到保护，它们就可以繁殖得很快。但是中国的填海造陆政策破坏了大部分鳄鱼的栖息地。这个在地球上生存已数百万年的物种，现在只能在水库和稻田里苟延残喘。早在公元前七百年，中国就有养殖鳄鱼的记录。一九八三年开始的养殖计划也获得了成功，一个鳄鱼农场已创下孵化六千多只的纪录。但这个农场现在因为不知该如何处理那么多鳄鱼，被迫缩减养殖规模。要把它们放归野外，没有适当的场地，华盛顿公约又禁止外销濒危动物。

很多其他动物也面临危机——海南岛上的一百二十头坡鹿（Eld's deer）、广西的几百只白头叶猴（white-headed langur monkey）和四川的山鹧鸪（hill-partridge）。野生动物硕果仅存的数字——四十头华南虎、四十只朱鹮——令人触目惊心。这样的数量可能不足以让物种维系生存。不论未来如何，濒危动物展现一个事实，毫无节制的杀戮和破坏森林已经消灭了中国大部分的野生生物。

甚至有些名不见经传的动物，也因为亚洲人用野生动物进补或入药的习惯，而出现危机。生活在雨林中的懒猴（slow loris），跟柠檬叶一起煮最好吃。果子狸跟笋和香菇一起炖是最佳冬令补品。《时代》杂志一篇文章报道，有种叫“龙虎斗”的补品是蛇肉和果子狸肉加辣椒同炒。长臂猿的骨头熬汤，可以治癫痫。吃老虎眼睛，眼睛就会变得跟老虎一样锐利。高鼻羚羊因为它的角据说有神奇疗效，在中国绝了种：现在中国从俄罗斯输入高鼻羚羊角，一九九〇年一年之内，就进口八十吨。如果继续用滇金丝猴的脑子入药，这种珍奇的猴子大概很快也会绝迹。穿山甲的鳞片一向是很受欢迎的药材，而鹿茸价格高昂，动物园甚至连展示动物都不放过，鹿角统统锯掉出售。

一九八七年一月到五月，中国走私出境到日本的麝香多达八百余磅，在今日零售市场上价值一千四百万美元，需要杀死五万三千头雄麝。大多数麝死于陷阱，这种方式是不分性别或年龄，把所有诱捕到的动物一律杀死，可是只有雄麝才有麝香腺。为了替日本人治病，短短几个月内，就有十万头以上的麝死于非命。虽然中国设立了几个小规模的麝养殖场，但其生产的麝香数量可说是微不足道。

据《中国日报》报道，一九八七年，哈尔滨的餐馆售出超过四千磅棕熊和黑熊的脚掌，超过一千七百磅的麋鹿鼻。一九九〇年九月，发现有一头黑熊在广州市区游荡。调查结果显示，当地的野生动物保护协会人员偷运了九头熊到市内，出租给高级餐厅，用来招徕客人，这头熊是其中之一。一桌包括熊掌的满汉全席，在东京开价一千美元。

亚洲相传熊胆是治疗溃疡、烧伤及其他疑难杂症的灵丹，因此论盎司出售的熊胆汁，价格是黄金的八倍。朱迪·米尔斯（Judy Mills）和克里斯托弗·塞伏英（Christopher Servheen）一九九一年联合提交给 WWF 的报告中指出，仅一九八九年一年之中，日本就从中国进口一千五百磅的熊胆。除了杀死野熊取胆之外，中国的胆汁农场还饲养了五千头至八千头的亚洲黑熊和棕熊。他们用外科手术把一根管子插入熊的胆囊。在取汁期间，熊被关在一片仅能容身的铁笼里，完全无法动弹，胆汁一滴一滴被抽进瓶内。每头熊每年可生产六七磅的胆汁，供市场消费。

犀角也是多种传统亚洲药不可或缺的成分。据说犀角退烧解热，治失眠、癫痫、高血压及其他病症。中国人每年约消耗一千四百磅的犀角——虽然中国土产的犀牛早在八世纪就百不存一，以致早从那时候就需要进口。中国一九八一年加入了华盛顿公约组织，但是在华盛顿公约于一九八七年连国内买卖犀角也禁止以后，中国仍维持犀角交易。在国际间要求登记所有犀角存货的压力下，中国到一九八九年才终于屈服，登记了十吨以上的犀角。全世界仅中国大陆、中国台湾、泰国、韩国四地，非法走私犀角能牟取暴利：非洲犀角批发价约每磅一千美元，亚洲犀角更高达每磅一万美元。研究世界犀角走私规模下的功夫比谁都多的埃斯蒙德·布拉德利·马丁（Esmond Bradley Martin），在一九九一年的《野生生物保护》（*Wildlife Conservation*）中报道，他在中国发现破坏传统文物的可悲案例。明清两代的工匠曾利用犀角雕琢极为精致的杯碗，民间相信，把毒药注入这样的容器，它会自动碎裂。但现在药厂向收藏家和商人购买这类文化宝物，以便把它们碾成粉末。

一九八二年，林业部计划捕捉中国境内仅余的几头野生东北虎，希望靠它们扩大动物园圈养老虎的基因多样化，从而改善繁殖能力。为了救助自由的老虎，纽约动物学会和WWF香港分会，联合捐赠了九头来自美国动物园的老虎。虎群在一九八三年抵达中国。中国一九八六年在黑龙江省成立一座东北虎养殖场，但我已不再关注这件事。全球到处都是这头老虎被抓、那个动物园搞节育的传言。这个养殖场在一九九〇年一共养了约五十头老虎，或许一部分是美国送的。我起先还没想到，林业部和外贸部所属的中国畜产公司联合养虎，他们真正的居心何在；养殖场主要供应虎骨、虎须、虎鞭及老虎身上其他部分，充作中药材料。一九八九年，约有一百七十三磅虎骨上市。据说虎骨治风湿有奇效，虎骨在海外的售价每磅在三百美元以上；虎鞭每根至少一百美元。中国一直向华盛顿公约组织申请在国际市场上出售虎产品的许可。马丁应邀参观老虎养殖场时，一位中国官员告诉他说："如果拿不到许可，我们就把这些老虎都杀光。"

中国也企图出售野生生物给外国，交换急需的外汇。从二十世纪五十年代晚期到八十年代晚期，青海省每年有数千头高山岩羊

(blue sheep)遭屠杀，尸首外销到欧洲，尤其是德国，供应高级肉品市场。在毫无可持续利用的观念下：岩羊的数量急速减少，甚至在一个地区完全绝迹；主要掠食岩羊的雪豹，也缺少食料，受到连累。一九八七年，同样在青海，一名德国猎人以高昂的费用和赠送两辆吉普车为代价，获准射杀白唇鹿。现在还出现公开广告，猎杀一头这种美丽高大的野鹿，代价是一万三千美元。但白唇鹿在中国是法律严格保护的动物。一九八八年，四名美国猎人获准在甘肃省杀害西藏盘羊，尽管华盛顿公约明令规定国际间必须保护这种庄严华贵的动物。

虽说采收是一种合法利用野生生物的经济手段，但前提是这种生物不能濒临绝种危机、数量上有适当管理，而且必须拨出一部分收入用于保护事业和改善当地人民的生活。

可惜的是，中国在急功近利的狂热中，忽略了取代破坏的另一条出路——以国人或外人为对象的野生生物观光事业。例如黑龙江省的扎龙保护区，有五种鹤在此筑巢，或迁徙途中在此休息。三千年前，《诗经·小雅》就有“鹤鸣于九皋，声闻于天”的句子。但野鹤的歌声可能愈来愈模糊。村民大砍芦苇造纸，使鹤巢毫无掩蔽，丹顶鹤可能很快就会陷入危机。

江西省的鄱阳湖是二十世纪所发现最令人兴奋的一座鸟类乐园。少数来自西伯利亚的鹤，偶尔会在这远离俄罗斯老巢的湖畔过冬。二十世纪八十年代，来此的鹤数量激增，或许是因为其他地区的沼泽遭到破坏的缘故，一九八八与一九八九年之交的冬季，统计有二千六百多只鹤，几乎全世界残余的这种优雅的白色鸟儿全部集中在此地。但《中国日报》报道说，一九八四到一九八五年的冬季，有一个公社无视省政府的禁猎令，一口气杀死了六百多只白鹤、西伯利亚鹤和小天鹅，用来制做羽毛扇子，打猎为业的人也在湖边猎杀、毒死了二十万只野生水鸟。舆论的公愤终于促成一些保护措施。国际鹤类基金会（International Crane Foundation）的乔治·阿奇博尔德（George Archibald）率领热心的爱鸟人，组团到扎龙和鄱阳湖观光，借此证明，善意的经济利用手段可以让野生生物和当地老百姓互蒙其利。

重述一连串生态悲剧后，我也要表扬能预见开发无度之不良后果、努力推动保护的中国政府。事实上，在财源短绌、人才缺乏的困境中，中国短短十五年间的成就，可说超过所有国家。政府已愈来愈清楚地意识到，中国的自然资源不只是供经济利用，也是中国辉煌、伟大的文明不可分割的一部分，基于国家的未来前瞻和历史认同，都必须妥善保护。

中国关怀自然资源有漫长的历史。早在周朝，伐木的时间和地点已有详尽的规定。解放以后，一九五七年的第三届全国人民代表大会中，就决议成立森林保护区，一九六二年国务院下达指令，鼓励各省“对野生生物资源要主动保护、合理利用”。新的森林法和环境保护法都在二十世纪七十年代晚期颁布施行。一九八〇年开始准许私人拥有林地，给村民一个植树和保护树木的诱因，并劝阻把草原开辟成农地的行为。政府通过多项良法，发布很多适切的指令和通告，但这些指令在地方上经常被忽视，只图眼前获利，自毁未来收益。

近年来，中国设立的自然保护区数量居世界之冠。从七十年代晚期开始，林业部、国家环保部及各省政府以令人眼花缭乱的速度，不断成立新保护区。从一九五六年的四十四个保护区，到一九八一年的一百零四个保护区，一九八六年的三百八十三个保护区，乃至一九九一年的将近六百个保护区。目标是约八百个保护区，占全国土地面积百分之五。若干保护区面积很大。例如新疆有一个野生双峰驼的保护区，占地四千平方英里；保护中国境内最后一百五十头帕米尔盘羊（Macro Polo sheep）的塔什库尔干保护区，占地五千四百平方英里；位于青藏高原北端的阿尔金山保护区，占地更超过一万七千平方英里。

一九九〇年和一九九一年，青藏高原北端的羌塘保护区成立，不仅为保护高原上独特的野生牦牛、藏羚羊及其他动物，也为了保护一个完整的生态系统。这个保护区的面积约十一万五千平方英里，比美国科罗拉多州或英国都大。保护政策常是应危机而拟定，当时很可能野生生物数量已锐减，栖息地也几近毁灭。中国在今天这么拥挤的世界里，做出保护这么大一片面积的承诺，确实是一项极具远见而重要的保护政策。

成立保护区不难，保护和管理这些保护区却是十分艰巨的工作。中国在维护很多保护区上都面临严重的问题，卧龙就是现成的例子。也有很多保护区因各种保护政策而受益匪浅。例如唐家河保护区内的农民迁移到别处。又如云南的无量山保护区，有一支受过训练的二十人警卫部队，保护黑冠长臂猿及其他野生生物。更重要的是，保护区附近的居民被鼓励种植果树、茶树及其他经济作物，不再靠在保护区打猎和伐木为生。

政府基于恢复被浪费资源的考量，开始推动一套重新引进蒙古野马的计划。这种马于五十年代已在野外绝迹，但它们有可能在十到二十年内，回到旧时的家园生活。借助十六匹在圣迭戈、柏林和慕尼黑等地动物园出生的马匹，在新疆北部准噶尔盆地的沙漠中，用围墙围起一个占地一千英亩的牧场。只等马群扩大到八十匹，就会将其中一部分释放。甘肃省境内还有另一批预定要放归自然的马群。

麋鹿在野外世界绝迹可能已有千年，但在北京近郊，面积约一百五十平方英里的御苑，还有几头麋鹿活在围墙后面的森林里。一九〇〇年义和团之乱，士兵和乡民把这些异兽宰了吃下肚。好在当时已有一批麋鹿被带往欧洲，英国的贝德福（Bedford）公爵在自己的乌邦寺（Woburn Abbey）采邑饲养它们。一九八五年十一月，在玛丽亚·博伊德（Maria Boyd）和她的中国同事奔走下，二十二头麋鹿回到故乡。它们仍住在老地方，御苑旧址围出的四百四十英亩空间里。现在园内有一百多头麋鹿。辽宁省已建了第二批麋鹿圈养群，第三个圈养计划预定设在湖北省。

卧龙建立熊猫养殖场，无非是中国政府借养殖保护野生动物的一贯作风。我所不能苟同的是，中国花费数以百万美元计的保护经费为熊猫、老虎及其他动物兴建养殖场，不论其出发点多么崇高，在动物的自然栖息地为它们提供保护却更需要这笔钱。

某些生命力旺盛的动物，诸如扬子鳄或蒙古野马，都因人工养殖而获益良多。它们在有限的环境中繁殖得很快，放归自然也没什么困难。但比较敏感而脆弱的物种，包括黑叶猴（François' langur monkey）和金丝猴，人工繁殖就非常棘手。北京动物园的谭邦杰说，陕西省有三次大举围捕金丝猴，最近一次是在一九七九年，许多村民包围雨林，把惊慌失措的金丝猴赶进栅栏里。被捕的三百七十五只猴子当中，三分之二在两星期内死亡。最重要的问题是：养殖是为了什么？人工环境中出生的灵长类，很难适应重回自然的生活，但这正是所有养殖计划的最终目标，更何况如果不加以保护，它们的自然栖息地可能很快就会消失。今天还有将近四千只黑颈鹤生存在青藏高原。为使其成功筑巢，它们繁殖的沼泽需要保护，避免人畜骚扰。政府不图以最简单的方式解决这个问题，反而研究大规模人工养殖的可行性。真是应了一句中国的俗话："有钱买棺材，没钱买药吃。"

养殖应该是最后的手段，通常是在真正努力维系一个物种在野外生存确实失败以后，才会采用。我们还没有看见这方面的努力。经常被人遗忘的一个事实是，熊猫、老虎及其他动物，都只是它们所生存的自然环境的象征，或所谓的旗舰种（flagship species）。中国或任何国家真正的国宝，应该是各种动植物生存的大自然；它提供流域保护、休闲娱乐以及稀有物种的基因宝库，还有其他人类生存所依的重要资源。

麒麟是一种脆弱的动物：它们有鹿的身体、长尾巴和一根笔直的独角。它们声若银铃。走动时从不践踏任何生命，包括花花草草。它们只喝纯净的水。公元前五世纪，孔子听说有人看见麒麟，但他赶到现场时，猎人已经把麒麟杀死了。对中国人而言，麒麟是正义和美德的象征。见到麒麟是不得了的吉兆，代表国运昌隆。只要中国胸怀更多慈悲之心，善为照顾脆弱易毁的大地美景，麒麟一定会再现人间。

附录二

熊猫就是熊猫

我故作姿态掩饰我的真貌。

——莎士比亚《奥赛罗》

大熊猫是熊的一种吗？小熊猫跟大熊猫有亲戚关系吗？这两个问题已经辩论了一个世纪。解剖学者、行为学者、古生物学者和分子生物学者发挥无比的创意与毅力，把这场引人入胜的讨论，导向两个物种在演化上的关系。他们不断根据不同的证据导出不同的结论，不放弃追寻瞬息万变的答案。他们的追寻态度是科学逻辑与研究方法的最佳佐证，唯有追根究底能带来知性的满足。我不曾在这件事上投注精力，这方面的研究跟我的兴趣没有直接关联，不过我认为，解谜的过程十分有趣。

小熊猫和大熊猫的关系极为复杂。它们不仅名称雷同，体格上也颇多类似之处。它们的头颅、牙齿、前爪，都因为吃竹子而演化得相像。两者还以同样姿势握竹子，不过小熊猫缺少大熊猫用来掌控竹茎的第六指（或称伪拇指）。两种熊猫的相似之处有目共睹，但它们真的有关系吗？自从谭卫道神父一八六九年发现大熊猫以来，这一直是科学争论的主题。他认定熊猫是一种熊，所以为它取了"熊"（*Ursus*）的属名。第二年，阿方斯·米尔内-爱德华兹观察熊猫的骨骼构造，认为它不是熊，而跟浣熊有亲。从那时起，两种熊猫就以愈来愈神秘而技术性的方式，在生物分类学里不断搬家。

基本上这是个单纯的问题。有的生物学家观察这两种熊猫，认为它们没什么特别的关系，体格上的近似，不过是饮食和生活方式相同而导致的演化结果。他们把小熊猫归入浣熊一族，大熊猫则跟熊同科。其他生物学家面对相同的证据，最后却坚持两者是亲戚，在演化树上同栖一枝。他们若非为熊猫另立一科，就是把它们并入浣熊科。各家都拿得出生理上的特征支援他们的说法。例如，熊派强调大熊猫的体格结构与熊类似；浣熊派反驳说，大熊猫的骨骼过于沉重。莫里斯夫妇就指出，熊猫骨架给人的感觉"像'冒牌'的熊骨架"。大熊猫外表当然像熊，可是它是一种纯粹而单纯的熊吗？又或是一种长得像浣熊的动物，只不过块头太大，身体太重，所以需要粗壮的腿支撑，因而才像熊？

在某种程度上，这个拖了很久的议题其实有点无聊，足以证明，科学对任何不确定的事都感到不安，而且过分拘泥于一个萝卜一个坑，企图把所有的东西都安排在特定的位置上。如果大熊猫是熊，它绝对是一头很不正统的熊。如果大熊猫是浣熊，它倒是有一大群摆在一块儿显得格格不入的亲戚：包括长鼻子的长吻浣熊（coati）、尾巴执握力很强的蜜熊（kinkajou）、跟三千万年前渐新世（Oligocene）老祖宗一模一样的活化石篷尾浣熊（ringtail），以及指爪特别灵活的浣熊等。

但争议也提出一个基本的科学问题——在动物分门别类时，究竟是哪些特征最重要、最有意义？在只须考虑身体构造的时代，分类已殊非易事，而分子生物学问世后，问题更大、冲突更多，各方面的证据都必须列入评估。令人意外的是，熊猫渊源之谜深受公众注目，像恐龙为何消灭的疑问一样引人入胜。我演讲的时候，常有人在结束时问我熊猫是熊还是浣熊，为简明起见，我通常回答："熊猫就是熊猫。"

在熊派支持者声浪最高期间，显然我这种观点屈居少数。以一九八六年《自然》杂志上一篇针对这问题的科学评论为例，作者对反对意见明显不耐烦，他指出，有人仍然认为两种熊猫"彼此有密切的亲戚关系，事实上，各式各样的证据几乎异口同声驳斥这一论调，似乎已相当明显"……依他看来，"大熊猫与熊科动物关系密切，已是铁证如山，这场争执最好就此打住……现在只剩少部分研究行为学的学者还没有被说服"。看到"铁证如山"这种字眼时，最好当心。这篇文章究竟是在推广某种偏颇的教条，还是在仔细检视既有的证据？科学界对于真正的定论，通常只是静悄悄地吸收和传播，不需要什么"几乎异口同声"的异口同声，硬把异端邪说改造成真命天子。

是我因为惰性而不愿加入熊派，还是我不能摆脱落伍的观念，又或是多数人支持的观点确有令人存疑之处？我必须承认，在听说大熊猫虽然遭到解剖、观察、测量并接受一连串先进分子科技处理，还是无法归类时，不由得心中窃喜。正如我希望雪人（yeti）真的存在，但永远不要被发现一样，我也希望大熊猫永远保有它的小秘密。尝试解决这样的谜题，有一种知性的乐趣。

分子研究最近几年给熊猫分类提供了重要的线索。由蛋白质分子组成的 DNA，能密切反映一种动物的遗传和演化历史。蛋白质由不同的氨基酸构成。根据推论，任何两种蛋白质所含氨基酸的差异程度，应该跟它们从不同祖先分化后所经过的时间成正比。假设分子演化过程不受环境因素影响，它就具有足够的规律性，可以充当一座分子时钟，对过去数百万年内基因改变的程度，提供精确的资讯。文森特・萨里奇（Vincent Sarich）在一九七六年出版一份相关的研究，他利用免疫学技术比较大熊猫、小熊猫、熊、浣熊的血蛋白。方法是把蛋白质注射到兔子体内，产生的抗体会对蛋白质产生强烈抵抗反应，但对于血缘关系愈疏远的物种体内所含的同类蛋白质，抵抗力愈弱。他的结论是："大熊猫跟其他熊科动物的关系明显得毋庸置疑……令人意外的是，小熊猫不能跟其他浣熊科动物归于一类。"它似乎比大熊猫和熊更早从同一祖先分化出来。

一九八五年，斯蒂芬・奥布赖恩跟他的同事在《自然》杂志上刊出一篇叫作《利用分子科学解答大熊猫来源之谜》的文章。利用可以把蛋白质依电荷与体积分类的电泳技术（gel electrophoresis），比较大熊猫、熊及浣熊科动物。研究人员进行了 DNA 混合试验，检验实验所得的结果。他们比较的不是蛋白质，而是各个物种体内实际控制遗传的 DNA。从一个物种取得的 DNA，经辐射处理后，跟另一物种的 DNA 混合，测量混合物的稳定性。研究结论发现："小熊猫约在同一时期跟浣熊科动物及熊科动物分家，而大熊猫的祖先相当晚才脱离熊科，刚好在现代熊出现之前。"这次分化据说发生在一千五百万至二千五百万年前。换言之，大熊猫是熊，而小熊猫是浣熊。但这项研究发表不到一年，又有一项血蛋白研究显示，两种熊猫的关系比大熊猫跟熊或小熊猫跟浣熊都更密切。究竟该用哪一种血蛋白做分类标准，鉴定大熊猫是熊的白蛋白（albumin），或鉴定大熊猫不是熊的血红蛋白（hemoglobin）？分子时钟有时不见得像预期的那么准确。同一组织中的不同蛋白质，发生突变的速度可能有差异，自然选择对血红蛋白之类的蛋白质的影响，说不定也比其他蛋白质来得大。

到了一九八九年，戴维·戈德曼（David Goldman）、拉瑟纳·吉里（Rathna Giri）和奥布赖恩又以一项新研究加入战场，这次的分子研究包括所有七属熊科动物，再加上大熊猫、小熊猫和浣熊。这项发表在《演化》（*Evolution*）上的研究，“基于二百八十九种做过辐射记号并溶解于二度空间电泳的成纤维细胞（fibroblast）蛋白质，在四十四种溶解于一度空间电泳的同工酶（isozyme）之中的电泳变化范围”。我对分子生物学所知有限，不懂这种研究是怎么回事，更不要说评论他们的技术或分析。实验结果大致肯定奥布赖恩在一九八五年的报告。浣熊和熊的祖先在渐新世分道扬镳，又经过一千万年，小熊猫跟浣熊分家。到了中新世（Miocene），熊有三大分支，最早的一支是大熊猫的祖先，第二支是今日南美洲眼镜熊（spectacled bear）的祖先，最后一支是熊科动物其他六属的共同祖先。如果他们三人企图用这套研究解决熊猫论争，恐怕非大失所望不可。按照分子研究的传统，紧接着问世的研究，必然会抵触他们的结论。果真如此。

一九九一年，张亚平和施立明在《自然》杂志上发表对两种熊猫、亚洲黑熊以及马来熊线粒体 DNA 详尽的分析结果。他们的结论是：大熊猫跟小熊猫的关系比它跟熊的关系密切。他们还指出：“每个细胞里有一千至一万份线粒体；这种 DNA 承受的自然选择压力很低。因此两种熊猫之间的类似 DNA 未必是趋同演化所造成。”

分子研究互为矛盾的结果，教了我们很重要的一堂科学课。花样复杂而现代化的技巧不一定能说明令人费解的事。形态学、古生物学和博物学在解答两种熊猫的演化之谜上，继续扮演重要的角色。

化石经常为物种的历史提供启发，但化石记录中往往存在很大的空白，熊猫尤为如此。浣熊科是犬科动物一个很早的分支，发源于北美洲，后来散播到亚洲和欧洲各地，后两地发现在二百万年前的第三纪中新世有类似浣熊的古浣熊（*Sivanasua*）。熊也是犬科的一支，出现于中新世早期的祖熊属（*Ursavus*），是一种外形像熊，体型与中型犬相当的动物。第一头真正的熊猫（*Parailurus*），是一种类似小熊猫的小型动物，在距今约一千二百万年的上新世（Pliocene）初期，出现在欧洲南部和北美洲；它一直在欧洲存活到上一个冰河时期，当时它在温带森林里很常见。有研究者认为，从中新世中期出现的一种叫作野熊属（*Agriarctos*）的似熊动物，由祖熊属演化而来，是大熊猫的祖先。一九八九年，邱占祥和他的同事在云南发现一件中新世后期的新化石，有跟大熊猫类似的牙齿，但也具有若干原始熊的特征。这头被命名为“*Ailurarctos lufengesis*”的动物，体型还不及今日大熊猫的一半。

大熊猫在上新世晚期或更新世早期突然出现，距今可能不超过二三百万年。缅甸、越南，尤其是中国东部，最北到北京，都发现过熊猫化石，它们常跟更新世的剑齿象（*Stegadon*）一起出土，所以这两个物种成为当地动物化石的特征。更新世早期的熊猫体积约为今日熊猫的一半，被视为一个独立的物种小型熊猫（*Ailuropoda microta*）。

新物种之所以会产生，往往是因为古老的物种有一小部分遭到孤立，这种动物借由自然选择改变外形和行为模式，直到具有新特征的物种到达相当数量。这个过程可能很快发展完成，导致化石记录没有留下可视为中间过渡的物种或所谓“失落的环节”。动物通过染色体重新排列组合来完成快速演化并非难事，但演化也可能经过单一基因的突变，这样速度会慢得多。新物种适应环境后，可能经数百万年都不再改变，充其量做一些小的调整。大熊猫获得今天这种形态的时间，并不如很多人宣称的那么久远，还算地球上的新客。但其演化历史仍无法确知。

大熊猫的行为模式是否能提供演化过程的线索？这种研究方法有些问题。住在同一栖息地的物种，可能会发展出类似的社会结构和类似的外表，因而也在没有亲属关系下产生类似的行为模式。比较物种时，我们必须先认定行为模式在哪些方面受到生态条件的重大影响。例如，食物的分量、品质、分配情形，会影响动物的行动、活动周期以及社会结构。同样地，两个各自分离的群体，即便属于同一物种，行为也可能不同。但是像用气味做记号或发声等行为模式，在迥然不同的环境下仍然可以运作，所以比较不易受生态压力而改变。

大熊猫能发出的声音出乎意料地丰富，有些与熊相同，有些与小熊猫相同，有些三者都会。比方说，大熊猫焦虑时发出的咂嘴声，包括牙齿相撞击和咂唇，熊也会做，小熊猫甚或长吻浣熊则以略微不同的方式，发出类似的声音。大熊猫会发出哀怨的牛叫声，表示并非很严重的挫折感，跟熊或数种浣熊科动物抱怨的咕噜声很接近，但对后者而言，这种声音有另一种功能，即供母亲与幼兽联系之用。呻吟声可说是熊猫所独有的声音，其范围包括扯着嗓子叫、呜呜叫和拉得很长的呻吟声。只有大熊猫和熊会发出这种警告意味的信号。最值得注意的是大熊猫像羊咩的叫声，用于在遇见同类时表示友善之意。正如波恩亚历山大·克英博物馆（Alexander Koenig Museum）的古斯塔夫·彼得斯（Gustav Peters）指出，这种羊叫声相当于小熊猫以及所有浣熊科动物的吱吱声，但熊没有类似的叫声。对于像大熊猫这么大的动物，我们通常不期望它会发出高频率的叫声；事实上，大熊猫有几种叫声的频率之高，实在跟它那样的大型肉食动物身份很不相称。还在吃奶的幼熊会发出一种很奇怪的叫声，是一种连续的哇哇声，尖锐而急速，几乎是响亮的喉音。虽然这种声音的作用还不清楚，但它对母亲显然很重要，可能是要求她躺着别动，分泌乳汁。大熊猫不会发这种叫声。如果说大熊猫是熊，我无法理解为什么熊猫宝宝不会发这个重要的声音。

做记号的行为当然决定于物种与生俱来的腺体，以及腺体所在的位置。大熊猫会用爪子抓树皮、撒尿，用肛门附近的腺囊摩擦物体。熊缺少这种腺体，不过它们还是会人立而起，用肩膀、脖子和头摩擦树干，它们也会咬或抓树皮，留下体味。小熊猫会骑在树桩或其他突出物上，用画圆的动作留下肛腺的气味，跟大熊猫很接近；雄体小熊猫也会撒尿。华盛顿国家动物园的迈尔斯·罗伯茨（Miles Roberts）发现，小熊猫脚掌上有一些细孔，能分泌一种透明的液体，这是在走路时留下特殊资讯的一个办法。大多数浣熊科动物会利用尿液或肛腺做记号，行为与熊猫类似，但细节上略有出入。

大熊猫与熊的新生儿体型都非常小。黑熊妈妈的体重是新生儿的二百五十倍，大熊猫则为将近九百倍。（相形之下，浣熊妈妈只是宝宝的五十五倍重。）为什么大熊猫的新生儿特别小？生殖受生态条件影响，尤其取决于不同季节里母亲与婴儿能取得的高品质食物的分量。熊和大熊猫一样，有受精卵延期着床现象。温带地区的熊在六月交配受孕，但受精卵要等到小熊在一月或二月出生前的六十天左右，才附着在子宫壁，让胚胎开始发育，这期间母亲正在冬眠。如果小熊体型大而活跃，昏睡中的母亲可能无法满足它乳汁供应上的需求，母亲身上囤积的脂肪就可能用不到冬眠结束。大熊猫不冬眠，不同的自然选择压力导致新生儿格外娇小。熊与大熊猫的幼崽都长得小，但不代表它们是亲戚。只是大熊猫新生儿为什么长得那么小，却是一个令我百思不解的问题。

我从观察小熊猫上找到一些线索。小熊猫也会延期着床（但浣熊科动物没有这现象），它的妊娠期平均是一百三十一天，与大熊猫大致相同。大熊猫胚胎每天的体重增加量，不到熊胚胎的一半，反而较接近小熊猫或浣熊的胚胎。小熊猫每胎生一两只，新生儿体重则与大熊猫差不多，大约一百一十三克。雌体小熊猫把孩子藏在树洞里，它们成长很慢，三个月大才离巢，这阶段比浣熊或长吻浣熊都长。所有这些事实都显示，大熊猫的生殖行为比较像小熊猫之类的小型哺乳类，而不像熊。当然也有一些因体形而做的调整。比方说，大熊猫宝宝长期留在巢中，需要母亲照顾十八个月以上，使母亲的泌乳期延长到下个交配季节以后，无法每年都生育。相对而言，小熊猫的幼崽八个月大就能独立，所以雌体每年都能交配。我由此推论，大熊猫在生殖方面，还保持了很多体形较小的类熊猫祖先的特征，只少部分器官退化，以适应目前的状态。

从零星的证据判断。大熊猫跟小熊猫的关系确凿：特殊的头颅、牙齿和前爪构造；各种生殖上的特征；某些发声方式；以及用气味做记号的行为。如果这两个物种没有关系，我们必须承认，它们趋同的程度已超过证据允许的范围。但它们的分化从何时开始？非常可能是大熊猫与小熊猫在中新世有相同的祖先。那么两种熊猫究竟该归入熊科还是浣熊科呢？尽管大熊猫跟熊的关系较密切，我还是认为它不仅仅是熊。而且两个物种之间，即使只是基因上很小的差异，也可能对外表和行为有深远的影响。黑猩猩跟人类的基因有百分之九十九雷同。我们无疑应该把黑猩猩视为家族的一员。但黑猩猩算是人类吗？大熊猫与小熊猫的分类问题，有几条出路。是否要将大熊猫纳入熊科或另立一科，而将小熊猫摆在浣熊科？是否将两种熊猫各自独立一科？是否将两种熊猫并为一个熊猫科（Ailuridae）？我比较赞成最后一种办法。科学有一天会克服所有的矛盾与演化上的困难，把熊猫分类问题做一总结。

这场动物分类的拉锯战还没有赢家。追寻更完整解答的努力还在继续。“熊派、浣熊派、中间派都以最清楚的逻辑推动他们的观点，而同时大熊猫平静地生活在四川群山里，从没想到就因为它是它，竟在动物学界引起那么大的骚动。”埃德温·科尔伯特（Edwin Colbert）一九三八年写道。大熊猫至今还跷着它的伪拇指，在对我们扮鬼脸呢！

附录三
五一棚冬季鸟类

卧龙自然保护区位于海拔八千至一万英尺的五一棚冬季常见鸟类如下:

(卧龙的鸟类记录共有二百三十种,但大部分为路经此地的候鸟,或生活在海拔较低处。冬季期间,我在营地附近只发现了下列三十五种鸟类。)

通 用 名	拉 丁 名	中 文 名
Severtzov's grouse	*Bonasia sewerzowi*	斑尾榛鸡
Blood pheasant	*Ithaginis cruentus*	血雉
Temminck's tragopan	*Tragopan temminckii*	红腹角雉

（续表）

通 用 名	拉 丁 名	中 文 名
Koklass pheasant	*Pucrasia macrolopha*	勺鸡
Chinese monal pheasant	*Lophophorus lhuysii*	绿尾虹雉
Tawny owl	*Strix aluco*	灰林鸮
White-backed woodpecker	*Picoides leucotus*	白背啄木鸟
Darjeeling woodpecker	*Picoides darjellensis*	黄颈啄木鸟
Great spotted woodpecker	*Picoides major*	大斑啄木鸟
White-throated dipper	*Cinclus cinclus*	河乌
Northern wren	*Troglodytes troglodytes*	鹪鹩
White-crowned forktail	*Enicurus leschenaulti*	白额燕尾
Little forktail	*Enicurus scouleri*	小燕尾
Streak-throated fulvetta	*Alcippe cinereiceps*	褐头雀鹛
White collared yuhina	*Yuhina diademata*	白领凤鹛
Pygmy wren babbler	*Pnoepyga pusilla*	小鳞胸鹪鹛
Giant laughingthrush	*Garrulax maximus*	大噪鹛
Barred laughingthrush	*Garrulax lunulatus*	斑背噪鹛
Elliot's laughingthrush	*Garrulax elliotii*	橙翅噪鹛
Fulvous parrotbill	*Paradoxornis fulvifrons*	黄额鸦雀
Great parrotbill	*Conostoma oemodium*	红嘴鸦雀
Gray-crested tit	*Parus dichrous*	褐冠山雀
Coal tit	*Parus ater*	煤山雀
Rufous-vented tit	*Parus rubidiventris*	黑冠山雀
Pere David's tit	*Parus davidi*	红腹山雀

(续表)

通用名	拉丁名	中文名
Green-backed tit	*Parus monticolus*	绿背山雀
Great tit	*Parus major*	大山雀
Eurasian nuthatch	*Sitta europaea*	鳾
Common treecreeper	*Certhia familiaris*	旋木雀
Japanese white-eye	*Zosterops japonica*	暗绿绣眼鸟
Gray-headed bullfinch	*Pyrrhula erythaca*	赤胸灰雀
Collared grosbeak	*Mycerobas affinis*	黑翅拟蜡嘴雀
Eurasian nutcracker	*Nucifraga caryocatactes*	星鸦
Gold-billed magpie	*Urocissa erythorhynchus*①	红嘴蓝鹊
Large-billed crow	*Corvus macrorhynchos*	大嘴乌鸦

① 疑为“*Urocissa erythrorhyncha*”。——译者

附录四

一九八九年
《中国大熊猫及其栖息地保护管理计划》
摘录

（以下只摘录计划中有关熊猫管理的主要建议。计划全文一百五十七页，可向瑞士 WWF 索取。）

管理选择方案之讨论

减少熊猫栖息地的人类活动

大熊猫最大的威胁来自人类。熊猫数量全面减少与竹子开花无关，而是因为人类扩张把它们赶出了栖息地……

总而言之，适当的熊猫栖息地就是若干面积广大、互相衔接的区域，地形不太陡峭，有适量的树林遮蔽及至少一种（最好不止一种）生长茂盛的竹子，同时不受人类活动、狗、家畜干扰，并有全年供应水源无缺的溪流。

过去一百五十年来，人类的农垦、伐木、打猎、畜牧等发展，使原始熊猫栖息地变得品质低劣、支离破碎。为挽救熊猫，必须逆转这个过程，通过积极管理，减少熊猫栖息地的人类活动。

实施这种管理的方式，主要有二：

一、 建立网状的熊猫保护区，以保护熊猫及其他野生生物为主要管理目标，人类仅限于符合此一目标的前提下，才能使用这些区域。

二、 保护系统之外还有熊猫出没的区域，应改善熊猫在这些栖息地的求生机会，限制人类活动，调整林务作业措施，使熊猫能继续生存。

自然保护区内，禁止开垦、林木采伐、草药采收、放牧、打猎等规定应对全体人民严格执行，少数民族也不能例外。保护区以外的熊猫栖息地也应实施新的保护对策：

- 严禁打猎或焚烧植被。
- 修正林务作业，减少对熊猫的损害。
- 在有必要的地区，积极重植竹林。
- 复育树林时只种植当地已有的品种。
- 对于重建的徙居通道，尤其与公路或道路交会之处，应加以保护。
- 定期监测熊猫与竹子的数量。
- 终止一切已证明会危害熊猫生存的活动，例如伐木。

迁移人类屯垦区

人类在保护区内生活，会导致无法处理的利害冲突。在确实无法搬迁人类屯垦区的地区，可以选择或重划保护区界线，把人类屯垦区排除在外。四川省青川县唐家河自然保护区迁出六十户三百口人，是逆转人类入侵趋势的一个开始。搬迁的程序包括：地方政府着手把居民迁至保护区外的相邻公社，由林业部支付事先议妥的费用给地方政府，补偿村民的搬家费和留在保护区的果园、核桃树等损失……

调整林务作业

中国面临木材严重不足的问题。显然不可能完全保留熊猫栖息地所有的木材。但应用以下原则，可以大幅减少熊猫栖息地所受的损害：

一、不在大熊猫栖息地成立新的林班。

二、现有的林班单位逐渐减少伐木区域，并调整伐木方法。

三、使用小规模作业的选择砍伐技术，为竹林保留合理的遮蔽（不少于百分之三十），森林也能自动再生。所有大型空心树均应保留，一方面充作种子来源；一方面可供熊猫筑巢育儿之需。

四、以特定模式伐木，为熊猫保留通道及安静的栖息地，以便其在受到伐木干扰时迁移他处。

管制盗猎

尽管在保护区内盗猎，或任何地方杀死熊猫，一经抓获都会受重罚，但盗猎仍对大熊猫构成严重威胁……管制盗猎必须实施更严格的巡逻、起诉更多盗猎者、减少法律漏洞、关闭动物产品贩卖店……

重建栖息地

自然栖息地受到破坏，而其他有熊猫居住的栖息地相距不远时，就值得考虑重建栖息地、衔接各熊猫居住区的做法。重建工作通常包括重新种植适当的竹种和提供遮蔽的树林。以下各项限制需列入考虑：

- 有些竹子会妨碍树苗生长，所以必须先造林、后种竹。
- 重建工作应集中于已知熊猫偏好的栖息地，具备相当平坦的地形、接近水源等条件。
- 重建工作应认清各种竹子生态系统的特殊需求，在适当高度种植适当品种的树木和竹子。
- 种树的密度应低于一般造林的密度，以便树下的竹林扩张。种植的树木应选择当地既有品种，自然混合。

引进竹林是一件辛苦的工作，尤其涵盖的范围那么大。选择适当的种非常重要，最好是过去在当地已长得很茂盛的竹种……绝对不可把全然陌生的种引进生态系统。其他国家已有好几个因此而酿成环境灾害的先例……

竹 林 管 理

几乎所有温带的竹子品种，成长到一定阶段，都会大规模开花死亡，这不是最近才有的现象。我们有两个结论——首先，这种适应环境的物候学对竹子的生存与健康很重要；其次，不同的竹种生长在不同海拔，开花期间熊猫的死亡率提升是自然现象，但它们仍有充分的适应能力。千万不要以为人工干预，例如增加竹种的多样性，或以人为手段刺激提前开花或延后开花（缓和开花期间食物短缺的问题），在管理上有必要或有益。这些做法非但没必要，还可能危及当地的竹子生态，并最终殃及熊猫……

有观点认为，竹子定期发生区域性死亡，应该是竹子生存不可或缺的一环，并可促进森林循环再生，对熊猫进行自然选择，借着移徙活动，使适应力差、近亲交配的基因结构有机会对外配种繁殖。我们面对一个错综复杂的演化网，其平衡周期需要做五十至一百年的观察，短短十几年是看不出名堂的。干扰我们所不了解的关系，会有危险……

扩大熊猫保护区系统

现有的熊猫保护区显然都太小，无法容纳足够生生不息的熊猫种群，因此有必要扩大与强化现有的保护区系统。尽可能将各保护区衔接起来，对介于保护区之间的熊猫栖息地，提供部分的保护……

促成各熊猫种群间互相交配繁殖

借保留熊猫栖息地之间尚存的通道，衔接不同熊猫种群，可以达到异群繁殖的目标……但是当自然的联络管道遭受无可挽回的破坏时，我们必须通过积极管理，刺激自然的对外交配行为。对小群的熊猫做基因分析，可了解熊猫种群之间的差异，找出最理想的交配或迁移组合。达成对外交配的方法有三：

一、重建森林与竹林走廊，衔接各自独立的熊猫种群。

二、不同种群之间的互相迁徙。

三、把圈养环境中出生的年轻熊猫，引入野生环境中的熊猫种群……

管理人工圈养熊猫

……人工圈养熊猫数量已达到八十头，足够构成一个在繁殖上可自给自足的种群……成功的圈养繁殖计划可作为挽救熊猫物种的有用工具。

但是为这个目标而捕捉更多野生熊猫却很危险。如果最后只剩圈养的熊猫有足够繁殖的数量，我们还是不能自命解救了熊猫。保护的真正目标是通过保护栖息地，维护基因多样化，挽救野生环境中的物种。圈养繁殖只有在有助于达成上述目标时，才对物种保护有价值，我们必须设法把圈养的熊猫释回野外，才算做到这一点。截至目前，人工繁殖工作面临重重困难：圈养熊猫的管理与繁殖缺乏技巧，很多饲养熊猫的机构设备不足，不同机构之间合作不良，饲养熊猫的机构大多直属城市建设部，不受林业部管辖，使问题更形恶化。现在人工繁殖的成功率仍然很低，人工环境中出生的熊猫死亡率也太高，圈养熊猫非但对增加野生熊猫数量无济于事，还不断从野外捕捉，进一步减少野生熊猫的数量。我们建议禁止再把野生熊猫送到动物园。封闭从野外补充熊猫的渠道，可以强迫动物园在推动人工繁殖方面更努力合作……

圈养环境中出生的熊猫放归野外

……在圈养环境中繁殖熊猫的最终目的，应该是用来增加野生熊猫的数量，帮助野生种群在原本居住或经过重建的栖息地扩散，或在经历竹子开花之类事件的打击后早日恢复原有的数量，并促进野生种群的基因多样化。达成这一目标，需要通过恰当的手段。到目前为止，把圈养熊猫放归自然的工作还做得很少，但已有少数野生熊猫成功放归的案例。

所有圈养熊猫都能立刻辨认竹子是食物，而且似乎本能地知道该怎么处理它。熊猫的生活方式很简单，食用同一种长在地上的植物，它们在放归前不需要太多特殊训练。把未经世故的幼体熊猫放归有豹子、猎犬出没或原住熊猫攻击性强的地区，还是有危险，但是已成年的青壮熊猫，应该可以自行应付这样的掠夺对手。

……必须大胆决策，试验性地把熊猫放归竹林茂密、可轻易找到食物的区域。

附录五

展览租借大熊猫立场声明书

（三大机构在一九八八年分别发表了针对熊猫租借的立场声明书。我从中摘取了相关的部分。说明各个机构在一九九〇年呼吁禁止所有租借行为前，各持什么样的观点。）

WWF，一九八八年一月

近年来，租借熊猫供中国以外的动物圈养机构展览的行为，有显著增加。WWF知道此类出租，引起公众相当大的兴趣。所得款项可能用于资助中国的保护计划。

然而，WWF日益关切的一点是，由于出租会减少圈养环境中有繁殖能力的熊猫，它们对完整的养殖计划并没有帮助。WWF曾数度向中国有关机构提出这个问题。建议把出租的熊猫限于太老、太年幼或无生殖能力者。但熊猫超过何种年龄即丧失生殖能力，无法界定，而让生殖力尚在发育中的幼体熊猫承担出国旅行的风险，也是不智之举。

因此，WWF 敦促中国境外的动物园及中国官方，在加拿大的卡尔加里、澳大利亚的悉尼及墨尔本等地的租借结束后，不再租借大熊猫供展览之用。未来，WWF 不会再介入任何租借行为。WWF 也敦促中国官方，禁止大熊猫参加马戏团表演。

ICUN，一九八八年二月

承认大熊猫为中华人民共和国固有与独有的生物，也是一百多年来生物学界极感兴趣的一个物种。

感谢中华人民共和国政府为保护大熊猫投入的大量关注与可观的财政资源。

特别强调大熊猫是全世界人民特别熟悉的一种动物，被 WWF 用作标志后，在全球人民与政府眼中，更成为全球野生生物需要保护的象征。

了解熊猫在野生环境中可能剩余不到一千头，在人工环境中不到一百头，对维系物种生存而言，这数量已低到危险的程度。

决议应尽一切努力保护大熊猫免于灭绝。

因此，IUCN 一九八八年二月一日至十日在哥斯达黎加圣荷西市举行的第十七届大会中：

一、要求中华人民共和国政府制定野生生物保护法规，保护大熊猫，并设立保护区维护大熊猫的自然环境。

二、强烈鼓励中华人民共和国政府回应全世界日益增加的对大熊猫生存问题的关怀，推动全面保护大熊猫的计划，尽速全面执行，包括充分利用中华人民共和国各研究机构与大学的科技和教育资源。

三、特别建议推动一套长期保护大熊猫的策略性计划。

四、呼吁中华人民共和国所有的机关与个人，合作参与上述的长期保护计划，最好在统一的指挥下行动，以便充分协调与管理，对防范盗猎与破坏栖息地产生最佳效果，保障大熊猫在自然环境中的生存，并确保每头圈养的熊猫对于维护整个熊猫族群的永续生存都能有所贡献。

五、力请中华人民共和国将从品质遭受暂时或永久性损害的栖息地救出的熊猫尽快放归野外。

六、进一步力请所有持有大熊猫的机关与研究单位通力合作，把所有圈养熊猫整合成国际人工繁殖计划的一部分，由各国政府与有关的政府间机构，基于繁殖的目的，办理免费交换圈养熊猫。

七、建议所有其他涉及大熊猫的活动，凡对保护熊猫无直接贡献者，尤其是短期展览，均应由中华人民共和国指派适当的管理机关与科学家，在国际保护团体和若干国家的动物园协会咨询下展开研究，在所有涉及的问题解决前，对于签订进一步租借协议，应做审慎考虑。

八、进一步建议，顾及熊猫数量稀少，中华人民共和国的科学家与政府官员尤其应该把遵守国际拟定的熊猫圈养繁殖计划列为所有大熊猫展览的优先考虑，此类展示应以教育人民、推广对大熊猫生物学与保护学的了解为宗旨；展览所得的收入只能用于大熊猫保护计划，并做成符合这项目标的清楚账目。

九、承认并赞许 WWF、国际野生生物保护协会-纽约动物学会、伦敦动物学会以及其他机构所做的努力，对中华人民共和国的同行与机构，提供专业知识和财务支援，以协助大熊猫的保护工作。

十、同意随时准备，在可动用资源的限度之内，与各会员组织及WWF协力帮助中华人民共和国的负责机构，推动与落实一套全面性的大熊猫保护计划，包括设计与执行必要的研究计划、就动物园与保护区之管理提供咨询、协调圈养繁殖计划、建立与管理国际熊猫谱系、推动大众教育计划。

美国动物园及水族馆协会，一九八八年二月

虽然对短期租借的兴趣仍很浓厚，动物园及水族馆协会的会员在争取租借时，应该把大熊猫的福利列为第一优先考虑……

短期租借计划

我们必须避免短期租借导致大熊猫无法参与中国境内可能的圈养计划，或使它们错失放归自然的机会，或变相鼓励从野外捕捉大熊猫，总而言之，必须确保其对熊猫的未来不致造成损害。

动物园与中方签约时，双方都必须了解，动物园捐出作为大熊猫保护之用的款项，只能通过美国动物园及水族馆协会认可的一个熊猫保护委员会分配使用。

美国动物园及水族馆协会旗下会员同意，做短期展览的熊猫，必须是生理上无繁殖能力的成年体，最好是雄性成年体，而且是在圈养环境中出生者。

搬家的次数应尽可能减少，尽可能迅速完成。

大熊猫运送途中，应有了解照顾方式并有照顾能力的专人随时陪伴。

大熊猫抵达前，应事先备妥适当的圈养设施。

参考资料

图书

下列书目提供了关于熊猫及其生活环境的背景资料，可为参考。

Catton, Chris. 1990. *Pandas*. New York: Facts on File. A good overview of pandas by an author who did his homework both in the field and the scientific literature.

Harkness, Ruth. 1938. *The Lady and the Panda*. London: Nicholson and Watson. The story of Su-Lin, the first panda to reach the Western world.

Fox, Helen, ed. 1949. *Abbé David's Diary*. Cambridge: Harvard University Press. The panda discoverer's diary, 1866–69, edited and translated from the French.

MacClintock, Dorcas. 1988. *Red Pandas, a Natural History*. New York: Scriber's. A fine summary of knowledge about this attractive and interesting species.

Morris, Ramona, and Desmond Morris. 1966. *Men and Pandas*. New York: McGraw-Hill. An excellent summary of panda biology and of Western involvement with the panda from 1869 to the 1960s. (The book was revised by J. Barzdo and reissued as *The Giant Panda* in 1981.)

Roosevelt, Theodore, and Kermit Roosevelt. 1929. *Trailing the Giant Panda*. New York: Scriber's. An account of the first successful panda hunt by Westerners.

Schaller, George, Hu Jinchu, Pan Wenshi, and Zhu Jing. 1985. *The Giant Pandas of Wolong*. Chicago: University of Chicago Press. Research results that cover the first years of the panda project.

Sheldon, William. 1975. *The Wilderness Home of the Giant Panda*. Amherst: University of Massachusetts Press. An account of the 1934 Sage Expedition which shot a panda.

Smil, Vaclav. 1984. *The Bad Earth*. Armonk, N.Y.: M. E. Sharpe. A record of environmental degradation in China.

Tang Xiyang. 1987. *Living Treasures: An Odyssey through China's Extraordinary Nature Reserves*. New York: Bantam Books. Essays about several of China's most beautiful nature reserves, including Wolong, with many color photographs.

Wilson, E. H. 1986. *A Naturalist in Western China*. London: Cadogan Books. This reprint of the 1913 edition is a key source of information about travel, people, and natural history in panda country during the early part of this century.

论文

熊猫项目带来的大量普及性与科学性文献，为本书提供了信息与图片。下列选文于一九八一至一九九一年间发表。

普及论文

Johnson, Kenneth, and Jenny F. Johnson. 1990. "Mystery of the Other Panda." *International Wildlife*. 20(6):30–33.

Machlis, Gary, and Kenneth Johnson. 1987. "China: Panda Outposts." *National Parks*. 61(9–10):14–16.

Reid, Donald. 1988. "Some Pandas Are Red." *Dinny's Digest* (Calgary Zoo). Spring. Pp. 3–11.

Schaller, George. 1981. "Pandas in the Wild." *National Geographic*. 160(6):735–49.

———. 1982. "Zhen-Zhen, Rare Treasure of Sichuan." *Animal Kingdom*. 85(6):5–14.

———. 1985. "China's Golden Treasure [golden monkeys]." *International Wildlife*. 15(1):29–31.

———. 1986. "A Face Like a Bee-stung Moose" [Takin]. *International Wildlife*. 16(6):36–39.

———. 1986. "Secrets of the Wild Panda." *National Geographic*. 169(3):284–309.

———. 1987. "Notes of a Professional Panda-Watcher." *Animal Kingdom*. 90(4):20–25.

———. 1988. "Towards the Dark Abyss of Extinction." *World Magazine* (England). July. Pp. 23–28.

科学论文

Campbell, Julian, and Qin Zisheng. 1983. Interaction of giant pandas, bamboos, and people. *Journal of the American Bamboo Society*. 4:1–35.

De Wolf, Robert, Roland Goossens, John MacKinnon, and Wu Shen Cai. 1988. Remote sensing for wildlife management: giant panda habitat mapping from LANDSAT MSS IMAGES. *Geocarto International*. 1:41–49.

Johnson, Kenneth, George Schaller, and Hu Jinchu. 1988. Responses of giant pandas to a bamboo die-off. *National Geographic Research*. 4:161–77.

———. 1988. Comparative behavior of red and giant pandas in the Wolong Reserve, China. *Journal of Mammalogy*. 69:552–64.

Reid, Donald, Hu Jinchu, Dong Sai, Wang Wei, and Huang Yan. 1989. Giant panda *Ailuropoda melanoleuca* behavior and carrying capacity following a bamboo die-off. *Biological Conservation*. 49:85–104.

Reid, Donald and Hu Jinchu. 1991. Giant panda selection between *Bashania fangiana* bamboo habitats in Wolong Reserve, Sichuan, China. *Journal of Applied Ecology*. 28:228–43.

Reid, Donald, Hu Jinchu, and Huang Yan. 1991. Ecology of the red panda *Ailurus fulgens* in the Wolong Reserve, China. *J. Zoology*, London. 225:347–64.

Reid, Donald, Jiang Mindao, Teng Qitao, Qin Zisheng, and Hu Jinchu. 1991. Ecology of Asiatic black bears (*Ursus thibetanus*) in Sichuan, China. *Mammalia.* 55:221–37.

Reid, Donald, Alan Taylor, Hu Jinchu, and Qin Zisheng. 1991. Environmental influences on bamboo *Bashania fangiana* growth and implications for giant panda conservation. *Journal of Applied Ecology.* 28:855–68.

Schaller, George, Teng Qitao, Pan Wenshi, Qin Zisheng, Wang Xiaoming, Hu Jinchu, and Shen Heming. 1986. Feeding behavior of Sichuan takin (*Budorcas taxicolor*). *Mammalia.* 50(3):311–22.

Schaller, George, Teng Qitao, Kenneth Johnson, Wang Xiaoming, Shen Heming, and Hu Jinchu. 1989. The feeding ecology of giant panda and Asiatic black bear in the Tangjiahe Reserve, China. Pp. 212–41. In *Carnivore behavior, ecology, and evolution,* ed. John Gittleman. Ithaca: Cornell University Press.

Taylor, Alan, and Qin Zisheng. 1988. Regeneration patterns in old-growth *Abies-Betula* forests in the Wolong Natural Reserve, Sichuan, China. *Journal of Ecology.* 76:1204–18.

———. 1988. Tree replacement patterns in subalpine *Abies-Betula* forests, Wolong Natural Reserve, China. *Vegetatio.* 78:141–49.

———. 1988. Regeneration from seed of *Sinarundinaria fangiana,* a bamboo, in the Wolong Giant Panda Reserve, Sichuan, China. *American Journal of Botany.* 75:1065–73.

———. 1989. Structure and composition of selectively cut and uncut *Abies-Tsuga* forest in Wolong Natural Reserve and implications for panda conservation. *Biological Conservation.* 47:83–108.

Taylor, Alan, Donald Reid, Qin Zisheng, and Hu Jinchu. 1991. Spatial patterns and environmental associates of bamboo (*Bashania fangiana* Yi) after mass-flowering in southwestern China. *Bulletin of the Torrey Botanical Club.* 118:247–54.

Taylor, Alan, Donald Reid, and Qin Zisheng. 1991. Bamboo dieback: an opportunity to restore panda habitat. *Environmental Conservation.* 18:166–68.

图书在版编目(CIP)数据

最后的熊猫/(美) 夏勒(Schaller, G.)著;张定
绮译;胡锦矗校--上海: 上海译文出版社,2015.4(2025.3 重印)
(译文纪实)
书名原文: The Last Panda
ISBN 978-7-5327-6856-1

Ⅰ.①最… Ⅱ.①夏… ②张… Ⅲ.①纪实文学—美
国—现代 Ⅳ.①I712.55

中国版本图书馆 CIP 数据核字(2014)第 294023 号

图字: 09-2013-058 号

最后的熊猫

〔美〕乔治·夏勒/著　张定绮/译　胡锦矗/校
责任编辑/莫晓敏　装帧设计/邵旻工作室　未氓工作室

上海译文出版社有限公司出版、发行
网址: www.yiwen.com.cn
201101　上海市闵行区号景路 159 弄 B 座
上海市崇明县裕安印刷厂印刷

开本 890×1240　1/32　印张 11.75　插页 10　字数 223,000
2015 年 4 月第 1 版　2025 年 3 月第 10 次印刷
印数: 27,001 — 29,000 册

ISBN 978-7-5327-6856-1
定价: 55.00 元